TACK!

Genom att välja en klimatsmart pocket från Månpocket bidrar du till vårt arbete för att göra produktionen av pocketböcker miljövänligare.

Vår vision är att ge ut böcker där man tagit hänsyn till miljön i varje steg av produktionen - och vi strävar efter att bli ännu bättre.

Vi har därför valt att trycka alla våra böcker på FSC-märkt papper. FSC står för Forest Stewardship Council och är en oberoende, internationell organisation som verkar för socialt ansvarstagande genom ett miljöanpassat och ekonomiskt livskraftigt bruk av världens skogar. FSC:s regelverk slår bland annat vakt om hotade djur och växter, om hållbart och långsiktigt bruk av jorden och om säkra och sunda villkor för dem som arbetar i skogen.

För de utsläpp som trots allt inte går att undvika i bokproduktionen klimatkompenserar vi genom Climate Friendly. Vi bidrar härigenom till utbyggnaden av hållbar utvinning av förnybar energi, såsom vindkraft.

Vill du veta mer? Besök **www.manpocket.se/klimatsmartpocket**

FSC®

klimatsmart pocket

Månpocket

Karin Wahlberg

BLOCKET

Citatet på sidan 331: Flora och Bellona:
»Syriskan« av Erik Axel Karlfeldt, 1918.

Denna Månpocket är utgiven enligt överenskommelse med
Wahlström & Widstrand, Stockholm

MIX
Papper från ansvarsfulla källor
FSC® C007584

Omslag: Anders Timrén
Omslagsfoto: Anders Timrén, Shutterstock

Svensk utgåva enligt avtal med Grand Agency

Tryckt hos ScandBook AB, Falun 2014

ISBN 978-91-7503-334-1

Miljöerna i boken är till stora delar baserade på verkligheten. Jag har rört mig mellan Småland och Skåne, mellan Oskarshamn och Lund. Men somligt har jag ändrat som det passat mig. Detta är en påhittad historia. Inte minst persongalleriet. Eventuellt funna likheter med verkligheten får tillskrivas läsarens egen fantasi.

Lund i november 2005
Karin Wahlberg

Inledning

NOTISEN STOD ATT läsa på Sydsvenskans Lundasida tisdagen den 10 september. Inte förr.

Klockan var strax efter elva på förmiddagen. Han hade vaknat med ett ryck i sin säng i andrahandsettan på Kulgränd, en adress utslängd på åkrarna i Lunds norra ytterområden. Snabbt hade han dragit på sig kläderna, och lika forcerat trampat in till stan och slunkit in på Espresso House som delade lokaler med Sydsvenskans kundservice mitt emot Lundagårds drypande grönska. Kaféet hade ännu inte fyllts med studenter, tack och lov. Med sömngångaraktig säkerhet plockade han åt sig tidningens olika delar som låg utspridda på ett par tomma bord och satte sig sedan på en barstol vid bänkskivan utmed fönstret, hackade sig igenom den korta artikeln ord för ord, mening för mening, om och om igen, utan att märka att han spillde ut hälften av kaffet i knäet.

Tjejen bakom disken, vars blick tycktes vara fastnaglad i nacken på honom, såg vad som skett.

– Oj, vilken otur, utbrast hon med en aning för hög röst och kom farande med en trasa.

Stumt lyfte han tidningen medan hon torkade av.

– Du kan få en ny.

Nötbruna ögon, varma och generösa. Hon luktade tvål och kanel. Eller något ditåt. Något gott.

Förvirrat såg han ömsom på henne, ömsom på de nerfläckade jeansen.

– Tack, fick han i varje fall fram.

– Toaletten ligger där om du vill skölja av dig, log hon brett och pekade inåt lokalen.

Villrådig satt han först kvar, vågade inte lämna tidningen eftersom han inte var färdig. Ville slicka i sig innehållet ytterligare några gånger, ville försäkra sig om att där inte stod något han förbisett. Absolut inget.

Varje dag under den gångna veckan hade han letat i tidningen och efter hand känt sig alltmer uppskruvad och febrig.

Nu fanns svart på vitt.

Man hittad död på Blocket

Måndagen den 9 september hittades en död man i ett städutrymme i Lunds universitetssjukhus huvudbyggnad, det så kallade Blocket. Enligt kriminalinspektör Gillis Jensen vid Lundapolisen är det ännu oklart om det rör sig om en patient. Polisen vill inte närmare gå in på var i byggnaden det aktuella städförrådet ligger, men att det inte är på en vårdavdelning har framgått.

Mannen har troligen varit död en tid, men först efter obduktion går det att uttala sig om dödsorsaken. I nuläget finns inga direkta misstankar om brott.

Han stannade upp, läste sista meningen en gång till. Tog in vad som faktiskt stod där.

Inga direkta misstankar om brott.

Det stramade i kinderna. Ansiktet hade hunnit stelna under dagarna som gått, men nu gled mungiporna omärkligt uppåt. Men lättnaden var lika kortvarig och flyktig som sensommarens ljumma vind utanför fönstret. Han hade försökt fly från sig själv, undkomma det han ställt till med. Men inifrån och ut, från själens djup ut på bara skinnet, var han som nersmetad med ett tjockt lager tjära.

En rädd, misslyckad idiot.

Han kunde åka fast. Han, som alla andra rädda, misslyckade idioter.

Stilla begrundade han detta. Såg tiden han hade framför sig. Hösten, mörkret, den råa silverdimman som skulle lägga sig fuktig över staden. Ett barmhärtigt dunkel att gömma sig i tills det åter var dags att kliva fram i ljuset. Längre fram blev allt lättare. När snödroppar sköt upp efter snösmältningen och ett hav av scilla täckte marken utanför universitetsbiblioteket. Då skulle han kunna pusta ut.

Sydsvenskan har varit i kontakt med säkerhetschef Allan Nilsson på sjukhusets säkerhetsavdelning, som inte har något att tillägga. Att det skulle röra sig om brister i patientsäkerheten har han i nuläget svårt att tro.

Där tog det slut. Således inte många rader. Inte heller någon rubrik på förstasidan. Korthugget och anonymt. Med andra ord inget märkvärdigt, bara ett rapporterat öde bland många andra.

Han tog ett djupt andetag, och kände hur axlarna sjönk och kroppen mjuknade. Jag måste sluta tänka, sa han till sig själv. Det är så det måste gå till. Helt och hållet sluta använda hjärnan. Dra ur sladden. Tömma hårddisken.

Men ju mer han ansträngde sig att sluta tänka, desto kraftfullare drog maskineriet igång. Hela händelseförloppet accelererade. Snurrade runt. Fick de blänkande cykelstyrena utanför fönstret att ringla som ormar.

Det stod dessutom inte ett ord om något meddelande i tidningen. Han sansade sig. Vid närmare eftertanke var det rätt mycket som talade till hans fördel.

Så han gled ner från stolen, låste om sig på toaletten, blaskade vatten över kaffefläcken. Mest för att uppvisa en sorts normalbeteende. Konstaterade att det såg ut som om han pinkat på sig, vilket knappast gjorde något i det stora hela.

Tjejen bakom disken nickade vänligt mot honom när han kom tillbaka. Hon såg bra ut, det konstaterade han trots sitt erbarmliga tillstånd. Inte söt egentligen, snarare hade hon ett ovanligt och främmande utseende som han fann attraktivt. Men framför allt verkade hon glad, och det gjorde intryck på honom en dag som denna. Gjorde egentligen alltid intryck på honom. Hon hade en svart tröja som stramade över bysten. Förklädet var också svart och knutet så att det smet åt över höfterna. Tunna silverringar dinglade i öronen och hon hade virat ett kritvitt band, som ett bandage, hårt om huvudet så att det svarta håret krusade sig baktill. Han kunde inte låta bli att undra över varifrån hon ursprungligen härstammade. Någon exotisk ögrupp långt bort, kanske. Men svenskan var brytningsfri.

Han tvingade sig att besvara hennes uppmärksamhet, nickade kort och pressade även fram ett leende. Men inte mer än i all hast.

Bäst vore om hon inte alls la honom på minnet. Inte nu. Kanske kunde han komma tillbaka senare. Se om hon fanns kvar.

Han satte sig igen och strök med händerna över tidningssidan. Det stod alltså inget om ett meddelande. Konstaterandet var nu torrare, inte lika febrigt. Han hade med andra ord inte tryckt ner papperslappen i fickan på honom. Blev det i förvirringen inte av? Så meningslöst. Ett budskap som aldrig skulle nå fram. Men nog sjutton petade han ner det?

Han kände redan hur tomt det skulle bli ett tag framöver. Inget att knyta tankarna kring längre. Vrida och vända. Å andra sidan var det en välsignelse att han inte lämnat fler spår efter sig än nödvändigt. Meningslöst men ändå bra.

Han pressade ner hakan i handen och såg ut genom fönstret. Käkarna spände så att det värkte i kindtänderna.

Natten hade varit fuktig. Gatstenen på Kyrkogatan höll på att torka upp. Den milda septembersolen skulle inom kort nå universitetsbyggnadens fasad och göra den vitare, skarpare, och locka ut gäster till kaféborden som ännu stod kvar på trottoarer och torg. En ljum, kvardröjande sommarvärme. En sista suck.

Tvåans buss dånade förbi på väg norrut mot Annehem. Den var nästan tom. Han hade bara åkt buss i Lund en enda gång, och det var när han skulle hem med två kassar böcker som han hade fått ihop på tre olika antikvariat. Tunga medicinska fackböcker, rena tegelstenar. Han hade kommit över dem för en spottstyver.

En strid ström av cyklister med väskor på ryggen eller dinglande på styret svängde om hörnet på Lilla Gråbrödersgatan på väg mot Juridicum. Terminen hade precis startat och staden hade i ett enda slag ändrat karaktär, hävt sig ur sommarslummern och tagit fart, fyllts med nya och gamla studenter, med entusiasm och en dallrande förväntan. En bjärt kontrast till hans eget inre.

Men många skulle känna sig ensamma, tänkte han. Tomma invärtes. Han visste vad det innebar. Och att det var svårt att upptäcka, eftersom alla var unga. Och därmed förväntades vara lyckliga.

Den mörka med hårbandet hade ställt fram en ny mugg. Han smakade försiktigt, kaffet var hett och starkt. Samtidigt betraktade han två tjejer, max tjugofem, som stod på trottoaren utanför och pratade. Deras skratt trängde genom fönsterrutan. Självsäkert svängde de med kropparna, yviga rörelser, den ena i en läcker knallrosa tröja med gula rosor.

Frihet, tänkte han. De är fria. Brunbrända nakna armar, solblekt hår som spretade ut ur hårspännen och gummiband och blottade tunna nackar med mjuka gropar vid skallbasen. På något sätt värnlöst. Att mjukt lägga handen över, smeka försiktigt med fingertopparna.

Den ena tittade plötsligt upp, såg rakt genom rutan på honom. Som om hon känt sig iakttagen. Han behöll kaffemuggen framför ansiktet, fixerade henne över kanten men log inte, fast det fanns all anledning. För hon såg bra ut och hade det där sällsynta suget i blicken.

Strax därefter krokade väninnorna arm och gled över Kyrkogatan in i Lundagårds skugga. Han betraktade deras ryggar. Den söta gick kalvigt och en aning kobent i platta rosa skor. In under almarna försvann de mot Akademiska Föreningens rödteglade borg.

Klockan hade hunnit bli närmare tolv. Han tog jackan men satte den inte på sig, nickade till tjejen bakom disken och lämnade kaféet. Dröjde sedan kvar en halv minut på gatan utanför. Försökte känna efter om impulsen skulle driva honom upp mot Stadsbibliotekets tidningsavdelning eller söderöver ner mot Stortorget. Mot vimlet.

Det blev det senare. Cykeln fick stå kvar.

Med långa kliv och svängande armar sicksackade han sig fram på trottoaren. Mycket folk i farten. Tittade rakt fram. Återtog herraväldet över sig själv. Noterade med nyvaket sinne en flock japanska turister som stampade utanför den gråtunga domkyrkan. Turistsäsongen var alltså ännu inte över. Möjligen inte badsäsongen heller. Öresund var uppvärmt och vädret höll i sig. Kanske skulle han trampa iväg till Lomma beach och sno åt sig de sista glittrande solstrålarna i en sandgrop? Eller sticka till Gerdahallen för ett träningspass?

Det får bli som det blir, tänkte han och sköt alla beslut, stora som små, på framtiden.

Kapitel ett

Gotland, torsdagen den 20 juni, dagen före midsommarafton

Det var i det ögonblick då Jan Bodén rätade upp sig med en tung kasse i var hand som han första gången märkte att han vinglade till. Eller i varje fall första gången han inte omedelbart försåg sig med en snabbt tillyxad bortförklaring.

Han blev kall. En kort stund därefter skakig. Men han stod kvar där han stod.

Det var egentligen inte vinglig han var, när allt kom omkring. Inte heller yr eller rund under fötterna. Mer som en besvärande känsla av obalans. En tydlig ostadighet. Den enda förmildrande omständigheten var att han råkade befinna sig på systembolaget långt hemifrån, på Gotland, närmare bestämt utanför ringmurens östra port i Visby. Dessutom var det dagen före midsommarafton och bunkringen inför helgen var i full gång. Folk trängdes. Ingen hade tid att ta notis om honom. Inte ens Nina.

Vart fan tog hon vägen?

Hustrun hade just betalat och smällt ihop plånboken när hon plötsligt vänt helt om, pressat sig förbi den täta kö de precis tagit sig igenom, för att åter bege sig in i butiken. Rakt in i trängseln, som uppslukad. Sa hon något innan hon försvann? Något han inte uppfattade där han stod i sin vacklande eländighet efter att ha packat ner öl och brännvin i gröna plastkassar?

Bodén återfick sakta balansen, backade ett par steg, ställde sig bredbent mot väggen vid kassorna och spejade efter hustrun. Väntade tålmodigt. Hade mångårig träning, hon var en smula omständlig till sin natur, vilket hade irriterat honom mer än en gång. Nu var det emellertid inte så dumt att få ytterligare några minuter att staga upp sig på, så att han slapp dra in henne. Förnedrande att vara ofullkomlig. Och hur han mådde angick ingen annan än honom själv. Än så länge.

Höll han på att bli gammal?

Å andra sidan hade han inte bråttom. Försökte inpränta detta, som taget ur en självhjälpsbok. *Du har resten av ditt liv framför dig. Väntan blir inte kortare för att du är fylld av negativa känslor.*

Det var nu inte han som tog hem den sortens litteratur, men ett och annat hade han förstås snappat upp. *En hjärtefråga.* Pumpen, livets motor, kunde hacka hos en man i hans ålder. Han var i farozonen. Jämt och ständigt.

Kärl och hjärta. Själ och smärta.

Två kollegor hade fått hjärtinfarkt under det gångna läsåret, båda levde ännu men hade fått lägga om sina liv. De var fortfarande dödsmärkta, i alla fall i Bodéns ögon. Men vem är inte det, tänkte han och erfor en inre rysning. Alla ska dö, förr eller senare, men han föredrog utan tvekan en senare tidpunkt. Och utan lidande. Inga smärtor eller obehag.

Han kände efter. Det var inte från bröstkorgen ostadigheten kom. Hjärtat pickade på så snällt. Och det verkade dessutom som om tillbudet var över. Huvudet upp och fötterna ner. Omgivningen hade stabiliserats. Således skulle han fortsättningsvis låta bli att hetsa upp sig i onödan. Kanske något psykiskt. En kollaps! Inte för att det på något sätt passade honom, men i vissa lägen kunde det duga. En tillfällig kollaps var att föredra framför en defekt i de större vitalare organen.

Ett helt sommarlov låg framför honom. Klädseln var därefter, ledig och semesterpräglad. I stort sett samma år från år. Toftamunderingen. Inget som skavde eller klämde. Kittfärgad vindjacka som han ägt länge, mörkblå tennisströja av ett snobbmärke som han fått av dottern, väl ingångna blåjeans, mörkblå strumpor och svarta Eccosandaler, minst sex–sju år gamla.

Han stod med kroppstyngden jämnt fördelad på bägge fötterna, som en soldat på vakt. Icke desto mindre märkte han att ett tryck över huvudet sakta smög sig på honom. Paniken lurade och exploderade plötsligt. Likt ett fyrverkeri slog varma vågor upp mot halsen, bultade bakom ögonen och flimrade som gnistor.

Men han tänkte inte falla ihop. Det passade sig inte. Allra minst på bolaget, som ett fyllo.

Med viljan kan man styra det mesta. Eller med intellektet. Det var hans fullständiga övertygelse. Allt annat var slappt och orkeslöst.

Han försökte därför hejda förloppet, manipulera de inre organen, trycket som steg och ljuden som försvagades. Andades behärskat. Som yoga. Hade sett Nina i full aktion. Rak rygg, benen i kors, armarna utfällda och tungt vilande med handflatorna uppåt. Gick kanske lika bra stående. Långsamt in, långsamt ut. Kontroll. Behärskning. Inte blunda, fast han skulle vilja. Ta kontroll över rädslan genom att vara i den. Genom att låta allt ske utan motstånd. Locket för öronen, det susade och var tjockt som om han hade fetvadd instoppad. Från bägge öronen. Inte bara det högra. Det var nytt och synnerligen obehagligt. Ett dovt bultande.

Men han stod kvar. Inte stadigt, men upprätt. Inget farligt kunde hända honom. Men lokalen tycktes krympa, luften tätna, sorlet dämpas, flaskklirret försvinna långt i fjärran.

Så började det svänga igen. Lysrören gungade fram och tillbaka. Krängde oberäkneligt.

Fy fan!

Ångesten galopperade iväg. Magsäcken krampade, snodde runt som en ål. Luft ville upp, han rapade försiktigt både en och två gånger och det hjälpte. Peppar, peppar! Inte direkt spyfärdig, kanske tur att kistan var tom.

Vad var det frågan om? En vaxpropp?

I helvete heller.

Hörseln på höger öra hade varit nedsatt en tid utan att han gjort något åt det. Förändringen hade skett gradvis och därför varit lätt att slå bort. I alla fall om man var av hans natur. Det skulle mycket till för att släpa honom till doktorn. Det visste han, och det visste Nina. Alltså la hon sig numera sällan i. Och hans kropp hade hittills inte ställt till med några större bekymmer. Dessutom var han i förhållandevis god form. Det borde hjälpa.

Men den ömmande punkten satt där den satt, mycket långt inne. Tryckte och klämde. Hindrade honom från att söka hjälp.

Han var rädd. Rädd om livet. Eller snarare rädd för döden. Det var fullständigt normalt att vara det.

Ändå hade han hittills undvikit att se sanningen i vitögat. Att något inte var som förr. Allra minst ville han få det på papper. Uttalat av en doktor som kunde döma levande och döda.

Med en dåres envishet klamrade han sig därför fast vid illusionen att han i stort sett var densamme. Han hade på så sätt skaffat sig utrymme, tid att vänja sig och skjuta vanmakten ifrån sig. Han hade upparbetat en hyggligt fungerande strategi för att fråga om, när han inte hörde, utan att det märkes. Eller gjorde det kanske det?

Han mådde plötsligt bättre och fann sig längta efter Nina. Att hon snart var färdig med vad hon nu sysslade med där inne mellan flaskorna.

Ninas skarpa siluett – hon hade alltid varit magerlagd, närmast plattbröstad – anades bakom en rödblommig man långt borta mellan hyllorna med röd- och vitviner. Han torkade kallsvetten ur pannan. Något satt bestämt inne i huvudet på honom. Borrade sig in. Grodde. Kanske växte sig stort som …

Han vågade inte tänka på det. Varken på pingis- eller tennisbollar.

Makabert.

Var han redan dödsmärkt? Hade han en sådan där svulst som ingen människa ville kännas vid och än mindre drabbas av? Så skrämmande att ordet vägrade ta plats i hans föreställningsvärld.

Envist fyllde han medvetandet med betydligt trivialare ting. Som att han var tvungen att lägga ny tjärpapp på sommarstugans tak, att han måste påminna grannen hemma i Oskarshamn om att klippa gräset minst en gång i veckan om det blev nederbörd, att han skulle börja projektera en ny friggebod till de utflugna barnen som numera dök upp om somrarna i sällskap med pojk- eller flickvän. Han hade hittills kommit så pass långt i byggplanerna att han beslutat sig för att ignorera den nya sommarstugegrannen längre upp på vägen, som framkastat åsikten att markägarna skulle låta bli att ”smutsa ner” tomterna med alltför många bodar. Det skulle nykomlingen fullkomligt ta och skita i!

Det fanns med andra ord mycket att göra. Så oändligt mycket han *ville* göra.

En dryg timme senare var de på väg ut till parkeringen med en varuvagn. Nina hade sent omsider betalat den flaska Baileys hon återvänt in på Systemet för att handla – att bjuda på till kaffet på midsommarafton, något var de ju tvungna att ha till damerna. Och sedan var det servetter och lite annat att komplettera på Coop. Jan Bodén hade följt efter som en viljelös hund. Glädjande nog hade han återfått kontrollen. Även om han höll hårt i varuvagnens röda plasthandtag.

Precis innan de kom fram till Saaben la Nina handen på hans underarm och kramade den.

– Vad är det med dig?

Hon lät nästan öm.

– Det är väl inget. Hur så?

– Du verkar så frånvarande.

Gör jag? tänkte han och försökte spela förvånad.

Samtidigt övervägde han att säga som det var. Lätta en smula på trycket. Dela bördan med Nina. Komma henne närmare.

Han vred huvudet mot henne och tog sats.

Nej, bestämde han tvärt. Inte nu. Hon såg så förbannat självsäker ut. Var vänd bort från honom, log belåtet mot den medeltida ringmuren med sina befästningstorn, hela tjugosju stycken av de ursprungliga tjugonio. Det höll han reda på, hur illa medfaren han än var. Och förvisso var muren som stillsamt ringlade norröver mot Nordergravar ett världsarv, närmare bestämt Nordeuropas bäst bevarade stadsmur, men hon gjorde honom likafullt till en strandsatt Robinson på en öde ö. Och hon blev honom främmande.

Sak samma, tänkte han och tog, precis som hon, fasta på vad han hade framför sig. En medeltida värld i ockra, grått och bränt tegel bakom det solida kalkstensbygget. Domkyrkans tre svarta träspiror stack upp som öronen på en vaksam kanin. Somligt är beständigt, konstaterade han. Östersjöns bräckta vatten anades i bakgrunden. Himlen menlöst blå men klar.

Midsommartid. Solen skulle orka hålla sig uppe länge än. Egentligen bara ducka försiktigt bakom horisonten för att återvända i en mycket tidig gryning.

Panoramat var odiskutabelt vackert. Och om möjligt ännu vackrare från havssidan, enligt hans mening. Storslaget och småskaligt på samma gång, med köpmanshus, kyrkoruiner och packhus som masade sig upp mot Klinten där låga sten- och trähus utmed trånga gränder vräkte sig i solgasset. En nött och gammal stad men aldrig utan skimmer. Inte ens under det värsta oväder. Vid närmare eftertanke gjorde sig staden bäst en grå novemberdag.

Och detta behövde uttryckas på ett eller annat sätt, även om det råkade vara juni och midsommartid. Men Bodén kände sig inte upplagd.

– Å Gud, så vackert! utbrast följaktligen Nina.

Här gick han med sitt livs största ångest, medan hustrun föll i trance för en ringmur som legat där sedan sent 1200-tal. Men frågan var hur han skulle närma sig henne. Eller snarare hur han skulle våga närma sig sig själv.

– Gick och tänkte på att jag träffade Älgen på båten, sa han istället rakt ut.

– Jaså, sa hon.

Och tystnade tvärt.

Det var med en av de nya färjorna de kommit från Oskarshamn. En lugn överfart, endast en mild bris över Östersjöns vatten. Men ändå var det på denna lätta vind som Jan Bodén försökte lägga skulden för det som hände. I stort sett detsamma som inträffade på systembolaget ett par timmar senare, efter det att han kört nerför rampen från övre däck och styrt bilen mot affärscentret vid Österport.

Tillvaron som utan förvarning gungade till, för att snabbt därefter stabilisera sig. Så flyktigt och därför negligerbart.

Den gastkramande upplevelsen på Systemet var inte ny men det var den hittills värsta attacken. Kanske för att han dessförinnan gungat på havet och liksom fått vajsing på balansorganet. Eller något ditåt.

Han satt nu bakom ratten och backade utan större svårigheter ut från parkeringsrutan. Det skulle mycket till för att be Nina köra. Saaben var fullastad men mindre ekonomiskt packad nu när barnen inte längre var med. I hela baksätet hade de vräkt in kassar och väskor.

De passerade Gutavallen, svängde sedan ett kort stycke mot ringmurens södra port, vidare i rakt sydlig riktning genom de bägge rondellerna och var därmed ute ur stan. Ön var som en skiva uppstigen ur havet. Där uppe på hällarna gick vägen mot Klintehamn.

Havet bredde ut sig på ena sidan, solen på nedgång strödde silver över vattnet. Jan Bodén kisade förnöjt. Åt andra hållet låg regementet.

Bilen körde nästan sig själv. I trettio år hade de haft stugan. Eller snarare han. Det var han som när han var mycket ung ärvt den av en ogift faster utan egna barn. Som en skänk från ovan. Men i början kändes stugan mer som en belastning. Ansvar och bundenhet. Måla, kratta, laga stuprännor, byta dasstunnor, stänga av vattnet och lyfta upp pumpen nere vid brunnen inför vintern. Föräldrarna tog över ansvaret, vilket var en välsignelse under en tid, men det fick honom senare att känna sig som insnärjd i tacksamhet och förväntningar från deras sida att få låna stugan när han och Nina själva ville bo där. Det skar sig till slut. Som ett kabelbrott. Han ställde sig delvis utanför. Nina och morsan skötte dragkampen.

Älgen hade alltså kommit med samma färja.

Det var när Bodén lämnat sin vilstol i den förliga salongen och var på väg mot toaletten som han stötte på honom. Pierre Elgh. Namnet kom upp direkt, trots att det borde vara närmare fyrtio år sedan de senast sågs. Å andra sidan fanns det få personer med ett så pass exotiskt förnamn när han växte upp. Mamman var visst fransyska. Förnamnets främmande klang överskuggades dock av efternamnet. Det kunde aldrig, hur Pierre än bar sig åt, bli något annat än Älgen. Trots att hans på den tiden späda lekamen hade få likheter med djuret ifråga.

Älgen stod alltså där, numera både högrest och välväxt med ljust krusigt hår som en gloria runt huvudet. Han betraktade honom vänligt intresserat, medan Bodén själv i sin ömkansvärda vinglighet så omärkligt som möjligt försökte hitta något stadigare att ta tag i än färjans släta innervägg.

Nog tedde sig Älgen nyfiken. Glodde på honom med en skärpa som retade Bodén. Några småsteg behövdes, som vid en snabb foxtrot, för att han skulle kunna räta upp sig och respektabelt se rakt in i Pierre Elghs ögon som förstorades kraftigt av ett par tjocka glas.

Känslorna var blandade, minst sagt. Den ofrånkomliga jämförelsen låg alltid på lur. Hur hade det gått i livet? Händelsevis.

Älgen såg ut som hälsan själv.

– Det var ett tag sen, inledde han glättigt.

– Jo, det kan man säga.

Det var så man började. Älgen hade inget ressällskap, fick Bodén veta.

– Ska hälsa på goda vänner i Sysne över midsommar, sa han. Och du?

– Frugan och jag har en sommarstuga i Tofta, sa Bodén.

– Jaså, ni har stuga på Gotland. Har ni haft det länge?

– Ja, det blir ju några år. Ärvde den, sa Bodén, och Älgen nickade.

– Låter trevligt, kommenterade han, som sig bör.

Och det höll förstås Bodén med om. Varpå han placerade ut nästa obligatoriska fråga:

– Och vad pysslar du med nu för tiden?

– Sjukvård, sa Älgen illmarigt.

Det hördes att det var något han dolde. Samtidigt såg han rätt nöjd ut. Självsäker, rentav.

– Jaha du, sa Bodén och insåg att det kunde innebära vad som helst från transportör i sjukhuskulvertar till någon sorts jäkla professor. Fast det senare var en smula osannolikt. Inte Älgen. Något direkt ljushuvud var han sannerligen inte. I alla fall inte på den tiden. Men uppsynen var i denna stund allt annat än undfallande. Snarast självsäker. Likaså klädseln, även om det var de obligatoriska jeansen och en tröja. Men det finns olika sätt att bära kläder på. Och olika märken.

Kroppen avslöjar vem man är. Älgen var rak. Nästan som en eldgaffel.

– Och du? sa han.

– Lärare.

Älgen såg först ut att tvivla. Men sedan ändrade han min, nickade och log igen och tyckte tydligen att tiden var mogen att stjälpa upp sanningen utan spelad ödmjukhet.

– Är själv läkare.

Och så var det sagt. Bodén skulle just kommentera detta när Älgen harklade sig.

– Överläkare, förtydligade han.

Det hade alltså gått riktigt bra för Älgen. Han måste på ett mirakulöst sätt ha hämtat upp sig sedan de väl lämnat skolan. Mognat sent, tänkte Bodén, inte utan en tagg av avund.

Älgen hade haft det rätt trassligt hemma, efter vad han kunde minnas. Pappan försvann på något vis. Sköt sig? Eller om det var en olycka. Kanske inte ens Älgen visste hur det förhöll sig. Det var, när allt kom omkring, rätt lite man visste om kamraternas hemsituation under uppväxten. Sällan något de pratade om sinsemellan. Möjligen råkade man snappa upp föräldrarnas lågmälda prat när de trodde att barnen inte hörde. Det var så saker och ting ibland kom fram. Kamraterna själva kände bara till det nödvändigaste. Vilka morsor som alltid skar upp en limpa och tog fram prickigkorven om det behövdes, vilka som sällan protesterade om de smet in när regnet stod som spön i backen, vilka farsor som hade bil och vilka som hade en kärra utöver det vanliga. Ungefär så och möjligen lite till. Till exempel vem som hade det extra gott ställt. Fast de var inte så många. Men sedan var det väl inte så mycket mer att intressera sig för, förutom eventuella syrror när den åldern kom. Bodén hade själv ingen. Älgens var söt. Men oåtkomlig.

Och här stod de alltså, Älgen, som hade mognat sent, och han själv som med nöd och näppe kunde hålla sig upprätt.

– Familj? fortsatte Bodén.

– Är separerad. Vi växte ifrån varandra. Barnen tog det inte så hårt, de var trötta på vårt gnat, sa Älgen lakoniskt.

Bodén nickade.

– Och du?

– Gift med Nina, om du minns henne.

Möjligen kunde rosa fläckar anas på Älgens kinder.

– Nina Gustavsson i parallellklassen?

– Just det, sa Bodén.

– Visst tusan minns jag henne …

Bodén nickade.

– Imponerande. Då måste ni ha hängt ihop länge, sa Älgen och smilade upp sig.

Bodén nickade återigen, men det var något i Älgens tonfall han inte gillade. Nina och han hade inte hängt ihop ända sedan skoltiden, men det orkade han inte redogöra för. Att de inte var skilda torde bero på ren och skär slöhet. Det sa han inte heller.

Säsongens första resa mot stugan i Tofta företogs under andäktig tystnad. Öns karga skönhet drabbade honom varje gång. Kanske än starkare allteftersom åren gick. Det vita, klara skimret sprunget ur kalksten och ett omgivande hav. Vägkanternas ymniga blomning. Blåeld, högrest som ultramarina facklor, aklejor med spröda hattar i blått, rosa eller vitt, midsommarblomstrens rödvioletta stjärnor, vitt från baldersbrå – lätt att förväxla med prästkragar – illande rött från vallmo och så förstås blåklinten. Midsommarens klassiska blomster. Han tittade ibland i sin gamla flora som låg i stugan.

Nina satt med ett milt leende på läpparna. Åren hade gått men hon var sig lik. Möjligen bättre bibehållen än han. Hade i stort sett egentligen bara ändrats till färgen, bleknat så sakteliga. Huden tunnare och vitare. Håret inte grått, som hans, utan mer en obestämd nyans av brunt och mattare än förr. Alltjämt var hon klippt i en tvär page med lika tvär lugg som dolde pannan. Men den fysiska bräckligheten var en synvilla. Hon var stark och förmodligen modigare än han.

Hennes händer vilade nu i knäet. Bodén kastade en blick på dem, såg sedan åter ut genom vindrutan. De smala vigselringarna i gult guld var nötta och hade intagit sina platser, makat åt sig och grävt en fördjupning runt det vänstra ringfingret. Långa och raka fingrar. Vackra händer, och starka. Han hade alltid tyckt om dem, men kom nu på att han inte tagit i dem på mycket länge. Det hade inte blivit så. Men plötsligt kved längtan. Han var som ett ömtåligt barn med öppna sinnen. La därför försiktigt sin hand över hennes. Hans varma, med trubbiga fingrar, över hennes kalla. Han kände en lätt ryckning, men hon lät handen ligga kvar. Svarade med att snabbt krama tillbaka, men drog sedan handen till sig som om hon bränt sig, och började i ett uttryck av plötslig iver, eller möjligen spontanitet, vifta med bägge händerna i luften.

– Vilken tur att vi har allt detta, sa hon och lät i hans öron exalterad i överkant.

Hon bredde ut handflatorna mot ängsmarkerna som badade i ett matt soldis. Han såg fåren som betade runt den ensamma kvarnen, en vitkalkad skapelse utan vingar. Likt en vässad penna skymtade sedan kyrktornet i Tofta. Ytterligare ett stycke, sedan, strax före campingen, svängde han ner på deras smala sommarväg som förde spikrakt ner mot stugan och stranden.

Han stannade vid brevlådorna i vägkrysset. Tvestjärtar och några fuktiga reklamblad för trädgårdsmöbler och en pizzeria, annars tomt. Han hörde faktiskt att han var på landet. Vinden i trädtopparna, havet långt bort. Sämre bevänt var det alltså inte med honom. Kunde fortfarande märka skillnaden.

En frisk vind svepte mot kinden, och han drog in den mättade barrdoften innan han smällde igen bildörren och sakta fortsatte in på Malvavägen.

Det stod bilar på de flesta tomter. Folk hade flyttat ut. Sommaren var kommen.

Kapitel två

Midsommar

JAN BODÉN HADE ännu inte gått ner till stranden, vilket var anmärkningsvärt. Just dessa långa promenader fram och tillbaka i sanden mot Gnisvärds fiskeläge skattade han i normala fall mycket högt. Tankarna som letade sig nya vägar eller helt tog paus för att ge plats åt en känsla av lätthet. Någonstans hade han läst att ögat emellanåt behövde öppna vidder för att hjärnan skulle komma till ro. Inte ideligen studsa mot kompakta hinder, mot murar, täta staket eller husväggar tvärs över gatan. Och friare än över horisonten vid Tofta strand kunde det inte bli.

När de föregående kväll anlänt och väl packat in i stugan ville Nina dra med honom ner. Se om släken som anhopats till svarta remsor under vinterns stormar hunnit forslas bort. Följa vattenbrynet medan vågorna försiktigt nosade på skosulorna, gå vidare upp på strandängarna, nicka åt fältsipporna, lågmält gråblå och ludna med vita glorior i motljus.

Göra som de alltid gjort. Konstatera att det skulle bli sommar även i år.

Men han hade inte tid, sa han. Han visste förstås vad som höll honom tillbaka, fast hans längtan var lika stor som hennes. Men han var ännu inte mogen att inviga henne i sin skröpliga hemlighet. Erbjöd sig i stället att göra en brasa i den öppna spisen tills hon kom hem. Golven var kalla och fukten behövde vädras ut. Hon gick således ner själv, vilket på sätt och vis förvånade honom. Trodde kanske att hon skulle föreslå att den gemensamma vandringen utmed stranden kunde anstå till nästa dag och att de istället kunde börja med maten.

Hon blev borta flera timmar, vilket om möjligt förvånade honom ännu mer. Han fann det till och med en smula otäckt. Illavarslande. Hans kvinna som njöt av den ensamma vandringen.

På midsommarafton var vinden kall, men det var klart. Det skulle inte regna. Han beslöt att hoppa över gräsklippningen. Plätten på baksidan var inte stor. Resten var vildmark, förutom en smalare remsa på framsidan. Tallarna släppte kottar och barr ner på det tunna jordlagret. Räfsa hann han inte heller. Växtligheten var sparsam och sårbar. Jordlagret tunt över sandmarken.

De släpade ut trädgårdsmöblerna ur uthuset, ställde upp dem under taket på verandan. Han kontrollerade att värmelamporna fungerade. Nina svängde ihop en sockerkakssmet till jordgubbstårtan och satte i ugnen. Jordgubbarna saknades emellertid.

Kunde han inte gå upp till vägen, till Margus, och köpa ett par liter? Och sedan till ICA Bysen vid campingen efter grädde som de glömde igår.

Jo, visst! Två ärenden ursäktade att ta bilen, tänkte han. Cykeln hade han ännu inte plockat ut ur vedboden, och däcken var gissningsvis tomma.

Skulle de hinna bort till dansen runt majstången i fiskeläget? Det var frågan. Klockan tre började det, och grannarna kom vid sex.

– Blir du lessen om vi hoppar över det?

Nina tittade skälmskt på honom från köksöppningen.

– Nej, inte alls. Jag avstår gärna från små grodorna, sa han och fick helt plötsligt lust att krama om henne, men det blev inte heller av.

Han orkade, av någon outgrundlig anledning, inte ta de där få stegen mot henne.

Kvällen blev kall men myggfri. Ylle- och fleecetröjor var på. Där satt Gardelins, Hellgrens, Karlströms och Enekvists. Matjessill och färskpotatis, gräddfil och gräslök och så lilla nubben.

Jan Bodén smuttade bara. Om ens det. Drack inte heller särdeles mycket av ölen. Försökte vara som vanligt. Lagom glad och uppspelt. Sjöng med i Helan går. Fyllde på glasen. Gästernas men inte sitt eget.

– Du Karlström, ska det inte vara en jäkel till!

Grannarna gick, men inte lika sent som förr i tiden, och väl var det.

De dukade av, gick trötta och moltysta sida vid sida, fram och tillbaka, tills den smala köksbänken var fullbelamrad. Som en ritual. De lät disken stå. Nina drog på sig nattlinnet just när Bodén gick ut.

Han tände stearinljuset på dasset. Satt tungt med byxorna nerdragna, som om han först nu kunde slappna av. Genom det lilla fönstret anades den gråblå natten utanför. Det skulle inte bli helt mörkt.

Han ställde sig sedan vid flaggstången och bligade uppåt. Årets längsta dag. Och även den ljusaste natten. Men stjärnorna syntes likväl.

Där är universum, tänkte han. Där är evigheten.

Kapitel tre

Lund, lördagen den 31 augusti

ETT ENVIST SURRANDE runt huvudet. Augusti. Getingmånad. Hett och kvavt.

Cecilia Westman stod återigen inför en flytt – böckerna i dubbla pappkassar, alla småprylar i kartonger av olika storlekar, kläderna nerpressade i samma väskor och bagar som hon för ett år sedan forslat dit dem i.

Det var bara hon kvar i den stora och instängda våningen. Alltid sist!

Hon duckade hastigt men slog inte efter getingen. Ville inte direkt uppmana den att sätta gadden i henne. Pannan var blank av svett, hon kände sig allmänt ofräsch, drog halvt frånvarande en blond hårslinga bakom örat och ställde sig och glodde på högen som proppade igen golvytan mellan sängen och skrivbordet.

Rummet var litet och avlångt och låg in mot gården. Som en cell. De fåtaliga möblerna skulle stå kvar, vilket hon enbart var tacksam över. Nerlegad sängbotten och för litet skrivbord. Lägenheten hon skulle flytta till på Tullgatan var tom, förutom en madrass hon lånat. Detta bekymrade henne inte. Såg med tacksamhet fram emot en sorts frihet. Få bestämma själv. Lite ärvt från mormor, som hon skulle se till att få dit, uppblandat med Ikea och loppisfynd.

Under det gångna året hade hon och två vänner bott på en bekväm och väl ansedd adress, Gyllenkroks allé, mitt emot Stadsparken i centrala Lund. Men familjen som bott utomlands skulle återvända, det var dags att skingras. Helt utan saknad, konstaterade hon, medan hon lufsade runt i lägenheten och tog farväl. Hon tryckte sedan örat mot ytterdörren. Inga ljud i trappan. Hon väntade på Karl.

För första gången skulle hon flytta till något helt eget. Inte stort men med hennes namn både på kontraktet och på dörrskylten. Studentkorridorer, delade lägenheter, olika varianter av inhysningsrum och andrahandskontrakt var från och med nu ett minne blott. Hon hade tack vare pengarna hon ärvt efter mormor kommit upp sig ett snäpp i bostadshierarkin. Köpt en bostadsrätt. Blivit stadgad. Men för den skull inte fast. Inte än!

Cecilia Westman närmade sig med stormsteg sin tjugofjärde födelsedag. Hade krypångest över att sedan gå mot tjugofem. För att inte tala om att strax därefter rusa mot trettio.

Allt hon skulle flytta med sig stod nu hopsamlat på ett och samma ställe. Inget utspritt eller bortglömt, vilket var en prestation i sig, med tanke på att hon inte heller denna gång hade lyckats börja i tid. Hon hade en tendens att alltid tänja på marginalerna, men det brukade fixa sig på ena eller andra sättet. I och för sig satte hon ibland omgivningen på väl hårda prov, men det hade hon också vant sig vid att ta.

Mest stressad av hennes uppenbara igångsättningssvårigheter och tidsoptimism hade hennes mamma varit, men även hon var numera luttrad. Själv såg Cecilia det som en sport att likt en femtonhundrameterslöpare överraska med att spurta på sista varvet. Under några få men desto mer intensiva timmar hade hon således farit runt som ett jehu och rafsat ihop kläder, sänglinne, böcker, ljusstakar och de enkla husgeråden. På upploppet rev hon osorterat ner badrumsskåpets innehåll i necessären, proppade den så full att galonen spände som skinnet på en välgödd gris. Sedan var det klart. Till och med tid över.

Hon spankulerade således runt med händerna på höfterna likt en segerherre på slagfältet. Förvisso fanns en inte helt försumbar rutin att luta sig mot. Det var liksom inte första gången det bar iväg. Somligt hade hon knappt ens plockat upp sedan förra flytten. Rentav glömt bort att hon ägde.

Emmys pappa hade hjälpt sin dotter, och Trissans mamma sin. Kommit med stora bilar och kånkat och släpat. Trissans mamma hade dessutom städat dotterns rum, gnott med skurtrasan och putsat fönstren, medan Trissan förmodligen gjorde sig hemmastadd på det nya stället på Bytaregatan mitt i stan. Om hon inte smitit iväg till Gerdahallen för ett träningspass eller satt och hängde på ett kafé någonstans, tänkte Cecilia smått avundsjukt, men försökte låta bli att haka upp sig.

Vid närmare eftertanke fann hon det närmast patetiskt med en mamma som sopade rent efter sin dotter. Mamman var dessutom rätt beskäftig och la sig i en hel del. Cecilia hade hört dispyterna från Trissans rum, även om de försökt sänka rösterna.

Själv var hon van vid att reda sig. Och duktig på att hitta bra vänner. Som Karl.

Hon var uppväxt som enda barnet till en ensamstående mamma som alltid tyckt mycket om sitt arbete. Veronika var läkare, kirurg. Cecilia hade alltid varit stolt över sin stronga mamma. Hon skulle förstås ha ställt upp om Cecilia frågat henne. Och om hon inte hade varit på bröllopsresa.

Bröllopet var roligt, mycket lättsammare än vad hon föreställt sig. Hon kunde till och med erkänna för sig själv att mammans nya snubbe var helt okej. Fast det suttit hårt åt rätt länge. Hon hade skämts över sin brist på generositet men ändå inte lyckats göra så mycket åt det. Men hennes halvsyster Klara hade hela tiden varit en bonus.

Den tunna, gröna sidenklänningen som hon själv hade haft på sig på bröllopet låg överst i ena bagen för att den inte skulle bli alltför skrynklig. Claes, mammas nye, tyckte att den gick fint ihop med hennes ögon.

Om det inte vore för den pressande värmen kunde hon ha skurat badrummet. Till exempel. Eller tagit köksskåpen. Överraskat Trissan och Emmy när de nästa morgon skulle träffas för att städa gemensamhetsutrymmena.

Men det var inte värmen som höll henne tillbaka. Förresten skulle Karl dyka upp vilken minut som helst.

Det bästa med Karl var att han hade bil, tänkte hon och kröp över sängen i sitt gamla rum, bort mot fönstret, för att titta efter honom. Visserligen bara en gammal Toyota Starlet, en rosthög som torde vara marknadens minsta kombi, men den rullade. Och det räckte för henne. De fick väl stuva in så mycket det gick, även i framsätet. Själv kunde hon cykla bort till den nya lägenheten. Kanske det räckte med tre rundor?

Bilar hördes långt bort. Röster steg upp från bakgården, även enstaka gälla skratt. Hon stack ut huvudet och tittade ner. Ingen Karl men däremot fyra personer runt ett rangligt trädgårdsbord ställt på en tovig gräsmatta, stor som ett frimärke. Intill den kämpade en oklippt syrenberså som med nöd och näppe överlevt ett storstilat asfaltprojekt. Resten av bakgården var deprimerande mörk.

Blicken hamnade rakt ner i en flint, brunbränd och blank som en kopparkastrull. Men det var inte denna äldre granne som fick henne i gungning. Inte heller den småfeta hustrun med svartfärgat krullhår och naturfärgad linneklänning. Möjligen den yngre kvinnan, smal och lite kraftlöst hopsjunken, som smuttade på något gult i ett saftglas. Morotsjuice, kanske. Långt mörkt hår utfällt som en ryamatta över ryggen. Hur nu människan stod ut med det i värmen. Kvinnan satt likväl där som en drottning. Och Cecilia visste varför.

Mannen vid sidan om henne vidrörde hennes underarm, likt en skapare som ger liv åt en lerklump. Smekte lätt med fingertopparna, så ytterst försiktigt och diskret att inte någon kunde undgå att se det.

Och mannen var Jonathan.

Cecilia blåstirrade. Önskade för en sekund att blickar kunde döda. Hon kunde i alla fall glo ostört. Vinkeln uppifrån dolde hans ansikte. Mest syntes det solblekta håret som krusade sig vid öronen, och så förstås benen i bermudashorts lojt utsträckta under trädgårdsbordet. Bomullsskjortan var kortärmad och ostruken. Förstås hade han skjorta. Aldrig tröja.

Hon svalde, tungan låg som en träbit mot gommen. Men ögonen var klara som fjällsjöar och absolut inte fuktiga. Ingen tung gråt var heller på väg upp. Snarare oförlöst ilska.

Hon hängde kvar med bröstkorgen över fönsterbrädan. Som fastklistrad. Såg hur hans långa fingrar envist strök fram och tillbaka.

Jag äger dig, ville han säga till den mörka.

Men du äger i alla fall inte mig, tänkte Cecilia upproriskt och noterade samtidigt att de andra två runt bordet börjat skruva på sig. De måste vara ryamattans föräldrar, antog hon. Det var i alla fall inte hans. Och så började även Jonathan vrida sig i stolen. Kände sig förmodligen iakttagen. Slutade tvärt att glida med handen utefter ryamattans arm. Vandrade istället osäkert uppåt med blicken.

Men då hade Cecilia dragit in huvudet, lika blixtsnabbt som om hon bränt sig på en skållhet platta.

Var höll Karl hus?

Det bästa med honom var alltså bilen. I alla fall när man stod inför en flytt. Och att han var schyst. Ställde upp utan att tjura.

Det fanns alltid sådana som Karl, och tur var det.

Det var mycket annat som var bra med honom också. Det mesta, när allt kom omkring. Enda felet var nog egentligen att han var Ylvas.

Trots att fönstret var upphakat var luften kvalmig. I hårbottnen kliade det av fukt och rännilar rann under armhålorna. Hon hade bara ett svart linne och ett par kakishorts på sig, höll ändå på att dunsta bort. Behåns vinröda och uttänjda axelband hade trillat ner över skuldrorna, trots att hon var förhållandevis bredaxlad. Hon märkte det knappt. Tänkte på annat. Tänkte på vad hon nyss hade sett. Försökte smälta, var jäkligt tacksam över att inte vara den mörka där nere i trädgårdsstolen.

Ändå sved det. I alla fall lite. Kanske mest för att hon påmindes om att hon varit så godtrogen. Gått på att hon betydde något. Trott på vad han sa, inte kunnat urskilja den halvfalska tonen. Inte tagit in vad han mer kunde vara kapabel till, som alls inte hade med kärlek att göra. Hon hörde och såg vad hon ville. Var tondöv i sin förälskelse.

Aldrig mer!

Hon ruskade huvudet fram och tillbaka som för att skaka av sig obehaget, men ändå rann den dubbelbottnade längtan inte av henne. Hon saknade ruset. Inte honom. Avundsjukt noterade hon ryamattan. Hennes självbelåtna och dolska leende. Svartsjuk på molnet hon svävade på där nere i trädgården.

Än så länge …

Ett fuktband från linningen klibbade runt midjan. Hon släppte ut bältet ett hål, men det gjorde varken från eller till. En och sextiosju lång och timglasformad men platt från sidan. Breda axlar, tydlig midja men ingen byst att tala om. Hur mycket hon än drog in magen och sköt ut bröstkorgen blev den inte större. Försökte varje dag att finna sig i det. Eller tog från de rika och gav till de fattiga, som expediten i underklädesaffären sa, och sköt de små brösten från sidan in mot mitten i bygelbehån och åstadkom en väl synlig om än inte avgrundsdjup klyfta.

Hon hade en flaska Ramlösa någonstans. Drog håglöst runt och letade. Den stod i hallen vid ytterdörren tillsammans med ett sopberg. Sex hopknutna plastpåsar från Söderlivs. Hon glodde trött på dem. Vem hade Emmy och Trissan tänkt skulle ta hand om dessa stinkande bomber? Hon, förstås. De hade lämnat skiten till henne. Jäkla egoister! Inte kunde hon låta påsarna stå och jäsa till nästa dag. Flugor, maskar och en massa andra obehagliga kryp skulle säkert kläckas under natten i den fuktiga luften. Och hon som inte ens hade fått iväg sitt eget lass, än mindre städat ur rummet. Och till kvällen var hon bortbjuden. Låg så att säga ett steg efter. Minst. Om inte en hel paradtrappa.

Cecilia knep ilsket samman käkarna och slet till sig soppåsarna medan hon illasinnat började tänka bakåt. Fast det absolut inte nyttade något till, men det hade inte med saken att göra. Tankarna gick liksom igång av sig själva. Kom plötsligt ihåg sådant som hon borde ha strukit ett par rejäla och feta streck över.

Som rumsfördelningen, hur gick den egentligen till? *Blev* det bara så att hon fick det minsta rummet, så trångt att man knappt kunde pressa in en person till utan att använda skohorn? Var det så att Emmy och Trissan bara *råkade* få de två större mot gatan? Slump eller tur, eller vad det nu var de försökte få det att likna. Nix! Hon hade helt sonika ställts inför fullbordat faktum. Emmy och Trissan hade markerat sina revir i *lagom* god tid, för att det skulle se ut som om det blivit så av en händelse. Ställt in väskor och lådor i de bästa rummen.

– Någonstans var vi ju tvungna att ställa dem, sa Emmy och försökte se olycklig ut, men antydde inte att någon av dem var beredd att byta. Emmy och Trissan hade gjort upp bakom hennes rygg. De hade låtit bli att *kommunicera*, vilket Trissan annars var så förtjust i. Hon läste ju psykologi, gubevars! De låtsades att de liksom hade glömt bort henne. Men det rörde sig ju bara om ett år, hade hon tänkt. Och inte kunde hon riva upp himmel och jord för det, framför allt inte som de skulle bo under samma tak. Och någon var ändå tvungen att ta jungfrukammaren. Det hade kanske blivit hon, även om de hade haft lottdragning.

– Alltid måste man tänka efter före, muttrade hon tyst på väg nerför trapporna. Göra upp. Tala klarspråk. Fast det var svårt.

Men hyran hade delats systerligt i tre lika stora delar.

– Alla använder ju ändå köket och vardagsrummet mest, eller hur? sa Emmy och såg på henne med pepparbruna orubbliga ögon. Som om hon passade på att öva sig i hur man uppträder i rätten. Tydligt och bestämt och inte för många känslor.

Och Cecilia hade av någon outgrundlig anledning inte vågat säga emot. Hon var väl feg. Eller om det var för att de var två och hon ensam.

Emmy läste juridik och Trissan, som egentligen hette Therese-Marie, skulle bli psykolog, medan Cecilia inte hade bestämt sig riktigt för vad det skulle bli av henne. Var inte lika målinriktad. Mer en sådan som sökte sig fram. Och det var rätt tungt emellanåt. Framförallt när hon irrade fel. Inte riktigt visste vad hon ville allra mest av allt hon ville. Kände sug efter både det ena och det andra. Efter att träffa spännande människor men också efter att sitta ensam och läsa och skriva. Ville hjälpa andra, lyssna och ge goda råd, men också berätta om något viktigt, gräva ner sig i något extra svårt, reda ut och få klarhet. Kanske ett viktigt samhälleligt problem. Frågan var i så fall vilket?

Rätt ofta önskade hon att allt var över. Inte så att hon ville vara pensionär direkt, men att hon liksom kommit på plats i livet. Att det bara var att surfa med.

Böckerna i etnologi, litteraturvetenskap och nordiska språk var nu nerpackade. Hon hade förresten ingen bokhylla. Kanske skulle hon kunna låna Karl och locka med honom på en tur till Ikea? Erbjuda Ylva att också följa med. Fast då fick de förstås inte plats med lika mycket i bilen. Och det var en hel del hon behövde. Om pengarna räckte.

Och på måndag skulle allt dra igång. Hon skulle sitta på studentexpeditionen på Helgonavägen och sälja kompendier och hjälpa till inför kursstarten. Hade lyckats få ett halvtidsarbete på Institutionen för nordiska språk, och det var bra nu när hon hade amorteringar. Resten av tiden skulle hon läsa vidare, ett beslut hon tagit när den stora yrkesdrömmen gick i kras.

Varje dag under tre månader hade hon pendlat en timme i vardera riktningen med Pågatåget till Hässleholm, trött och stel som en vandrande pinne, för att upptäcka att livet på en redaktion var för mycket av samma sak. Om och om igen. Hon blev grå och tung invärtes, kanske mest av att bli så besviken.

– Så den unga och lovande vikarierande journalisten trivs inte? sa redaktionssekreteraren.

Hon skämdes. Sammanträdesreferat, invigningar, idrottsföreningar – olika men ändå samma. För sönderhackat och ytligt. Men det hade hon inte hjärta att slänga i ansiktet på honom. Hon ville något mer. Ville fördjupa sig men visste som sagt inte riktigt i vad, mer än att det i alla fall inte var i idrottsklubbarna i Hässleholm.

– Livet är en serie upprepningar, sa hennes mamma torrt när hon ringt upp henne.

– Men jag vill brinna, i alla fall lite, vidhöll Cecilia i luren.

– Man kan bli väldigt trött av att brinna.

Cecilia hade förstås noterat pausen, lång och knäpptyst. Inte ens en kravfylld veta-bäst-suck. Sjukhuset, kliniken, patienterna var den axel kring vilken moderns liv huvudsakligen hade snurrat. En god doktor. En duktig kirurg. Resten, det som blev över, hade Cecilia fått.

Hade mamman ångrat sig?

– Jag kunde inte göra på annat sätt, sa Veronika med den förklarande rösten. Jag var tvungen att försörja oss.

Hon lät samtidigt mjuk, närmast sårbar i sin vädjan om förståelse. Moderns ängsligt outtalade frågor. Räckte jag inte till? Har du anledning att beklaga din barndom?

– Jag klagar inte, sa Cecilia därför och lät så fast och hurtig hon kunde.

– Sådana var villkoren, annars hade jag fått byta till något annat, fortsatte Veronika sitt försvarstal.

– Det är okej, mamma, sa Cecilia lugnt och hejdade henne.

Hon hade tänkt sig att samtalet skulle handla om henne. Om osäkra yrkesdrömmar och en oviss framtid. Inte om moderns dåliga samvete.

Hon stegade ut på gården med soporna dinglande i nävarna, försökte värja sig mot vad hon skulle upptäcka runt trädgårdsbordet, men kafferepet var slut och bordet tomt. Kastade snabbt ner påsarna och segade sig långsamt upp. Letade efter mobilen i röran i rummet. Måste jaga på Karl, annars kom hon väl aldrig iväg.

Då kom han. Fyllde hela dörröppningen.

– Schyst att du ställer upp, sa hon och flackade med blicken. Tyckte han kanske att det var för mycket att flytta?

– Det här blir en enkel match, sa Karl som om han hört hennes tankar. Och vi ska ju ner, inte upp. Och du har väl inget piano?

Hon ställde sig på tå och pussade honom hårt på kinden.

– Vill du att jag åker och handlar lite käk?

Allt var inburet och hyllan i hallen, som dråsat ner när hon hängde upp den tunga afghanpälsen från Myrorna, var åter uppe. Pälsen vågade hon inte lägga i källaren ifall lömska kryp skulle angripa den.

Karl var onekligen en handlingens man, konstaterade hon. Inget var tungt eller besvärligt. Den vita T-shirten fladdrade utanför shortsen. Han var smal över höfterna och bred upptill. Hade det varit tvärtom så kunde även det duga. Det var annat det kom an på. Leendet. Ögonen. Sättet.

Hon kunde inte tacka nej, även om hon inte var direkt hungrig.

– Lite yoghurt, kanske.

– Inget annat? Mer som mat, liksom.

– Tror inte det, jag ska ju bort i kväll, men ta vad du vill ha, jag betalar.

Hon grävde upp plånboken, trodde sig ha några sedlar. Stod intill honom i hallen. Och den var trång.

– Räcker det?

En hundring.

– Visst! Men ska du inte ha lite hemma till i morgon? När du vaknar, alltså. Bröd, juice, mjölk, kaffe eller te?

Det lät som om han planerade att äta frukost tillsammans med henne. Dessvärre var det bara något att stilla drömma om.

– Det är långt till i morgon, sa hon och viftade med sedeln. Det är allt jag har. Annars måste jag gå med och betala med kortet.

Han stack. Hon la sig raklång på den obäddade madrassen på golvet. Kunde inte förmå sig att riva i kartongerna och börja packa upp. Hade i princip hela livet på sig. Glodde därför i taket, såg på väggarna. Var lycklig. Vitt och nymålat.

När Karl kom tillbaka sov hon förstås.

– Väckte jag dig?

– Nä, det var bara bra.

Hon såg sig yrvaket omkring. Lyssnade till nya ljud. Bilar som hördes närmare. Hon hade flyttat från fjärde till andra våningen. Det var fortfarande ljust ute. Hon hade inga lampor, kom hon på. Fick väl treva sig in när hon kom hem i natt. Eller tända på toaletten och låta dörren stå öppen.

– Trevlig lya, kommenterade Karl som satt sig på en låda med en sladdrig pizza hängande i händerna. Har du köpt den?

Hon nickade.

– Måste kännas bra att ha pengar.

Hon svalde jordgubbsyoghurten. Han drack öl.

– Fick ärva av mormor, sa hon lågt.

Varför hon nu skulle skämmas över det. Det blev till och med lite pengar över, en bra reserv om kylskåpet pajade, spolningen i toalettstolen krånglade eller rören sprang läck och hon behövde en fackman, som Claes sagt. Han skulle alltid ta i. Verkade i alla fall rätt osannolikt att allt kunde hända på samma gång, men man visste förstås aldrig.

I alla fall hade hon ordnat det mesta själv. Letat i annonser, tittat på många lägenheter, ringt och frågat, satt sig in i pappersexercisen och fått en egen bankkontakt. Hon hade koll på läget och var mycket nöjd med sig själv.

Det var inget vräkigt ställe, trettiotvå kvadratmeter, ett rum mot gatan och ett kök stort nog att sitta i, som låg mot gården med en liten hall och ett minimalt badrum emellan. Absolut ingen kunde tränga sig in här. Ingen behövde lägga sig i vad hon hade för sig. Inget ”delat” eller ”gemensamt”. Som i lägenheten på Gyllenkroks allé. Eller i Parentesen, en inbodd studentkorridor med två minuter till Mårtenstorget och Systemet, det kunde egentligen inte bli bättre. Men hon hade ändå flytt därifrån hals över huvud.

I stort sett redan första dagen på studentkorridoren fann hon en vacker man i korridorköket och överrumplades av pukor och trumpeter som ljöd i hela kroppen. Ett sprakande fyrverkeri drog henne med sig. Hon rycktes bort från jorden, kom att sväva högt, högt upp, uppslukad med hull och hår av den vackraste man hon någonsin träffat.

Jonathan.

Men sådant blir man i längden trött av. Eller besviken. Eller dödligt sårad.

Hon hade sedan dess hunnit förpassa honom förbi det synliga. Långt bortom horisonten, och hon var fast besluten att inte trilla dit igen.

Nu hade han alltså en ny. Ännu en. Förstås hade han det. Hela tiden nya. Staden var mindre än man kunde tro, trots gott och väl fyrtio tusen studenter. Att några av dem emellanåt stötte på varandra likt kuggar som hakar i varandra var inget märkligt.

Hon satt på madrassen med knäna uppdragna mot hakan. Orkade inte resa sig. Placerade den tomma yoghurtbägaren på fönsterbrädan. Hoppade till när mobilen i Karls ficka ringde. Såg att han tittade som hastigast på henne innan han reste sig och tog upp den med ryggen vänd mot henne.

– Hej, hörde hon att han sa kort och liksom ångerköpt. Vad bra att du ringde. Jag kommer snart.

Lät han glad? Kanske. Kanske inte.

Cecilia sa inget, satt kvar med armarna om benen, vilade huvudet mot knäna.

– Det var Ylva, sa Karl.

Hon nickade.

– Måste gå.

Hon nickade igen.

– Tack för hjälpen, ropade hon efter honom precis när dörren höll på att gå igen.

Hon förmådde inte resa sig. Ljuset silade in. Kranen i köket droppade. Kravlade sig till slut upp och vred till den droppande kranen. Ställde sig i köksfönstret och tittade på en koltrast som ihärdigt drog i en daggmask.

En stilla augustikväll hemma hos mig, tänkte hon belåtet.

Förstås blev hon sen.

Av någon outgrundlig anledning var hon tvungen att få igång musikanläggningen, trots att det lika väl kunde vänta till nästa dag. Satte på musik och började hänga in lite kläder i garderoben, ställa in muggar, tallrikar och glas i köksskåpen, gå runt och känna in hur hon ville ha det.

Klockan var redan halv nio när hon kom ut ur duschen. Klockan åtta stod det på inbjudningen. Skulle ända ut till Djingis Khan. Insåg att hon fick ta en taxi. Den kom nästan direkt efter att hon hade ringt. Håret hade inte hunnit torka, men annars var hon tillfixad.

Bilen satte av henne vid det bilfria områdets ena ände. Hon såg ut över ett gytter av ockramålade radhus i trä, som lådor byggda på varandra i snäva ringar med sandlådor i mitten. Hon hade inte varit där tidigare, bara kört förbi. Ursprungligen byggt för studentfamiljer, men numera var klientelet rätt uppblandat, vilket inte minst de olika och ibland halsbrytande gardinarrangemangen avslöjade.

Hon höll inbjudan i handen, irrade på de smala gångarna men insåg att hon var tvungen att fråga sig fram. Hittade till slut rätt, en skyddad och ombonad innergård med lummiga buskar och en gungställning vid sidan om sandlådan. Hade hennes vänner barn i sikte? Hon visste inte varför tanken skrämde henne.

Ytterdörren stod öppen. Musik vällde ut. Hon klev på.

Ester och Leo var tre år äldre än hon. Leo serverade drinkar ute på verandan. Ester, som hon lärt känna på träningen i Gerdahallen, var färgstark som ett gnistregn och bar en röd, kort klänning. Smärt och smidig pressade hon sig emellan gästerna med ett fat dekorativa munsbitar balanserande på ena handen.

– Det finns mer vin och en matig fisksoppa, ropade Ester med hög och hes röst för att överrösta glammet.

Ungefär hälften var kända ansikten. Resten förmodligen Leos vänner. Läkare eller blivande sådana. Ester var nybakad barnmorska. Några av kvinnorna var förmodligen också barnmorskor, gissade Cecilia.

Stämningen steg. De hade ett sommarlov att ta igen.

Cecilia märkte hur vinet gick rakt upp i skallen. Var uttorkad. Började flamsa med en typ som var ovanligt kul för att vara teknolog. Framförallt roligare än hon antagit när han tyst svassat efter henne under träningspassen på Gerda. Hade känts mest som att ha en strykrädd hund runt benen. Han hade varken ingenjörsmässigt stålbågade glasögon eller kortklippt nacke, däremot pigga fräknar på näsan och rött krulligt hår. Dessvärre blev han även nu snabbt ett plåster. Följde efter henne, och det var ett litet helsike att skaka honom av sig.

Hon räddade sig ut till en tjejgrupp i köket. Alla hade hur mycket som helst att prata om. Höga toner, mycket skratt. Kinderna glödde, den knallrosa tröjan som hon hittat i flyttröran satt perfekt, urringningen blänkte, de bara armarna var solbrända.

Hon hjälpte till med att skära upp bröd, fick en kram av Leo och en kyss av Gustav Stjärne, den evigt leende guldgossen, medan hon försökte åla sig genom hallen. Den var trång. Ytterdörren stod fortfarande öppen och bidrog till ett försiktigt tvärdrag. Folk fortsatte att droppa in. Några bolmade på gården.

Hon skulle just attackera Karl, som stod en bit innanför tröskeln i vardagsrummet, och tacka ännu en gång för hjälpen. Kanske med mer än ord. Kunde för ögonblicket inte se Ylva, så det var riskfritt. Kände sig emellertid med ens en smula ostadig. Klackarna var höga, skospetsarna som spjut. Tog tag i väggen. Karl fick syn på henne, ögonen log hett. Och han tog ett kliv mot henne, hon gjorde sig beredd, höjde armarna och ville kramas. Men just då råkade hon kasta en blick ut genom den öppna ytterdörren.

Trots augustinattens svärta såg hon vilka som var på väg in. Som stod uppklädda nedanför trappan med ansikten blodlösa av det kalla ljuset från ytterbelysningen. Hon med en oskuldsfull vit, fotsid klänning och en solros i handen. Hårmattan låg utslagen över axlarna. Som ett skogsrå. Han med armen om henne. Såg emellertid rakt på Cecilia. Prövade henne med blicken.

Ryamattan har underbett, konstaterade Cecilia, innan hon vinglade in i Karls famn.

Vid tresnåret ville hon hem. Hade några timmar bakom sig som hon inte i detalj kunde redogöra för. Slumrade till mitt i alltihop och vaknade med huvudet mot soffkuddarna av att någon ryckte upp henne för att dansa. Det var Karl. Men det hjälpte inte, hon orkade inte komma på benen. Behöll istället hans hand och drog ner honom i soffan bredvid sig. Han var förvånansvärt medgörlig, så hon misstänkte att Ylva gått hem. Dessutom var han lindrigt nykter, för att inte säga dyngrak, men vad gjorde det henne? Han la kaxigt ena armen om henne och drog henne klumpigt till sig, som om han inte brydde sig ett dugg om att folk såg dem. Fast å andra sidan verkade ingen reagera, det var sent och uppmärksamheten knappast på topp.

Hon tappade sitt tunga huvud mot hans axel, gned kinden förnöjt mot skjortan som en spinnande katt. Det var som om dammluckorna äntligen öppnats. Som om de två äntligen begrep att de faktiskt hörde ihop.

Så kände hon något hårt. En hand som tvingade sig in under kjolen och upp mellan låren så att det gjorde ont. Naglar som rev, fingrar som varken var känslosamma eller smekande, som bara tog för sig.

Hon öppnade ögonen på vid gavel. Stirrade in i ett blankt ansikte och kände den unkna spritstanken. Såg en iskall skärv i de blå irisarna och pupiller som inte mötte hennes.

Vad var det som hände?

Detta var sannerligen inte vad hon tänkt sig!

Men han slutade inte. Slet och rev, flinade slirigt och dumt.

Hon blev heligt förbannad men ännu mer besviken. Inte han! Aldrig hade hon kunnat tro att den hygglige Karl kunde förvandlas på det här sättet. Men när spriten kom in flög tydligen vettet all världens väg. Visst hade hon hört rykten men avfärdat dem som nonsens.

Hon hade varit dum och blind, igen. Hon försökte slingra sig loss och gjorde en ansats att resa sig, men han tryckte ner henne. Hon sköt hans bringa ifrån sig med bägge händerna och gled samtidigt ner på golvet med en duns. Ingen tycktes ta notis om dem. Men plötsligt kände hon ett fast grepp om ena armen och ett huvud som svävade över henne. Kom efter en stunds lirkande loss och lyftes upp av två starka armar.

Hamnade omtumlad på vardagsrumsparketten. Gustav Stjärne. Han bara stod där och såg lugnt på henne.

– Du hämtar dig, sa han.

Hon skänkte honom en tacksam blick. Vinglade till när hon försökte dra ner kjolen. Var fanns skorna?

Hon ville därifrån. Genast.

Men hon kom inte längre än till verandan, hon behövde få bättre styrsel på kroppen innan hon gav sig hemåt. Nyktra till. Drömprinsar hade hon däremot fått nog av. Hon skulle bli nunna. Inte ens Gustav som hjälpt henne ville hon ha att göra med. I alla fall inte nu. Orkade inte mer.

Hon lutade underarmarna mot träräcket när hon såg en skugga

falla över sig och kände händer runt midjan, fasta tag som målmedvetet flyttade sig uppåt. Men inte hårdhänt. Hon vred kroppen för att se vem det var.

Jonathan.

Utan ryamatta.

Han släppte henne men stod kvar och log medan armarna föll. Försoningsleendet. Hon visste exakt vad det var frågan om och log inte tillbaka.

Bekräftelsens njutbara sötma.

Hon visste så innerligt väl därför att hon kände igen sig. Scenen med all rekvisita fanns redan inom henne. Rullades upp på bråkdelen av en sekund. Små rörelser, nästan osynliga, fast idiotiskt enkla att tyda. Den stora sammansmältningen. Mot ett du och ett jag som blir ett vi.

Rött, varmt och gott.

Men efter lycka kommer olycka. Det visste Cecilia.

Lust för olust med sig.

Som en berusning följd av bakfylla. Av spyor och förnedring. Ett sköte som värker.

Nej, aldrig mer!

En minut senare tog hon adjö, kramade värdinnan som hade glitter sprejat i det svarta håret och satt uppkrupen i Leos knä. De lovade att snart ses på alpinpasset på Gerdahallen. Ester och Leo skulle få en inbjudan till hennes inflyttningsparty så fort hon kommit i ordning. Hon såg Gustav Stjärnes ljusblå som lugnt såg på henne från vardagsrummet. Hon gav honom en kort men tacksam nick.

Luften kändes kylig och Cecilia var tunt klädd. Ringde som en tosing på mobilen efter taxi medan hon vinglade upp mot vägen. Tidigast om tjugo minuter kunde hon få en bil. Alla studenter som skulle hem, fick hon veta. Hon frös, drog den tunna koftan tätare om sig, funderade på att vända tillbaka men ville hem. Och om hon ändå måste vänta, kunde hon lika gärna börja gå.

Den friska luften fick henne att snabbt nyktra till. Gick allt stadigare på cykelvägen in mot centrum. Väskan hängde över axeln, och hon travade så snabbt hon kunde under motorvägen och vidare nerför Tunavägen, förbi studentkomplexet Sparta och sedan i riktning mot Professorsstaden. Mötte knappt en själ förutom en bil då och då ute på vägen och några cyklister i motsatt riktning, förmodligen på väg hem efter nattens övningar. När hon kom in bland villorna på Tunavägen såg hon tidningsbudet och bakfylleångesten vällde upp. Ännu en försummad natt i hennes liv.

Skorna var som tortyrinstrument. Hon hade i alla fall fått upp värmen och började nynna på en käck låt för att tränga undan smärtan. Hon skulle säkert ha tio blåsor nästa dag, en på varje tå, men det var för kallt för att gå barfota.

Var nästan framme vid Botaniska trädgården, vek av för att snedda ner mot Spyken. Hon hade sedan bara att knalla mot Södra Esplanaden och följa den ytterligare en bit. Önskade att hon hade bäddat madrassen med rena lakan innan hon gick. Skulle väl bara orka dra det gamla täcket över sig.

Kvällens och nattens rytmer pumpade fortfarande i huvudet på henne, liksom ett måttligt huvuddunk på grund av vinet. Nynnade fortfarande, ihärdigt, närmast hysteriskt, för att mota bort skoskavet och för att hon inte vågade sluta. Måste hålla alla onda andar på avstånd. Mörkret och ensamheten.

Botan tryckte i ett kompakt mörker vid sidan om henne. Bland de vajande höga träden lurade rädslan. Hon tittade inte ditåt. Såg i stället mot gatans andra sida där ståtliga paradvillor vakade över henne, visserligen gömda bakom dystra häckar och med svarta fönster, men där bodde i varje fall människor. Och vinden som smekte kinderna var inte kall, bara svalkande. Hon frös inte längre.

Hon tystnade. Staden sov tungt. Knappt ens motorvägen hördes. Allt var fridfullt.

Återupptog försiktigt det låga nynnandet. Hörde så att någon kom bakifrån. Cykeldäck rullade mjukt nerför backen. Kanske någon hon kände, någon från festen, någon som kanske skulle åt samma håll som hon, som hon kunde ta sällskap med. Kanske till och med få skjuts av.

Hon befann sig precis i höjd med Östervångsvägen när hon vände sig om för att se vem det var. I samma ögonblick ven det till. En obeskrivlig smärta träffade henne.

Sedan svart.

Kapitel fyra

Oskarshamn, söndag den 1 september

– Borta bra men hemma bäst!

Kommentaren föll oreflekterad ur munnen på Veronika Lundborg medan hon sträckte på sig så att det knakade i ryggen. Hon kurade ihop sig igen och låg kvar i sängen som en spinnande katt. Bädden intill hennes var tom. Hon hade alltså talat för döva öron, men det gjorde inget. Bara en minut till, sedan skulle hon ta sig samman och kliva upp. Drog ut på det under det tunna sommartäcket uppdraget till näsan. Mjuka påslakan. De gamla var bäst, söndertvättade och behagliga. Strök med ena foten mot underbenet som kliade. Fotsulan var sträv och huden torr som sandpapper. Fotbad, tänkte hon. Som en orm ömsade hon skinn över i stort sett hela kroppen, trots att hon smort in sig enligt alla konstens regler.

Hemvant ljus sipprade in mellan sovrummets fördragna gardiner. Sensommargula strålar, trötta och lite försiktiga och betydligt mjukare än det vitaktiga dagsljuset i Grekland.

Hösten närmade sig, vemodet växte i bröstet, men ändå tyckte hon om denna årstid trots klangen av förgänglighet och förmultning. Det var efter sommaren det nya året började. Inte första januari. Då var det mesta för sent. Det var efter en lång ledighet som krafterna var som störst och nya möjligheter uppenbarade sig. Det lärde hon sig redan som skolbarn. Ny årskurs, nya lärare, nya utsikter till förbättring. Helt enkelt en ny chans. Sedan blev allt så trassligt.

Och nu skulle en ny tillvaro för lilla Klara ta sin början. Hon skulle bli ett dagisbarn.

Klockan gick mot nio. Strax före midnatt hade taxin släppt av dem utanför huset. De ouppackade väskorna stod kvar i hallen på nedervåningen.

– Ville du något?

Claes stod i dörröppningen i bara kalsonger och T-shirt med dottern på armen. De vackraste människor hon kunde tänka sig. Hon log under täcket. Såg att Claes näsrygg och kinder var rödfnasigt väderbitna. Han borde ha använt keps, men det spelade ingen roll vad hon sa. Dottern hade förstås haft solhatt och många solskyddsfaktorer.

– Nä, jag ville inget särskilt, svarade hon. Ville bara förmedla att det är skönare att sova hemma.

Hon lyfte armarna mot Klara. Dottern hade gått på högvarv när de kom hem mitt i natten, de fick trycka ner henne mellan sig. Till slut somnade hon.

Resan hade varit lång. Först transfer med båt, sedan vidare med buss till flygplatsen på Kos, och så flygresan hem till Sverige. Veronika hade aldrig varit på bröllopsresa tidigare, även om hon hade ett äktenskap bakom sig. Då blev det inte av, de skyllde på brist på pengar. De var unga och förstod kanske inte att det fanns saker och ting man inte borde slarva med. Men Claes och hon hade kommit iväg, och Klara fick de ta med sig, hon var för liten att lämnas bort. Det hade fungerat bättre än de föreställt sig att resa med småbarn. De tvingades slå av på takten, kom in i en loj och behaglig lunk.

Det var första gången hon var i Grekland också. Lite på måfå hade de valt resmål. Hittade en liten behändig ö i den grekiska arkipelagen som heter Kalymnos. En av tusen öar.

De gick ner till köket. Claes plockade ut bröd ur frysen och la i mikron för tining.

– Vi har ingen mjölk, sa han besviket.

– Du får stå ut med svart kaffe.

Veronika hakade upp köksfönstret. Huset hade stått igenbommat en vecka. Luften som trängde in var sval och frisk. Claes lommade ut till brevlådan i morgonrocken.

– Fan vad gräset har växt, sa han när han kom tillbaka och slängde tidningarna på köksbordet.

– Stressa nu inte upp dig för det.

– Jag stressar inte. Men det klipper sig inte självt.

Veronika bredde en smörgås till Klara medan hon bryggde kaffe. Dottern satt i barnstolen med haklappen på. Claes försjönk i tidningen. När han bläddrade fram sportsidorna lyste vigselringen så gul och bred. Undrar om han kommer att behålla den på, tänkte hon. Hennes förre man hade tyckt att det var obekvämt att bära ring. Den liksom skavde. Det var i alla fall vad han sa när han rätt tidigt tog av den och la den ifrån sig på en hylla i badrumsskåpet. Och där blev den liggande. Hon blev besviken men höll god min. Trodde på en sorts frivillighet i kärlekens namn. Insåg inte att hon redan då byggde in bitterheten, som sedan kom att gro. Men vad skulle hon ha gjort? Det var förmodligen så att hela äktenskapet skavde. En tid därefter lyckades även hon slarva bort sina ringar. Glömde dem som av en händelse i läkarrockens fickor. Tvätteriet fann dem aldrig. Och efter ytterligare något år flyttade Dan ut, och så var den sagan all.

Bortsett från Cecilia.

– Undrar hur det har gått för Cecilia med flytten?

Hon tittade på klockan på köksväggen. Den hade redan hunnit bli tio. Men det var söndag och för tidigt att ringa henne. Den stora dottern sov bort halva dagarna när hon var ledig.

– Det har nog gått bra, menade Claes med näsan kvar i sportreferaten. Ring henne om du undrar.

– Ja, senare.

Det var först klockan ett som Veronika slog Cecilias mobilnummer, utan att få svar. Något nummer till en fast telefon hade hon ännu inte fått. Det tog väl ett tag för dottern att ordna med det.

Veronika började packa upp, skakade sanden ur shortsfickorna och körde ett par tvättmaskiner. På kylskåpet hängde informationsbladet från dagiset Humlan. Klockan tio nästa dag skulle hon och Klara starta inskolningen. Det kändes högtidligt. Hon hade sent i livet fått ännu ett barn, och nu skulle även denna minsta dotter vandra den långa och förhoppningsvis roliga och danande vägen från dagis till förskola och sedan alla år i skolan. De hade varit på Humlan och hälsat på. Claes var också med. Det var det tredje daghemmet de besökte. Magkänslan var avgörande i deras beslut att låta Klara gå just där, inte pedagogiken i sig.

– För min del får de hålla på med vilka idéer som helst, bara de är snälla och ser till ungarna, menade Claes.

Men han var likafullt skeptisk, och tvivlet växte ju närmare de kom denna magiska inskolningsdag. Klara hade tittat allvarligt och stumt på barnen under besöket. När fröken bar runt henne och visade lokalerna och alla leksakerna lyckades hon locka fram ett tveksamt leende på Klaras läppar, och Veronika blev lättad. Dottern skrek i alla fall inte i högan sky. Men Claes hade efteråt stapplat ut därifrån kritvit i ansiktet. Sa att det kändes som att stå inför en amputation. Att lämna bort dottern till främmande människor. Skulle de inte, om de var sanna och välvilliga föräldrar, låta bli att lämna bort henne åt försummelse och vanvård? Borde de inte ta hand om henne själva? Trots allt.

– Du överdriver, sa Veronika i lätt ton.

Rösten kom från ett luttrat modershjärta, från en som varit med förr och därför inte var lika lätt att skrämma upp.

– Men det var ju så länge sedan, fortsatte Claes fortfarande tvivlande. Det har blivit mer stordrift sedan dess. Kommunen har inte råd. Man buntar ihop de små i skräniga miljöer med dålig tillsyn. Fröknarna bara gjorde sig till när vi var där.

– Hur vet du det?

– Man har ju läst att det är besparingar på gång. För få lärare och för stora barngrupper. Barnen biter varandra, menade Claes med en bekymrad rynka mellan ögonbrynen.

– Men inte på Humlan.

– Hur vet *du* det?

– Vi får väl se, bet Veronika av.

Och hur skulle de annars göra? De var två moderna människor i det enda samhälle som stod till buds. Båda arbetade, och båda tyckte om sina arbeten. Och de tyckte också om huset, men fastigheten innebar lån, och lånen innebar i sin tur krav. De var beroende av bägges inkomster. Det visste Claes lika väl som Veronika. Och hon tjänade mer än han. Det visste han också.

Om någon skulle vara hemma, så borde det i så fall vara han.

Claes tog bilen i avsikt att åka och handla, men först körde han en sväng om polishuset. Han ville se hur pass tjock den väntande högen var, men fann till sin lättnad att skrivbordet var lika tomt som när han för sex månader sedan lämnade det och gick på föräldraledighet. Man är inte oumbärlig, tänkte han. Givetvis inte!

Allt tycktes således borga för en äkta nystart, en smekmånad då han kunde ta det lugnt innan det rasslade till och han återigen var intrasslad i göromål och krav som stretade åt olika håll, utredningar och rapporter som skulle prioriteras, sådant som han var tvungen att skjuta åt sidan, kanske försöka glömma helt för att inte drunkna. Upptäckte så i postrummet att facket var fullt ända upp till taket. Kriminalkommissarie Claes Claesson stod det på plastremsan under hans hylla. Han överraskades av en varm ström inombords när han såg den. En tillhörighetsglädje. Det här var hans arbetsplats. Här fanns hans namn. Här väntade man på honom.

Han klappade posthögen, kvävde nyfikenheten och lät den ligga. Skulle bli fast i timmar om han började sätta papperskniven i kuverten. Antog att det mesta förmodligen kunde gå direkt ner i papperskorgen.

De drack kaffe på verandan vid tresnåret. Getingarna kretsade oavbrutet över pärlsockret på de upptinade kanelbullarna. Men de satt stoiskt kvar. Ville ta tillvara den knappa tid de kunde använda verandan. Snart skulle höstrusket ta över.

De växlade några ord över staketet med grannen Gruntzén, som numera levde med en tjugo år yngre thailändska i det stora gula huset. Den förra frun och de gemensamma två barnen hade flyttat ut ur idyllen. Ingen av grannarna visste vart, och ingen vågade fråga.

– Hon väntar barn, sa Veronika medan Claes rullade ut gräsklipparen.

– Hur vet du det?

– Det syntes.

Claes förundrades inte längre över att sinnesorganen, däribland synen, var så olika och så selektiva. Trots hans träning att som polis se även detaljer, torde just graviditeter vara en blind fläck, såvida grossessen inte sjöng på absolut sista versen.

Klockan halv sex åt de. Veronika lagade för ovanlighetens skull maten. Spagetti och köttfärssås. Gräsmattan var nyklippt. De avklippta stråna låg som söndermalda ränder på marken.

Veronika verkade frånvarande. Gned tyst och fundersamt näsryggen med pekfingret.

– Är det något speciellt? undrade Claes.

– Varför svarar Cecilia inte? sa hon med en rynka mellan ögonbrynen.

– Hon har väl något för sig.

Veronika ville höra sin stora dotters röst. Längtade efter henne. Veronika och Cecilia hade inte hört av varandra sedan de for iväg. Det fanns så mycket att tala om.

Tidigare under dagen hade hon varit sprickfärdig, ville veta hur det kändes för henne i den nya lägenheten, höra Cecilia lägga ut texten, lyssna till glädjen i rösten. Men hon ville också själv berätta om deras utlandsresa och förstås även prata om bröllopet. Vad tyckte Cecilia? Var inte Claes syster Gunilla en underbar person? Brodern däremot lite mera dämpad. För att inte tala om hans fru. Rätt beskäftig. Och var det inte härligt med kyrkvärden som var så lättrörd? Han stod i bakgrunden och kunde inte hindra tårarna från att rinna.

Men nu kunde det kvitta. Bara dottern svarade. Eller ringde själv. Hörde av sig på ett eller annat sätt.

Hon tog upp den sladdlösa telefonen igen från köksbordet och tryckte snabbt numret. Väntade en god stund. La sedan långsamt tillbaka telefonen på furuskivan. Såg upp, rakt på Claes.

Onda aningar, finns de? tänkte han.

*

Ester Wilhelmsson hade gått på sitt eftermiddagspass på förlossningen klockan tre och skulle snart gå hem. Klockan var strax efter nio. Hon var omåttligt seg, hade hunnit röja det mesta hemma efter festen, som hon bedömde som lyckad, innan hon gick på. Men hon låg kraftigt efter med sömnen.

Alla förlossningsrummen hade varit mer eller mindre kontinuerligt belagda under eftermiddagen. Det var bättre att ha mycket för händer när man var trött än att bara sitta och hänga.

– Ni unga orkar med nattsudd och att jobba dagen efter, sa Ann-Britt.

Så var det kanske. Men nu väntade kudden. Och Leo. Hon skulle bara skriva färdigt förlossningsjournalen på en omföderska med PN, partus normalis, som skulle vidare till patienthotellet. Det var ganska snabbt gjort. Förloppet kort och effektivt. Kom in fullvidgad och hann knappt innanför dörren innan hon födde. Tvillingmamman hade däremot en bit kvar. Ester hade rapporterat över henne till Rigmor.

Hon tog en sväng in på rummen för ett hastigt adjö. Den förlösta kvinnan och pappan levde i den salighet som bara ett nytt litet barn kan ge. Hon hade valt världens bästa yrke, tänkte hon, fast hon var trött ända in i märgen. Gick sedan in till tvillingmamman och önskade lycka till. Hon undvek mycket noga att ge sig in i en fruktlös diskussion om hur förlossningen skulle sluta. Eller avslutas. Hittills hade allt gått bra. Men ämnet hade ändå oundvikligen varit på tapeten i omgångar under eftermiddagen när det tycktes stå still. Mammans trötthet var gränslös. Ester och undersköterskan hade peppat henne så gott det gick. Försökte manövrera undan den ständiga undran: Vore det inte bättre med kejsarsnitt? Hon visste att barnmorskan som tagit över var vida mer rutinerad än hon själv. Om inte hon kunde få kvinnan förlöst så kunde ingen. Men med den jourhavande läkaren var det å andra sidan si och så. En försiktig general. Men han var rätt ny, så ytterligare en läkare fanns i huset som stod för solidare kunskap och kompetens.

– Är den nye verkligen läkarutbildad? skojade Josefin en dag vid kaffet. Han verkar så tafatt.

Hon var hård ibland, och hon var inte den enda. Omdömena kunde ibland falla som tunga stenar. Ester hade blivit en smula generad eftersom solidariteten vacklade. Den nye läkaren var en av Leos vänner. Hon önskade så innerligt väl att han skulle visa sig omtyckt och läraktig. Det hade känts bra att få säga det till Leo. Men nu sa hon inte som det var. Hon sa ingenting. Hon kände honom inte speciellt väl. Det var pinsamt nog ändå. Men han tog sig väl med tiden. Egentligen var det *inte* synd om honom. Rätt snygg och framgångsrik i andra sammanhang, såvitt hon förstod. Men det var kanske bara rykten.

Hon hämtade plånboken ur säkerhetsskåpet och skyndade ner i källaren och bytte om. I cykelgaraget tog hon upp mobilen, mest av gammal vana. Tre nya meddelanden. Hon avlyssnade det första medan hon med ena handen sköt cykeln uppför rampen. En främmande röst uppmanade henne att ringa ett nummer. Hon hann inte anteckna, men fann att samtliga tre meddelanden hade exakt samma innehåll. Tredje gången lyckades hon memorera numret utan anteckningsblock.

När hon stod utanför kvinnokliniken med öronklinikens likaledes röda tegelbyggnad framför sig slog hon numret och uppfattade det som bekant på något sätt.

En främmande man presenterade sig i samma ögonblick som en ambulans körde fram utanför entrén och en bår med en gammal man rullades ut. Detta är min arbetsplats, och där är firmabilen, tänkte hon och fällde ner blicken för att lättare kunna koncentrera sig. Det hördes dåligt.

– Jag vet inte vad det gäller, sa hon. Kanske en felringning?

Hon upprepade sitt namn men kände sig lite kluven. Var det så bra att tala om vad man hette? Tänk om det var en skum typ?

Sedan förstod hon att det var allvar. Intensiven. En person som hon kanske kände. Medvetslös. Vem? Leo?

Förtvivlad rullade hon tillbaka cykeln. Sprang ner i kulverten mot sjukhusets hjärta, det så kallade Blocket, med sina tolv våningar.

Tionde våningen, hade han sagt. Absolut ingen brådska. Men vem kunde dra benen efter sig när det kröp i hela kroppen?

*

När telefonen ringde höll de på att gå och lägga sig.

– Det är till dig, sa Claes Claesson till sin hustru.

Han stod kvar bredvid henne. Såg hur huvudet liksom föll framåt av sin egen tyngd. Det burriga håret åkte ner som en ridå och dolde ansiktet. Därefter började kroppen skaka.

Kapitel fem

Måndagen den 2 september

– Vi kallar detta för en tumör, men den är godartad, sa läkaren.

Jan Bodén var vimmelkantig. Inte bara på grund av alla undersökningar – redan klockan åtta hade de spolat vatten i hörselgångarna, försett honom med konstiga glasögon och tippat honom hit och dit tills han var spyfärdig – utan också för att han hade en bestämd känsla av att det inte var honom det gällde, något som följt honom som en grå skugga alltsedan den omskakande händelsen på systembolaget i Visby.

Han befann sig trettio mil hemifrån. Hemortssjukhuset hade utfärdat en remiss till specialisterna på universitetssjukhuset i Lund, vilket onekligen var betryggande. Men samtidigt illavarslande, eftersom det betydde att det inte rörde sig om ett rutinärende. Så långt var han med. Han borde känna sig trygg och i viss mån utvald. Tacksam över att leva i en tid då de medicinska landvinningarna överträffade sig själva, som någon sa, men han var inte där. Inte ännu, även om han gjorde vad som stod i hans makt för att åtminstone försöka vara en smula glad. Men just tacksamhet fanns inte med på dagordningen.

– De kommer att ordna till det, ska du se, hade rektorn sagt, en linneklädd och högbarmad kvinna vid namn Kerstin Malm, allmänt kallad Malmen. Hon kramade hurtigt hans axel när han lämnade över sjukintyget. I örsnibbarna dinglade fjädrar av silver som käcka utropstecken under en rödfärgad page. De stod på hennes expedition i österläge med morgonsolen brännande över skrivbordet. Luften var tät och uppvärmd. Höstterminen hade just börjat och Malmen hade mycket att stå i, vilket den lätt framåtlutade kroppshållningen och höga andningen signalerade, liksom travarna på skrivbordet och mängden fötter som trampade otåligt utanför dörren. Hon var på språng. Mycket mer blev därför inte sagt. De hann inte ens sätta sig ner.

Han lommade iväg, pressade sig mellan skränande elever i korridoren, var med ens en främmande fågel som stelbent gick ut på skolgården och vände den arbetsplats ryggen som han ägnat de senaste tjugofem åren. Han kände sig tom.

Men vad skulle människan säga? Det var dessutom möjligt att Malmen faktiskt menade det hon sa. Trodde att det räckte med en sväng inom sjukhuset, sedan skulle allt vara som vanligt igen. Ungefär som att lämna in bilen på service.

För övrigt brukade han sällan fästa någon större uppmärksamhet vid vad matronan Malm tyckte och tänkte. Så varför just nu?

Och precis som Nina, och alla andra han mötte som dunkade honom envist och taktfast i ryggen, var förstås även hans chef präglad av en sorts tvångsmässig hoppfullhet, en räcka ord att lägga mellan den sjuke och sig själv, hur illa det än var ställt. Inte minst för att det sällan var särdeles angenämt att prata med någon som hade dödsmärket inristat i pannan. Å andra sidan var det ju lätt som en plätt att slänga ur sig vad som helst när det inte var en själv det rörde. Det hade Bodén bittert fått erfara. Han hade ingen, absolut ingen, att på djupet dela sin börda med. Blev bara irriterad och trött på de glada tillropen. Ältade varje liten kommentar som ett småbarn. Försökte hitta blottor. Och frågorna hopade sig.

Varför?

Han hade blivit ömtålig, och det gjorde honom matt och inte minst besviken på sig själv. Han stod inte ut med att se sig själv som svag. Trodde sig stå över allt känslomässigt tjafs; det som inte kunde mätas eller vetenskapligt bevisas var luft, ingenting att fästa sig vid. Han var inte för inte naturvetare. Rationell i tanke och kraftfull i handling. De inre luftgroparna attackerade han med sträng logik och skarpt intellekt. Hela tiden. Även nätterna gick åt. Vaknade tung av alla drömmar. Annars var han en person som inte drömde. Men nu var allt som förryckt. Kände inte igen sig. Försökte manövrera den egna sårbarheten hit och dit med frågor som sökte svar med hjälp av statistik och andra säkra beräkningar.

Rädslan hade ingen sagt ett ord om. Inte heller var det någon som vidrörde ensamheten.

Han var, till syvende och sist, totalt övergiven. Ensam, även med oron. Och han var skiträdd.

Stum satt han i en vridbar stol på öronkliniken i Lund i något som tycktes vara ett kombinerat undersökningsrum och kontor, placerat långt bort i en undangömd korridor. Som en sorts stillsam slutstation i livet, tänkte han ironiskt i ett tappert försök att hålla fasan stången. *Balansundersökning* stod det på dörren. Men i balans var han inte.

Det var ändå en lättnad att ingen sett honom. Korridoren hade varit öde när han letat sig dit efter en spartansk frukost på sjukhusets patienthotell. Lite kaffe, det var allt han fick ner. I Lund var han en okänd man, tack och lov.

En effektiv heldagsutredning således. Nystagmografi på morgonen, därefter audiogram på hörselvården, sedan öronundersökning hos överläkaren och tillika professorn Mats Mogren, i vars händer han för närvarande befann sig. Sedan var det lunch och därefter skulle han åter till överläkare Mogren för så kallad otoneurologisk status och kompletterande anamnes, det vill säga fler frågor, och så en kaffepaus och därefter avslutningsvis en träff med ännu en doktor. Allt detta skulle mynna ut i en bedömning och eventuellt en operation, såvitt han förstod. Kanske skulle han till och med få ett datum innan han reste hem, vilket förstås vore bra. Något att sortera tillvaron efter.

Tiden före och livet efter.

Fram emot kvällen skulle han i förhoppningsvis mer avslappnat skick ta samma väg tillbaka som han kommit föregående dag. Han såg redan fram emot det. Tåget till Alvesta, byte till Växjö och sedan bussen, döpt till Rasken, hem.

På nervägen hade just bussförbindelsens namn muntrat upp honom. Fann sig överraskande styrkt av associationen till sega smålänningar som oförtröttligt knogat med steniga och karga tegar. Brutit ny mark. Ett tåligt folk. Det var från dem han härstammde. Kunde de överleva då, de som inte smet iväg till Amerika, så skulle han göra det nu. Förutsättningarna var dessutom mycket bättre idag. Och han var definitivt inte typen som gav upp i första taget.

Men modet, varifrån skulle han hämta det? Gud hade han för länge sedan plockat bort ur sitt liv. En god Gud fanns inte. Inte så som världen såg ut idag. En domare som på den yttersta dagen dömde levande och döda, alla syndfulla stackare som inte vänt andra kinden till, var knappast någon att söka tröst hos. Men kärlek och nåd? Talade inte Gud även om den sanna kärleken? Kunde den i så fall inbegripa även honom? En man som i elfte timmen ändrar sig. Som sällan besökt Herrens tempel. Kyrkbesöken hade lyst med sin frånvaro, förutom när barnen konfirmerades, och då hade han haft all möda att hålla sig vaken.

Skulle han hinna bevisa att även han var värd att älskas?

Men Gud krävde inga bevis, var det inte så? Inga examensprov eller andra märkvärdigheter. Gud kunde ta honom, en fattig, syndig människa, till sitt hjärta precis så som han var.

Jan Bodén hade aldrig älskat livet så mycket som nu. Livslusten sjöng i honom, genomströmmade honom dagligen. Som en lidelse, en glöd som höll honom på benen. Ibland fick han rysningar.

Men om detta berättade han inte för någon. Allra minst för Nina.

Kanske hade hon ändå noterat att han förändrats. Även om hon tycktes vara upptagen med annat. Med praktiska arrangemang eller vad det nu var. Han visste inte så noga. Hon hade sitt liv och han sitt, och detta hade under årens lopp blivit alltmer uppenbart. I alla fall räckte hon inte till i en vanmäktig situation som denna. Hon hade visserligen erbjudit sig att följa med honom till Lund, men han hade varken lust eller ork att hålla även henne på fötter. Lovade istället att ringa under dagen och avlägga rapport.

Höll han alltså på att genomsyras av en andlighet han aldrig tidigare vidkänts? Sådant som han hånfullt betraktat som rent nonsens. Löjligheter som människor i brist på verkliga uppgifter ägnade livet åt.

När han på söndagen satt på tåget på väg mot Lund och såg solen sakta gå ner över skogsgläntor och öppna, böljande fält blev han som berusad av salighet. Tåget rusade fram, han stirrade ut och svalde. För första gången såg han verkligen vad han tittade på, och hänförelsen fick tårarna att trilla.

Oavsett högre makters existens så var det i professor och tillika överläkare Mats Mogrens händer hans liv nu vilade. Många titlar, samtliga stod för kompetens och erfarenhet. Det fanns inget att klaga på. Mogren såg ung ut för att vara professor. Men det var väl Bodén som själv blivit gammal.

På väggen intill undersökningsstolen hängde en plansch med en tecknad gubbe. *Båggångsorganen* ”vinkelacceleration” stod det över streckgubbens ledsna huvud. Förmodligen ett uttryck för att han inte mådde bra. Var yr. Så som Bodén varit. Eller snarare ostadig.

– Vi har fått MR-bilderna som togs i Oskarshamn, och jag ska granska dem ännu en gång tillsammans med den kollega som håller i operationen, upplyste överläkare Mogren, som inte verkade ha någon tendens att förlora greppet om tillvaron. Bodén kände stinget av avundsjuka. Man skulle sitta där förnöjd med alla titlar, tänkte han.

Han blev även informerad om att det rörde sig om en heldagsoperation där öronläkare och neurokirurger avlöste varandra alltefter som man tog sig in mot hjärnans ömtåligare delar.

Mycket allvarligt alltså, tänkte Bodén. De skulle pilla på hjärnan.

Under eftermiddagen skulle han få längre och mer sammanfattande information.

– Vi kommer att ha tid att prata, underströk Mogren mer än en gång.

Och så var det dags för lunch.

Jan Bodén trillade ut i skarpt solsken. Stod, ännu vimmelkantig, utanför öronklinikens dörrar och undrade vart han skulle ta vägen. Var fortfarande inte hungrig, men något fick han väl stoppa i sig. Tvärs över gatan såg han en rosa kiosk. Utanför i solen satt vitklädda människor och åt. Han gick dit.

Kön var lång. Gröna pyjamasar under vita rockar, träskor och sandaler, och så en och annan taxichaufför eller civilklädd patient. Stekoset var rätt outhärdligt men väntan kort. Tydligen ett populärt snabbutfodringsställe, korv med mos och en uppsjö thailändska rätter. Ägarna från ett land i Sydostasien arbetade glatt så att svetten lackade. Bodén beställde tandoorikyckling med ris och bar ut brickan.

De förbannade getingarna höll till runt papperskorgen där folk slängt glasspapper. Han fick ett eget bord vid trottoaren.

Han såg på den stillsamma trafiken som mest bestod av cyklister och en och annan ambulans. Och så förstås alla vitklädda som flöt förbi som svanar i en damm. Man får vänja sig, tänkte Bodén, knaprade försiktigt på kycklingen och tog upp Floran i färg ur jackfickan. En gammal bekant som händelsevis slank med från Gotland. Han behövde den nu. Tryckt 1950, inbunden i orangeröd väv med tre rakryggade tussilago på framsidan och med ömsint tecknade färgplanscher som i barndomen väglett hans trevande botaniska intresse. Det var hos gåsört, axveronika och styvmorsviol han sökte tröst. Såg exemplaren levande framför sig, anade skogsgläntans värme i ryggen och jordlukten som steg upp. Förpassade sig i tanken långt ut i naturen. Till tystnaden.

När han gnagt färdigt på kycklingbenet och petat i sig de sista riskornen upptäckte han en bekant som stressade mot den rosa kiosken. Det var otvivelaktigt Pierre Elgh i full läkarmundering. Älgen såg stint ner i asfalten. Han hade fått en smula färg i ansiktet sedan de sågs sist, noterade Bodén. Älgen lyfte blicken och såg mot honom. Bodén gjorde sig beredd att hälsa och utbyta några fraser; Älgen visste förstås inte att han var i Lund. Hur skulle han kunna veta det?

Men Älgen nickade bara helt kort, vek av som om han vore generad och styrde bort från kiosken.

Bodén blev konfunderad samtidigt som tre läkarkandidater i för stora rockar surrade runt honom med sina brickor på jakt efter ett ledigt bord. Bodén fann för gott att lämna plats, reste sig och gick mot eftermiddagens fortsatta prövningar.

Men först tog han upp mobilen och ringde Nina. Rapporterade att allt var okej. De fick prata mer till kvällen.

Sedan slog han ett nummer till.

*

Taxin körde förbi portvakten. Blocket vällde upp rakt framför bilens nos som en jättelik grå mur. En opersonlig koloss som tillsammans med domkyrkans två torn utgjorde Lunds karakteristiska siluett, synlig på mils håll. De äldre sjukhusbyggnaderna tryckte lätt förskrämt i skuggan av denna bjässe. Området i sig var inte stort.

Veronika Lundborg betalade och steg ur bilen, kände sig liten som en myra när hon försvann in genom huvudentréns roterande glasdörrar.

Oron hade ackumulerats under hela resan ner. Hon stirrade tomt framför sig. Som en ekande flygterminal, tänkte hon stående bland sten och betong. Var nästintill svimfärdig av oförlöst ångest. Såg en kafeteria som bredde ut sig utefter höga glasfönster på ena sidan. Inte mysigt på något sätt. Inget kunde vara trivsamt just nu.

Hon frös fast det var varmt ute. Förstås hade hon varit på Lunds universitetssjukhus tidigare, hon hade till och med läst där under en kortare tid i början av sina läkarstudier. Det kändes som mycket länge sedan. På senare tid hade hon gått kurser här, men det hjälpte inte, hon förmådde ändå inte tyda anvisningsskyltarna. Blicken hoppade rastlöst hit och dit. Hon gick därför rakt fram mot receptionen.

– Jag ska till neurokirurgiska intensivvårdsavdelningen, sa hon och lutade sig över disken.

Hon försökte andas rytmiskt. Bävade för vad hon snart skulle se. Skallskador. Lilla Cecilia som hon fött fram hel och fin. Mindes den stunden som idag, fast det var över tjugo år sedan. Första barnets ankomst kunde aldrig raderas ut. Varje steg, från det långsamma öppningsskedet tills hon äntligen krystade ut den sprattlande kroppen. Lyckan. Storheten.

Och nu hade någon gett sig på detta barn. Förstört henne.

– NIVA ligger på tionde våningen. Gå till hisshall A, sa receptionisten vänligt och pekade mot entréhallens ena ände, långt förbi kafeteria, kiosk och hårfrisör.

Det var mitt på dagen, besökstid, och många som väntade framför hissarna. Otåligt rusade hon mot första plinget och hamnade till sin förvåning i en kajuta, vilket muntrade upp en smula mitt i allt elände.

Neurointensiven låg i en ljus korridor. Hon ställde sig handfallen mitt i. Såg blå dörrar hela vägen ner.

Var fanns Cecilia?

Fick tag i en undersköterska som i sin tur hämtade en sköterska, som i sin tur hälsade henne välkommen.

– Så du är Cecilia Westmans mamma, sa hon. Hon ligger här borta.

Tyst ledde sköterskan henne till en intensivvårdsmodul längst ner. Två sängar. Den ena var tom. I den andra låg Cecilia.

Södersolen flödade in. Himlen var förkrossande blå så här högt upp och utsikten vidunderlig, som att sväva i skyn.

En kropp uppstjälpt i en säng. Overkligt stilla. Låg vit i ansiktet med slutna ögon och ett rakat huvud, intuberad och kopplad till en respirator. Helt okontaktbar. Nersövd.

Men det var hon. Det var Cecilia.

Veronika sjönk ner på stolen vid sängen, tog hennes hand försiktigt så att inte nålen på handryggen skulle ge henne smärtor. Handen var varm. Hon levde. Försiktigt strök hon dottern över kinden. Förstås ingen reaktion. Men det skulle gå bra, trodde neurokirurgen som hon pratat med i telefonen. Och han borde veta. Orden ringde med sin ljusa klang i förtvivlans mörker.

Det skulle gå bra.

– Doktorn kommer när han är färdig på operation, sa sköterskan som rörde sig lugnt i rummet, kontrollerade maskinparken runt sängen, rättade till slangar, avläste kurvor och värden som lyste röda på skärmen.

– Vem kan ha gjort detta? utbrast Veronika.

Sköterskan sa inget, la en hand över axeln. Hatet brände. Veronika bet ihop käkarna.

Den satans människan! En ynkrygg som lämnat hennes barn att dö. Hon ville ge igen så att flisorna rök.

Hon darrade till i andningen. Lugnade långsamt ner sig.

Cecilia levde. Det var viktigast. Trots allt.

*

Akustikusneurinom.

Det var så den jäkeln hette.

– Som jag sa tidigare på förmiddagen: Vi kallar detta en tumör, även om den är godartad, sa professor Mogren.

Det var nu det andra mötet med samme läkare, och Bodén tyckte sig börja bli en smula bekant med honom. En trivsam typ, varken högdragen eller akademiskt torr.

Han vågade försiktigt slappna av.

– Hade den suttit på en annan plats, fortsatte Mogren, så hade man kanske kunnat strunta i den.

Den. Det lät som om han talade om en individ. En ful fisk med själ och tankeförmåga som skulle manipuleras. Och levande var den förvisso. Bestod av celler som ohämmat delade sig, utan känsla för gränser och omgivande vävnader. Som löpt amok och blivit en fiende.

– Men den växer bara på stället. Sprider sig inte. Och växer i regel långsamt. En tredjedel av dem växer inte alls, inte under mycket lång tid. Ofta är tumörerna små, och då låter vi dem sitta kvar och kontrollerar istället patienten med en viss regelbundenhet.

Men hans var alltså inte liten. Förbannad otur. Såg med ens den vita kulan framför sig.

– Kruxet är att denna typ av tumör sitter på ett dumt ställe. Växer den så trycker tumören på omgivande vävnad i bakre skallgropen och då blir det mindre plats för hjärnan, sa professor Mogren och pekade mot det egna bakhuvudet.

Bodén ville inte höra mer.

– Jag upprepar ännu en gång, den sprider sig inte, växlade Mogren över, eftersom han tydligen såg Bodéns reaktion. Den sitter på hörsel- och balansnerven, men tar man bort tumören helt så återkommer den inte.

Nu såg läkaren riktigt glad ut. Bodén slickade i sig detta.

– Många patienter är rädda för yrsel, tror att det är ett tecken på hjärntumör, men det är egentligen ett ovanligt symptom. Yrsel är för det mesta ofarligt. Men förstås obekvämt.

Men vad fan, Bodén hade formligen gungat fram under långa perioder. Det var förstås annat också som spökade, insåg han nu.

Kan rädslan sätta tillvaron i gungning?

– Fast ibland uppstår en viss balansstörning, en ostadighet, när man har denna tumör …

Bodén studsade fortfarande till av ordet *tumör*. Fick kväljningar.

– Och hörselnedsättning ingår nästan alltid i bilden. Om den orsakas av tumören är den ensidig. Och de flesta patienter har tinnitus.

Bodén nickade. Öronsus och sämre hörsel. Hur länge hade han dragits med det egentligen? Det var svårt att säga. Alltid svårt med tidsuppgifter bakåt. Framför allt som han valt att blunda.

Det hade hunnit bli eftermiddag. Solen höll på att gå ner mot den röda tegelväggen utanför fönstret. Öronkliniken låg en bit från Blocket, inhyst i en av de äldre byggnaderna, ett något slitet men trivsamt hus.

Professor Mogren gjorde en längre paus med plats för frågor. Bodén letade febrilt i minnet efter allt han velat ha svar på och som snurrat runt i huvudet alltsedan han väl fått diagnosen, men han kom just inte på något.

Jo, barnen.

– Är det ärftligt? undrade han.

– Oftast inte, sa läkaren.

– Så mina barn får inte det här?

– Förmodligen inte.

Mogren syntes vara beredd att lägga ut texten även här, kunde tydligen hur mycket som helst om denna sjukdom, men Bodén såg att han stoppade. Och då lät han saken bero.

– Så kommer vi till själva operationen.

Läkaren ändrade ställning, böjde sig över skrivbordet och tog fram en datautskrift med journaltext. Bakom honom stod pärmar och videorullar i hyllorna, men de översta hyllplanen var tomma. Plats för nya fall, tänkte Bodén. Sådana som han.

– Din tumör är av en sådan storlek att vi rekommenderar att den opereras bort, annars …

Det blev tyst.

Annars vad då? Hjärtat voltade i bröstet, men Bodén teg.

– Ja, du kommer att bli helt botad, betonade läkaren. Och operationen kan göras på lite olika sätt.

Ta det bästa och säkraste, tänkte Bodén.

– Efter kaffet kommer du att få prata med en av läkarna som ska operera dig. Du hamnar på intensiven en kortare tid, som alla nyopererade, och sedan kommer du till en vårdavdelning på neurokirurgen. Okej?

Bodén nickade.

– Men det kommer att innebära att du förlorar hörseln helt på det högra örat … Fast vad jag ser här, sa professor Mogren och tittade på ett papper, så hör du i princip ingenting på det örat ändå.

Bodén nickade.

– Och så kommer du att bli yr efter ingreppet, men det lägger sig efter hand, fortsatte Mogren förtröstansfullt.

Och det lät ju hoppfullt. Var det inte värre än så …

Professor Mogren flyttade sig på stolen, såg på Bodén liksom nerifrån och sköt upp ögonbrynen så att pannan rynkades. Instinktivt förberedde sig Bodén på något obehagligt.

– Det finns en viss risk för att en nerv som heter facialis kan skadas vid ingreppet.

– Jaså? sa Bodén.

Han trodde sig ha blivit van vid obehagligheter, men inte. Den där träaktiga stumheten slog ner i honom igen. Uppgivet lät han bli att fråga vad en sådan skada mer exakt kunde innebära. Det syntes rätt väl på läkaren att det inte var roligt. Ville med ens hoppa av hela projektet. Eller kanske försöka få tag i någon som kunde mer.

– Facialis är en ansiktsnerv. Jag säger inte att det måste bli så, fortsatte professor Mogren enträget, för informationsstunden var ännu inte till ända. Men det går inte att *garantera* att nerven inte skadas på vägen in mot innerörat.

Bodén insåg att om Nina hade varit med hade hon direkt slagit ner på dessa eventualiteter. Velat veta exakt hur skicklig kirurgen var, förhört sig noga om huruvida det verkligen inte fanns någon bättre och så vidare, och så vidare. Lite saknade han hennes kraft, hennes praktiska rådighet. Hon visste förstås dessutom vad den där skadan innebar, hon med sina sjuksköterskekunskaper.

– En skada på facialisnerven på den sida som opereras innebär halvsidig ansiktsförlamning. Men ofta är den övergående, slätade läkaren snabbt över.

Bodén försökte föreställa sig en halvsidig ansiktsförlamning, men det ville sig inte. Allt tycktes sväva. Bli ogripbart och suddigt.

– Fast ibland blir förlamningen bestående. Ansiktsmimiken går då förlorad.

Jaså den, tänkte Bodén utan att röra en min medan hjärtat bultade allt hårdare.

– Och det är förstås tråkigt. Mungipan kommer att hänga nedåt. Alltså blir det svårt att le på den sidan. Och även svårt att dra upp överläppen, visa tänderna, så att säga. Det innebär även svårigheter att sluta ögat, men det kan delvis korrigeras med plastikkirurgi.

Bodén ville med ens inte ha mer information. Ville inte ens försöka föreställa sig hur vanställd han skulle bli. Han hade trots allt kommit till vägs ände och böjt sig för kalla fakta, att han hade en cancer och att han måste göra som han blev tillsagd. Inte streta emot. Låta sig opereras. Inte krångla till det, som Nina påstod att han alltid gjorde.

Dödsskräcken, som han delvis lämnat bakom sig, förbyttes just i detta ögonblick i en galopperande livsångest.

Hur skulle resten av livet komma att te sig?

Så var det kaffepaus till halv fem. Det skulle finnas en kafeteria i Blocket, sa en sköterska. Omväxling förnöjer, tänkte han och gick ditåt. Ett och annat att smälta under tiden, minst sagt. Skulle sedan tillbaks till öronkliniken en kort sväng för att träffa en doktor Ljungberg som skulle operera honom. Därefter planerade han att förhoppningsvis hinna gå till fots till stationen. Annars fick han ta en taxi.

Han sköt in sin svarta axelremsväska med övernattningsattiraljer bakom en stol i korridoren så att han slapp släpa på den. Om någon tog den kunde det kvitta. Inget värdefullt. Förhållningssättet till det materiella hade svängt. Han var nonchalantare. Och det gjorde honom friare.

Det var fortfarande varmt. En härlig tid på året. Han skulle ha kunnat gå i bara skjortärmarna, men i jackfickorna låg de ägodelar han trots allt inte ville bli av med. Husnycklar, plånbok och ett par solglasögon av klassisk pilotmodell, Ray-Ban, som han köpt för dyra pengar för många herrans år sedan.

Och så Floran i färg.

Rena sentimentaliteten att släpa med den, men han kunde inte låta bli. Den skapade på ett kanske lite löjligt sätt en förnimmelse av att han levt ett liv. Kanske till och med ett gott liv i vissa stycken. Den gav honom trygghet.

Det var när han fyllde tio år som modern gav honom floran i födelsedagspresent. Han mindes inte om han blev glad. Dagens barn skulle förmodligen ha skrattat ihjäl sig åt en flora. Han mindes inte heller om han fick fler presenter, gjorda för lek och lite mindre allvarstyngda.

Men det blev floran som kom att följa honom. På hans tid pressade alla skolbarn växter, samlade under sommarlovet, gjorde egna herbarier. Det lät så här i efterhand roligare än det var. En sommarlovsläxa som han sköt på i det oändliga tills växterna blommat över och han fick tigga sig till några halvtråkiga exemplar som någon flitig flicka händelsevis fått över. På florans framsida fanns en mörkbrun fläck, stor som ett tumavtryck. Han mindes hur Laxen knuffat till honom i sjumilaskogen så att mjölkchokladen skvimpade över. Klassen nersjunken i mossan med gummistövlar på. Han blev livrädd för att morsan skulle upptäcka fläcken. Att hon skulle bli ledsen. Stryka över omslaget med sina torra händer och titta förebrående på honom. Beslå honom med skuld för att han inte var tillräckligt tacksam. Att han inte visade sin duglighet som välartad son genom att vara mer rädd om det han fick. Boken var förstås dyr.

En snålblåst svepte runt den tunga huskroppens södra flygel. Han tog trapporna ner, gick över den asfalterade vändplanen mot Blockets entré som låg som i en mörk och fuktig grop. Såg en man med en blåviolett missfärgning i ansiktet. Blev alldeles het inuti. Insåg vad han själv skulle komma att få utstå. Ett vanställt ansikte rimmade illa med hans dagliga arbete med en skock skolelever framför sig. Det skulle komma att bli svårt att behålla kontrollen över klassen. Var det inte illa nog att han hörde dåligt? Skulle han nu tvingas bli sjukpensionär? Det ville han inte, även om det ibland varit tufft på sistone.

Han kastades tillbaka i tiden, till någon gång under vårterminen. Solen bränner genom klassrumsfönstret. Eleverna halvligger över bänkarna och räknar under tystnad. Enstaka skrapljud från stolar och hårda pennor. Han rättar fysikprov. Sitter vid katedern och känner sig tillfreds med att utnyttja tiden väl. Blir kanske till och med en smula dåsig.

Dörren rycks plötsligt upp, Anni kliver in, svänger förbi katedern, vickar med högburet huvud ner mot bortre bänkraden. Hon dök alltså upp ändå. Han hade hoppats att hon skulle utebli. Anni, den enda han inte hade kontroll över. Hon borde inte få gå i klassen. Borde förpassas till, ja, han visste inte till vad, men här passade hon inte. I och för sig begåvad men destruktiv i sin lättja.

Samtliga huvuden lyfts. Rödmosiga ansikten följer Anni. Arbetsron är som bortblåst. De medverkar i ett skådespel. I Bodéns vanmäktiga försök att bringa stillheten och koncentrationen tillbaka, dumt nog, och Annis skriande behov av att få stå i centrum. Att finnas till.

– Var har du varit? säger han och försöker se uppfordrande och sammanbiten ut. Och han hör hennes röst, den lite nasala dialekten från Stockholmsregionen. Men han hör inte orden. Ljud som inte når fram. Han finner sig titta stumt in i korpsvart sminkade ögon längst bak i klassrummet. Ögon som inte släpper honom, som nitar fast honom mot tavlan.

Eller snarare har honom på kroken.

Han fortsätter med rättningen. Lugnt och behärskat vänder han blad. Men tydligen har Anni sagt något som kräver svar, en sarkastisk retur. Rader av huvuden är fortfarande vända mot honom. Han känner blickarna. Förväntan brinner som eld. De inväntar effekten. Kräver hans syrliga och välriktade svar. Angreppet som plattar till Anni, får henne om möjligt något tamare. Det ingår i deras oskrivna avtal. För detta är underhållning på klassrumsnivå, tänker han matt och ska just säga till dem att fortsätta räkna, lektionen är ännu inte slut, då det kommer någonstans från främre bänkraden.

– Du är ju som en jävla gubbe!

En pisksnärt. Det svider till. Han öppnar munnen och förbereder ett mothugg, snabbt och obönhörligt.

Men vem var det?

Vem hade i plötsligt övermod kastat denna respektlöshet rakt i ansiktet på honom?

Han visste fortfarande inte säkert men hade förstås sina misstankar riktade åt ett speciellt håll. Nu kunde det kvitta. Vad eleverna inte kände till var att han sedan lång tid hade ett väl beprövat knep att återfå respekten. Att hämnas, för att tala klarspråk.

Med en viss tillfredsställelse hade han alltså kontrat med att sätta betyg snäppet under det han från början tänkt. Och i två ämnen dessutom. Visserligen blev måltavlan en aning osäker, men vem hade sagt att livet skulle vara rättvist.

Just så sa han till den unge elev som med högröda kinder och is i blicken gick fram till honom på avslutningsdagen.

– Detta kommer att påverka hela min framtid, skrek ynglingen och viftade hatiskt med det bruna kuvertet framför näsan på Bodén.

Högmod går före fall, tänkte Bodén utan att röra en min. Man ska inte tro att saker och ting alltid ska gå lätt.

Han stod nu i den enorma entréhallen i Blocket. Hjärtat började rusa. Samma jävla obehag som numera överrumplade honom när han minst av allt behövde det. Och så den efterföljande hettan som steg upp mot halsen.

Halvsidig ansiktsförlamning kan man inte med hundraprocentig säkerhet utesluta.

Han tog sig för kinden.

Frisk för övrigt? Bortsett från tumören, alltså.

Professor Mogren hade nyligen ställt frågan, och likt en pigg liten gosse hade han snabbt svarat:

– Javisst! Fullständigt frisk.

Men var han verkligen det? Behövde inte pumpen utredas på något sätt? Innan de satte kniven i honom?

Varma vågor sköljer över honom, hjärtslagen dånar, han blir yr, behöver sätta sig, far med blicken efter en sittplats, ser soffor i all oändlighet men alla tycks upptagna av tunga kroppar. Håller han på att få en hjärtinfarkt? Han har haft en extremt tuff tid. Det brinner i bröstet. Försöker kontrollera andningen. Står någonstans mitt i ett gångstråk, borde dra sig mot väggen men förmår knappt röra sig ur fläcken. Ser en vitklädd ung man som kommer mot honom med flaxande läkarrock. Det kan inte bli bättre. Bodén tar några stapplande steg mot läkarrocken.

– Var ligger akuten? pressar han fram, och tycker i samma stund att det är något bekant över mannen.

– Bakom Blocket. Du måste liksom gå runt hela huskroppen, säger den vitrockade och gör en svepande rörelse med armen.

Det är ingen liten promenad, inser Bodén. En i det här läget otänkbar sträcka. Paniken växer. Läkaren kramar sin kioskpåse, verkar vara på språng men tycks plötsligt se på Bodén med nya ögon. Ändrar sig tvärt. Något tycks glimta till i ögonvrån. Bodén ser det allt. Välvilja, tänker han. Tryggheten börjar välla fram. En läkare lämnar aldrig en nödställd.

– Jag hjälper dig dit. Jag känner till en genväg, säger mannen och pekar mot andra änden av entréhallen.

De närmast småspringer förbi kiosk och kafeteria, Bodén ostadigt ett kort stycke framför den unge mannen. Han längtar efter en brits. Vill bara lägga sig och blunda men måste fokusera blicken på stengolvet. Bröstet värker hela tiden. Han förmår inte prata.

Ska han hinna fram till akuten i tid?

Han måste lugna ner sig. Har ju rätt man vid sin sida. En med vit rock. Men var har han sett honom tidigare? Letar febrilt i minnet. Onekligen hyggligt att ta sig tid att visa honom till rätta. Det ska han aldrig glömma. Never! Den unge läkaren borde vara mycket upptagen. Inte hinna springa runt med vilsekomna patienter. Men det är kallet. En läkares förbannade plikt.

De närmar sig hisshall A. En fullpackad hiss bromsar just in och människor strömmar mot dem.

– Ursäkta, säger en kvinna som i trängseln knuffar till Bodén.

Rösten verkar bekant på något sätt. Han lyckas vända sig om, men hon är försvunnen och själv har han hunnit till en trapphall.

Obehagligt med alla dessa människor han inte kan placera. Som i en ond dröm. Läkaren föser honom framför sig och går ett halvt steg efter. Bodén känner hans kropp tryggt bakom sig. De passerar genom ytterligare en hisshall för sängtransporter. Inte en levande själ. Fortsätter vidare bort mot evighetslånga korridorer, ödsligt ekande och även de fullständigt folktomma. Märkligt i ett så stort sjukhus. Han tror att de befinner sig bakom själva centralhallen, men har delvis tappat riktningen. Blir allt mattare. Flåsar. Svetten rinner. Torkar pannan.

– Känner du inte igen mig?

Han stannar. Hör andetagen från mannen bakom hans rygg. En torr ton. Ingen klang av förståelse eller vänlighet. Diftongerna mycket välbekanta. Hemtama. De breda vokalerna. Rullande r i början av orden, skorrande i mitten.

Bodén vinglar till när han försöker vända sig om. Tittar samtidigt efter anvisningsskyltar. Var är han? Hur hittar han ut? Ser bara släta väggar, ett golv blankt som en balsal där ett matt eftermiddagsljus speglar sig. Ljuset faller snett ner från en fönstervägg som vetter mot en tom och trist atriumgård.

Stängda dörrar. Undervisningssalar, förstås, tänker Bodén. Han trampar på. Vågar inte stanna. Är rädd för att säcka ihop. Vill ut. Men hur? Irrar med blicken. Orienteringen är helt förlorad. Sneglar försiktigt på sin ledsagare som ler stumt tillbaka. Rädslan pyr. Smilet är inte trivsamt. Kallt och stramt.

Känner mannen i läkarrocken igen honom?

Känner de varandra?

Ser sig om. Fortfarande inte en människa så långt ögat når. Klockan på en av pelarna visar fem i halv fem. Herregud! Han ska vara hos doktor Ljungberg på öronkliniken om fem minuter. Måste ut. Härifrån. Bort.

Stapplar vidare. Känner sig som en irrande fåne. Det är dött och tyst. Han behöver pinka. Identifierar en toalett ett par meter bort. Inte en utan två. Går i riktning mot dörrarna men känner ett grepp om axeln som bromsar upp honom. Mannens hand är hård som järn. Han tappar balansen och tar några snubblande steg mot den närmsta dörren. Dunsar emot så att bröstkorgen värker och han nästan tappar andan. I fallet mot golvet fastnar jackan i handtaget. Dörren glider upp. Från golvhöjd ser han en röd skurhink.

Han reser sig vingligt och mödosamt med ett värkande knä.

– Har vi gått rätt? stammar han i ett försök att vädja till läkaren, eller vad han nu är. Fan själv, kanske?

Han stryker tillbaka håret över hjässan som fallit ner i ansiktet och märker att händerna darrar.

– Ja. Det är rätt, säger den vitklädde kort.

Som en jagad råtta, tänker Bodén och följer med blicken det vita rockslaget ner mot namnbrickan. Han tvingar sig att fokusera, att skärpa blicken. Mörka bokstäver mot vit botten. Och han ser vad det står där.

Stillnar inuti av skräck. Vänder sedan långsamt upp blicken fast nacken hålls böjd. Visar sitt underläge. Tigger ordlöst om nåd.

De står mitt emot varandra spänt avvaktande. Bodén hör sus från öronen av en styrka han aldrig tidigare varit med om. En orkan viner genom honom. Och han tänker i sitt stilla sinne att han nog aldrig varit så nära en hjärtinfarkt. Så nära döden. För bröstet värker och munnen är torr.

Mannen framför honom är emellertid gjord av is. Eller hat. Och helt utan förbarmande.

Men varför?

Nog har han sina aningar. Fast svårt är det att fånga dem. Han harklar sig, försöker få ordning på stämbanden.

– Vad underligt att träffa dig här, säger han och ler reflexmässigt och insmickrande.

Bäst att passa på och glimra med hela tandraden innan ansiktsförlamningen slår till.

– Ja, är det inte, svarar den unge mannen som är minst huvudet längre än Bodén.

Den vitklädde tar ett kliv mot honom. Bodén backar men har svårt att kliva baklänges. Blir ostadig. Och ser med bävan hur läkarrocken liksom fylls ut, sväller. Som en flåsande tjur närmar sig mannen honom.

Rädslan biter tag i honom. Och han börjar sakta begripa vad det rör sig om. Vill förhandla. Stryka den unge mannen medhårs.

– Kan vi inte snacka lite om det här?

– Skulle tro att det är färdigsnackat.

– Jaså …?

– Var det inte det du en gång sa? *Inget mer att dividera om.*

Vidgade näsborrar av uppdämt hat. Ansiktet vitt och fastlåst. Inget förbarmande. Helt utan nåd.

Bodén vänder om, tar några stapplande steg. Men kommer ingen vart. Känner en arm om halsen. Och läkarens kropp som häver sig över honom bakifrån. Trycker mot ryggen medan armen klämmer om struphuvudet. Han mår illa och klöks och hungrar efter luft. Försöker slita undan armen som pressar allt hårdare. Gräver med naglarna genom läkarrockens hala tyg. Slår på mannens underarm, men inget hjälper. Trycket snarare ökar. Ohyggliga smärtor som stegras. Ångesten rider. Luft. Vad som helst för ett enda andetag.

Hans kropp knuffas. Åt vilket håll vet han inte. In i ett fönsterlöst kyffe. Kanske slår han sig. Något gör ont mot benet. Men det är ingenting mot att inte få luft. Huvudet värker. Halsen åtsnörd. Outhärdlig smärta. Armen pressar skoningslöst. Något vått någonstans. Kissar på sig. Kanske något mer. Vet inte. Det rycker i kroppen. Armarna faller. Hela han faller. Mjölkigt och tomt. Någon andas stötvis. En dov duns långt borta.

Sedan inget mer.

*

Veronika ställde sig väl synlig utanför kafeterians utbredda område i entréhallen. Det hade börjat glesna. De flesta borden var tomma. Hon visste inte hur Cecilias kamrat såg ut. Hon hette Ester och hon gjorde sig vissa föreställningar om hennes utseende. Mörk, kortklippt och brunögd.

Den enorma arbetsplatsen höll på att skifta personal. Ett lämmeltåg vandrade mot utgången och vidare mot parkeringshusen eller cykelställen en bit bort förbi den asfalterade vändplanen. Hon visste att de längtade ut. Det gjorde hon också. Längtan efter frisk luft var konstant i denna utpräglade inomhusmiljö. Slutna korridorer, sjuksängar i hermetiskt tillstängda små salar, samtalsrum och små expeditioner ibland helt utan fönster.

Nyss hade hon av en slump stött emot en man hemifrån, men det verkade inte som om han känt igen henne. Förmodligen sjuk, det var väl därför han var här. Han kom i sällskap med en ung läkare vars ansikte också tycktes bekant på något vis. Kanske var det sonen. Världen var mindre än man trodde.

Tröttheten brände bakom ögonen, men den grekiska solbrännan fick henne ändå att se utvilad ut. Hon tog upp ett läppstift och hade precis fått på färgen när Claes ringde på mobilen. Hon redogjorde kort för Cecilias tillstånd. Efter operationen var allt stabilt än så länge. Hon hörde honom sedan tryggt berätta om första inskolningsdagen på Humlan. Lite långtråkigt kanske, men Klara hade funnit sig. Det blev alltså inte hon som fick skola in ännu ett dagisbarn. Just nu kvittade det. Kanske fanns det en mening även med detta. Claes lät engagerad och mindre skeptisk. Klara tyckte mer om lekkamraterna än om leksakerna, berättade han. De kunde skatta sig lyckliga över att ha en så frimodig dotter. Claes hade sedan fått ta med sig Klara till polishuset medan han planerade om i schemat. Louise Jasinski hade erbjudit sig att fortsätta i hans ställe ett tag till om det behövdes.

– Men det blir väl bara några dagar. Eller vad tror du?

Veronika tystnade. Hon ville ha friheten att stanna hos Cecilia precis så länge som det behövdes. Hon drog därför på svaret.

– Har faktiskt ingen aning. Men det blir nog ett tag.

Hon såg en smärt kvinna i vit rock och med en kolsvart fläta på ryggen som uppenbarligen stod och såg efter någon.

– Måste stänga av nu. Ringer senare.

Hon gick fram till kvinnan.

– Är det du som är Ester?

De satte sig med brickorna vid ett fönsterbord. Veronika tyckte omedelbart om henne. Hon var mjuk i rörelserna och log ofta.

– Så bra att polisen fick tag i dig. Jag vill verkligen tacka dig för att du hjälpt till, inledde Veronika.

– Men jag har inte gjort något särskilt, ursäktade sig Ester.

Det var lätt att få kontakt med henne.

– Hur kom det sig att polisen ringde dig?

– Efteråt slängde de, eller om det nu bara var en person som slog ner henne, väskan en bit bort i ett buskage. Polisen hittade den. Där låg inbjudan med min och Leos adress och telefonnummer.

Veronika nickade.

– Men de tog hennes plånbok, sa Ester.

– Det får ses som en i sammanhanget världslig förlust, sa Veronika och menade exakt vad hon sa.

Var det därför de slog ner henne. För pengarna? Hon hade förstås hunnit tänka på denna möjlighet flera gånger. Känt futtigheten. Ett liv mot några sedlar eller ett kontokort. Så sjuka människor borde låsas in för alltid!

– Hur kommer det att gå för henne? frågade Ester försiktigt.

– Bra, men det kommer att ta tid, och riktigt vilka men hon får vet de förstås inte, men de hoppas att hon i stort sett blir återställd. Först ska hon vara nersövd i en vecka, hjärnan mår tydligen bra av vila efter operationen. De gör så med alla här. Hon hade ett epiduralhematom, en blödning mellan skallbenet och hjärnhinnan, och opererades med en gång de fick in henne. Men jag vet inte hur länge hon hade legat…

Rösten stockade sig.

– Fast jag vet när hon gick ifrån oss ungefär. Det sa jag till polisen. Vid halvfyratiden på morgonen, sa Ester ivrigt.

– De hittade henne inte förrän vid sextiden. En man som skulle till jobbet. Så hon hade kanske legat där…

Veronika grät plötsligt vid tanken på dotterns övergivenhet och utsatthet. Märklig och samtidigt angenäm känsla att kunna böla ohejdat. Kanske var det lättare inför denna fullständigt okända kvinna.

– Men det var tur att hon hittades i tid, sa Ester och prövade ett försiktigt leende.

– Javisst, sa Veronika och torkade sitt blanka ansikte. Neurokirurgerna har i alla fall lyft bort de trasiga benbitarna och utrymt blödningen som pressade mot hjärnvävnaden. En tryckmätare är inopererad för att kontrollera trycket inne i skallen.

Orden forsade ur henne. Hon hade ett uppdämt behov av att få berätta. Och Ester nickade, satt lugnt på stolen och såg på henne utan att tyckas vilja fly.

– Man vill vara säker på att trycket inte blir för högt i hjärnan, fortsatte hon. Att hjärnvävnaden blir tillräckligt genomblödd så att den inte skadas mer. Hon har också en tunn plastkateter inne i hjärnan som är kopplad till en maskin som håller kontroll på hjärnans ämnesomsättning. Epileptiska anfall – det har hon inte haft några – och feber ger ökad ämnesomsättning som i sin tur leder till celldöd, och det vill man förstås förhindra på olika sätt.

Ester sköt in att de väl i så fall gav antibiotika och antiepileptiska läkemedel, och Veronika nickade. Det var lättare att tala med en människa som var en smula initierad, som man inte behövde beskriva alla detaljer för, så hon berättade mer än hon annars skulle ha gjort.

– Sedan ska hon sakta släppas upp ur narkosen. Rehabiliteringen blir lång.

– Men det kommer att ordna sig, det är det viktigaste. Och Cecilia är både envis och vältränad, sköt Ester entusiastiskt in.

Veronika nickade. Cecilia hade alltid varit livlig. Ett energiskt barn.

– Jag skulle vilja fråga dig en sak, sa hon och vek pappersservetten medan hon letade efter ord. Kanske en konstig fråga. Men var Cecilia ... olycklig, när det hände?

Esters ögonfransar var långa och raka. Hon såg ner på sina händer.

– Nej, inte vad jag vet. På festen hos oss verkade hon ha kul. Hon var glad över lägenheten. Och vem skulle inte ha varit det? Det är många som glider runt mellan olika boställen, det tar år att komma fram i bostadskön. Cecilia hade precis forslat dit alla sina saker. Karl hjälpte henne.

– Känner du Karl?

Ester nickade.

– Vad snällt att han hjälpte henne. Jag får kanske tillfälle att tacka honom någon gång.

– Vem vet, sa Ester.

Veronika var medveten om vad hon egentligen ville ha svar på. Inte på om Cecilia var olycklig utan på om hon var lycklig.

Hon önskade sin dotter stor lycka.

Men lyckan kan man inte beställa åt andra. Bara innerligt önska dem.

*

– Var fan är Jan Bodén? Jag har väntat i en halvtimme nu. Jag vill gå hem.

Doktor Ljungberg satt på mottagningen på öronkliniken. Han lyfte glasögonen och masserade de röda fördjupningarna på näsan medan han höll luren med andra handen. Han såg trött ut.

– Ingen aning, sa Mats Mogren i andra änden. Han har väl åkt hem. Tyckte kanske att han fått veta vad han behövde veta.

– Ja, då säger vi det.

Ljungberg la på, meddelade den enda sköterska han fick syn på, den rejäla Iréne, att om Bodén dök upp så kunde de säga till honom att ringa honom om han ville.

Sedan gick han upp på ”drängkammaren” under takåsarna och tog en slurk nattståndet kaffe, pratade lite strunt med jouren som skulle stanna över natten och behövde utgjuta sig över det stundande harvandet på akuten. Bytte sedan om, tog trapporna ner, klev ut i klar septemberluft och svingade sig upp på cykeln. Han hade trettiofem minuters tramp att ställa om hjärnan under.

Kapitel sex

Tisdagen den 3 september

BARN ÄR VÄLDIGT olika, tänkte kriminalkommissarie Claes Claesson.

Han hade ytterligare en halv dag på dagiset Humlan bakom sig. Ella ilade runt överallt, Petrus med stora bruna ögon höll sig mest för sig själv och guldlockige Martin, en smula blek och lite sjuklig i uppsynen med snor konstant rinnande under näsan, var rätt gnällig, enligt Claes förmenande. Fröknarna var också olika. Bäst gillade han Marie. Frågan var om inte Klara också gjorde det. Fröken Marie var, även om man knappast vågade säga det högt, en lagom mullig kvinna med fylligheten fördelad på de rätta ställena. Hon var framför allt glad och bestämd i en lycklig kombination, och så hade hon mjuka skrattgropar.

Där han satt i strumplästen på en barnstol fick han en känsla av att vara på absolut fel ställe. Inte för att han aldrig drömt om att arbeta på dagis utan för att han kände sig snöpligt snuvad på något, ungefär som att bli stoppad mitt i farten på grund av en tjuvstart. Insåg således, där han satt och försökte låta bli att gäspa, att han hade längtat mer till jobbet än han velat inse.

På Veronikas uppmaning hade han i alla fall ringt deras barnvakt Maria, flickvän till hans kollega Janne Lundins son Lasse. Hon var arbetslös och hade anmält sig på arbetsförmedlingen, men kunde hjälpa till om hon inte fick napp där. Men inskolningen var han tvungen att sköta själv. I morgon kunde Maria eventuellt ställa upp på eftermiddagen så att han kunde sitta någon liten stund i skrivbordsstolen på polisstationen. Det hade plötsligt blivit oerhört viktigt. Kanske kunde han även hinna med en fika med kollegorna. Det hade varit fattigt med vuxengemenskap på senare tid.

På förmiddagen hade han blivit inbjuden att dricka kaffe med fröknarna i deras personalrum. Planen var att Klara skulle vänja sig vid att ha honom utom räckhåll. Lite förlägna satt de där, två fröknar och han, och småpratade artigt. Han var inte helt omedveten om att dessa två skulle ta hand om hans ögonsten. Han bjöd på sig själv, var en riktig trivselputte, eftersom han hade en bestämd känsla av att det hade betydelse för hur de skulle ta hand om Klara. Möjligen hade han fel, men människor är alltid människor, och blir man trevligt bemött, så får man vänlighet tillbaka. Som Veronika sa, de trevliga patienterna får bättre behandling. Kanske inte rent medicinskt, men det är mänskligt att undvika gnällspikar och lättare att lägga ner extratid på angenäma människor.

Det ljumma septembervädret höll i sig. På hemvägen handlade han mat. Klara somnade i sulkyn. Nu skulle hon hålla igång hela kvällen, insåg han, som den luttrade småbarnspappa han numera var.

I posthögen fanns kort från bröllopet som hans syster Gunilla skickat. De satt vid köksbordet, Klara och han. Hemmets centrum, där den mesta tiden tillbringades, förutom kvällarna då Veronika och han sjönk ner i vardagsrumssoffan. Klara satt i barnstolen och petade i maten. Fönstret vette mot tomtens framsida, mot trädgårdsgången. Han tyckte mycket om att titta ut, följa årstiderna via det knotiga äppelträd som stod inte alltför långt bort.

Han hade öppnat en barnmatsburk. Det fanns bara två smaker Klara gillade, dillkött och vegetarisk lasagne. Han hade tidigare haft en uppfattning om att barn ska äta allting. Gör de inte det, är de bortskämda. Han hade bryskt fått överge denna föreställning. För övrigt var det rätt mycket som han tvingats omvärdera, och det gjorde han lättvindigt utan att skammens rodnad steg på hans kinder. Kändes snarast som ett friskhetstecken och lite som att vara delaktig i ett kontinuum – bekymmer och glädjeämnen som alla föräldrar i hela världen i alla tider hade fått ta itu med. Alltså hade han bunkrat burkar, och det var då sannerligen inte för att han inte kunde laga mat, utan bara som en säkerhetsåtgärd ifall han skulle få mycket omkring sig medan Veronika var borta.

Långsamt bläddrade han bland bilderna från bröllopet. Tyckte att han såg yngre ut än han kände sig, vilket förstås var en positiv överraskning. Veronika strålade. Hon hade mycket mun och mycket hår, och bland lockarna satt vita blommor infästa. Brudbuketten hade han beställt, men Veronika hade gett honom direktiv. Den syntes förvånansvärt väl med tanke på att blommorna var ljusa.

Även Cecilia strålade på bilderna. Det långa, solblekta håret låg utslaget över axlarna. Klänningen var grön och klädde henne. För ovanlighetens skull stod hon intill honom och inte två meter ifrån, som hon brukade. Det var hon som bar Klara, sin lillasyster.

En riktig familj, tänkte han. Fast han visste förstås att det fanns alla varianter, barn kors och tvärs, med eller utan pappor eller mammor och ibland två av varje sort. Mest förvånad och samtidigt löjligt stolt var han över att just han lyckats få ihop allt detta. Hade inte trott att han skulle träffa någon som han skulle stå ut att leva tillsammans med. Att ha en kärleksrelation var en sak, men vardag ihop var något helt annat

Saker och ting kan ändras fort! Cecilias långa, böljande hår var nu bortrakat. Det skulle bli en stor förändring att vakna upp till. Men hår växer ut igen. Värre var det med eventuella resttillstånd, som Veronika uttryckte saken. Handikapp, synliga eller dolda. Veronika lät positiv. Han hade inte hjärta att sticka hål på hennes optimism med ifrågasättande. Kunde Cecilia verkligen komma ur denna allvarliga skallskada utan men?

Han teg alltså. Undvek att vara en katastrofhyena. Och vad visste han? Det var ju Veronika som stod för de medicinska kunskaperna. Själv ställde han in sig på det värsta, allt annat blev då en positiv överraskning. Men så fungerade inte Veronika. I alla fall inte nu. Det var dessutom inte hans dotter, och det gjorde en inte helt obetydlig skillnad.

Han fick bistå med det han kunde och hade därför ringt polisen i Lund. Det var alltid känsligt att lägga sig i kollegors arbete. Tonen hade varit så ödmjuk att han nästan höll på att krypa ur skinnet när han via växeln lät sig kopplas fram. Han presenterade sig med yrkestitel. Efter diverse turer hit och dit fick han tag på en trevlig man, kriminalinspektör Gillis Jensen.

– Inte gott att veta vad som hänt, sa Jensen, men vi gör vad vi kan. Kan mycket väl ha varit oprovocerat våld. Vi har just nu bekymmer med en basebolliga som slår ner folk i centrala Lund nattetid med silverfärgade slagträn. Vi har våra misstankar och försöker ringa in gruppen. De är, tror vi, rätt unga och kommer från ett ytterområde ... gängproblemen finns ju numera överallt, inte bara i storstäderna ... Ni har väl de problemen också?

– Inte så uttalat, sköt Claesson in, mest för att tala om att han lyssnade.

– Men ännu har vi inget som håller i rätten. Synd om ungdomen. De känner sig väl utanför.

Förmodligen fick de ställa in sig på att inte hitta någon gärningsman, insåg Claesson. Han skulle försöka realitetsanpassa Veronika på den punkten. Ingen att ställa till svars. Men hittills hade hon faktiskt inte pratat så mycket om gärningsmän utan mest uppehållit sig vid Cecilias skador, vad neurokirurgerna gjort, vad de skulle göra, hur skickliga de var och att det faktiskt kunde ha varit värre.

Cecilia kunde ha dött, men ingen uttalade detta ord. Död. Samtliga koncentrerade sig på motpolen. *Hon lever i varje fall*, var vad man sa, närmast som ett mantra.

Kanske det även fanns anledning att fundera över i vilken mån Cecilia själv medverkat till det som skett, tänkte Claesson, men insåg att det inte skulle vara lätt att ta upp med Veronika. Han kunde tänka så, det var till syvende och sist inte hans dotter. Cecilia hade kanske varit på en plats där unga kvinnor inte borde vara, i alla fall inte nattetid och framför allt inte ensamma. Staden är inte säker. Inte för alla. Det fanns ingen jämställdhet på så sätt. Kanske hade Cecilia dessutom umgåtts i så kallade tvivelaktiga kretsar? Vad visste de egentligen om hennes liv? Veronika trodde sig veta en del. De pratade ofta med varandra i telefon, hon och dottern. Säkert ännu oftare än han visste om. Han hade en känsla av att de skötte telefonpratet när han inte var hemma.

Han var utanför och hade försökt att låta bli att dramatisera detta. Veronika och Cecilia hade ett långt liv tillsammans, över tjugo år, innan han kom in i bilden. Vad kunde han förvänta sig? Men han ville så gärna hjälpa till. Ville att det skulle gå bra.

Att känslan av att stå utanför blev om möjligt ännu tydligare just nu fick han stå ut med.

Telefonen ringde precis när han lyft ner Klara från barnstolen. Någon harklade sig som när man tar sats. Uppmärksamheten splittrades av att han tvingades följa efter dottern med den sladdlösa telefonen. Hon stolpade iväg ut i hallen.

– Det är Nina Bodén, jag bor en bit ner på gatan.

Claesson letade efter ett ansikte men kom inte på vem hon var. Under tiden sjönk Klara ner bland skorna och stack ner armen i hans skitiga joggingskor, men ännu bet hon inte i dem.

– Jag är ledsen att jag stör, fortsatte hon och Claesson hörde att något hänt, stämman var spänd och forcerad. Men jag vet inte riktigt vart jag ska vända mig. Och du är ju polis ... Det är så att min man inte har kommit hem.

Claesson drog ett djupt andetag och tänkte på alla förlupna män som skaffat sig en ny kvinna eller stuckit av andra skäl, ofta ekonomiska. Med ögonen stadigt på Klara som ännu nöjde sig med att växelvis stoppa händerna i skorna, började han ställa mer precisa frågor. Hur länge hade han varit borta? Ett dygn. Hade han varit borta tidigare? Nej, aldrig. Var han deprimerad? Nej, sa hon och han hörde en viss tvekan. Hade hon vänt sig till polisen? Ja, men de tyckte att hon skulle vänta ett tag, de flesta kommer tillbaka. Hade mannen varit på arbetet?

– Nej. Han är sjukskriven.

– Är han sjuk?

– Nej, inte sjuk direkt, men han ska opereras.

Är man inte sjuk då? tänkte Claesson. Fast det är förstås en avgörande skillnad mellan att vara skadad och att vara sjuk. Det första var mer som en reparation, medan det senare hade karaktären av att ligga för ankar i sängen och inte orka upp.

– Får man fråga för vad?

– En liten tumör bara.

Bara!

– Jaha?

– En ofarlig som sitter bakom örat.

Och så kom hela historien om besöket på öronkliniken i Lund.

– Har du ringt dit?

– Ja, sa Nina Bodén och rösten sprack. Han dök inte upp efter kaffepausen, och de tänkte inte så mycket på det, grät hon. De trodde att han var nöjd med den information han fått och åkt hem.

*

Det var kväll.

Veronika bäddade för andra natten i anhörigrummet som låg längst ner i korridoren på neurokirurgens intensivvårdsavdelning. Ett litet kök fanns intill. Där var tyst. Nyss hade hon kokat en kopp te. Två förgråtna personer, en man en kvinna, hade suttit vid bordet på förmiddagen. Sedan såg hon dem inte mer. Hade deras son dött? Eller dotter? Hon visste inget. Skulle inget få veta. Ville heller inget veta.

Förnämligt att de hade plats för anhöriga på avdelningen. Många hade som hon rest långt. Denna natt också, sedan skulle hon lösa boendet på annat sätt. Kanske övernatta i Cecilias lägenhet, bara hon kom in.

Hon kröp ner i turistsängen, förvissad om att sömnen skulle bli dålig. Det kunde inte bli på annat sätt. Varmt och instängt. Det kunde hon tolerera. Tankarna också. Ännu härdade hon ut med ovissheten.

Höll ihop fint, och det var bra.

Tillvaron hade krympt. Hon rörde sig långsamt mellan Cecilias säng, korridoren utanför med de blå dörrarna, hissarna upp och ner till kafeterian på entréplanet som efter hand hade blivit en allt mindre opersonlig plats. Snart skulle de väl nicka till henne bakom disken.

Ännu hade hon inte varit utomhus. Den lilla världen räckte. Väntan var en trygghet. Tiden var lika orörlig som Cecilia.

Och det blev morgon, och det blev kväll.

Cecilia på rygg med slutna ögon. Inte en rörelse, hur länge hon än stannade hos henne. Inte ens en ryckning i ögonlocken. Sövd i väntan på att hjärnsvullnaden skulle lägga sig. Samma varje gång hon satt vid hennes bädd.

Men sköterskorna varierade. Nya kom och gamla gick.

Slangarna skrämde henne inte. Inte heller maskinparken. Respiratorn, mikrodialysen, droppräknarna. Modern, avancerad medicinsk teknologi. Säkert den bästa som gick att få, till och med i ett världsperspektiv. Hon kände heller ingen oro över läkarnas, sjuksköterskornas och undersköterskornas kompetens, eller för att de inte skulle göra sitt bästa. De var yrkesstolta, precis som hon, och strävade efter att det skulle gå så bra som möjligt. Det var därför de valt vården. Att bli någon genom att hjälpa andra.

Bota. Annars trösta och lindra.

Men det var som om alla dessa flinka kvinnor hade tagit över Cecilia. Hennes dotter hade blivit en arbetsuppgift. En kropp att kontrollera. Siffror som blinkade rött eller pappersremsor som matades ut. Trycket i hjärnan bakom det lappade skallbenet, syresättning, hjärtfrekvens, urinmängd, elektrolyter, syra–bas, mikrodialys. Tvätta, lägga till rätta, massera, böja och sträcka leder som annars skulle stelna.

Ett objekt för omsorg och vård.

De var aldrig ensamma, hon och dottern. Ännu hade ingen frågat något om Cecilia. Ingen kände henne. Sköterskorna behövde inte veta vem hon var. Händerna som skötte kroppen gjorde vad de skulle, oavsett vem som råkade ligga där i sängen.

Veronika bar försiktigt dotterns själ i väntan på att hon skulle vakna. Hon var enda länken till Cecilias identitet.

En mor. Och en dotter.

Claes ringde. Hon hade släckt men inte dragit ner persiennerna. Ville ha en öppning utåt, mot natthimlen.

– Klockan elva väntar Gillis Jensen på dig på polisstationen i morgon.

Hon hade fått en tid och var för tillfället nöjd med detta. Tankarna trivdes med att lägga upp planer. Något fast att hålla sig till. Låssmed, banken, Institutionen för nordiska språk, Cecilias vänner som hon delat lägenhet med. Vad de nu hette.

Fick ta reda på det. I morgon.

Tionde våningen. Svävade ut i natthimlen. Ett plan blinkade. Nerflygning mot Sturup. Varifrån kom det? Kanske från Stockholm.

Dan skulle komma i övermorgon. Med viss bävan konstaterade hon detta. Kunde därför inte somna. Kanske inte bara därför. Oron red henne. Hon kastade sig hit och dit. Klev till slut upp och drog jackan över sig.

Hon var tvungen att ännu en gång se att allt var väl med Cecilia. Tassade ut i korridoren där ljuset vridits ner. Avdelningen vilade för natten. Hörde lågmälda röster och såg ett starkare ljus falla ut från modulen intill Cecilias. Förstod att något tillstött eller att de fått in en ny patient som skulle anslutas till maskinerna. Eller kanske rengjordes en kropp. Tvättades för ett sista avsked. Hon konstaterade allt detta i förbifarten, hon som själv varit aktiv så många nätter.

Dörren till Cecilias rum stod öppen. Nattlampan var tänd invid huvudgärden med ljuset riktat mot respiratorn. Annars halvmörker. Precis när hon passerade genom dörröppningen svischade en man förbi henne. Trängde sig ut när hon gick in. Veronika vände sig efter honom, såg hur han forsade ner genom korridoren. En lång och rakryggad man med svängiga kliv och fötterna utåt. Vita byxor, vita träskor och läkarrock. Försvann snabbt från avdelningen. Dörren av mattslipat glas gick igen efter honom.

Hade det hänt Cecilia något?

Hon tryckte handen över bröstbenet som för att lugna ner sig och närmade sig ängsligt sängen. Täcket låg sträckt, inte ett veck. Blicken letade sig upp mot ansiktet. Tuben genom munnen stack iväg mot respiratorn via anslutningsslangen. Inget utdraget. Allt påkopplat. Tyckte nog att Cecilia såg ut som vanligt. Nej, inte som vanligt, men som hon numera såg ut när alla muskler var slappa och ögonen slutna.

Hon hörde en sköterska harkla sig. Hoppade till. Hade inte sett henne på andra sidan glasväggen.

– Är det något du vill? frågade hon.

Det var en av de trevliga. Lät alls inte avfärdande, snarare undrande.

– Nej, jag kunde bara inte somna.

Veronika gjorde sig beredd att dra sig tillbaka. Inte störa.

– Det är förstås inte lätt för dig.

Sköterskan stod med händerna hängande i rockfickorna och axlarna nere. Signalerade att hon hade tid. Veronika nickade stumt. Fann stor tröst i att hon bara stod där. En människa med undrande och närmast ömsint blick, som väntade ut henne utan irritation. Ett ansikte vänt mot henne, inte mot sängen eller maskinerna eller droppräknaren.

– Har det tillstött något?

– Vad skulle det vara? undrade sköterskan och sköt förvånat upp ögonbrynen.

– Jag tänkte att jouren varit här?

– Nej, inte har det hänt något, vad jag vet. Du ser ju själv, hon sover gott.

Jo, visst, tänkte Veronika. Då finns det inget att oroa sig för.

– Vill du ha något att sova på? Jag menar, det är rätt främmande här för dig. Och mycket har hänt.

– Tack, men det behövs inte.

Hon ville inte säga att hon hade insomningstabletter i necessären. Hade bara inte tagit någon. Men tänkte göra det nu.

Somnade sedan tungt. Men natten blev orolig och sömnen skör som nattgammal is.

Kapitel sju

Onsdagen den 4 september

Ester Wilhelmsson cyklade från Djingis Khan. Klockan var halv sju och hon var sen. Leo och hon hade grälat kvällen innan. Egentligen första gången det smällde till ordentligt, men någon gång måste bli den första, tänkte hon hurtigt och kramade cykelstyret. Samtidigt var hon gråtfärdig.

Hon tyckte inte om osämja. Vem gjorde det? Men hon gjorde det kanske mindre än de flesta. Hon var som man sa aggressionshämmad. Inte hade hon lidigt så värst, var van vid att människor behandlade henne väl. Inte minst hade föräldrarna haft silkesvantarna på. Även hennes bröder. *Lillstumpan. Familjens prinsessa.* Van att bli betraktad med blida ögon. Att få höra att hon var behaglig. Hade riktiga sköterskehänder. Fasta och mjuka. Du är så lugn och fin, sa hennes handledare under praktiken på förlossningen. Nästan så att hon värjde sig. Lugn och fin, var det hennes roll i livet? Inte kavat, rolig och slängd i käften, som Cecilia. Men Cecilia fick säkert sina stötar men ansågs tåla det. Kanske till och med behövde lite mothugg, som Leo sa. Fast Ester hade nog ibland tyckt sig se ett sorgset blänk i Cecilias ögon. Oförtjänta påhopp behövde hon lika lite som någon annan.

Men Ester kände sig plötsligt instängd. Som om hon gömde sig bakom mjukheten och behagligheten. Det var dags att spränga sig ut. Kanske var det därför hon drogs till Cecilias sturskhet. Att våga. Ville hämta upp lite jävlar anamma. Någonstans måste det finnas även i henne. Långt inne, där ilskan puttrade.

Greppet om cykelhandtagen hårdnade. Hon ökade tempot. Trampade frenetiskt och hade kommit ikapp uret när hon sneddade upp genom Professorsstaden.

Barnmorskor brukade annars inte ha svårt att ta kommandot. Hur många gånger hade hon inte hört det? Ett sedan generationer självständigt och yrkesstolt släkte, hade hon fått lära sig redan vid introduktionsföreläsningen på barnmorskeutbildningen. Det var till denna obändiga styrka hon hade dragits, långt bort från förväntningar på eviga sötleenden och flickaktig gullighet. Både ett hantverk och samtidigt så mycket mer. Självständiga bedömningar, ibland eggande svåra. Bibringa trygghet och ge stöd under livets mest avgörande ögonblick. Hon hade hittills inte träffat en enda barnmorska som ångrat sitt yrkesval.

Ester visste vad som fattades henne. Konturer. Kände sig vag och liksom uppblött i kanterna. Men när hon sa ifrån fick det en bumerangeffekt. Otäckt. Fick henne ur slag i flera dagar. Kall kramp i mellangärdet och plötsliga gråtattacker.

Alla människor är i grund och botten snälla och *älskar* varandra, tänkte hon.

Så hon log, och det mesta föll på plats av sig självt och utan att det krävde energi. Och nu *älskade* Ester Leo av hela sitt hjärta och klarade därför inte av att somna mitt i affekten. En stor gäspning och så låg han där med ryggen mot henne och snarkade som en idiot och hon blev ännu mer förbannad. Men hon grät inte, vilket i och för sig var ett tecken på begynnande utveckling och mognad.

Var det så här deras gemensamma liv skulle bli? Han bjöd på en vägg. Och hon låg där och ville ha någon sorts samförståndslösning. På vad?

Vad handlade grälet egentligen om?

Han kom hem sent, hade haft väldigt mycket om sig på kliniken, det förmedlade han med en gång. Dessutom ett träningspass på Gerdahallen efter det. Nej, hon missunnade honom inte att träna.

Intressanta patientfall mest hela dagen, sa han och satte igång att berätta med det nyduschade håret på ända. Gestikulerade vilt medan han kastade i sig pestosalladen som hon snott ihop medan hon väntade på att han skulle komma hem. Under tiden hade hon lyssnat på P1. Fångats av ett program om stillheten som försvann. Hängde således kvar både i det smärtsamma men ändå behagliga mötet med Cecilias mamma och i radioröstens klang. Någon som viskat i hennes öra. Krupit in i henne. Rogivande som en sovande katt.

Leo babblade på. Redogjorde för sina läkarmässiga åtgärder, steg för steg, utan att missa några detaljer. Behövde hon få veta allt detta? Men han ville ladda ur. Berättade ivrigt hur han känt och klämt, skickat remisser till röntgen och kvinnoakuten för bedömning, ringt hit och dit, labbprover som han turligt nog kommit ihåg att ta – möjligt även att han missat något, men det fick hon inte veta – och så upp till operation. Och han fick assistera, tack vare att överläkaren tydligen hade bestämt sig för att satsa på just honom. Sa han. Det var förstås nervöst, han hade stått spänd över såret, alla kärl som gömde sig under vävnader som inte fick skadas. Satte peanger med darrande hand, försökte orientera sig, delade och ligerade, gjorde som han blev tillsagd. Överläkaren tappade förvisso tålamodet mot slutet och tog över. Någon gång var de tvungna att bli färdiga! sa han och gick sedan. Leo fick sy ihop buken själv. Ansvar eggar. Och operationssköterskan var hygglig. Blev inte irriterad över att han tog tid på sig. Hon tyckte nog, när allt kom omkring, att han var duktig. Kanske lite säkrare än de andra gröngölingarna.

Glorian var högblank.

Hon tittade surt på honom. Varför kunde hon inte unna honom detta?

Men något tog emot. Hon blev till en tjurig barnunge på pinnstolen. Det var inte första gången, och förmodligen skulle det inte heller bli den sista. Hon var satt att beundra. Det var hennes roll på andra sidan köksbordet.

Och så berättade han att en av *brudarna* hade fått sköta avdelningen medan han stod på operation. Belåtenheten retade henne. *Bruden*, hon den långa med hästsvans som kom till kliniken tre månader efter honom, fick snällt vänta på sin tur vid köttgrytorna. På det roliga som alla ville åt. Att operera.

Ester naglade fast blicken vid det överlägsna draget som kröp i Leos mungipor. Pestosallad satt där också. Små gula bitar.

Sakta vällde vreden upp. Insikten om att hennes plats i deras gemensamma tillvaro varken var en slump eller något övergående var smärtsam. Ett mönster hade bildats. Funnits hela tiden. Och det hade kommit för att stanna.

Han svepte med blicken genom fönstret, som en fältherre som inspekterar hären. Såg förbi henne. Vevade obekymrat vidare om ännu fler bedrifter. Men ställde inte en enda fråga om hennes dag.

Han hade i princip, om hon tänkte efter, redan när de börjat träffas visat ett svalt intresse för barnafödande och kvinnosjukvård. Fast hon trodde att det skulle ändra sig. Eller kanske betydde det inte så mycket. Det var väl inte tvunget att man engagerade sig i varandras arbeten. Tänkte hon då.

En färsk läkare som gjorde nya upptäckter varje dag och en nykläckt barnmorska som ansågs hålla på med trivialiteter satt alltså på var sin sida om ett enkelt furubord, som med ens hade vuxit till en oceans storlek.

Kanske skulle de, trots allt, kunna prata om det senare, tänkte hon och svängde runt kvinnokliniken, en byggnad av äldre datum som tappert pressade i skuggan av det överväldigande Blocket. De fick sätta sig ner och i lugn och ro resonera sakligt och vuxet.

Men hur skulle hon börja, så att han hörde vad hon sa? Så att han inte blev sur. Trodde hon verkligen på vuxenförståndet? På orden, resonemangen, förlikningen och överenskommelsen? På jobbet var det som om orden var heliga. Kunde reda upp precis allt. *Vi måste prata om det. Varför har ingen sagt något? Jamen, det är bara att ta upp.* Prat, prat, prat. Men var det så enkelt? Varför undvek de i så fall att tala med varandra på riktigt? Och vad gör man med allt det som inte gick att fånga med ord? Som var sårigt och svårt. Som skapade konstiga strömmar och en nattsömn ojämn som en kullerstensgata. Att vissa människor tog vad de ville ha, oavsett orden. Att Leo tog sin plats, vad hon än sa eller gjorde. Att de aldrig kunde få fram ett mått att mäta rättvisa med. Att sådana mätinstrument inte gick att köpa. Gick det exempelvis att ta ett gemensamt beslut om att inte prata arbete alls där hemma?

Kunde hon förlika sig med att vara mindre värd? Ungefär som när doktorerna på kliniken helt plötsligt pratade förbi henne när det kom en annan läkare.

Snabbt hade detta obehagliga grådis seglat upp. På bara några veckor.

De som varit så lyckliga!

Och vad värre var, han tycktes inget märka. Men när han långt om länge begrep att hon faktiskt var sur, när hon väckt honom och grälet var i full gång, då hade hon med ens tappat lusten. Han var arg och sårad, och hon blev torr i munnen. Försökte göra allt gott igen. Kramade hans nakna överkropp, la huvudet i gropen vid halsen och somnade medan han klappade henne som ett barn.

Hon sa aldrig att hon träffat Cecilias mamma. *Tajmingen* stämde inte. Hon visste dessutom att han bara lyssnade när han ville. Var det inte intressant nog drog han sig inte för att resa sig mitt i en mening och gå och sätta på tv:n. Och det stod hon inte ut med.

Det är den underordnades roll att följa efter. Likaså att tjata. Som en morsa. Sådan ville hon inte bli.

Tänkte att hon skulle se till att träffa Cecilias mamma igen. Hon var trevlig. Konturerna tydliga och klara. Och hon var redan det som Leo ville bli. Kirurg.

*

Morgonmötet var över.

Läkarna drack därefter kaffe i plastmuggar stående i det trånga personalrummet. En tvåminuterstår, sedan skingrades alla över kvinnoklinikens olika avdelningar.

Han kom sist, hade ännu inte lärt sig att hålla sig framme, så kannan var tom när han skulle hälla upp. Kastade snopet engångsmuggen i plåttunnan, lämnade trängseln och gick ut i korridoren. Ställde sig att snällt vänta på den överläkare som han gick tillsammans med, en gladlynt och spänstig fyrtiofemåring som aldrig brast ut i plötsliga korsförhör för att testa hans kunskaper, som vissa andra som påstod att de gjorde det för hans eget bästa.

En stor del av arbetsdagen gick ut på att vara smidig. Aldrig ifrågasätta, och det hade han för all del ingen anledning att göra. Han var alldeles för ny för det. Tekniken var att visa *lagom* mycket intresse, haka på utan att hänga sig fast, fråga men inte för ofta. Med andra ord utföra en balansakt som fick honom att stupa i säng av trötthet varenda kväll.

Det fanns en del annat att tänka på också. Men det höll han

undan. Han hade sitt krävande arbete att koncentrera sig på. Det som kittlade och var spännande men som också var så farligt. Som gjorde honom verkligt rädd.

Inget fick någonsin gå fel.

Han väntade alltså. Lysrören blänkte i det nybonade ljusgrå linoleumgolvet. Korridoren var lång. Dörrar gick till läkarexpeditioner. Längst ner låg föreläsningssalen.

Överläkaren skulle ta tid på sig. Diskussionen i personalrummet, fjärran från hans egen nybörjarnivå, var hetsig. Längtansfullt betraktade han de spridda formationerna av doktorer som ivrigt dryftade viktiga ting, medan de sakta förflyttade sig mot glasdörren ut till trapphuset som ledde till de olika avdelningarna.

Arbetsgemenskap, tänkte han. De hör till.

Ensam stod han kvar, förutom en kvinna borta vid kopieringsmaskinen och några kandidater som hängde utanför föreläsningssalen längst ner i korridoren.

Tanken att ge upp hade föresvävat honom ett antal gånger. Till och med i viss mån lett till handling. Han var inte ute efter att skada någon. Hade vid något tillfälle, när han inte lyckades skärpa sig, glidit in på toaletten och stannat tillräckligt länge för att slippa föra in fingrarna långt upp i en varm slida och mätta livmoderhalsens öppningsgrad, medan den födande kvinnan kved och motvilligt särade på benen. Men oftast tvingade han sig att utföra undersökningen, fast han kände sig som en inkräktare och ville få det hela avklarat så snabbt som möjligt.

Mest var det mjukt och fuktigt. Och barnmorskan stod och väntade. Vad fick han det till? Fem centimeter, höftade han till med vid ett tillfälle. Då sa hon att det minsann var rent önsketänkande. Var det tre, fick de vara glada! Och han stod där i sin vita läkarrock i förlossningsrummet och undvek att se de blivande föräldrarna i ögonen. Bortgjord och förnedrad.

Plötsligt frigjorde sig en av överläkarna från gruppen i personalrummet. Han var osäker på vad mannen hette. Kände hur käkarna spändes och munnen blev torr. Hade han gjort något fel? Nu igen.

– Tror du att du har tid en stund? sa överläkaren och drog på munnen medan han skramlade med nycklarna i byxfickan.

Var leendet ironiskt? Läkarrocken hängde uppknäppt med vit skjorta och randig slips inunder.

Tid? Han hade all tid i världen.

– Javisst, hasplade han ur sig och vågade inte ens sänka blicken och läsa på namnbrickan vad karlen hette.

– Jag skulle vilja säga några ord men tycker att vi gör det på rummet.

Överläkarens djupa röst var fortfarande sänkt, men han skramlade ännu ihärdigare med nycklarna.

– Jag kommer inte att uppehålla dig länge.

Han stod ju och väntade. Var rädd att lämna sin post. Överläkaren såg det.

– Säg du bara till att du kommer senare, viftade överläkaren bort hans tvekan.

Så han gick in i personalrummet och signalerade att han skulle komma efter till förlossningen, och följde sedan med den distingerade mannen in på ett kontor där bokhyllor och skrivbord dignade av papper och tjocka böcker på engelska och till och med tyska.

– Stäng dörren.

Han sköt igen den men stannade osäkert strax innanför tröskeln.

– Kom in du, viftade överläkaren och pekade på stolen vid skrivbordet. Jo, mellan oss sagt…

Mannen lutade sig fram och sänkte rösten, som om väggarna hade öron.

– Du är *så* välkommen, ska du veta.

Stålgrå ögon och nyrakade, blänkande kinder som på en gosse. Fortfarande log han. Hela tiden, men leendet var svårtolkat, lite för polerat och avmätt. Liksom de mjuka händerna som mannen la över varandra prydda med både vigselring och den bredare doktorsringen.

Han rodnade av osäkerhet i besöksstolen.

– Det är ju alltid trevligt för oss med en ny kollega. Och att du är *man* får man se som en stor fördel. Det är lika bra att vara ärlig.

Med ens anade han vittringen av något gott och eftertraktansvärt.

– Vi måste alltså vara realistiska, fortsatte överläkaren som hette Nordin, hade han nu hunnit läsa på namnskylten. Docent och överläkare Eskil Nordin. Någon måste se till att specialiteten drivs framåt, menade Nordin. Utveckling föder framgång. Och vill vi ha framgång kan vi knappast släppa hela kvinnosjukvården till *bara* kvinnor.

Han hörde förstås vad den äldre kollegan sa. Men direktheten fick honom att tro att han hörde fel, även om han inte var helt omedveten om att det grumsades i vissa led över att majoriteten av de blivande gynekologerna var just kvinnor. Balans och blandning var alltid bäst. Inte tu tal om den saken! I alla fall om det tenderade att gå åt det hållet.

Med ens satt han bekvämare. Ryggen rätades upp. Möjligen att det var orättvist och omodernt, det som mannen ville antyda, men världen var nu inte rättvis.

Ett belåtet leende vågade ta form på hans annars så spända läppar.

Var och en fick strida med de vapen man hade. Han var helt enkelt rätt sort. Det skulle han dra nytta av. Det var alltså inte av någon avgörande betydelse att han själv ibland tyckte att han var på fel plats. Många patienter begärde en kvinnlig gynekolog. Men han fick ta detta som en man. Han hade trots allt det som på sikt gav både makt och rang.

– Och så vill jag *också* ha sagt att det finns mycket intressant forskning inom vårt område, fortsatte överläkaren och la slipsen till rätta över bringan. Du kommer att vilja fördjupa dig. Det vill man förr eller senare. Det är bara de slappa som inte tar tag i något riktigt.

Han blinkade stumt för att markera att han i stort höll med.

– Vad jag vill ha sagt är att du är mycket välkommen till mig när du känner dig mogen att utveckla dig. Jag har många intressanta idéer som vi lätt kan gå vidare med. Jag menar, du kan ju inte bara gå här och traggla med patienter. Det är en fantastisk disciplin, ska du veta. Gynekologi och obstetrik. Mycket förnämligt och med många möjligheter till forskning endera mot kirurgi, endokrinologi eller förlossningsvård. Det blir kongressresor och uppmärksamhet och ett helt annat liv. Djupare liksom.

Han nickade återigen, fortfarande stumt leende. Det gick visst inte att plocka ner mungiporna. Men vad skulle han svara?

Inget.

Det behövdes inte, här rådde med ens ett ordlöst samförstånd som lika väl kunde ha funnits mellan två orakade cowboys i vilda västern.

Överläkare och docent Eskil Nordin vred sig mot datorn. Samtalet var avslutat.

Gustav Stjärne rann i ett glädjerus nerför trapporna mot förlossningen på nedre botten.

*

Ester hade bytt om i källaren, låst in plånbok och nycklar i värdeskåpet och fäste nu namnskylt och brosch på den vita landstingsrocken medan hon väntade på att det skulle bli dags för rapport.

Hon satt i tankar. Det var knappt två år sedan hon träffat Cecilia första gången. De lärde känna varandra i det trånga omklädningsrummet på Gerdahallen där friktionen förvisso var så stor att varje rörelse måste planeras för att man inte av misstag skulle klippa till någon. Men att därutöver börja samtala var inte givet. Mer skulle till.

Cecilia var en av de sällsynta människor som det var lätt att få kontakt med. En viss ömsesidig nyfikenhet hade väckts genom alla träningspass de svettat sig igenom. Där fanns många andra som Ester knappt la märke till. Cecilia var livlig. Hade en glad vakenhet som trängde igenom. Ester hade förstås sett att en av killarna gärna ställde sig intill henne. Såg detta, fast den stora salen var proppfull av flaxande armar och sprattlande ben. Först trodde hon att de två höll ihop. Han läste på Tekniska högskolan, fick hon för sig. Möjligen hade hon sett honom någon gång med en tröja med Teknis logga på ryggen.

Det fanns en del att spekulera över på de där träningspassen. Teknikillen flåsade Cecilia i nacken, men hon vände honom kallt ryggen när passet var över, dröjde sig inte kvar och småpratade med honom. Det var alltså inget mellan dem, utgick Ester ifrån. Vilket stämde, berättade Cecilia senare. Han var som värsta plåstret.

Vad visste Ester mer om Cecilia? Polisen hade frågat. Hennes familj hade på sätt och vis inte materialiserat sig förrän nu, inget märkvärdigt med det. De hade alla rätt ungefärliga begrepp om varandras bakgrunder. När man väl flyttade hemifrån kunde man bjuda på det man ville. Det gick även bra att hitta på eller lägga ut dimridåer. Det höll, som bäst, ett tag. Som en kurskamrat som omvandlade sin taskiga bakgrund och med ens blev diplomatdotter. Men det var ett riskabelt företag. Att sticka ut retar nyfikenheten, och Lund var en liten stad.

Men Cecilia var varken hemlighetsfull eller skrytsam. Berättade helt kort att hon tappert försökte vänja sig vid mammans nye. Hon hade en pappa och två halvbröder i Stockholm. Och så den nya lillasystern Klara. Det fanns ingen aktuell pojkvän. Ester kunde ana sig till en del gammalt strul som Cecilia höll tyst om. Att hon var vän med Karl sedan gammalt var välkänt, men han hade Ylva.

Annars kunde man ibland tro att det var något mellan dem.

Tankarna bröts. Dags för rapport. Den stora översiktstavlan var fullskriven. De inlagda patienternas initialer stod antecknade, liksom tid för vattenavgång och värkstart. Hälften var redan förlösta och väntade på att gå vidare till patienthotellet eller BB för att ge plats för nya. Om det kom några. Det gick i vågor. Ena minuten fullt ös. Nästa kav lugnt.

De som haft natten ville hem. Tröttheten vred sig i deras ansikten. Runt det stora bordet i expeditionens mitt var intensiteten plötsligt hög. Tätt i små grupper satt de med huvudena ihop och rapporterade. Enligt arbetsfördelningen skulle hon gå ihop med Lotten, en av de nyare undersköterskorna. Eftersom hon inte var så erfaren själv kändes det tryggare med en av de äldre och mer rutinerade. Lotten var å andra sidan på hugget men kritiserade henne sällan i onödan. Var i så fall mer för att diskutera.

Ester hade alldeles nyligen introducerats i yrkeslivets första prövning, den allestädes närvarande hackordningen. Människor var sådana, sa hennes mamma. Ibland var det praktiskt men oftast ett medel för att hålla andra nere. Men annat pressades dessvärre också undan. Skratten och glädjen.

Hon och Lotten fick ta över två förlösta och en oförlöst.

– Rätt segt förlopp, sa barnmorskan som rapporterade. Få se om du får henne vaginalförlöst.

Hon puffade Ester kamratligt i sidan. Det kändes gott, inte taskigt.

– Det går långsamt fram, med svaga värkar och det är en balansakt med droppet. Vi vill ju inte piska på livmodern och riskera en ruptur i det gamla kejsarsnittsärret.

– Nä.

– Mamman är helt förbi, värkpinad och utmattad efter ännu en natt och vill bara få ett slut på eländet.

Ester nickade.

– Hon vill ha ett kejsarsnitt nu med en gång, men jag har lyckats övertala henne att vänta tills du kommer. Tänkte att du kanske får lite mer tid. Dessvärre har jag försummat henne, det har varit full rulle och jag har förlöst på andra rum.

Hon gäspade så stort att amalgamet syntes.

– Öppen fem centimeter. Det går framåt, trots allt.

Esters kinder glödde. Arbetet grep henne, fick henne på fötter. Dessa uppgifter, så handgripliga. Både nära och tydliga.

Borta var den unkna smaken av nattens gräl. Hon och Lotten kom med nya krafter till kvinnan som skulle föda. Lite frukost och en ryggbedövning, så kanske de kunde få upp henne ur sängen. Få igång kroppen och inte minst livmodern.

Ester slätade ut partogrammen, som för att samla sig. Var med ens så tydligt medveten om att hon valt rätt yrke.

– Det blir något att bita i, kläckte Lotten ur sig.

– Ja, sa Ester och reste sig med kompetensen stolt vilande på sina smala axlar. Vi går in och ser om vi kan ladda om batterierna.

– Annars får du prata med doktorn om hur länge vi ska driva det här, sa den avgående barnmorskan för att göra sin röst hörd en sista gång innan hon klapprade iväg genom korridoren i sina vita träskor.

Ester såg på klockan. Halv åtta. Tog pärmen, gick mot förlossningsrummet. Öppnade sakta och gled ljudlöst in till den slumrande kvinnan och hennes utmattade make. Däven luft och halvmörker. Endast lampan över arbetsbänken var tänd.

*

Veronika andades in. Ett hackigt och halvt kvävt andetag, som när hon var barn och plötsligt upptäckte att hon var övergiven.

Det luktade avgaser mest. Taxibilar och väntande anhöriga med motorer på tomgång. Det var som om luften inte förmådde röra sig där nere i gropen mellan centralblockets båda flyglar. Ironiskt nog satt rökande patienter med droppaggregat och näsgrimmor av genomskinlig plast kopplade till syrgastuber på en bänk intill utgången. Fimparna kastades med en halvtaskig precision ner i en cementkruka snett framför dem.

Hon vände Blocket ryggen, gick i rask takt mot sjukhusets huvudinfart, förbi portvaktshuset. Kyrkogården låg mitt emot, som en tanke. Luften var förmodligen inte mycket renare här, men den luktade inte. Hon pendlade med armarna medan hon gick söderut mot centrum. Svetten klibbade i hårfästet, hon tog av jackan och knäppte upp ytterligare en knapp i bomullsblusen.

Jag kan fortfarande gaska upp mig, sa hon till sig själv. Det är bra. Lika viktigt som att släppa fram oron och ledsenheten.

Fortfarande var det ovanligt varmt för årstiden. En fantastisk höst tycktes det bli.

Biltrafiken pressade sig envetet in mot det medeltida och trånga centrumet, köerna vid stoppljuset i korsningen vid Allhelgonakyrkan blev allt längre och avgaspelarna steg upp och la sig över fotgängarna vid övergångsstället. Hon vek ner på Sankt Laurentiigatan mot stationen. Gick fortfarande med rak hållning, stolt över att kunna ta sig fram som fisken i vattnet fast hon inte bodde i Lund. Närmade sig Clementstorget och kunde inte låta bli att kika mot den lilla butiken som sålde brudklänningar en kort bit in på Karl XI:s gata. Butiken tycktes ha utvidgats med två stora skyltfönster fyllda av vita drömmar.

Klänningen hon beställt där i våras hade nu använts. Det hade förstås inte varit en aktiv plan att styra ut sig, varken något dyrt eller uppseendeväckande hade hon tänkt sig. Helst så enkelt att hon knappt märktes. Varför nu det var så viktigt.

Det var Cecilia som hittade affären. De gick dit mest för att rekognosera. Någon timme senare hade de beställt en ärmlös satinklänning i en färg som hette tofé, eller mörk champagne. Halsskärningen var klädsamt hög och fyrkantig, lite spännande, inte så snällt, samtidigt som hon inte såg naken ut. Över bröstet var hon mager, lite av plockad kyckling, och bysten var inte heller stor. Våderna föll mjuka och tunga ner till skospetsarna. En jacka i samma färg sydd i chiffong knöts löst under bysten och skylde de bara axlarna.

Plötsligt fick hon lust att titta in i butiken. Berätta hur det hela hade förlöpt. Kvinnan där inne hade varit tillmötesgående och rar. Just *rar*, tänkte Cecilia. Och det var något mer än att bara vara trevlig. Ork nog att vara engagerad i det hon gjorde. Hon spred värme i lokalen. Förvisso en förutsättning för affärerna, men det var inte alltid en tillräcklig anledning. Av den strikt yrkestrevliga sorten fanns det många, och det var oftast vad som stod till buds.

Men vad kunde man mer begära.

Allt prat om *bemötande*. När kom detta begrepp upp på agendan? Hon funderade. Var det när distansen ökat så pass att tomheten blev till smärta som växte i kroppen? Satte sig i leder, nackar och magar. Då vänlighet och hygglighet, oljedropparna mellan människor, inte längre var en självklarhet utan mer något som man fick begära. Bortrationaliserat i strama och stressade organisationer. Det som normalhyggliga människor gjort i alla tider, pratat lite med varandra och frågat hur man mår, blir plötsligt en märkvärdighet med en närmast professionell beteckning.

Professionell var för övrigt också ett ord som på senare tid börjat irritera henne. Knastrande torrt och helt tomt för att det innehöll allt. En professionell kirurg var yrkesskicklig.

Men måste den professionella även vara medkännande? Eller rar?

Hon gick inte in i butiken. Det skulle ha känts som ett alldeles för personligt tilltag under rådande omständigheter. Hon hade svårt att se sig själv stå och skrodera om det egna bröllopet, berätta banalt och självupptaget om att klänningen satt som en smäck, att frissan fick till håret och blomspännena, att buketten var vacker med krämfärgade rosor, hortensior och ranunkel, att de hade tjugosju gäster på Herrgården som fick utsökt mat: lax, hjortsadel och fläderglass, och att skratten blev många.

Just så! Bröllopet blev ett roligt kalas.

Men så skulle kanske den rara expediten fråga hur det var med dottern som var med när hon provade klänningen? Båda döttrarna var visserligen med, men det fanns en viss risk att Cecilia kunde komma på tal. Och då skulle hon bryta ihop. Falla rakt ner i självömkan och gråt mitt framför expediten.

Ännu behövde hon en upprätt ställning. Ännu var hon tvungen att hålla samman sitt inre. Ännu behövde hon vara ifred.

Hon tog vad hon trodde var snabbaste vägen till polishuset, över spåren via den nya järnvägsbron vars fäste låg intill den gamla godsexpeditionen. I ena änden fanns Lunda hoj, en cykeluthyrningsfirma. Skulle hon ta och hyra en? Orkade emellertid inte bestämma sig. Fortsatte istället uppför trätrappan flankerad av parkerade cyklar i flera våningsplan. Första gången i sitt liv hon var i ett parkeringshus för tvåhjulingar. Onekligen staden där man bäst trampar sig fram.

Polishuset låg i ett hörn vid Byggmästaregatan. Gediget bygge i rött tegel. Hon anmälde sig, fick vänta någon minut, stampade otåligt runt i foajén. Så kom Gillis Jensen och hämtade henne.

Han var en fårad man som talade mjuk skånska.

– Det gällde din dotter, sa han.

– Ja.

Mer fick hon inte ur sig. Med ens blev allt så sorgligt. Kanske för att hon nu var utanför sjukhusets skyddande miljö. Var bland normala och friska människor som inte hade sönderslagna döttrar nersövda i en lasarettssäng.

– Jo, vi har en del saker här. Hennes kläder bland annat, dem tittar teknikerna på ... och så innehållet i väskan.

Bankkortet hade Veronika redan lyckats spärra. Plånboken var borta. Mobilen hade heller inte återfunnits, vilket hon knappast hade förväntat sig. Cecilia hade inget abonnemang utan kontantkort.

Det var så mycket att tänka på. Hon hade svårt att koncentrera sig. Såg på innehållet i plastpåsen. Lypsyl, en kam, ett rosa läppstift. Inget mer. Så naket, närmast fattigt.

– Det finns inga nycklar? undrade hon.

– Nej. Tyvärr. Vi har haft en låssmed som öppnat.

– Vi har ju, som vi meddelat, tittat runt lite. Ingen annan har varit där, tror vi. Inget är förstört eller så.

Gillis Jensen såg ut som om han läst hennes tankar.

– Vi jobbar så ... mest för att se om vi kan hitta något som...

– Ja, självklart.

– Vi hittade inget som direkt kan kopplas till det som hänt. Mest såg vi flyttkartonger och väskor på golven.

– Jo, jag kan tänka mig det.

– Vi ska akta oss för att gissa, men mest troligt är det väl att det *inte* var någon hon kände. Vad vi förstår av kamraten...

Kamraten, tänkte Veronika medan Gillis Jensen drog fram ett papper och läste. *Kamraten* lät så förtroendeingivande och en smula gammeldags.

– Öh, Ester Wilhelmsson, som identifierade din dotter, för övrigt. Enligt henne så gick Cecilia iväg från hennes bostad ensam. Lämnade festen för att ta en taxi.

Men varför tog hon inte den där taxin? Varför struntade hon i det? Måste säga till Cecilia att *aldrig* gå ensam mitt i natten. Hamra in det i hennes hjärna.

Vad var det hon tänkte? *Hjärnan*. Den redan krossade.

Bilden av det rakade huvudet exploderade inom henne. Slutna ögonlock, något ännu osäkert bakom det lappade skallbenet.

Kanske hon aldrig blir normal igen!

Veronika knöt händerna hårt i knäet. Insåg samtidigt det orimliga i att vilja förmana. Cecilia var myndig. Hon gjorde precis som hon ville.

– Hur är det med henne, förresten? frågade han plötsligt.

– Bra. Efter omständigheterna.

Hon hade nu gått över till att vira väskremmen mellan fingrarna. Det ilade i kroppen. Koncentrationen flöt bort. Blicken flackade mellan sakerna på skrivbordet. Datorskärm, brevkniv, mappar, dammiga svarta kulspetspennor i en vit porslinsmugg med polisens emblem.

Tämligen meningslöst att sitta här. Och kriminalinspektör Jensen hade säkert mycket att göra.

Men Jensen såg inte alls ut som om han ville köra iväg henne. Satt orubbligt där han satt. Vickade inte ens på stolen. Örsnibbarna var långa och illröda och ögonlocken veckade sig av ålder som på en snäll blodhund. Hon släppte efter. Orkade plötsligt inte ta sig samman. Ville inte lämna det soluppvärmda och instängda rummet med en eftertänksam och ofarlig tystnad svävande i luften. Gillis Jensen var ingen pratkvarn. Händerna låg orörliga och tunga på skrivbordet.

– Pratar hon? undrade han till slut lågt.

Hon skakade på huvudet.

– Vi kommer att förhöra henne senare.

Hon nickade. Cecilia skulle inte komma ihåg ett dugg av tiden som sövd, enligt neurokirurgen. Barmhärtigt nog skulle hon inte heller komma ihåg misshandeln, sa läkaren. Skulle ha amnesi för det inträffade, som de brukade säga. Tänk att människans kropp och själ var så vist skapade. Slapp minnas det onda ögat och det djuriska våldet. Fast hon visste att det inte alltid var så. Det fanns de som i minnet kunde genomleva den mest vedervärdiga tortyr sekund för sekund. Då måste väl tomhet vara att föredra?

Så många funderingar och frågor där svaren skulle låta vänta på sig. Hon måste tåla sig.

– Är det vanligt? frågade hon istället nervöst.

– Vad menar du?

– Vanligt att unga kvinnor hittas nerslagna på gatorna i Lund?

Kränkt och vass i tonen var hon.

– Nej, sa Jensen utan att väja med blicken. Det förekommer här, som på alla andra ställen. Men vanligt vill jag inte påstå att det är.

– Vad brukar ligga bakom?

Han strök sig över hakan.

– Det är olika. Det beror på vem som har gjort det. Förmodar att du funderar över motiv.

Hon nickade.

– Ibland finns inga motiv, mer än att slå för att man själv måste ut med något.

Visst, tänkte hon. Hon var inte överraskad. Mer än av att ondskan nått även henne och inte bara *alla andra*.

– Ofta är det gäng, sa Jensen. Så har det varit i alla tider. Man blir tuffare i grupp, identiteten stärks av att höra till. Du känner ju till mc-ligorna. Idag känner sig många utanför. Samhället erbjuder inte alla en plats. Här i Lund har vi några kända, mer eller mindre kriminella gäng, som på många andra ställen.

Kriminella gäng. Det lät som en farsot. Som Egyptens gräshoppor.

– Känner du hennes vänner? undrade han.

Hon svarade med en axelryckning.

– Eventuella pojkvänner som av ett eller annat skäl skulle vilja henne illa?

Hon stirrade ut. Soldis. Fönstren hade en matt hinna av smuts.

– Nej.

Sådana idioter umgås inte min dotter med, tänkte hon kallt.

Veronika kom inte in på gården eftersom porten var låst. Hon kunde alltså inte ens försöka räkna ut vilken cykel som var Cecilias. Och för den delen hade hon ingen nyckel att låsa upp den med.

Hon hade gått hela vägen ner till Tullgatan förgäves. Strök nu utanför och fick i alla fall en skymt av Cecilias lägenhet. Räknade ut att det måste vara den som låg bakom två tomma och gapande fönster på andra våningen. Hyresfastigheten borde vara hundra år minst. Brunrött tegel, en mörk fasad mot söder som lystes upp av vita fönsterkarmar. Röda solstrålar blänkte i rutorna.

Varför hade hon inte hyrt en cykel, trots allt? Benen var stumma som träpålar. Hon gjorde ett överslag om hon skulle gå hela vägen tillbaka till uthyrningsstället vid stationen, men orkade inte. Det fanns dessutom annat att ordna med. Hotellrum. Någonstans att ta vägen i väntan på att få tillgång till Cecilias lägenhet.

Men kunde hon verkligen bo där sedan? Det vred sig i henne medan hon stirrade upp över husväggen. Detta var Cecilias hem. Inte hennes. Det vore ett rent intrång att knöla in sig bland dotterns flyttkartonger utan att ens ha bett om lov. Hennes egen mamma skulle i motsvarande situation inte ha backat. Utan att vare sig blygas eller skämmas hade hon ställt allt i ordning så som *hon* fann bäst. Våldfört sig på dotterns tillhörigheter och drömmar och dessutom haft fräckheten att bli stött om något därefter ändrades eller flyttades. Snarare förväntade hon sig beröm.

Mamman menade *alltid väl*. Orden ringde fortfarande i hennes öron. Och långt senare hade Veronika begripit att modern verkligen menade väl. Även om det inte var helt osjälviskt.

Men nu trodde hon sig, trots allt, själv vara befriad från vissa av sin mammas mindre fördelaktiga sidor. Och modern var för övrigt både död och begraven.

Hon följde sakta Södra Esplanaden österut. Gick i skuggan under almarna, som fortfarande hade gröna, mjuka blad. Vek upp på Bankgatan mot Mårtenstorget.

Pressade undan bilder. Slaget. Smärtan. Hann hon skrika? Hann hon se in i ansiktet på den onde? Och så kroppen som föll tungt på den grusiga asfalten. Rått och daggigt. Livlös och oskyddad.

Tänk om det inte kommit någon förbi. Tänk om!

Det var så förskräckligt att smärtan skar genom hennes kropp och hon tvingades stanna och knipa ihop ögonen tills det ilat färdigt.

En grabb mager som en vinthund och med vilt spretande turkosfärgat hår hoppade precis undan från en buss som vräkte förbi. Han damp ner på trottoaren strax framför henne. Ett tungt bälte med nitar och kedjor långt ner på höften rasslade till. Flickvännen skyndade efter med de guppande brösten hotfullt nära att lämna dekolletaget. Den ultrakorta kjolen, vita prickar på rosa botten, täckte knappt trosorna när hon böjde sig fram för att få en kyss. Som två färgstarka papegojor. När Veronika passerade tycktes hans tunga vara på väg ner i halsen på henne.

Hon klarar det där finemang, tänkte hon. Utan att klökas.

Det var som om hon piggnade till. Yrvaket såg hon sig om. Det var den tiden på året då universitetsstaden nyss tagit emot alla studenter inför terminsstarten. Entusiasmen vibrerade i den ovanliga septembervärmen som låg som ett förtätat honungsgult dis. Unga människor med drömmar som ännu inte krossats, tänkte hon. Studieåren kom henne till mötes. När nyfikenheten var intakt, och det fanns ett mål och en mening med resan bland tunga böcker, komprimerade kompendier och oläsliga föreläsningsanteckningar. Tentamensläsning under eviga timmar på bibliotek med tät luft och många stolsskrap. Nätter med alltför många koppar kaffe. Pimplade tills magen skrek av garvsyra och huvudet sprängde och handen darrade av koffeinförgiftning. Lättnaden efteråt, när skrivningen eller förhöret väl var avklarat.

Klockan gick mot två. Trafiken tätnade. En bondby som blev ett lärosäte, ett biskopssäte och ett centrum för vård av sjuka. Livet utanför akademin var väl så stort, det visste hon. Kända förpackningsindustrier, läkemedelstillverkning och expanderande högteknologiföretag. Cecilia hade sökt sommarjobb och lyckades ett år få städjobb på Tetra Pak. Det var för ett par somrar sedan. Före journalistvikariatet.

Och varför hoppade hon nu av detta? Det var dumt av henne.

Tankarna blev med ens mammaaktigt förnumstiga. Hur går det nu med försörjningen om hon blir borta länge? På den nya arbetsplatsen hade Cecilia inte ens börjat, och till hälften hade hon tänkt försörja sig på studiemedel. Idel praktiska frågor tornade upp sig. Vilka kontakter var Veronika tvungen att ta medan Cecilia låg nersövd? Ringa försäkringskassan och Centrala studiemedelsnämnden. Socialen kanske? Blev matt vid tanken på alla telefonsamtal som skulle till i detta byråkratiska virrvarr. Men kanske en kurator kunde hjälpa henne?

De fick hjälpas åt. Hon, Claes och kanske även Dan, Cecilias pappa. Det ordnade sig. Hon hade visserligen en bra lön men också ett nyköpt hus med höga amorteringar. Dan hade, som hon såg det, varit njugg under Cecilias uppväxt. Eller om det var nya frun som höll efter. Han hänvisade ständigt till Veronikas statusjobb. *Du har för helvete råd, med din läkarlön.* Hon kände alltid samma obehagliga underläge. Gick inte att föra en vettig argumentation. Så hon knyckte på nacken. Det fanns de som hade det sämre ställt. Ensamstående kvinnor som var låginkomsttagare. Och stolta. Så det var klart att hon fixade det.

Allt ordnar sig, bara Cecilia blir bra, tänkte hon. Allt annat saknar betydelse.

Hon travade förbi en räcka sammanhängande låga gathus vid busstorget som gick i vitt, gult och rosa. Ett av dem var i korsvirke. Såg ut att vara ett hotell av den hemtrevliga sorten. Hon drogs ditåt och kom ut en kvart senare efter att ha bokat ett ombonat rum med blommiga tapeter och ett lila överkast vars färg togs upp i emmafåtöljens klädsel. Hon var åtminstone tillfälligt på plats, och fortsatte sedan norröver. Skulle tillbaka till *lasarettet*. Det var vad folk sa, både här och hemma.

Så din flicka ligger på lasarettet!

Namnen ändrades hit och dit. Hon var landsortsläkare och fick själv alltid kontrollera i matrikeln vad ortens sjukvårdsinrättning hette när hon behövde skicka brev till kollegor. Avesta, Lycksele och Enköpings lasarett. Men Gällivare, Norrtälje och Oskarshamns sjukhus. Så långt var allt gott och väl. Fast att Vrinnevisjukhuset låg i Norrköping och Ryhov i Jönköping var man tvungen att veta. Eller annars slå upp.

Oskarshamn. Hennes egen arbetsplats, numera alltmer krympande efter sammanslagningar på olika håll. Akutverksamheten skulle bantas. Där fanns pengar att spara. Förändringens vindar hade blåst länge. Ibland kastvindar. Hon orkade knappt längre vare sig fundera över framtiden eller leta argument för den ena eller andra lösningen. Framtiden gick ändå inte att på ett realistiskt sätt förutse.

Hon stod vid Saluhallen på Mårtenstorget. En lätt huvudvärk hade seglat upp och dunkade envist vid tinningarna. Hon skuggade med handen över ögonen och for kisande med blicken över svärmar av människor som åt och drack.

Det kunde mycket väl ha varit Cecilia som suttit där och flamsat över borden. Ovissheten lägrade sig blytung. Hon drog några höga, kraftlösa andetag, strök håret bakom öronen och försökte känna efter om hon behövde få något i sig. Magen var förmodligen tom, men sedan hon kom till Lund hade hon upphört att känna hunger. Fortsatte därför, men långsammare. Fötterna ömmade. Sulorna var för tunna.

Ensamheten kvävde. Gråtklumpen kom och gick. Ögonen sved men var torra.

Hon hade inte någon att riktigt dela bördan med. Claes gjorde vad han kunde. Fanns där i varje fall. Islossningen mellan honom och Cecilia hade dånat och brakat en tid. På bröllopet tycktes den ha gått över i öppen sjö. Tack och lov!

Denna meningslösa svartsjuka. En evig rädsla att inte stå allra närmast. Hon som hade plats för bägge två. Olika sorters utrymmen men lika nära. Barnets plats närmast en mors hjärta blir aldrig upptagen.

Dan skulle komma i morgon. Han hade aviserat ankomsttid via ett sms. Men hon trodde det först när hon såg honom.

Hon hade kommit till en smal, bilfri gatstump och stod nu vid ytterligare en av ålder sned och vind byggnad i rött tegel med trappstegsgavlar och med domkyrkan vilande bakom sig, tung och grå. Även här rymdes ett kafé. Gör man inget annat än dricker kaffe i Lund? tänkte hon. Staden måste vara fikaentusiastens absoluta paradis.

Liberiet, läste hon på skylten utanför. Uppfördes på 1400-talet. Det medeltida domkapitlets bibliotek, därav namnet. Liberi är ett gammalt danskt ord för boksamling. Fastigheten kom senare i universitetets ägo. Fäktsal inrättades på övervåningen på 1700-talet. Den svenska gymnastikens fader Pehr Henrik Ling var under 1800-talets första år universitetets fäktmästare och undervisade här studenterna i fäktning och gymnastik.

Det var som sjutton!

Lund grundades som en dansk stad. Så mycket visste hon, och det tyckte hon sig kunna se. Likheter i byggnadsstil med trappstegsgavlar, korsvirke och låga gathus. Men när blev Skåne svenskt?

Hennes historiska kunskaper var rudimentära. Men Claes kunde förmodligen svara. Varför var historieintresset vanligen större hos män? För egen del var hon så illa ute att hon inte ens visste vilket århundrade det rörde sig om. Ännu mindre vid vilken fred som Skåne annekterades till Sverige.

Hon var, trots allt, tvungen att få något i sig. Gick därför in och köpte en burk Ramlösa och en bulle och sjönk sedan ner på en ledig plats utanför helgedomen. La jackan bredvid sig. Öppnade burken och drack så att det rann nerför hakan. Petade av sig skorna. Solen förmådde fortfarande värma.

Hon hade bara tänkt vila någon minut, men hon blev sittande. Det var sällsamt rofyllt. Ett ungt par några meter ifrån henne pratade lågt med varandra med nerböjda huvuden. Det var inte svårt att gissa vad de sa. Kärleksord som ljuva smekningar.

Hon funderade på att gå in i domkyrkan. Minnena från när hon var där senast var vaga. Ett medeltida ur tillhörde attraktionerna. Men då skulle man visst vara där klockan tolv när uret spelade upp och en procession av figurer förflyttade sig mekaniskt. Så det fick bli en annan dag.

Hon öppnade ögonen och såg ett barn tulta fram. Vinglade till av ojämnheterna i marken. Flickan föll men grät inte utan reste sig på barns vis och gick vidare med den outsinliga energi som dessvärre brukar mattas med åren.

Hon hade inte glömt Klara. Men hon var säker på att den yngsta dottern hade det bra. Claes tog hand om henne. Det var en stor tröst och den avgörande skillnaden mot när Cecilia var liten. Då var hon ensam.

En geting nuddade högerhanden. For efter sötman från bullen hon ätit. Hon lät handen ligga stilla och getingen flög snart vidare.

Hon hade fått syn på sina egna armar. Medelhavssolen hade gjort sitt. Vigselringen gnistrade mot det brunbrända skinnet.

Vart tog Greklandsresan vägen?

För bara några dagar sedan flöt en stekhet sol över en stenig strand och ett azurblått hav. Solhatt och vattenmelon. Lojt och slött. Claes på filten bredvid. Fri och avspänd. Rentav lycklig?

Mobilen skar sönder dagdrömmarna. Rösten gjorde henne glad men samtidigt på sin vakt. Toner hemifrån som kunde innebära krav. Från jobbet. Else-Britt Ek undrade hur det var fatt.

– Vet faktiskt inte, sa Veronika.

Moltyst i andra änden och en misstänkt lång paus. Else-Britt hade förmodligen utsetts att ringa av klinikledningen.

– Du, jag förstår att du kanske inte kan svara, men vi undrar om du vet hur länge du tänker bli borta?

Frågan var ytterst försynt ställd. Livet pågick medan hon var strandsatt.

Hur länge blir jag borta? tänkte hon. Går det att svara på? Och hur skulle hon kunna vara förmögen att koncentrera sig på andra patienter?

– Vet inte, upprepade hon.

– Du vet, med tanke på schemat …

Veronika försökte åstadkomma en sorts inre struktur. Tänka i dagar eller kanske veckor. Men det gick inte.

– Jag kommer i alla fall inte denna vecka.

Sucken efteråt hördes knappt, men den fanns där.

– Hur är det med henne?

Else-Britt var bra. Nedlät sig inte till att enbart vara springflicka åt chefen. Frågan var ärligt menad, inte bara formalia.

– Jag vet inte. Bra just nu. Det säger i alla fall neurokirurgerna.

Pannan lutad mot domkyrkans uppvärmda sandsten, stadigt murad för hundratals år sedan.

– Och hur har *du* det?

Else-Britt hade sänkt rösten.

– Så hyggligt det går.

– Inte lätt, förstås.

– Nej. Man kan bara hoppas på det bästa.

Veronika hörde själv att hon lät käck. Ville stoppa tillbaka det hon sagt och låta precis så ledsen som hon var. Men det gick inte. Hade en lång vana vid just käckhet. Inövad optimism och jävlar anamma som försvar mot orättvisor och tillkortakommanden. Att vara arg och krävande var besvärligt. Käck och munter var mer uthärdligt. Eller varför inte kavat. Vad annat hade hon haft att ta till för att bli accepterad och respekterad som den minoritet hon trots allt varit på arbetet? Manliga läkare, kvinnliga sköterskor. Och däremellan sådana som hon.

Det var mycket hon hade behövt få ur sig. Men hon teg. Vågade inte öppna kranen. Var dessutom osäker på huruvida Else-Britt hade tid att ta emot en flod av förtroenden mitt under arbetstid. Osorterat och sorgligt.

Och vad skulle hon säga? Orden räckte ändå inte. Inget kunde uttrycka tillståndet hon befann sig i.

– Sköt om dig.

Hur gör man då? tänkte hon.

Kapitel åtta

Torsdagen den 5 september

Återigen denna uppfordrande röst.

– Varför gör ni inget?

Claes Claesson var indragen i något som inte var hans bord. Men indragen var han likafullt.

– Nu har det gått två dagar och inte ett enda besked har jag fått.

Nina Bodén lät mer arg än orolig eller ledsen. Det tonlösa och lite gnälliga röstläget gav honom obehagliga associationer vars ursprung låg långt tillbaka i tiden. Just därför var han tränad att bara glida med. Hans kära mamma var dock betydligt roligare, även när hon gick på som en bandhund. Inte minst var hon mer förutsägbar, i alla fall för honom. Hon led av vad han idag skulle ha kallat en överklassneuros. Plötsligt härdade hon inte ut i sin instängdhet utan brast som en torr kvist, tappade sorglöst den kontroll hon annars målmedvetet strävat efter under hela sitt liv. Artig och belevad skulle man vara! Helst även glad.

Men varför i herrans namn hade växeln släppt fram detta till honom? Han visste förstås svaret, det snabbaste sättet för telefonisten att bli av med ett besvärligt telefonsamtal. Och det var inte gott att veta för dem där borta i fjärran att han ännu inte var i tjänst, formellt sett. Ledigheten hade utvidgats för inskolning av barn. Han satt bara på polishuset liksom för att vänja sig. Behövde skolas in även han, tänkte han smått road, men betraktade knappast denna procedur som oöverstiglig. Han tänkte inte bli kinkig. Han var, rent ut sagt, förbaskat glad över att få något att suga tag i. Något vuxet.

Dock inte i Nina Bodéns försvunne make. Claesson hade för övrigt inte med försvinnanden att göra, varken med bortsprungna katter eller med förlupna män. Det var spans avdelning.

Och det sa han.

– Men de *skiter* i det här. Är det verkligen så här polisen fungerar? *Vänta*, är det enda de säger. Och hur länge ska jag vänta? Det kan ju ha hänt honom något!

Hon lät nu en smula vulgär, och det kände han inte igen från sin egen mamma. Men det var förmodligen stressen. Arg och förbannad, det var ingen behaglig kombination. Lika lite angenämt var att hon bett just honom att *personligen* åta sig ärendet. Vädjade till hans känsla för grannsämja, kanske? Han tyckte inte om att gröta in sig med människor han kände, om det så bara var någon som bodde på samma gata.

Så han försökte medan samtalet pågick lista ut hur han skulle administrera det hela vidare utan att snoppa av henne. Kanske kunde han, trots allt, själv rycka i den kollega, vem det nu var, som hon pratat med tidigare men glömt namnet på? Höra hur läget var. Förmodligen stiltje. Men då kunde han i alla fall med gott samvete hävda att han gjort vad han kunnat.

– Det måste *hända* något, envisades telefonrösten.

Just så, tänkte han. Det vill alla. Nästan oavsett *vad* som hände. Bara att det rörde på sig.

– Är det något nytt som du kommit på att du vill berätta? hörde han sig själv säga. Det blir ju gärna så att…

– Vad då?

Fan, tänkte han. Nu satt han ändå här och lät sig snärjas in i detta förmodligen fullständigt triviala försvinnande. För såvitt han förstod handlade det inte om en kidnappning. Mannen låg förmodligen under en palm och drack paraplydrinkar. Eller i famnen på en hemlig älskarinna. Claesson nästan avundades mannen.

– Det händer att saker och ting dyker upp i minnet efter en tid. Man kommer på sådant som först inte verkar passa in, förtydligade han.

Det blev knäpptyst. Han undrade om hon fortfarande var förbannad eller om hon tänkte efter.

– Vad skulle det vara?

Hon lät mjukare på rösten nu. Han hade fortfarande ingen exakt bild av denna oroliga hustru. Men hade så smått börjat skapa sig en.

– Vad som helst som kan ha att göra med att din man plötsligt försvinner, sa han medan han såg en bastant kvinna framför sig med högrött ansikte, obefintlig hals och ett pärlhalsband under hakhänget.

Det där med pärlhalsbandet undrade han själv varifrån han fått. Den enda som han kände som haft en så kallad collier, och dessutom använt den, var hans lilla mamma. Släktpärlorna. De var numera Gunillas. Fast han hade aldrig sett henne ha dem på sig.

Det var tyst igen.

– Nä, sa hon sedan. Inget som har med det här att göra.

Nähä, vad har det då att göra med? tänkte han för sig själv.

Men eftersom saken var ointressant för hans del höll han klaffen och såg på klockan. En timme till kunde han stanna på jobbet. Han la på. Och då hade han lyckats uppnå ett artigt neutralläge.

Förmiddagens inskolningspass hade varit lika sömnigt småtrevligt och oförargligt som gårdagens. Klara närmade sig de andra barnen, men hon var en försiktig liten flicka. Höll sig nära honom men släppte efter hand taget. Han imponerades av den medvetna pedagogiken. Hade i sin enfald föreställt sig att fröknarna mest skulle fara runt och se till så att barnen inte gjorde sig illa medan de lekte fritt. Nu anade han att dagen hade en tydlig rytm. Varje morgon samma visor. Klara älskade Imse vimse spindel och gungade med hela kroppen, klappade ivrigt i händerna men var för liten för att klättra med fingrarna. En av lärarna hade en stor luddig rosa spindel som tog sig upp på spindelnätet. Barnen tjöt av upphetsning när den plockades fram.

Det mest uppseendeväckande som hänt den här dagen var att den utseendemässigt klene lille Martin drämt tallriken i huvudet på en flicka som hette Dagmar, arma barn. Hon illvrålade i två minuter, sedan var det över. Det var mer tåga i den grabben än man kunnat tro. Och Dagmar var inte långsint.

Han var sammantaget rätt nöjd med att han ”tvingades” ta inskolningen. Blev det nu bara ett barn – det mesta talade för det, Veronika var trots allt snart fyrtiosex – så var det lärorikt att se hur arbetet med de små fortskred på Humlan.

Alla dessa små liv, tänkte han. Som en dag skulle bli kommunalpolitiker, renhållningsarbetare, datakonsulter, undersköterskor, diakonissor. Men även prostituerade, tjuvar, mördare och våldtäktsmän.

Maria passade nu Klara. De skulle till lekplatsen i Stadsparken. Kanske även titta på djuren. De två trivdes ihop, han kunde koppla av. Det fanns människor som var mer barnvänliga än andra. Det var förmodligen få som tyckte direkt illa om barn, men sedan han fått Klara la han märke till att det definitivt fanns människor som hade god hand med barn alldeles av sig själva. Medfött. Som Maria.

Han stötte på Janne Lundin i korridoren. Lundin hade inte suttit med vid kaffet, som för övrigt hade förmörkats en smula av att Louise Jasinski varit rätt tvär. Som om hon inte direkt välkomnade honom tillbaka. Skulle det bli en kamp om makten? I och för sig oroade det honom inte. Han visste vem han var.

– Kul att se dig här, sa Lundin.

– Är frisläppt en stund. Din Lasses Maria passar Klara.

Lundin nickade. Såg samtidigt besvärad ut.

– Jo, sa han och såg ut att trampa vatten. Otur det där med Cecilia!

Claesson nickade.

– Hur är det?

– Lite osäkert.

– Jaså.

– Men Veronika säger att prognosen är god.

– Jaha du, så bra då!

Lundins skjorta var kortärmad och rutig, som alltid. Näsan fjällade. Han stod med böjd nacke och tittade snett ner på Claesson. Lundin hade en gång nämnt att det var ytterst sällan han kunde se någon rakt i ögonen. Och när det trots allt inträffade trodde han alltid att han mött en jätte.

– Fast det är förstås en lång väg tillbaka, menade Claesson.

– Vet man egentligen vad som har hänt?

– Nej. Troligen det gamla vanliga. Oprovocerat våld en stökig lördagsnatt när folk har fått för mycket i sig.

– Du säger det. Det kryper inpå en när det händer de egna.

Återigen en tyst nickning.

Lundin behövde inte, som de andra arbetskamraterna, gratulera till det nyligen ingångna civila ståndet. Han och Mona hade varit med på bröllopet. Arbetskamraterna hade för övrigt samlat ihop till ett vackert glasfat från Orrefors.

Annars hade omgivningen satts på hårda prov. Fick kryssa mellan att gratulera och beklaga på en och samma gång.

Polisinspektör Lennie Ludvigsson satt på sin numera allt bredare bak. Rullade med pekfingret på den sladdlösa musen. Data och bilder flimrade förbi på skärmen.

Ludvigsson hade gått om deras polischef Olle Gottfridsson, allmänt kallad Gotte, i berömdhet och vunnit inte mindre än två matlagningstävlingar, medan Gotte bara hade ett förstapris i pepparkaksbygge i Allt om mat att luta sig mot. Och det var dessutom många år sedan. Visserligen hade Ludvigsson erövrat prisen tillsammans med hustrun, och det fanns starka misstankar om att det var hon som stod för kreativiteten. Men icke desto mindre, Ludvigsson var en jäkel bland kastrullerna.

Claesson hade luskat fram att Ludvigsson numera var på span och möjligen den person som höll i fallet med smålänningen som försvann i Skåne. Denne lärare, Jan Bodén, som vid gott mod och sunda vätskor, såvida hustrun inte ljög, rest med bussen från hemmet i Oskarshamn till Växjö och därefter med tåg till Lund för en planerad utredning på det stora lasarettet. Där tog alla spår slut. På öronkliniken, närmare bestämt.

– Så du är här nu, inledde Claesson.

Ludvigsson vred sig i kontorsstolen. Det nyshinglade röda nackhåret stack ut som borst i valken ovanför skjortkragen.

– Jajamen! sa Ludvigsson och plirade upp mot Claesson som stod i dörröppningen.

– Trivs?

– Ja, för sjutton!

I de blå ögonen med kritvita ögonfransar stod frågan *Och vad vill du?* skriven. Men Ludvigsson skulle inget säga. Han väntade snällt in Claesson. Rangordningen satt i ryggmärgen.

– Har en Nina Bodén hört av sig om sin make?

– Öh …

Kinderna blev skära. Ludvigsson började rafsa bland papperen på skrivbordet.

– Jo, sa han med ett ännu rödare ansikte och höll upp formuläret. Finns redan registrerat i burken, fortsatte han, liksom för att bekräfta sin idoghet, och pekade på datorn.

– Bra, sa Claesson.

Ludvigsson såg fortfarande besvärad ut. Vad fan handlade detta om?

– Jag menar att det är bra att vi inte underlåtit att ta hand om denna samhällsmedborgare.

Claesson var på vippen att själv le åt sin högtravande formulering. Ludvigsson glodde på honom

– Är det något speciellt?

– Nej.

– Ingen höjdare eller så?

Claesson skakade på huvudet men fortsatte hålla Ludvigsson på halster. Liksom kände att han behövde det, förmodligen mest för egen del. Hade väl haft småtråkigt alltför länge. Och Louise Jasinskis uppsyn hade knappast muntrat upp honom.

– Inte mer än att frun ringt mig ett antal gånger, sa han till slut.

– Jaså?

Nu blev Ludde riktigt nervös och tog ett fast grepp om musen med sina korta fingrar, som om han skulle kunna neutralisera obehaget genom att omedelbart sätta igång och leta efter något, kvittade vad, på dataskärmen.

– Och jag tänkte avsluta Nina Bodéns och min kontakt med att informera henne om att fallet med maken nu är i synnerligen goda händer.

Varpå Claesson lämnade Ludvigsson, vars ansikte nu gick ton i ton med det illröda håret.

*

Ester Wilhelmsson hade tagit på sig sterila handskar och stod böjd över sängen. En syrlig lukt av klart fostervatten steg upp. Koncentrerat följde hon de mörka huvudhåren som sköt fram och lika fort försvann när värken klingat av. Värmelampan över barnbordet var påsatt och spred en kvav värme. Svetten rann från armhålorna trots att rocken var vid. Några hårstrån killade irriterande i pannan. Hon försökte blåsa bort dem.

Fosterljuden på CTG-remsan oroade Ester. Det gick långsamt, alltför långsamt. Som ett arbete mot ett alltför stort motstånd. Otåligheten kröp i henne. Hon var för nyutbildad för att våga ha is i magen. Ville få det hela avslutat. Se barnets mörka huvud efter hand växa fram i skötet tills det bredaste omfånget välvde ut, låta huvudet stå i vulva, hålla emot med handen, uppmana mamman att sluta krysta och tåligt vänta in nästa värk under andäktig och pressad tystnad. Sedan skulle allt gå fort, resten av huvudet komma nästan av sig självt, därefter de trygga greppen för att förlösa axlarna. Först pressa nedåt och så uppåt. Kroppen som gled ut. Spratt till. Och äntligen det välsignade skriket.

Det var ett gott stycke dit. Igår hade hon förlöst en tidigare kejsarsnittad mamma som gett upp, men där det till slut lossnat. Kroppen ville föda, de regelbundna värkarna etablerades av sig själva, kraftfulla och effektiva. Timmarna gick, men inte åt en meningslös smärta. Det gick framåt. Progress. Den stora ansträngningen bar frukt. Barnet vid bröstet. Äntligen! Och sedan den obeskrivliga tillfredsställelsen. Lugnet och därefter lyckan.

Men nu tycktes allt stå stilla. Stando. Värkarna korta och täta och mamman förbi. Ester vågade inte vänta, lutade sig mot Lotten, bad henne viskande hämta hjälp. Kanske kunde de snabba på förloppet med en sugklocka.

Lotten klev ut i den svalare korridoren, såg direkt den nye läkaren stå på expeditionen med händerna i rockfickorna. Ingen annan var där.

– Vi behöver hjälp, meddelade hon kort.

Han tittade skräckslaget på henne. Han var snygg och verkade rätt snäll, men hon tänkte inte tycka synd om honom.

– Nu med en gång! betonade hon skarpt och vände tillbaka till förlossningsrummet och räknade kallt med att han kom efter.

Men ingen kom.

Ester höll god min. Lugnade pappan. Stöttade mamman. Berömde henne.

– Och så stänger du munnen så luften inte pyser ut och samlar all kraft nedåt.

Kvinnan drog ihop ansiktet och krystade så att huden svullnade och blev högröd. Kroppen krängde och vred sig. Mannens arm under hennes huvud pressade på.

Kurvan såg oförändrat oroande ut. Möjligen än mer hotfull i svängningarna. Ester försökte hålla paniken under kontroll, men rädslan for som ett fiskstim i magen. Fruktade den stora katastrofen. Det som aldrig fick ske. Det livlösa barnet. Det skadade barnet. Och skulden.

Hon ville ha ut barnet. Nu, med en gång.

Mötte återigen Lottens blick. Sköt upp ögonbrynen, Lotten nickade och ilade ut igen.

Undrar vart karlen tog vägen? tänkte hon ilsket. Kunde han inte hämta någon annan, om han nu inte själv ansåg sig klara av att gå in?

En av barnmorskorna satt vid bordet på expeditionen. Ingen läkare syntes till.

– Vi behöver hjälp där inne.

Lottens tunna kropp otåligt på språng. Barnmorskan ryckte omedelbart till sig telefonen och började knappa in söknumret.

– Inte den nya väl? kläckte Lotten ur sig.

– Ånej! Vi får ta någon som kan något, sa barnmorskan med eftertryck.

Lotten rusade efter en vakuumklocka och ett par förlossningstänger, ifall, och så tillbaka in. Dukade upp för förlossningen. Peanger, navelband, sax, rostfri skål till moderkakan. Tog fram bedövningsmedel, nålar och sprutor. Avvaktade med att öppna sugklockans sterila förpackning tills hon blev tillsagd.

Väntans sekunder. Tiden segade sig fram, nära nog stilla som evigheten alltmedan fosterljuden tickade från CTG-apparaten, ömsom glest, lågt ner i frekvens, ömsom allt snabbare. Ester som jordad i träskorna. Lotten på plats, beredd att ligga ett steg före. Snart skulle det vara över.

Så öppnades dörren och svalare luft svepte in. Doktor Åkesson stod där och bjöd på ett leende. Ester kände modet stiga och farhågorna lätta. Ansvaret gick likt en budkavle vidare, till läkaren, och energin kom plötsligt tillbaka. Åkesson hängde av sig läkarrocken och nappade åt sig ett par handskar, vände sig om och viskade till någon bakom sig. I halvmörkret skymtade Ester Gustav Stjärne.

– Du kan lägga klockan med mig bakom. Du har ju varit med några gånger nu, hörde hon Åkesson säga till honom.

Rummet vibrerade. Snart skulle det stora ske.

– Måste ut, hördes Gustav väsa med pressad röst. Måste på toaletten.

Åkesson ryckte på axlarna, lät honom försvinna ut, och dörren slöt sig återigen om dem. Han drog på handskarna och nickade åt Lotten att öppna förpackningen.

– Nu kommer det här snart att vara över, lugnade han och böjde sig över mamman. Jag sätter nu in en klocka på barnets huvud. Vid nästa värk så hjälps vi åt.

Mamman gnydde, det gjorde ont. Han fick klockan på plats, pumpade upp vakuumtrycket, lät handtaget vila i handen. Ester var beredd. Modern stilla vilande med slutna ögon. Hela rummet låg i energifylld beredskap.

Samtidigt som dörren gled upp och Gustav Stjärne steg in kom värken äntligen, kvinnan skrek mellan krystningarna.

– Var tyst, knip ihop munnen och pressa! uppmanade Åkesson henne medan han drog kraftigt nedåt, för att sedan mjukt lyfta uppåt med en halvcirkulär rörelse när huvudet till en del trängt ner. Det var tungt. Lotten pressade på magen med ett vant grepp. Huvudet växte sakta fram och var plötsligt ute. Klockan lossades, Ester grep om huvudet, men värkarna var svaga och gjorde kroppen tung att dra ut.

Så äntligen hängde barnet gråblekt och tyst i hennes händer. Åkesson bad Lotten tillkalla barnläkare, medan Ester la flickan på mammans bröst och frotterade den lilla kroppen med handduken. Gnyende ljud, efter hand allt säkrare och starkare, och till slut kom det välsignade skriket.

Gustav Stjärne beter sig konstigt, tänkte Ester långt efteråt när hon väl satt med papperen. Men det skulle hon definitivt behålla för sig själv. Inte servera Leo.

*

Det dånade över hustaken. Veronika skuggade med handen och tittade uppåt. Såg rotorblad lyfta. Helikopterplattan låg som en jättelik tallrik ovanpå Blockets tak.

Hon gick mot huvudentrén, ilade förbi informationsdisken, frisören, kiosken och tog hissen upp. Klev av på tionde våningen. Hade blivit hemmastadd och nickade åt sköterskorna i den långa korridoren med de blå dörrarna. De log tillbaka.

Cecilia låg i ett rum med västerläge. Veronika stannade i dörröppningen. Det mjuka eftermiddagsljuset föll snett över Dan Westmans rygg.

Hon mindes inte att han var så sluttande över axlarna. Tafatt stod han en bit från sängen, närmare fotändan än huvudgärden. Hon konstaterade att sjuksystern som pysslade i bakgrunden var en av de svala. Veronika tyckte inte om henne. Korrekt och säkert flink och duktig. Tycktes trivas bäst med maskinparken och journalpapperen. Mäta och fylla i. På ett försåtligt sätt hade hon uppmanat Veronika att tänka mer på sig själv. Förmanat henne att gå och dricka kaffe oftare, vila mer, gå ut i friska luften, ta långa promenader och se till att få ordentligt med mat i sig. Sköterskan ville ha bort henne från sängkanten men tordes inte säga det rent ut. Packade in den egna bekvämligheten i ett omsorgspaket.

Men vem kan vara förmögen att tänka på sig själv när ens barn är illa skadat? Nu hade hon i varje fall gjort som hon blivit tillsagd. Gått en lång runda på kyrkogården mitt emot.

Dan var gråblek. De såg tafatt på varandra. Som två stenstoder från en förgången tid.

– Herregud! fick han till slut ur sig och tittade skärrat på henne.

Veronika hade otvivelaktigt ett visst försprång, nästan två dygn vid dotterns sjuksäng, och var måhända dessutom mer tränad att se vad som kan hända med en människas kropp. Men ögonen hade ändå inte vant sig. Hon såg på det skalade huvudet med ömhet. De var så påfallande lika, Dan och Cecilia. Det syntes smärtsamt tydligt, nu när håret var borta. Samma kullriga huvudform och öronen lite spetsigt ut från skallen.

Hon la handen mot hans rygg.

– Det ser värre ut än det är, viskade hon. Det kommer att bli bra.

Han vred vanmäktigt händerna.

– Hur i herrans namn kan du säga det? Hon är ju som död…

Rösten skenade. Systern kastade svarta blickar genom fönsterglaset från sitt bord i modulens expedition.

– Sch! Inte så ...

Veronika satte pekfingret över läpparna. Vi måste skona Cecilia, tänkte hon. Man visste aldrig vad som trängde in. Hon var helt oförmögen att välja, kunde inte skydda sig mot vad som hände runt henne. Varken lämna rummet, säga emot eller på annat sätt protestera.

– Finns det någon man kan få prata med? Som vet, sa han lite lugnare.

Veronika nickade.

– Det brukar komma en läkare och gå rond sent på eftermiddagen.

Hon satte sig vid huvudgärden. Strök försiktigt över den kala hjässan med fingertopparna. Förnam stubb på väg upp ur hårbottnen och hörde respiratorns jämna, närmast sövande rytm vid sidan om sängen. Ventiler öppnades och stängdes. Femton andetag per minut var maskinen inställd på.

Dan vågade sig fram. Stod tätt bakom Veronika. Så sträckte han trevande fram handen.

– Hon är varm, sa han.

Veronika nickade. Och makade sig försiktigt åt sidan.

Tre allvarliga vuxna i ett litet rum. Neurokirurgen, Dan och Veronika. Båda föräldrarna, samtidigt, för första gången på mycket länge, tänkte Veronika.

Läkaren hade just talat. Alla dessa ord. Och de hängde sig fast vid vartenda ett.

Veronika tyckte om kirurgen, uppfattade honom inte som typen som försökte lura i dem lyckoprognoser för att själv komma i bättre dager. Han tycktes stå med bägge fötterna på jorden, och förmodligen oftare på ett operationsgolv än på golfbanan.

Cecilia hade varit medvetslös när de fick in henne någon gång vid sextiden söndag morgon, fick de veta. Veronika hade hört allt detta förut men behövde repetitionen. Inte för att hon inte begrep. Men detta ältande, dessa eviga förklaringar och beskrivningar och ordnandet med praktiska ting höll ångesten stången, om så bara för en kort stund i taget. De kunde skjuta sorgen framför sig, både hon och Dan. Den stora smärtan, som var så obegriplig.

Dan fick höra det hon redan visste. Hur de opererat Cecilia direkt, och att alla nyopererade patienter hölls sövda en tid tills ödemet, det vill säga svullnaden, lagt sig.

– Så vi kommer att släppa upp henne ur narkosen någon gång nästa vecka om allt går enligt planerna.

Fast röst. Vårdad skånska. Ingen ängslan. Läkaren visste vad han gjorde och såg dem rakt i ögonen.

– Cecilia kommer inte att minnas själva tillfället när hon drabbades av våldet.

Drabbades av våldet, tänkte Veronika. Hade oturen att vara i närheten av en ond människa. Blev nerslagen, misshandlad och allvarligt skadad av en förbannad idiot!

Hon kände återigen hur kinderna hettade.

– Och förmodligen kommer hon inte heller att minnas minuterna före slaget. Ni får vara beredda på det. Möjligen kommer hon ihåg att hon begav sig från festen och vilken väg hon tog. Korttidsminnet sitter i en viss del av hjärnan, i hippocampus. Men sannolikt hade inte detta korttidsminne hunnit föra över de senaste minnesintrycken till andra delar av hjärnan med mer långvariga minnesfunktioner innan hon blev medvetslös. Man kan alltså säga att överföringen avbröts.

– Så skönt, lät Dan undslippa sig.

– Ja, många av våra patienter upplever det så.

– Hur blir det sedan?

Bävan dallrade i rummet. Dans fråga pressades fram.

– De flesta blir återställda. Vi räknar med det även i Cecilias fall.

En väl avvägd paus där läkaren drog förtröstansfullt på munnen. Veronika kunde inte låta bli att le tillbaka. *De flesta blir återställda*. Det kunde inte sägas nog ofta. Dessa förklaringar och prognoser. En del gick in, annat vågade de inte tro på.

– Och skulle det ha varit riktigt illa hade jag sagt det, tillade läkaren med mjukare röst. Det är viktigt att inte inge falska förhoppningar.

Veronika befann sig denna gång på *andra sidan*. På mottagarsidan. Hon försökte låta bli att tänka att det på något sätt skulle vara nyttigt. Att hon skulle bli en tydligare, tryggare och mer empatisk läkare efter detta. Hon var ju ändå bara den hon var. Och just nu en lika olycklig anhörig som vem som helst.

Dans ansikte blänkte. Anspänningen hade fått honom ur balans. Han ställde så många frågor, ville ha samma garantier om och om igen. Veronika nästan skämdes. Han lät så arg. Chockad och aggressiv. Samtidigt tyckte hon synd om honom. Ville på något sätt lindra hans förtvivlan.

Men läkaren visade ingen irritation. Han tog om. Rätade ut de flesta missförstånden. Men rädslan kunde bara tämjas tillfälligt. Han visste säkert att frågorna mycket väl kunde dyka upp igen om några dagar, som om han aldrig hade sagt något. Veronika tänkte på alla de gånger vårdpersonal kränkts när patienter sagt att de inte blivit informerade. Trots att de tålmodigt suttit vid sängkanten och förklarat. Men det var som det var. Det var mänskligt.

– När er dotter är färdigvårdad här får hon rehabilitering på Orup, ett före detta sanatorium några mil utanför Lund, eftersom hon är skriven här. Det ligger väldigt vackert. Minst tre månader kommer hon att vara borta från sitt arbete eller sina studier. Ni kan förbereda er på att hon kommer att känna sig trött minst ett halvår framöver, möjligen längre. Hon kommer att ha lite sämre initiativförmåga och koncentrationsförmåga och kortare stubin.

Milda makter, tänkte Veronika. Men allt det där är småpotatis. Bara hon vaknar. Och att hon är hon.

Klockan var kring åtta på kvällen. Veronika och Dan satt vid ett bord på restaurang Café Finn vid Konsthallen på Mårtenstorget. De hade gläntat på diverse restaurangdörrar och funnit slamret för högt och klientelet genomgående för ungt och hade till slut frågat sig fram.

Lammfilé och rösti och rödvin och den före detta maken. Tjugo år senare. Veronika smuttade på vinet och fann märkligt nog inte situationen speciellt dramatisk.

Lågan från stearinljuset blänkte i glasskivan över duken som var dunkelt blå. Ljusstaken var en fantasieggande skapelse av järn. Robust, som hela stället. Affischer från olika konstutställningar tapetserade väggarna upp mot taket och de målade järnbjälkarna. En intim stämning med förankringar bakåt i tiden.

Ett *gott* rödvin, tänkte Veronika. Hon ägde inte arsenalen av ord för att särskilja de subtila dofterna och smakerna. Flaskan kom från

Sicilien. Hon vred glaset med fingertopparna om foten. Såg sig om i lokalen. I stort sett fullt. Ett långbord med bara kvinnor. Fylliga, magra och glada med dinglande örhängen och färgmatchande scarfar runt halsen, alla i den så kallade medelåldern då paj, pastasallad och lådvin hemma i villan bytts ut mot ett mer demokratiskt och frisläppt umgänge på krogen. Vid ett mindre bord ögonkelade en man i norsk lusekofta med en kvinna som borde klippa sitt långa, slitna hår. De var äldre och mer satta än de två hon hade haft vid sidan om sig vid domkyrkan.

De tycktes förfölja henne, de älskande paren.

En generande seg stumhet rådde vid hennes eget bord. De sa inte mycket. Hon undvek Dans ansikte. Tungt satt de, som grå skuggor från det förflutna.

Han lyfte glaset.

– Skål, för…

Ja, vad skulle de skåla för?

– Cecilia, fyllde hon i och försökte se om han fann det anstötligt.

Blåmatta påsar under ögonen och grövre i skinnet. Och samma lite hängande kinder och djupsittande ögon. Han var attraktiv, trots slitaget. Levande, rakt genom den gnagande oron och tröttheten. En del fortsatte att vara det, orättvist nog.

– Skål för att hon blir frisk, sa han.

Hon nickade. Var så förbi att hon inte ens orkade gråta. Det otympliga i bröstet hade varit på väg upp när han såg henne i ögonen, men lättade nu likt dimmor som skingras. Vinet hjälpte till. Hon hade gått med spända muskler så länge att kroppen inte begrep att det fanns andra lägen. Tröttheten kom krypande när hon slappnade av.

Hon svepte med blicken över honom igen. Värderade. Kunde inte låta bli. Och var medveten om att han sannolikt gjorde detsamma. Åren hade gått hårt åt honom. Det var väl de förbannade cigaretterna som hon blivit tokig på. Men han hade nyligen slutat. Var prydligare i klädseln numera. Mer likriktad, skjorta och brun kavaj. Förmodligen var det hustrun som klädde honom. Veronika anade sig till att nya frun, som knappast längre var ny, hade högre sociala ambitioner än hon själv någonsin haft. Eller så var det tiderna som ändrats. Properheten var mode. Men han såg i gengäld en smula tråkigare ut. Mindre glöd.

Det var tjugo år sedan *hon* låg med honom, tänkte hon.

Hon häpnade över att hon fortfarande hade reagerat på doften. Hans utsöndring satt tydligen ingraverad i henne. Feromoner, tänkte hon. Hon hade nyligen läst en artikel i Läkartidningen: *Flyktiga substanser som via luktsinnet aktiverar fysiologiska processer och tillhörande beteendemönster hos mottagaren.* Väcker åtrån. Drar människor till varandra och får dem att omedvetet välja partner via luktsinnet.

Var det verkligen så det gick till?

Hon fäste den alltmer simmiga blicken på hans fingrar, på de mörka stråna mellan knogarna. Mindes inte att de var håriga. Men hur det var att ligga med honom mindes hon alltså. Som en fyllighetskänsla. Hans händer och den jordiga och kryddtunga läderlukten. Och mjukheten mitt i stöten. Rastlös och målmedveten. Svarade omedelbart på hennes inviter. Lättänd som fotogen. Dessvärre även lika flyktig. Närvarande för stunden. Beslutsam även när han borde ha varit splittrad av skam och dåligt samvete. Men efteråt gled han iväg till allt *det andra* som hon först inte visste så mycket om.

Så var det då. Hur det var med den saken numera borde hon inte ens tänka på.

Det var tjugo år sedan *han* låg med henne. Och inte nog med det. Även med en massa andra jävla brudar.

Men det hade kanske, trots allt, inte varit så många, tänkte hon. Blev fler i huvudet på henne. Men det räckte i och för sig med en, förutom henne själv, för att sabotera hela hennes världsbild. Kanske var det snålt och omoget av henne. Han tyckte att hon dramatiserade. Hoppade ju bara så där av en händelse över skacklarna och menade egentligen inget med det. *Den andra* betydde inget. Eller om de nu var flera. Så sa han. Ville inte alls skiljas. Ville ha henne. Hela tiden och samtidigt. Men lyckades aldrig förklara sig. I alla fall inte så att hon blev nöjd.

Och hennes skam över att inte räcka till, inte duga fullt ut, fick tilliten att fullständigt krackelera. *Hon var inte älskad.*

Hade hon varit styvnackad och småsint? Kunde hon ha försökt lugna ner sig så att de slapp bli ytterligare ett par som befäste skilsmässostatistiken? Satsat envisare på kärnfamiljen och en långsiktig reparation. För tråkigt var i varje fall inte deras gemensamma liv.

Men hon var ung. Tvivlet gnagde som en husmus. Det var allt bäst, det som hon lät ske. Inte lätt, det ska gudarna veta. Men nödvändigt.

Hon avslutade tankekedjan med lite vin. Lät smaken rulla runt mot gommen. Ställde sedan långsamt ner glaset.

– När blev Skåne svenskt? hörde hon sig fråga.

Dan sköt upp pannan, tittade häpet på henne. Behövde emellertid inte tänka efter.

– 1658 vid freden i Roskilde.

Hon nickade. Som sagt var.

Skämdes samtidigt en smula. Snurrade med tummen på vigselringen. Det var till Claes hon hade tänkt ställa denna fråga.

Pojken

Vad som sker utanför minnet.

Fyra år är pojken. Han står på verandan i solgasset. Havsbrisen kelar i bakgrunden. Orörlig står han, liksom fast i sin ängslan, med de knubbiga fötterna instoppade i ett par sandaler med svarta remmar. Lätt kobent på barns mjuka vis. Korta shorts, ett plåster på ena underbenet – någon har i varje fall tagit sig tid att sätta på det – och röda märken efter myggbett på armar och ben. Hans lilla tröja har en blå delfin över den putande magen.

– Mamma och pappa kommer snart, säger han lågt med hängande huvud och trumpen uppsyn.

Han vågar inte titta upp. Inte heller röra sig. Stilla står han, helt prisgiven åt de vuxna.

– Inte snart. Men sen!

Kvinnans röst är energisk och frånvarande. Hon håller på att torka av det vita verandabordet av plast med en rosa wettexduk. Gnuggar bort röda ringar efter utspillt vin. Ställer sedan stolarna till rätta, snabbt och effektivt så att stolsbenen smäller mot trädäcket. Hon har ryggen mot honom.

Han står kvar längst ut vid kanten, med rosor, lavendel, riddarsporrar, prästkragar och kungsljus växande bakom sig i den mjuka och alls inte branta sluttningen.

– Mamma och pappa kommer snart, upprepar han eftersom han inte är hörd.

Lätt darr vid inandning. Tungt hängande huvud. Luggen rinner ner över ögonen. Han ser ner på sina tår men utan ett se. Flisiga och smutsiga naglar. Sommarfötter. Kastar en och annan snabb blick under lugg på kvinnan i gul solklänning och uppsatt hår. Hon har övergått till att slita ner kläder från en torkställning.

– Mamma och pappa kommer …

Han sväljer det sista ordet. Rösten är svagare men lika övertygande. *De kommer snart.* Klart att de gör det! Bromsar in utanför och låter honom hoppa in i bilen.

En salivbubbla i mungipan. Men inga tårar.

– Till kvällen, säger kvinnan och far in i huset med ett fång rena lakan.

Kanske hör han vad kvinnan sedan säger till mannen där inne i det främmande huset med en massa mörka rum.

– Undrar hur länge de har tänkt att vi ska ha honom?

Orden smattrar. Mannens svar går inte att höra. Kanske håller han tyst.

– Herregud, vilka ansvarslösa människor! fortsätter hon, för hon är inte nöjd.

Hör pojken detta, fast det inte är meningen?

Eller är det hennes avsikt, fast inte helt medvetet. En tanke att han, en liten pojke, ska begripa vad han utsätter henne för. Att hon blir arg och upprörd. Och samtidigt inte så lite upphetsad.

Tänk, att det finns *så ansvarslösa föräldrar!*

Som inte tar hand om de sina. Och som dessutom målar in henne i ett hörn.

För inte är hon en sådan som säger nej, när det arma barnet i princip redan står på tröskeln.

Kapitel nio

Söndagen den 8 september

Ingen av filmerna Nina Bodén hyrt hem över helgen hade hon förmått se. Jo, snuttar. Flaxade annars mest runt i huset.

Först stoppade hon in ett amerikanskt och tämligen förutsägbart kärleksdrama, sedan en mer ambitiöst komponerad japansk film om samurajernas förfinade och återhållsamma brutalitet. Hon insåg rätt snart att ingen av dem var något för en medelålders kvinna som just trodde sig ha förlorat sin man. Vad hade hon förväntat sig? En fåfäng flykt.

Puts väck!

Efter trettiotvå år. Hon hade redan räknat efter. De hann i alla fall med silverbröllopsdagen. Men skulle det bli något guld?

Många och innehållsrika år. Långsamma och prövande också.

Till sin bestörtning upptäckte hon att hon i egentlig mening inte på lång tid saknat honom så mycket som nu. Hade snarare planerat för att hålla honom ifrån sig och just inte sakna honom alls. Gå vidare mot andra äventyr. Det hade bara varit en fråga om tid, som hon såg det.

Livet var alldeles för kort för att slösas bort på trivialiteter. Denna insikt hade hon burit på länge. Den hade vuxit sig allt starkare och omvandlats till sprängdeg. Till mod nog att våga skjuta sig ut.

Snart.

Men insikten om att *inte alls* veta var han höll hus trängde sig nu oväntat på som en grå vall. Hon var ställd utanför. För första gången totalt ensam. Det var inte alls som hon trott.

Jäkla karl! Var sjutton höll han hus?

Hon stirrade ut genom fönstret. Vackert väder, förstås. Synd att hon inte kunde gå ut. Inte *ville* gå ut.

Hade någon gjort honom illa? Ilskan svängde snabbt över till blöt ängslan. Hon såg hans ansikte förvridet av smärta. Kände en ömhet hon knappt trodde sig vara kapabel till, vilket överraskande nog var en behaglig känsla. Hon kved försiktigt medan tårarna rann, bankade med handflatorna mot väggen. Som ett barn kände hon sig. Mot vem skulle hon nu luta sitt huvud?

Och vart skulle hon rikta sin ilska?

Hon hade i varje fall vågat släppa efter. Först nu hade fördämningarna brustit. Hon grät och bar sig åt.

Mer förhärdad är jag alltså inte, tänkte hon och snöt sig och baddade kallt vatten i ansiktet. Det kunde ju komma någon. I och för sig behövde hon inte öppna, men ändå. Polisen knackade kanske på. Visserligen tvivlade hon, det var inte den högsta växeln de lagt in hittills, men man visste aldrig. Någon gång måste detta få ett slut. Hon skulle oundvikligen få någon form av besked, förr eller senare.

Men var skulle hon göra av sig under tiden?

I ett sista desperat försök att skingra tankarna stoppade hon in den tredje filmen och satte sig käpprak i soffan med fjärrkontrollen i handen. Vackert foto. En skildring av en fattig irländsk familj som i armod drog sig fram på en mager teg, enligt baksidestexten. Varför tog hon hem denna? Kanske för att hon sökte ett innehåll långt från sitt eget liv. En annan sorts elände. Absolut inget att förväxla med hennes egen olycka.

Men försöket var fåfängt. Allt detta gråtunga. Kunde hon inte ha hyrt något lättsammare? Men skulle hon stått ut med lyckoflams? Det var till eländet hon drogs, trots allt.

Hon visste inte åt vilket håll eller mot vem hon skulle rikta sitt aktivitetsbehov. Hon hade attackerat kommissarie Claesson, men ännu inte konfronterat honom öga mot öga med sin växande vanmakt. En småfet typ som hette Ludvigsson hade hört av sig. Hon hade varit uppe på polishuset och träffat honom. Han borde röra sig mer. Mindre fett och fler långsamma kolhydrater. Tänka grönt. Hon var på vippen att säga det till honom men lät bli.

Och de två som kom hem till henne var inte mycket att orda om. De gjorde väl bara sitt jobb. En ung kvinnlig polis med för stor jacka, eller om det bara var för att hon var kort i rocken, och en mer stadig karl, en riktig polis, som förde talan. Frågor, frågor och åter frågor. Men inga svar.

Absolut sista livstecknet var från Lund. Polisen där var förstås inkopplad. En läkare på öronkliniken garanterade att Jan inte betedde sig avvikande när han lämnade honom. En undersköterska på mottagningen hade också växlat några ord med honom och intygat samma sak. Jan hade frågat var han kunde dricka kaffe, och undersköterskan hade nämnt stället mitt emot, en rosa kiosk, eller att han kunde gå till huvudbyggnaden. Till Blocket.

Sedan tog alla spår slut.

Barnen ringde, och det gjorde saken värre. Oroligt ställde de samma fråga om och om igen. I princip den enda fråga som gick att ställa.

Vart kan han ha tagit vägen?

Hon hade Eva-Lena. Hon visste dessutom *allt*. Eva-Lena var den enda som hade hennes fulla förtroende, och hon fanns alltid till hands. Liksom väntade på nya rapporter som hon förväntades lägga fram som dyra gåvor vid hennes fötter. Men hon kunde inte belasta Eva-Lena hela tiden. Hon hade, trots allt, sitt. Och det var inte så roligt alla gånger. Satt fast med en knöl till karl och hade ännu inte samlat ihop energi tillräckligt för att bryta sig loss. När den dagen kom skulle det bli ett herrans liv, menade Eva-Lena. Och fattig som en kyrkråtta skulle hon dessutom komma att bli. Det var frågan om det var värt det. Alltid samma fråga. Och alltid samma obestämda svar. Vad var det som var värt något? Det gick aldrig att bestämma i förväg. Om framtiden kan man inte sia. Hade hon kunnat ha ihjäl honom utan att åka fast, så skulle hon ha prövat den utvägen för länge sedan, sa Eva-Lena med ett rått skratt och slog på så sätt ifrån sig det hela som *fullständigt omöjligt*.

Men var det så omöjligt?

Nina Bodén grunnade nu på denna intrikata fråga. Hade hon själv någonsin släppt ur sig att hon önskade livet ur Jan? Hade hon det?

Nog hade Eva-Lena varit lite kort på sista tiden. Eller var det som hon inbillade sig? Nej, sådant inbillar man sig sällan, det hade hon i varje fall lärt av livet. Det var som om Eva-Lena inte riktigt ville kännas vid henne, men hon sa förstås inte varför. Hade väl egentligen aldrig varit den som vågade ta itu med surdegar. Räknade med att andra läste hennes tankar och löste upp knuten om hon tjurade tillräckligt länge.

Sådant hade Nina själv växt ifrån.

På något mirakulöst vis hade hon i varje fall lyckats klara av jobbet hela förra veckan. Att ha något för händer skingrade tankarna. For pliktskyldigt runt i landstingets lilla vita bil på hembesök. Långt ut på landet åkte hon tisdag till torsdag eftersom Gullbritt var sjuk, och någon var tvungen att ta hennes distrikt. Skogen utmed vägarna tröstade henne. De röda stugorna likaså, med höstastrar och krysantemum utanför stugknuten.

Ännu visste ingen där i obygden vad som tyngde henne. Hon slapp blickar som sökte sig nyfiket och undrande runt henne. Behövde inte ställas till svars för vad Jan gjort. Vad han nu ställt till med.

Typiskt honom!

Hemma var det värre. Folk frågade varför Jan varit borta så länge. Hur gick det på lasarettet i Lund? Det var snårigt med allt prat och hon höll sig helst inomhus. För hur många gånger orkade hon säga att hon just inget visste? Att polisen letade efter honom men att hon själv inte hade den blekaste aning om vart han tagit vägen. Det lät mystiskt och räckte sällan som svar. Behövde repeteras och förtydligas. De ville få henne att berätta, säga sådant som hon inte visste något om, helst blotta väl förborgade hemligheter. För inget har en sådan attraktion som hemligheter. Men hon stod på sig.

Inte en aning, fick hon ur sig med närmast tonlös röst och försökte undvika att låta kort och snäsig, för det skulle väcka nyfikenheten och stimulera fantasierna ännu mer.

Men det var sannerligen inte lätt. Att både hantera oron och bete sig närmast som en sörjande änka, alltmedan tankarna snodde runt det som besvärade henne själv allra mest. Det obestämbara. Det hon inte hade en aning om. Det hon kanske hade hållits utanför. Hade Jan hemligheter?

Hon hade suttit vid skrivbordet, gått igenom alla lådorna. Letat och sedan försökt lägga tillbaka så att han inget skulle märka.

När han kom tillbaka.

Om han kom tillbaka.

Nej, inte fann hon något han behövde dölja. Men ändå var hon inte nöjd. Något hade hänt. Men när skedde förändringen? Om det nu var en förändring.

Hon vacklade hit och dit, ville inte se troll om där inga fanns.

Var det inte mer som att det hade tunnats ut med åren, blivit tystare mellan dem? Som för de flesta. En välsignelse på sitt sätt. Livet planade ut och la sig i viloläge, som en överenskommelse ingen av dem vågade rubba. De hade helt enkelt kommit till det stadium då man accepterade varandras småtråkigheter. Visserligen blev det rätt trögt emellanåt, men livet var trögt och motspänstigt i sig, man var tvungen att ständigt hålla emot.

Men glädjelösheten, när kom den? Och tigandet? Som gav fritt spelrum för annat.

Hur väl kände hon Jan?

Återigen hamnade hon vid köksfönstret. Höll armarna hårt i kors över bröstet. Såg grannen bära in tunga matkassar från bilen. Frun trippade efter med några klädpåsar. Nina Bodén kände ingen som köpte så mycket kläder som grannfrun. Alltid det senaste. Hon såg ut som en förvuxen tonåring och påstod att mannen tyckte om henne sådan. Nina Bodén hade varit på vippen att fråga henne vad hon tyckte själv, men höll tyst. Det passade sig inte med en vass tunga i hennes arbete. Hon var dömd till evig förståelse, empati och tålmodighet.

Och var och en blir salig på sin tro, tänkte hon och såg mannen komma ut igen. Nu hade han bytt om. Gick till garaget i träskor och rullade ut gräsklipparen ur garaget. Jäklar, gräset!

Ilskan drog igång igen. Hon släppte ner armarna av bara farten och var på vippen att vråla okontrollerat rakt ut, om det inte varit för att kriminalkommissarie Claesson spatserat förbi utanför med barnvagnen. Och när han väl passerat behövdes det inte längre.

Varför lämnade Jan henne i detta öde landskap? Inget kunde hon göra. Inte ens förbereda sig, mer än möjligen på det värsta. Och gräsmattan som behövde klippas, och hon som inte ens visste hur man fick igång gräsklipparen.

Bestämt öppnade hon köksskåpet för att få något för händer.

Skulle kanske ta och svänga ihop en sockerkaka, tänkte hon mer konstruktivt. Eller baka finska pinnar eller chokladrutor. Varför inte maränger? Hon öppnade kylskåpet för att se hur många ägg där fanns. Fyra. Nåja, det räckte. Kunde slopa marängerna, koncentrera sig på en mjuk kaka och lite småbröd. Smör hade hon också hemma. Aldrig margarin i bakverk. Alltid smör. Annars var det inte lönt arbetet.

Baka var en sann tröst, tänkte hon och knöt på förklädet. Mobilen ringde. Hon såg på displayen. Log. Det blir trevligt med lite gott till kaffet, tänkte hon och satte telefonen till örat.

*

Veronika låg på soffan. Claes hade tagit med Klara i vagnen för att kompletteringshandla mjölk och lite annat i affären. Rummet hade värmts upp under dagen, luften var varmtjock, hon behövde ingen pläd runt benen. Hela dagen hade de jobbat i trädgården. Hon hade jord under naglarna och kände en allmän mörhet i kroppen. Äntligen vågade hon sluta ögonen och somna tungt.

Ytterdörren öppnades och slog igen. Claes och Klara hördes i hallen. Hon låg kvar som bortdomnad. Såg hur glasmobilen som hängde i fönstret reflekterades som olikfärgade ljuscirklar i taket av solen på nedgång.

Claes stod i dörren.

– Har du kunnat sova något?

Hon nickade.

– En stund.

– Vad bra!

Jag är gift med världens bäste man, tänkte hon belåtet. Klara försökte kravla sig upp till henne i soffan. Var omättligt mammig efter veckan i Lund.

– Ska du till Humlan i morgon? sa hon och strök henne över håret.

Klara hörde inte på. Hon hade fått fatt i en lila penna från ett läkemedelsbolag som hon krampaktigt höll i medan hon satt gränsle över Veronika. Dottern gled sedan ner på golvet och Veronika reste sig, lyfte upp Klara på armen och gick ut till Claes i köket. Hon satte ner Klara och la armarna om hans hals. Ville gottgöra att hon skulle åka i morgon igen. Fast han inte hade klagat.

– Hur länge stannar Dan? sa han, som om han läst hennes tankar.

– Över helgen. Vi avlöser varandra.

Något mer frågade han inte.

Kapitel tio

Tisdagen den 10 september

Claes Claesson hade sina timmar på polishuset medan Klara var på Humlan. Det hade gått över en vecka sedan Cecilia skadades. Veronika hade återigen åkt till Lund för att vara där när de sakta släppte upp henne ur narkosen.

Dagispersonalen tyckte att inskolningen gick som en dans. Han skulle alls inte oroa sig över att Klara grät när han gick. Det var normalt. Rätt snabbt efter det att han försvunnit var hon glad och go igen, intygade de med en mun. De kallade sig varken lärare eller fröknar – hemska tanke! – utan *pedagogerna* på utskicken. Ständiga försök att förändra attityder och höja status, tänkte han. Men vi människor rangordnar oss likafullt.

Egentligen oroade han sig snarare över att Klara en dag inte skulle reagera alls. Vinka glatt, som en del barn gjorde, och tycka att det gick lika bra med Marie som med honom. Och det var definitivt inte vad han, i sin faderliga fåfänga, tänkt sig.

Men nu satt han vid skrivbordet och hade i stort sett fått in högen med skrivelser som han behövde spara i pärmar. Kanske skulle han till och med hitta rätt papper när han behövde det i fortsättningen. Det mesta hade annars åkt i papperskorgen. Det papperslösa samhället var inte bara en utopi, tänkte han, utan för hans del inte ens önskvärt. Även om informationssamhället dignade under sin egen börda föredrog han något att hålla i handen framför att öppna datorn. Det var som om det som flimrade på skärmen inte gick in lika lätt.

Det mesta var sig likt på roteln. Man ska inte tro att det händer något revolutionerande bara för att man är borta ett tag, tänkte han. Nästan så att det var lite tråkigt att det var som det brukade. Lite nya propåer, ändringar i vissa regelverk, ett och annat nytt ansikte i matsalen, men det var allt.

För första gången på mycket länge kom han på sig själv med att fundera över om det var dags att byta jobb. En snabb överblick av läget sa honom emellertid att han i så fall var tvungen att flytta. Det hade han lätt kunnat göra tidigare. Nu var det en helt annan apparat. Till och med så stor och omfattande att han insåg att han fick nöja sig med att drömma. Han satt fast med fru, barn och villa, han som de flesta andra. Den enda större förändring folk tycktes vara benägna till var att skilja sig.

Louise Jasinski hade just gått den vägen. Sålt radhuset och flyttat till stan. Och hon såg sannerligen inte ut att vara nöjd. Mest arg. Men det hade inte varit hon som velat. Lite hade hon berättat för honom medan han var pappaledig och hon höll på med tvättstugemordet. Hon hade kommit hem till honom och varit rätt moloken. Den före detta maken hade hittat en ny och yngre och trodde sig bli salig på den vägen. Inget nytt under solen med andra ord, men frågan var hur länge en sådan historia behövde ventileras. Knyckig och oberäknelig var hon nu för tiden. Benny Grahn menade att hon behövde få sig ett skjut.

En som knappast kunde beskyllas för att vara en hoppjerka var Gotte, som varken hade bytt det ena eller det andra. Tillhörde en generation där man satte en ära i att vara solidarisk såväl med sin lagvigda hälft som med sin arbetsplats. Gotte skulle gå till sommaren nästa år och då hade han lagt i stort sett hela sitt yrkesverksamma liv på ett och samma ställe. Hos polisen i Oskarshamn. Efterträdaren skulle sannolikt bli en hungrig jurist. Förändringens vindar skulle ovillkorligen komma att blåsa. Claesson skulle inte behöva flytta för att få lite omväxling.

Nina Persson hade kommit tillbaka efter sin mammaledighet och satt i receptionen med samma välsminkade ansikte och långa välmanikyrerade naglar som tidigare. Hur hon fick ihop det med småbarn var mer än Claesson begrep, förmodligen var det en väl förborgad kvinnlig hemlighet. Han hade en allmän känsla av att kollegorna hade blivit snällare mot Nina. Inte för att han ville erkänna att de egentligen utnyttjat hennes blonda yppiga yttre till en del verbala grabbigheter av det grövre slaget, men nu verkade det som om både

Nina och de själva mognat. Var det moderskapet? Hon hade en annan människa att skydda.

Hon log extra stort mot honom. Kanske för att de numera båda var småbarnsföräldrar. Han nickade tillbaka men tyckte det var en smula pinsamt att prata barn på jobbet, även om han gjorde det till nöds. Hennes Alvar och hans Klara.

Tankarna cirkulerade ändå mest kring Louise Jasinski. Att hon var fjär kunde förstås ha flera orsaker än skilsmässan. Hon undvek just honom. Denna förmiddag hade hon suttit på sitt rum med dörren öppen, men hade knappt brytt sig om att lyfta huvudet för att hälsa när han gick förbi. Det var inte likt henne. När hon kontaktade honom under utredningen av mordet i tvättstugan och fallet med den försvunna skolflickan som sålde majblommor hade hon varit sliten och pressad av chefskapet och röran där hemma – vilket som var värst var inte svårt att räkna ut – men hon hade inte låtit det gå ut över honom. Men det var möjligt att han var både blind och döv i sin behagliga avspändhet som pappaledig kommissarie.

Så mycket begrep han i varje fall nu som att om hon äntligen hade fått ett stadigt grepp om jobbet som rotelchef, så var det förmodligen inte så roligt för henne att låta stafettpinnen gå tillbaka. Det tar tid att lära sig leda och chefa, och inte var det lättare för en kvinna, även om det inte nödvändigtvis *måste* vara svårare. Det var ett otroligt tjatande om könsmaktsordningar och jämställdhet och allt vad det nu var. Hur som helst, makt och möjlighet att påverka hade alltid en attraktionskraft på vissa människor. Extra lockande kunde man tänka sig att det var om livet i övrigt hade tagit en sådan vändning att det var en bonus att ha något att gräva ner sig i. Jobbet var en pålitlig plats att fly till.

Att ta hand om barn var heller ingen semester, blev han varse. Den erfarenheten delade han förmodligen med många fäder i samma situation. Men han sa inget. Han ville slippa de sneda och triumferande leendena från alla beskäftiga kvinnor som ville slänga karlslokarnas bedrövlighet i ansiktet på honom.

Veronika höll sig inte med den typen av dolt förtryck, och för den delen inte heller hans syster, men det fanns de som gjorde det. Liljan var en av dem som försökte. Både Veronika och hans två år äldre syster Gunilla var starka kvinnor. Han hade gått i en sträng skola som barn, men kärleksfull. Gemenskapen med Gunilla hade under åren fortsatt att vara varm, medan kontakten med den yngre brodern Ulf däremot var svalare. Inte minst, inbillade han sig, berodde det just på hans korkade fru Liljan. Varken han själv eller Veronika stod ut med henne under några längre stunder. Liljan hade den fantastiska förmågan att aldrig lyckas lägga sig på rätt nivå. Framför allt la hon sig i. Hon blev för närgången. Och Ulf hade blivit alltmer tyst och inbunden, vilket i och för sig var hans val. Precis som Liljan, påpekade Veronika. Brodern gömde sig bakom sin hustru.

Claesson hade alltid varit medveten om sin äldre systers betydelse. Han tillät sig numera att dessutom vara imponerad av henne. Hon hade ett strävsamt liv: personalchef, fyra söner och en något världsfrånvänd man. Men hon fick det att gå ihop hyggligt på något mirakulöst sätt med bibehållet gott humör. Eller kanske tack vare hennes medfött goda psyke.

Det var alltid roligt att resa upp till syrran i det överfyllda och gungande huset i Stockholm. Han var inte blind för att Gunilla hade banat vägen för hans egen förkärlek för så kallade självständiga kvinnor. Och kanske även den löjliga stoltheten i att numera själv äga ett stort hus fullt av liv.

Vid närmare eftertanke skulle han knappast ha kunnat leva med en kvinna som inte stod för sig själv. I tidigare relationer hade det varit för mycket eller för lite av det ena eller det andra. Av vin eller vatten. Förhållandet till Katina, kvinnan han var tillsammans med när han träffade Veronika, brann inte. Tog egentligen aldrig fart, och det berodde nog inte bara på att de endast träffades på helgerna.

Eva, hans längsta och mest ödesmättade kärleksrelation, fick honom å andra sidan att brinna upp. En mycket komplicerad historia. Han tänkte nu och då på att han kunde skatta sig lycklig över att den tiden faktiskt låg bakom honom. Att han lyckats häva sig ur, något så när helskinnad dessutom.

Han öppnade översta skrivbordslådan. Dammiga pennor, gem i olika storlekar och gamla kom-ihåg-lappar längst in. Han la upp dem på skrivbordet och ögnade igenom dem innan han slängde dem.

Han var överflödig där han satt vid sitt skrivbord, en märklig, för att inte säga skrämmande, känsla. Kollegorna runt honom var uppslukade av fall han knappt visste något om. Ingen hade anledning att dra in honom. De gick förbi, precis som Louise nyss. En och annan hade växlat några ord i dörröppningen, men mer var det inte. Peter Berg hade hejat glatt. Han såg oförskämt glad och pigg ut. De ärriga och bleka kinderna tycktes ha fått en friskare kulör. Eller så var det kläderna. Ett modemedvetet stuk och mera färg. Skjortan under den svarta tröjan var orange.

Claesson kom på sig med att känna sig utanför på samma sätt som pensionerade kollegor förmodligen gjorde när de besökte sin gamla arbetsplats. Arbetsgemenskap var en färskvara.

Strax före klockan elva ringde det. Han hoppade nästan till, men det passade honom utmärkt. Långtråkigheten var besvärande. När han lyfte luren utgick han från att det var Veronika som ringde från Lund, och det fick duga.

Men det var inte hustrun – han hade ännu inte vant sig vid benämningen – men väl ett samtal från den sydliga universitetsstaden. Han hörde kriminalinspektör Gillis Jensen från Lundapolisen presentera sig och utgick från att denne på sin belevade skånska ville förmedla något om misshandeln. Claesson hade själv kontaktat honom för en vecka sedan angående Cecilia. Hade de fått tag i någon?

Men det var inte Cecilia utan Jan Bodén det handlade om.

Kinderna hettade till. Samtalen med frun spolades snabbt upp. Något ansikte hade han fortfarande inte på denna Nina Bodén som han effektivt hade lyckats vidarebefordra till Ludvigsson. Det var något med hennes röst han inte gillade. Den konstanta tonen av högljudd anklagelse. Och kanske var han även en smula skamsen över att så medvetet ha försökt dumpa henne, inte precis hos första bästa, men ändå. Och även om det var det enda rimliga och vettiga, så var det ett besvärande faktum att de, tydligen, bodde på samma gata. Inte detta sammanträffande i sig utan att *hon* verkade tillmäta det betydelse. Grannar, tänkte han. Prat över häckar och annat tissel. Och han som, i hennes ögon, *inget gjorde*.

*

Veronika höll i alla kort som hennes äldsta dotter fått. Hejiga bilder och glada optimistiska tillrop.

Krya på dig! Ge dig inte! Vi vet att du är en fighter! Vi längtar efter dig! Snart ses vi!

De kom från när och fjärran. Gamla barndomsvänner och nya kamrater som Veronika inte kände ens till namnet. Men åh, så glad hon var över att Cecilia hade så många som tänkte på henne.

Hon lutade sig mot dotterns öra.

– Cecilia, du ska veta att *alla* är med dig, viskade hon glatt. Sara hemifrån har ringt flera gånger. Och Ester har varit här nästan varje dag. Och så har du fått kort från Kristoffer, Magdalena, Sanna, Johanna, Ylva, Calle … Ja, det är jättemånga som hört av sig. Gumman min, du har en *stor* krets av vänner. Är det inte underbart?

Hon la högen med kort på nattygsbordet. Där stod redan fotot från bröllopet. Soliga och glada tittade de rakt in i kameran. Ljuset blänkte i Cecilias långa hår.

Värmen höll i sig. Inne i sjukhuset var temperaturen jämn och sval, men utomhus klibbade kläderna. Nätterna hade dock börjat bli kyligare.

Veronika hade kommit ut från Blockets entré och fortsatte upp mot Lasarettsgatan och ställde sig vid vägkorsningen och kisade mot solen. Det var lunchtid och mycket folk i rörelse. Sjukhusområdet var inte stort men tättbebyggt. Bakom Blocket tornade nya formationer upp sig, massiva byggnader som hyste forskningslaboratorier och undervisningslokaler av allehanda slag.

För första gången sedan olyckan sjöng det inom henne. Hon märkte knappt den smått kyliga vindpust som drog genom kläderna och fick tårarna att torka. En tveklös förvarning om den annalkande hösten. Förvisso var det ännu en bit dit, i alla fall till de gråtunga dagarna framemot november. Klara dagar i mättade kulörer skulle komma dessförinnan. En bra tid för rehabilitering, tänkte hon. Himlen fortfarande öppen mot solen. Mot livet.

Hon var på väg för att äta lunch med en gammal kurskamrat i lasarettets matsal. Just nu var hon evigt tacksam över att få sällskap. Hon behövde få dela med sig. Visserligen hade hon redan ringt Claes, men samtalet var tvunget att bli kort. Mycket fanns därför kvar att förmedla. Den gränslösa glädjen ville bubbla över. Samma känsla som när hon fött barn. Euforin så obeskrivlig, men ändå fanns där ett starkt behov av att få uttrycka den i ord.

Det hade vänt.

Efter dagar i Lund som förflutit i ett krampaktigt vakuum hade det äntligen lossnat. Hon hade inte tillåtit sig att hoppas för mycket. Samtidigt var det just hoppet om att allt skulle bli som förut som upptagit hela hennes vakna tid. Även nätterna. Hon hade drömt att Cecilia, som i en film, sträckte på sig i sjukhussängen, nymornad och loj. Att hon med sitt lite ironiska leende sa: *Men herregud, mamma, vad gör du här?* Och sedan såg hon sig förvånat omkring. *Och vad gör jag här?* fortsatte hon, med det långa blonda håret ringlande över örngottet.

Cecilia skulle bli som vanligt. Det trodde neurokirurgerna, men ibland var det som om patienter inte vågade lita på goda besked. En märkvärdighet som hon var väl förtrogen med. Patienter som vägrade inse att de faktiskt var botade. De hade fått en diagnos, kanske var det cancer, men nu var faran över. Trots långa förklaringar och försök att övertyga förblev tanken på det allra värsta ändå stark och ständigt levande, nästan paralyserande. *Kan du vara hundraprocentigt säker på att det aldrig mer kommer tillbaka?* Det var klart att hon inte kunde. Dödsångest förbyttes i livsångest. Men utgick man från det värsta så blev man i varje fall inte besviken.

Här hade hon inte haft något att bidra med, mer än att finnas till hands, och det var ovant. Men hon hade efter hand stillat sig. Begärde egentligen inte så mycket mer än att bara få lov att vara hos Cecilia. Gjorde sig beredd att ta emot dottern hur hon än skulle komma att vara. Försökte släppa alla planer, stora som små. Vad skulle hon annars göra?

Men emellanåt var hon rätt arg.

Du borde ha haft en annan pappa, tänkte hon när hon strök Cecilia över det stubbade håret. Det är mitt fel. Inte ditt, lilla vän. Den jag skaffade till dig lyckades i varje fall hålla sig hos dig en helg. Sedan åkte egoisten hem. Smet, som vanligt. Men vi är vana att klara oss, du och jag. Och nu har vi dessutom Claes. Jag vet att du inte tycker om honom, men du kommer att göra det även om det tar lite tid. Du ska se att det blir bra.

Det var så sent som igår hon släppt ur sig denna tysta harang. Alltid tyst. Sjukvårdspersonalen fanns i rummet, som osynliga skuggor men ständigt närvarande. Några av dem kände hon numera. Dem hon valt att lära känna. Dem hon tyckte om.

På samma sätt hade hon suttit där vid sängen i morse. Läkaren var också på plats. Det var en fin sensommardag, som gjord för en utflykt, tänkte hon. Rummet flöt i ett smörgult solsken. Det var ofrånkomligen instängt, ingen saltmättad havsluft eller jordig barrdoft precis, men där fanns en längtan. Kanske en föraning.

Tankarna tvärstannade. Cecilias ögonlock ryckte till. Tuben satt kvar i munnen. Oral intubering. Respiratorn skötte andningen, lika regelbundet och stötvis som tidigare. Men hon var inte längre lika djupt nersövd. Små, oroliga rörelser. Fingrar som plockade. En hand som lyfte. Ett långsamt uppvaknande, likt Törnrosa.

Veronika höll andan. Dottern förmådde lyfta ögonlocket någon millimeter. Ögonen rörde sig släpigt i halvmånen under de mörka fransarna. Iris skymtade i glipan. Och så pupillen. Veronika sökte den ivrigt.

– Här är jag. Ser du mig?

Hon böjde sig fram och vände ansiktet mot henne. Kröp intill. Höll nästan på att trilla framstupa över sängen. Med ens såg Cecilia henne. Den svarta pupillen sköt rätt in i henne.

Sedan föll ögonlocket tungt ner igen.

Allt tog med ens en ny vändning. Veronika log mot läkaren och sköterskan, ovant och omvälvande. Sedan måste hon vända dem ryggen för att samla sig och ge plats åt den upprymda lycka som plötsligt fyllde henne. Såg ut. Den vidunderliga utsikten från tionde våningen gjorde henne det ögonblicket viktlös. Skönhetens öppna gränslöshet. Det platta landskapet som flöt ihop med Öresund och som blivit henne så bekant. Öresundsbrons mjuka linje över vattnet, bandet till Köpenhamn, Danmark och kontinenten. Turning Torso, som likt en fyr i Malmö hamn skruvade sig mot himlen.

Bröstet sprängde. Tårarna rann.

Allt kan vända i ett enda ögonblick. Så märkvärdigt var livet!

Och nu gick hon för att träffa en gammal kurskamrat i matsalen.

När hon tog hissen ner från neurokirurgiska kliniken insåg hon, motvilligt, hur hemmastadd hon blivit. Snabbt hade hon anpassat sig till denna slutna värld, egentligen väldigt lik hennes egen arbetsmiljö, men nu mer hopkrympt och starkt genomsyrad av de stora och eviga frågorna.

Livet och döden.

Kanske även lyckan. Och sorgen.

Hennes vardag, men sedd som genom ett brännglas. Hon hade inte kunnat gömma sig bakom sin yrkesidentitet. Det som skedde berörde henne. Inte alla andra.

Cecilia hade fått en rumskamrat. Den högteknologiska modulen var byggd för två patienter. På förmiddagen föregående dag hade de rullat in en säng. Mopedolycka, snappade hon upp. Förmodligen ingen hjälm. Hade åkt bakpå. Ett ögonblicks verk, sedan var inget sig mera likt.

Vikskärmar hade ställts upp mot pojkens säng, men hon kunde inte undgå att ta del av den febrila aktivitet som rådde där bakom. Människor i vita kläder och gula skyddsrockar sprang fram och tillbaka. Talade med låga röster. Hon visste så väl vad det innebar. Hon hade försökt hålla sig ifrån Cecilias säng så mycket hon kunde av en sorts hänsyn. Mötte föräldrarna i korridoren, grå och hopsjunkna. Fadern med LRF:s symbol i gult mot grönt på tröjan. Vilsna och tafatta.

Salen, anhörigrummet, korridoren, hisshallen. Inrutat och tryggt.

Dessa hissar, hade hon tänkt medan hon väntade. Under vissa tider på dygnet var de ständigt upptagna. For upp och ner, tvingade henne att ta sats för att hinna inom dörrarna innan de åter stack iväg. Ibland tog hon trapporna ner. Tio våningar, lätt som en plätt för en kärnfrisk kvinna. Vid några tillfällen hade hon även tagit trapporna upp. Behövde känna rörelsen, hjärtats arbete och kraften i benen som sköt undan oron, om så bara för en stund. Hon hade även hittat andaktsrummet bakom receptionen i entréhallen. Dörren stod alltid på glänt, men ännu hade hon inte gått in. Tänkte spara besöket tills Cecilia vaknat helt. Då skulle hon gå dit och tända ett ljus. Men biblioteket hade hon besökt. Suttit där och mest bläddrat i tidningar. Hade svårt att koncentrera sig på längre texter. Men dikter gick bra.

Det var förra veckan de stötte på varandra, Christina Löfgren och hon. De kom rusande mot varandra i entréhallen, ingen av dem hade en ärlig chans att vare sig se bort eller låtsas som ingenting, även om det kunde synas ligga nära till hands. Veronika sårbar och på gungande mark och Christina jäktad av jobbet.

De var båda sig rätt lika sedan studietiden. Då hade de umgåtts tätt, trivts med varandra och haft roligt. Dessutom var det bara något år sedan de träffats på läkarstämman i Göteborg. Kontakten var alltså redan återupptagen. Så de växlade några fraser vid svängdörrarna. Veronika hade inte tänkt berätta varför hon var där, det var för stort, men Christina Löfgren, som för övrigt arbetade på kvinnokliniken, plockade det snabbt ur henne.

– Vad är det som har hänt?

Det räckte med ett kort svar, resten förstod Christina och slet omedelbart fram sin kalender ur den vita rockens bröstficka.

Det finns människor som inte släpper taget, tänkte Veronika. Människor som inte slarvar bort sina vänner. Hon kände sig rörd och tacksam.

Veronika hade ännu inte varit i matsalen. Tydligen gick inte heller Christina dit speciellt ofta. Trots att Veronika inte varit hungrig i egentlig mening sedan hon kom till Lund, utgjorde ändå matstunden en sorts välbehövligt avbrott som hon oftast såg fram emot och hade gjort till en liten ritual. Hon hade mest gått till restaurangen nere i entréhallen eller till något som hette MatAkuten och som låg i en tämligen undanskymd korridor på samma plan med några bord otrivsamt utslängda. Men där gick det undan, inga kulinariska läckerheter men omväxling förnöjer. Hon hade också travat iväg till den rosa kiosken en bit från Blocket och suttit vid de vita plastborden utanför och ätit thaimat. Någon hade tipsat om att maten på patienthotellet var bra, men hon hade inte kommit iväg dit än, varför visste hon inte.

Först var det tänkt att hon skulle få ett rum på patienthotellet men det hade visat sig vara fullbelagt. Efter några nätter på det mysiga hotellet i stan hade hon via sjukhuset fått ett billigt rum för anhöriga i ett rött tegelhus på Sofiavägen, nära sjukhuset men på andra sidan kyrkogården.

Matsalen var ljus och trevlig. Hon väntade med att beställa. Satte sig väl synlig och slog upp Sydsvenskan. Bläddrade snabbt förbi krigen och oroshärdarna. Kanske fanns det någon bio hon kunde gå på? Kvällarna blev oundvikligen långsamma. Gick mest runt på stan, vilket var en lisa i sig. Längtade förstås en del efter Klara och Claes. Men deras tid skulle komma. Valde hon rätt film kunde hon kanske få ut något av den, tänkte hon och tog ivrigt tidningens C-del, Lund & sport.

Man hittad död på Blocket. Rubriken var liten men gjorde henne nyfiken. Döda människor på ett sjukhus var ju ingen ovanlighet, men mannen hade hittats i ett städförråd, vilket onekligen var mer originellt. Fantasin gavs fritt spelrum. Han hade kunnat ligga död som längst i en vecka. Arma städerska som fann honom, tänkte hon. Men att försvinna på Blocket bedömde hon krasst som fullt realistiskt. Byggnaden var som gjord att försvinna i. Stor och anonym. För att inte tala om kulvertsystemen. Omfattande underjordiska labyrinter att gå vilse i. Eller bli antastad i.

Men det stod inget om kulvertar. En städskrubb var det. Förmodligen sparsamt ventilerad. Det måste ha luktat vedervärdigt. Märkligt att ingen känt odören.

Hon såg upp från tidningen. Christina syntes fortfarande inte till, men hon hade tid att vänta. Kisade ut genom fönstret. Svepte sedan med blicken över lokalen. Hon hade kommit på sig själv med att ständigt leta efter förövaren. Efter ansiktet på den sate som slagit ner Cecilia. Det var meningslöst, det visste hon, men hon kunde inte låta bli. Ville veta om det syntes.

Kunde man avläsa i en människas ansikte att han eller hon var *ond*?

Hon ryggade inte ens för sitt eget ordval utan lät ordet rulla runt en stund. Funderade över om man kunde slå sönder en annan människas liv utan att vara just ond. Var det mer försonande om hon såg Cecilias gärningsman som en frustrerad stackare? Eller en sjuk människa?

Hur hon än försökte var hon ännu för arg för att tänka i sådana banor. Det fick vila. Hon märkte i alla fall att laddningen avtagit något.

Hon såg att en grupp yngre läkare slagit sig ner vid ett långbord intill henne. De skulle kunna vara läkarkandidater, men något i deras kroppshållning sa henne att de förmodligen hade konfronterats med egna våndor och egna beslut. De hade känt rädslan att göra fel och ångesten över att inte räcka till.

Bordsgrannarna pratade högt. Fyra unga män. Vid första anblicken verkade de rätt kaxiga. Ingen såg i varje fall ond ut, konstaterade hon, medan hon hörde hur en av dem drog hela harangen om en akututryckning han nyligen varit med om. Han ville dela med sig, var stolt och upptänd. Det där faller av, tänkte hon. Dessvärre, kanske. En annan yngling, svarthårig med blekt ansikte, som om han sällan var utomhus, berättade om en operation. Så mycket snappade hon upp som att det handlade om öppen kirurgi, inte titthål. Ännu var de stimulerade. De lärde sig nytt. Växte. Var på väg. De var inte trötta utan såg fortfarande framåt, tänkte hon avundsjukt. Undrade hur många av dem som så småningom skulle bli nerkörda och cyniska och vända blickarna bakåt. Bli tunga grå elefanter. Som hon själv.

Ibland i varje fall.

Hon hade haft roligt på arbetet till för bara något år sedan. Innan hon gick på barnledigheten. Sysslade med sådant hon kunde och var stolt över. Mest kirurgi i bukens nedre del. Flera timmar på operation, kom hem trött i ryggen och stum i benen men med en stor tillfredsställelse. Ett rejält dagsverke.

Ilskan sköt fart så fort hon tänkte på hur det blivit. Hon hade fråntagits en del av den tyngre kirurgin för mer mjukvara och fler små ingrepp. *Som passar din smidighet*, sa chefen. Som ingen av de tre nya manliga kollegor som chefen tagit dit ville ha hand om. Låg status och svårt. Ju mer teknik och större mellanmänskligt avstånd, desto högre status. Men det sa han inte.

Tungt och tröttande med alla dessa patientsamtal och inte så många som blev nöjda. Hon var urlakad när hon kom hem. De nya kollegorna hade tydligt specificerat vilka områden de ville befatta sig med innan de satte foten på kliniken. De som redan var på plats fick därmed maka på sig.

Allt skedde utan att hon blev tillfrågad.

Det var ju inte så lätt att få tag på dig, menade chefen. Det var när hon konfronterade honom. Rak i ryggen försökte hon tvinga honom att se henne i ögonen. Inte glida undan. Det var den tredje arbetsdagen efter barnledigheten, då det sakta börjat gått upp för henne hur planerna såg ut.

Jag var hemma, sa hon kort. Men hon hade den goda smaken att inte skriva honom det på näsan. Hon sa inte att numret inte var hemligt.

När hon senare hörde en av de nya kollegorna dra den tröstlösa litanian om att det fanns en tid i det förgångna då patienterna var mer nöjda och då läkarna hade både högre status och högre lön och större möjligheter att påverka jämfört med nu, var hon färdig att slå honom på käften. Oppositionslustan var väckt. Kärringen mot strömmen.

Det mesta var faktiskt bättre nu för tiden. Fler patienter överlevde till ett bättre och längre liv. Mindre våldsamma behandlingar, färre biverkningar, medicin istället för kirurgi, vilket var skonsammare. Men hon bet ihop och sa inget.

Ett av ansiktena vid bordet intill tyckte hon att hon kände igen. Medan hon funderade över var hon sett honom, såg hon Christina Löfgren komma. Med sig hade hon en annan kollega, vilket gjorde Veronika besviken. Hon ville sitta och prata ifred. Det var ytterligt ansträngande att kallprata nu när hon inte var i form. Hon kände lite vagt igen mannen, som till hennes lättnad fortsatte längre ner i lokalen.

– Vem var det? undrade hon.

– Pierre Elgh, sa Christina Löfgren. Narkosläkare.

Veronika nickade. Hon hörde själv metallklangen när polletten trillade ner. Elgh hade dykt upp på hennes sjukhus i några omgångar när de ordinarie narkosläkarna var lediga. Hon hade mest sett honom klädd i grönt på operation, vilket förstås försvårade identifieringen. Han var trevlig. Om hon inte mindes fel kom han från hennes hemtrakter.

*

Claes Claesson antecknade febrilt. Han kände sig en smula obekväm. Visste att han borde ha vidarebefordrat detta till Louise Jasinski direkt. Han hade faktiskt själv bett henne att fortsätta basa tills Veronika kom hem och Klara var färdiginskolad. Men nu när han ändå hade Gillis Jensen på tråden och dessutom tidigare haft kontakt med Jan Bodéns fru kunde han lika gärna ta uppgifterna. Men inte sköta en eventuell utredning. Det fanns för närvarande inga möjligheter att han skulle lyckas komma loss så pass mycket.

– Vill du upprepa vad som stod på lappen, sa han.

Han hörde Jensen läsa sifferkombinationen och plitade ner den: 233253.

Han visste inte varför han spontant grupperade siffrorna två och två, som ett sexsiffrigt telefonnummer.

– Har du något riktnummer? frågade han.

– Va?

– Skojar bara. Tycker det ser ut som ett telefonnummer.

– Kanske det. Eller en kod till gud vet vad. Man kan tänka sig en kombination till ett kassaskåp, ett enkelt hänglås eller en dator.

Claesson funderade just över vem som kunde ta reda på det, men bromsade sig själv. Det var Lundapolisens bord. Inte deras.

De lovade att hålla kontakten. Han satt sedan med anteckningarna framför sig.

Fru Bodéns oro var befogad. Han for efter förnamnet men mindes det inte. Hur som helst, maken hade inte flytt till en älskarinna. Inte heller från stora skatteskulder.

Han var död.

*

Emmy och Trissan hade bestämt klockan tio, och nu var hon redan fem över.

Emmy satt på Mormors kafé, av alla ställen, och väntade. Kaféet låg i ena änden av Knut den stores torg, mitt emot stationen. De gick sällan dit, men nu blev det bestämt så.

Hon kände sig naken och främmande där hon satt. Hon kände inte igen någon. Det var en av anledningarna till att de skulle mötas just här. Här skulle de kunna talas vid ostört.

Med andra ord var det inte så att det bara *blev* denna mötesplats. En rätt lång procedur hade föregått beslutet. De hade sms:at och ringt varandra på mobilerna under ett par dagar utan att få kontakt, vilket var en märkvärdighet i sig, men förklaringen var förstås rätt simpel. Ingen av dem hade något större behov av att ses. Inte på ett tag.

De hade fått en överdos av varandra och behövde följaktligen hålla en svalkande distans. I alla fall behövde Emmy det. Hon hade definitivt fått nog, och hon utgick från att det var ömsesidigt. En svällande mättnad, som efter en stor portion havregrynsgröt.

Men ingen av dem var modig nog att säga detta rakt ut och kanske var det lika bra. Saker och ting går ibland över av sig själva om man bara väntar, avvaktar tills känslorna bedarrat och perspektiven skiftat.

Hon hade dessutom inte tid. Orkade inte med känslosamma diskussioner som slet i henne och spädde på den ångest hon redan levde med. Uppgörelser var det värsta hon visste. Hon var rädd, rentav. Rädd för att stå öga mot öga med Trissans okuvlighet.

Det kröp i kroppen vid blotta tanken. Hon tog en klunk het kaffe latte. Ångan värmde nästippen. Hon frös, fast vädret var fint. Hade sovit för lite under alltför lång tid. Inte heller ätit ordentligt. Mest som en sparv. Pickade i sig några smulor här och där. Men det fanns en sorts njutning i det.

Studierna slukade all hennes tid. Även nätterna. Hon ville ha det så. Hon hade bestämt sig. Hon hade ett mål och en mening med det hon gjorde, och det sporrade. Äntligen var det som om tillvaron var verklig. *Hennes* liv och *hennes* planer. Och för första gången krävde hon lugn och ro för egen skull. För att hon njöt av att koncentrera sig. Inte fladdra runt och luncha eller fika med vänner. Inte gå ut flera kvällar i veckan och komma hem på morgonkvisten. Inte shoppa runt i Malmö eller Köpenhamn.

Hon hade kommit till ett stadium då hon envist sorterade ut allt i livet som var oväsentligt. Som att plocka bort barr och blad i en hink blåbär, tänkte hon.

Det var länge sedan hon plockat blåbär.

Hon längtade plötsligt hem till Småland, vilket hon sällan gjorde annars. Men att ha en uppgörelse med bästa kompisen var precis så obehagligt att enkelheten i Älmhult plötsligt framstod som ett alternativ. Men bara helt kort, medan de kalla kårar som fick håret att resa sig när hon tänkte på Trissan och Cecilia och allt det där andra sakta la sig.

De skulle förstås inte ha bott ihop, hon och Trissan. Utmana vänskapen på det sättet. De skulle inte heller ha bett Cecilia flytta in, men det var lätt att vara efterklok. De hade inte råd att ha lägenheten ensamma och Cecilia var husvill. De hade lärt känna henne i korridoren, på den tiden Cecilia var ihop med Jonathan Lönn. Och hon var schyst, det var inte det. Men hon var … Emmy letade efter orden. Cecilia var inte deras typ, helt enkelt. Hon visste att man inte borde tänka så, men Cecilia var kanske för *mesig*. Men det stämde inte heller vid närmare eftertanke, kom hon på. *Tillbakadragen*? Nej, inte heller det. *Obestämbar*? Kanske.

Trissan hade sina sidor, det var inte tu tal om den saken, men hon förstod i varje fall *precis* vad Emmy menade utan att hon behövde säga så mycket. På så sätt var de lika, Trissan och hon. Och det var ju bra. För hon och Cecilia såg inte alls saker och ting på samma sätt. Hon var så tillbakadragen, tog liksom inte för sig.

Fast det var inte heller sant.

Cecilia brukade sitta där på sin kammare i den stora lägenheten utan att göra något större väsen av sig. Men det var märkvärdigt tydligt att hon fanns där ändå. Kanske spelade hon lite musik eller vad hon nu gjorde. Skrev i sina otaliga anteckningsböcker.

Emmy såg framför sig hur Cecilia satt hopkurad i den obäddade sängen med ett skrivhäfte i knäet och levande ljus i fönstret och på skrivbordet. Jungfrukammaren in mot gården var en aning mörk. Cecilia hade dessutom sluppit att hålla ordning på en massa prylar, där var ju inte plats för så mycket, tänkte hon medan hon inspekterade sina långa och tunnbladiga naglar. De behövde onekligen en omgång. Ett par lager nytt, fräscht och genomskinligt lack. Det var sparsmakad enkelhet som gällde.

Expediten på kaféet sköt in en bricka färska bullar i disken. Blicken föll på de nygräddade bröden. De såg smaskiga ut, men hon skulle inget ha. Magen var tom som ett nyplundrat kassaskrin.

Hon drack av det mjölkblandade kaffet medan hon funderade över om det inte var så att Cecilia utövade en sorts tyst makt. Hon hade hållit henne och Trissan ifrån sig. Därmed höll hon deras nyfikenhet vid liv. Som om hon *ville* hålla dem på halster. Avsikten var att ge henne och Trissan dåligt samvete för att de vräkte sig i sina stora rum mot Stadsparken och för att de hade gänget uppe ibland. Festade och fyllde vardagsrummet och köket med folk.

De förbjöd aldrig någonsin Cecilia att vara med.

Men bjöd de in henne?

Kanske inte direkt, men det var väl så *självklart* att hon var välkommen att det inte behövde sägas?

Nog var det så!

Hon rannsakade sig själv. I alla fall skulle hon, om det gällt henne själv, helt enkelt bara dykt upp. Men Cecilia kom sällan ut. Hon satt där inne på det lilla rummet och häckade medan festerna pågick för fullt.

Och så kom Karl.

Han dök upp ibland för att hälsa på Cecilia. Emmy mindes, där hon nu satt med frusna och bara ben och sakta rörde med den långa skeden i latten. Mindes hur Karl liksom fyllde upp hela hallen. Den pirrande känslan var lätt att framkalla så här i efterhand.

Hon hade haft svårt att hålla sig på sitt rum när hon hörde hans djupa röst innanför dörren till lägenheten. Hon hade inte kunnat hejda sig utan gjort sig olika ärenden till köket eller till vardagsrummet så att hon tvunget passerade hallen.

Ibland blev de stående och småpratade en liten stund, hon och Karl. Tills Cecilia kom. Cecilia blev alltid så konstig när Karl var där. Tyst och hemlighetsfull. Tillgjort smålog hon hela tiden, så där milt och jobbigt frireligiöst att man bara blev jättetrött.

Hon släppte skeden så att den plumsade i kaffet och några droppar skvätte på hennes tröja. Två små bruna fläckar på den rosa bottnen mellan de gula rosorna. Hon torkade av. De syntes knappt. Ibland tog Cecilia in Karl på sitt rum. Rätt ofta, vid närmare eftertanke. Alltid, faktiskt.

Och där var trångt, tänkte Emmy och kisade medan hon i minnet återkallade den lilla jungfrukammaren. Långsmalt och högt i tak. Mycket trångt, med sängen, skrivbordet och en pytteliten golvyta däremellan. Där gick knappt att vara utan att man nuddade vid varandra, tänkte hon. Hud mot hud. Karls kropp. Trygg och stark. Lätt hänt att trilla ner i sängen. Den stod där så inbjudande.

Blodet rusade. Pulserade ner mot underlivet.

Emmy bet i underläppen. Men *alla* visste att Karl var ihop med Ylva med det stora håret. Vitt och lockigt, som änglahår. De var ett stadigt par sedan lång tid tillbaka.

Så vad höll *Cecilia* på med egentligen?

Det kunde de alltid prata om, hon och Trissan. Och nu när detta otäcka hänt kunde man ju fråga sig vad Karl visste. Hon hade inte ringt honom och frågat. Kanske skulle hon ta och göra det? Det fanns onekligen anledning att talas vid. Han hade kanske besökt Cecilia på sjukhuset. Hon var visst sövd, sa Trissan som visste mer, för hon hade pratat med Cecilias mamma.

Kanske satt Karl hos henne. Väntade troget vid sjukhussängen.

Pupillerna drog ihop sig. Hjärtat tog ett skutt, men inte av upprymdhet. Kände med ens ett kyligt drag över den bara nacken. Håret var uppfäst med ett metallspänne. Hon orkade inte plocka ner det för att värma halsen. Den spretiga uppsättningen klädde henne. Tio minuter framför badrumsspegeln. Och sedan ögonfransarna, men bara lite färg så att det såg naturligt ut.

Den stora frågan var: Vad höll Karl egentligen på med? Varför hade han besökt Cecilia så ofta? Var han verkligen fortfarande ihop med Ylva?

Dörren for upp, men det var inte Trissan utan en ung fläskig kvinna i en urblekt tröja med en unge på armen. Emmy tittade med avsmak på henne, sedan på klockan och övervägde om hon skulle plocka upp sitt kompendium och sina anteckningar men orkade inte. Trissan skulle förmodligen dyka upp vilken sekund som helst. Hon behövde en ursäkt för att bara sitta och lata sig.

Jag ger henne fem minuter till, tänkte hon.

Själv hade hon avverkat ett morgonseminarium som började redan klockan åtta. Eller närmare bestämt kvart över. Den juridiska fakulteten höll sig fortfarande med akademisk kvart, det hade hon lärt sig redan under introduktionsföreläsningen. En kvarleva från forna dagar då studenterna inte hade klockor. De fick femton minuter på sig att ta sig till föreläsningssalen sedan domkyrkan slagit hel timme.

Hon hade alltså gått upp tidigt. Ämnet som avhandlades var viktigt med tanke på framtiden. *Kommersiell avtalsrätt*. Ribban på kursen var högt lagd. Det krävdes inte så lite arbete för att få bra betyg.

Hon hade emellertid lagt sig sent. Först vid tresnåret slog hon ihop böckerna efter att ha ställt väckarklockan, telefonen och mobilen på väckning för att vara säker på att komma upp. Det enda hon inte gjort var att ringa mamma och be henne ringa innan hon gick till arbetet på Ikea. Det hände att hon gjorde det men kom på det först när klockan passerat midnatt.

Och nu kände hon hur tröttheten försvagade henne. Tankarna gled isär och iväg, och irritationen över att Trissan dröjde gnagde. Men det var typiskt henne. En sann tidsoptimist. Eller snarare en översittare.

Det kändes förnedrande att vara den som satt och väntade medan kaffet svalnade och långsamt sjönk i muggen.

Skulle hon beställa en till?

Maktbalansen var ojämn. Det var alltid höjdarna som skred in sist. Trissan sölade med tiden medan Emmy tålmodigt väntade. Som en trogen hund. Blotta tanken fick Emmy att plötsligt vilja resa sig och tåga ut.

Men hon satt kvar. Nu när hon väl var här var det lika bra att få det hela överstökat. Återuppta kontakten, hur den än blev.

Annars måste hon plugga.

Trummade med fingrarna.

Mobilen låg på bordet. Hon tog upp den men la ner den igen.

Turerna i telefonen innan de slutligen bestämde möte på Mormors körde runt i huvudet på henne. Först hade de pratat om att gå till Lundagård i skuggan av den gamla universitetsbyggnaden. Konditoriet var stadens mest legendariska och hade bakverk och chokladtillverkning i den högre skolan, men eftersom Trissan hade flyttat till Bytaregatan och i princip bara behövde trilla ut genom dörren, föredrog hon just Mormors. Framför allt eftersom där var rökfritt. Det var inte Gräddhyllan, som annars var ett ställe de brukade gå till, mer gammeldags och pietetsfullt. Trissan hade precis slutat röka.

Emmy stirrade nu mot Kafé Gräddhyllan snett mitt emot i ett lågt, gult gathus. En kurskamrat slank just in. Ensamheten blev alltmer uppenbar. Den feta småbarnsmamman satt vid bordet intill. Emmy tittade återigen med avsmak på henne, på den degiga kroppen, den bleka hyn, de billiga kläderna och inte minst på ungen som kladdade, vilket gjorde henne närmast illamående. Mamman såg ut att vara jämngammal med henne själv. Hon rös. Småbarn existerade inte i hennes planer. Det skulle i så fall vara mycket långt fram i tiden. När hon var *färdig*. Och drömprinsen dykt upp. Och hennes barn skulle vara söta.

Hon frossade i sina planer. Hade ett stenhårt mål, och vägen dit kunde stavas *stress* men också *mening*. Efter sommarlovet skruvades hetsen upp ytterligare. Utbildningen närmade sig obevekligen slutet, och paniken svämmade över alla bräddar när hon tänkte på livet *efter*. Oron för framtiden vred henne som en blöt disktrasa. Hon sov illa och hade redan gått ner fyra kilo, och då var hon inte precis fet förut. Hennes förståndiga jag sa henne att hon borde se upp. Samtidigt njöt hon av att kunna lägga det ena benet över det andra och kila in foten bakom vaden utan att det fanns något som tog emot.

Hennes bestämda plan var att profilera sig som affärsjurist. Vad som irriterade henne mest just nu var att bilden av henne själv som en vindflöjel i förhållande till Trissan inte alls *matchade* hennes egen föreställning om sitt framtida jag. Hon ville vara målmedveten och rak. Hon undvek begreppet *slipad*, det lät för affärsmässigt och kallt, men inte långt därifrån låg, trots allt, den drömda självbilden. Kanske hellre *driven*. Och på något sätt tänkte hon komma dit.

Hon tittade på klockan. Trissan var nu vid pass sexton minuter försenad. Tre minuter till, noga räknat, skulle hon ge henne. Sedan fick det vara nog.

Vad som nämligen inte sades högt under hela den långa process då hon och Trissan dividerade om var de skulle ses, var att det i princip inte spelade någon roll vad Emmy tyckte. Det blev ändå alltid som Trissan ville. Och det var i de små sammanhangen som de stora sidorna visades, tänkte Emmy.

Det var tur att de flyttat isär. Befrielsen var större än hon kunnat föreställa sig, trots att hon hamnat rätt långt utanför centrum i en trist sextiotalstvåa i andra hand på Örnvägen på Väster, med så tunna väggar att de skallrade när porten gick igen.

Men hon hade fått en egen dörr att stänga om sig. Och det var vilsamt. Speciellt nu, när det här tråkiga med Cecilia hade hänt. Det var hemskt att erkänna det, men hon hade inte tid. Faktiskt inte. Hennes dagar var mer än fulltecknade. Och på ett sätt gjorde jakten på sekunderna henne betydelsefull. Halvfart dög inte i hennes värld. Det var bara max som gällde.

Med ens var det som om hennes åtaganden tornade upp sig som en mur mot omvärlden. Men också som en stege. Att klättra till toppen på.

Hon hade släppt ur sig några meningar om detta i samtalet med Trissan. Det skulle hon förstås inte ha gjort. Som den psykologistudent hon var kunde Trissan inte låta bli att mästra om att livet faktiskt har *fler dimensioner*, än stress och karriär alltså. Det var väl ändå inte meningen att man skulle leva hela livet med ångest, depressioner och fobier, menade Trissan och lät som om hon talade till en femåring. För Trissans del fanns det ingen anledning att vara orolig över framtiden, tänkte Emmy. Så dåligt som många tycktes må kunde hon i varje fall vara säker på att få jobb. Och själv tänkte hon avnjuta de andra *dimensionerna* sedan. När hon nått fram.

Soldiset hade lättat, det hade klarnat och torkat upp. Natten hade varit fuktig. Snart skulle hon tillbaka till biblioteket och plugga. Eller kanske skulle hon istället cykla till Eden uppe på gamla lasarettsområdet vid Paradisgatan? Hon tyckte om de stora och ljusa läsesalarna i den lite mer moderna byggnaden. Hon gillade också mixen av studenter. Ekonomer, statsvetare, medicinare och en och annan humanist i en salig blandning. Otvivelaktigt bidrog detta till att Eden var känt som ett av stans bästa ställen att spana på. Detta i sin tur medförde att hon denna tidiga morgon hade tagit en extra titt i spegeln innan hon for hemifrån.

Även om hon visste att Karl numera sällan satt där. Han hade precis börjat arbeta.

*

Kriminalkommissarie Claes Claesson begrep sig inte på sig själv, men nu var han hur som helst denna klara septemberdag på väg för att lämna ett tungt besked. Han måste be en kvinna identifiera ett vid det här laget tämligen ankommet lik, för att avgöra om det var hennes make.

Man hade funnit kroppen i Lund igår, och Sydsvenskan hade tydligen redan idag en kort notis om denne icke identifierade man som hittats död på ett anmärkningsvärt ställe. En städskrubb på sjukhuset. Men rapporteringen hade varit lokal, ända till Småland hade inte nyheten spridit sig. För det var inte förrän efter åtskilliga timmar som polisutredningen i Lund börjat ana att det kunde röra sig om en medelålders man från Oskarshamn som anmälts försvunnen för en vecka sedan.

Det var många år sedan han hade behövt befatta sig med sådana ärenden. Uppgiften hade emellertid inte blivit mindre olustig. Men han hade sig själv att skylla, han hade erbjudit sig att åka dit. Och någon mening var det väl med det. Om inte annat för att han tyckte sig behöva ha något konkret att göra. Och för att beveka Louise Jasinski, möjligen.

Hon var fortfarande kärv. Visserligen nedlät hon sig till att se honom i ögonen de tre minuter hon ägnade åt honom. Men det satt hårt inne. En märkvärdig och föga angenäm känsla av att likt en gosse stå med mössan i hand och vänta på hennes uppmärksamhet.

Hon satt vid skrivbordet och rätade inte ens på ryggen när han kom in. En mycket upptagen kvinna. Häcken full.

Han hade försökt stötta sina kvinnor, Louise Jasinski och Erika Ljung. Och vad fick han för det! Ljung höll sig fortfarande lugn, hon var ännu rätt ny i jobbet. Men Jasinski! Hon hade onekligen tagit för sig medan han var borta.

Han eldade upp sig där i bilen. Ett utmärkt sätt att skaka av sig olusten inför den svåra uppgiften. Men det var förstås bara att bida sin tid, han höll sig för god att tjafsa med henne. Förmodligen skulle han känna sig bättre till mods så snart han slapp vara beroende av hennes hygglighet, att hon *ställde upp* lite längre som chef nu när han inte kunde gå för full maskin.

Han körde på autopilot mot Kolberga. Kunde vägen utan och innan. Hjärnan malde på.

Nina Bodén, tänkte han för att växla spår. Inpräntade namnet för att inte säga fel. Snart skulle i varje fall *hon* få klara besked. Komma ut ur ovissheten. Och det skulle inte bli roligt.

Hon bodde på hans egen gata, bara fem hus från hans och Veronikas villa som de köpt för snart två år sedan. Och det hade de inte ångrat, i varje fall inte han, även om det både var dyrt och krävde en hel del underhåll. Pittoreska trähus gjorde gärna det. Spröjsade fönster och burspråk.

Sedan skulle han hämta Klara, in på ICA och därefter hem för att glo på den oklippta gräsmattan som säkert passat på att växa ytterligare några millimeter under dagen. Så länge han var ensam med Klara kunde han inte köra över den. Hon krävde full uppsikt. Snart skulle han tvingas ta fram lien.

Konfrontationen han hade framför sig var trots allt värre än Louise Jasinski. Hon var mer som ett småbarn som gått i baklås och behövde gotta sig i tjurigheten tills hon tröttnade.

Som tur var hann Veronika ringa när han svängde av från Kolbergavägen. Åtminstone en glad röst idag, tänkte han. Det hade vänt. Cecilia hade öppnat ögonen och inte nog med det, hon hade känt igen henne. Veronika var i varje fall helt förvissad om att det förhöll sig så.

Så hustrun kommer förhoppningsvis hem snart, tänkte han lättad. Inte bara för det praktiska med Klara. Det var tomt i huset utan Veronika. Han saknade någon att lufta det vardagliga med, det egentligen föga märkvärdiga. Varför hade han tidigare envisats med att se sig som en ensamvarg? Människan vet inte alltid sitt eget bästa.

Men huvudsaken var trots allt att det gick framåt för Cecilia. Inget annat spelade egentligen någon roll. Låt det nu bara fortsätta så, tänkte han. Han parkerade på gatan utanför huset. Hon kunde se honom. Det kunde även grannarna, och de flesta visste vem han var. Villaområdet var en stilla idyll och trafiken gles. Det var i stort sett bara de boende som passerade.

Området hade projekterats på trettiotalet, gatan var smal, tomterna stora liksom villorna som ursprungligen byggts i trä. Småskaligt och vackert. Plumpen i protokollet var ett hus som paketerats i mexitegel. Och så Bodéns tomt som var den enda som styckats av. Det gamla huset var rivet. Med skohorn hade ett så kallat parhus klämts in, gissningsvis på sextio- eller i början av sjuttiotalet. Två familjer, en i vardera änden av den dystra och fantasilösa skapelse han nu hade framför sig. Ett tungt tak som tycktes trycka ner huset av mörkbrunt tegel med mörkbetsade sorgkanter runt fönstren.

Han tog sats.

Röd öländsk kalksten ledde upp mot dörren. Han noterade att inget ogräs hade tillåtits gro mellan plattorna. Däremot var även denna gräsmatta i behov av klippning.

Privat var han inte speciellt observant. Kanske inte tillräckligt nyfiken, det var vad Veronika sa åtminstone. Men han hade bestämt inte stött på Nina Bodén tidigare. Hon såg inte alls ut som han tänkt sig, hon verkade yngre och mindre beskäftig. Tunn kropp, åt det spröda hållet, rakt och tvärklippt hår ner över öronen, vitblårandig tröja som gick högt upp i halsen, jeansliknande byxor och Scholltofflor. Men färgerna sa honom att hon åldersmässigt borde ligga närmare sextio än femtio. Håret var matt och gråblont och ansiktet kritvitt. I alla fall efter det att hon fått syn på honom.

Presentationen kom av sig.

– Ni har hittat honom, sa hon redan i hallen och förde fingrarna mot bismarcklänken runt halsen.

Vardagsrummet var ljust med fönster mot trädgården. Han visste att Jan Bodén varit lärare. Bokhyllor och stora reproduktioner över soffan. Kanske var även hustrun lärare? Småskollärare. Mycket konsthantverk, en del hemvävt och en och annan amatörmässig olja på väggarna.

– Jag kände på mig att han var död, men jag har inte velat tro det, sa hon med sprucken röst innan han hunnit säga något. Jag borde ha följt med honom!

– Vi vet ännu inte om det är din man, men vi tror att det skulle kunna ...

Han hade satt sig i en blå soffa. Bakom honom låg en kudde i grått fårskinn.

– Tror?

– En man har hittats död i ett utrymme för städartiklar på universitetssjukhuset i Lund.

– Men herregud! Hur har han hamnat där? bröt hon av.

– Det vet vi inget om. Inte ännu.

– Men ni tror att det är han?

– Vissa misstankar riktas åt det hållet, men vi behöver din hjälp för identifieringen.

Hon for upp ur fåtöljen och sökte ljuset. Han såg hur ryggen skakade och huvudet sjönk där hon stod vänd mot trädgården.

Han berättade lugnt hur de skulle gå till väga och sa sedan inte så mycket mer. Satt bara där. Frågade försiktigt om hon hade någon som kunde vara hos henne, och hon sa att det löste sig. Han såg två barn med studentmössor och väna leenden på pianot. På en avlutad skänk fanns fler foton på barnen. En dotter och en son.

– Var bor de?

– En i Stockholm och en i Lund. Jag ringer till dem senare. De ...

Hon gick ut i köket och drog av en bit hushållspapper och kom tillbaka och sjönk ner i fåtöljen.

Han satt där han satt. Stilla, framåtlutad och väntade.

Telefonsignalen skar genom tystnaden.

Hon for upp. Han förvånades över den plötsliga energi varmed hon transporterade sig till hallen och slet till sig luren.

– Hej, sa hon med grötig och samtidigt ömsint stämma.

Ett av barnen, tänkte han.

Han ställde sig vid fönstret, såg att deras rabatter inte var mer rensade än hans. Att trädgårdsmöblerna i vit plast hade hittat en bra plätt att stå på.

Hon hade sänkt rösten, viskade nästan.

– Jag klarar mig ... Nej, inte nu ... Men jag vet ju att du ...

Rösten var barnslig. Han uppfattade inte resten. Men fyllde själv i. Men jag vet ju att du *finns*.

*

– Har du sett Karl?

Trissan hade kommit inflåsande på Mormors kafé och lagt mobil och filofax på bordet. Den var i rött läder. *Therese-Marie Dalin* stod det ingraverat i guld på framsidan. Pärmarna kunde bara med svårighet sluta till om innehållet. Förutom att den fungerade som plånbok fanns där kalender, adressbok, fotofickor av plast med bilder på småsyskon, hunden hemma hos föräldrarna och gamla kompisar.

Själv hade Emmy övergått till elektroniska anteckningar. Hennes Palm Pilot låg dock i väskan, en Mulberry i naturfärgat läder som hon fått i julklapp efter att ha övertygat sin mamma om att den var en långsiktig investering. En så dyr väska hade mamman aldrig unnat sig själv. Hon sa det inte en gång utan flera.

Men Emmy tyckte inte att hon var bortskämd. Inte om hon såg sig omkring. Betraktade sina kurskamraters liv. Bilar, utlandsresor, dyrt festande, bostadsrätter kring Botaniska trädgården eller på Karl XI:s eller Karl XII:s gata. Inte många skulle ha accepterat Örnvägen, och själv tänkte hon inte heller bli långvarig där. Hon såg slutet framför sig.

Trissans ögon såg rakt på Emmy, som höll kvar blicken. Tänkte inte vika undan. Inte denna gång.

– Hur så? sa Trissan.

– Jag menar, Karl måste vara en av de sista som träffade Cecilia innan… Vi kanske ska ringa honom?

Dödstystnad.

– Varför det?

Trissan var iskall. Emmy blev röd.

– Tänkte att han kanske vet mer…

– Inte mer än hennes mamma, väl? Henne har jag ju pratat med.

– Hur var hon?

– Lät schyst. Pratade på om hennes hjärnoperation.

– Oj!

Emmy bet i underläppen och kände hur hon vitnade.

– Men hon kommer att bli *normal* igen, sa Trissan.

Emmy fick en vag känsla av det oerhörda i att inte bli det.

– Men okej, ring du Karl om du vill, sa Trissan plötsligt.

Hon såg konstigt på henne, tänkte Emmy. Kritiskt och strängt.

– Det var ju massor med folk på den där festen på Djingis Khan, började Emmy cirkla för att bli av med obehaget.

– Ja…?

– Kanske hennes ex också.

– Jonathan Lönn, den idioten, kläckte Trissan ur sig. Har du sett honom på länge?

Emmy skakade på huvudet.

– Den idioten, upprepade Trissan, men en aning mattare.

– Men han är snygg, sa Emmy och visste att det var fullständigt ofarligt att säga, ingen skulle koppla ihop honom med henne.

– Tycker du?

Hon avslöjar sig, tänkte Emmy. Trissans ansikte gick med ens i rött.

– Känner du henne som ordnade festen? frågade Trissan, som för att komma bort från ämnet.

Emmy skakade på huvudet.

– Kanske att jag vet vem det är om jag ser henne.

– Någon från Gerdahallen, sa Trissan.

– Ja.

Trissan drog efter andan och lutade sig över bordet.

– Man undrar vad som hände där, sa hon med faktarösten, som samtidigt var sprängfylld av dold nyfikenhet.

Emmy skakade på axlarna.

– Men borde vi ändå inte hälsa på henne?

– Borde vi det? sa Trissan.

– På sjukhuset, alltså, vidhöll Emmy.

– Men hon är ju medvetslös, sa Trissan.

– Men vi kan väl gå dit ändå?

Obehaget att närma sig sjukhuset var rent kroppsligt. Men samtidigt fanns där en lockelse.

Kanske Karl dök upp. Tillfälligheter är livet fullt av.

Men det sa Emmy inte.

Det var en härlig dag som efter en sval och fuktig morgon glidit över i ljummen förmiddag. Nu var det så varmt att ytterplaggen åkt av.

Emmy och Trissan hade kommit överens om att, trots allt, göra ett sjukhusbesök. De peppade varandra för att inte smita. Framför dem låg en uppgift, en läxa, som måste göras för att få godkänt i livet. För att slippa det dåliga samvetet.

Men först behövde Trissan uträtta några ärenden, på så sätt sköt de upp det obehagliga ytterligare en stund. Under tiden skulle Emmy sitta på Eden med sina böcker.

Det uppstod en plötslig tystnad. Mycket mer hade de inte att säga varandra, men ändå kunde de inte skiljas.

Emmy lät cykeln stå. De gjorde sällskap. Gick långsamt. Passerade Gräddhyllan på den smala gatstumpen som blivit gågata upp mot Juridicum. De hade nästan kommit in i den gamla känslan av samhörighet när de nådde Kyrkogatan och hörnet vid Sydsvenskans kundservice, där även Espresso House var inrymt. De väntade i den ljumma luften på att kunna gå över. Trafiken var strid.

Emmy såg inga kurskamrater vid borden utanför. Hon vände sig mot kaféfönstret för en snabbkoll av klientelet där inne, och såg rakt in i en mans ansikte. Han iakttog henne över kaffemuggen.

En ny flirt? tänkte hon. Men känslorna var blandade. Det var definitivt ingen hon tidigare träffat.

Eller hade hon det?

Hon släppte honom och följde Trissan över gatan, in bland träden i Lundagård. Hon var varken smickrad eller upprymd. Snarare en smula frågande. Hon var van vid att bli uppvaktad och kunde kosta på sig att vara mer avvisande än tacksam, och hade även råd att klaga vitt och brett över att hon alls inte ville vara objekt. Men nu sa hon inget. Trissan pratade. Stadsbruset ljöd allt längre bort. De hade just passerat Kungshuset. En grupp studenter stod samlade i skuggan utanför porten i det lutande tornet, två av dem hejade Trissan på. Ett gruskorn hoppade in i Emmys sko. Trissan fortsatte prata, och hon nickade tyst till svar, stannade och tömde skon men vände sig inte om. Mannens blick brände fortfarande i ryggen.

Pojken

– Kaffet är starkt.

Pappas röst är inte hög, bara lugn så att det drar ihop sig i magen.

Vi sitter knäpptysta runt bordet. Filippa slickar på glasspinnen utan att begripa att det inte får rinna på det där sättet. Ner över handen. Snart kommer det att droppa på den ljusa duken.

– Jag trodde du tyckte om starkt kaffe, säger mamma och häller upp till sig själv.

Det är söndag för länge sedan. Middagen är just avslutad. Mamma har dukat av. Pappa är hemma och då sitter vi samlade, för det är inte ofta han är hemma. Hans arbete är så viktigt att han måste vara ifrån oss mycket. Han hjälper andra som är sjuka och har det svårt.

– Men inte rena giftet.

Pappan låter koppen stå.

Själv gnager jag försiktigt av chokladen på glassen så att inga flisor lossnar och trillar ner på duken.

Mamma har gjort extra fint. Precis så som pappa vill ha det. Söndagsfint med duk och blommor.

Blommor är mammas specialitet.

Ibland följer mamma med pappa på hans resor. Pappa tycker inte att mamma ska behöva gå till jobbet, som är löjligt, säger han. Kransar till döda eller buketter till brudar kan andra göra. Det är viktigare att hans fru är med honom. För pappa *behöver* henne. Och pappa tjänar pengar så det räcker utan att mamma ska behöva arbeta. Och barnen, jag och Filippa, behöver bli lite självständiga, menar han. Inte bortklemade av mamma.

– De tar inte skada av att vara hos tant Kerstin, säger han.

Tant Kerstin är snäll. Hon bor i huset bredvid vårt och hennes barn bor inte längre hemma. Men hon är ändå inte som mamma.

– Ser du inte att hon spiller, säger pappa äcklad och tittar på Filippas knubbiga händer som dryper av vaniljglass.

Mamma river av hushållspapper och tar glassen från Filippa och torkar av hennes händer. Filippa börjar grina.

– Här! säger mamma och slickar snabbt av den smälta vaniljen som rinner och ger Filippa pinnen tillbaka.

Filippa tystnar och äter. Munnen är vit. Det droppar från hakan igen.

– Hörde du inte vad jag sa. Ta glassen från ungen!

Pappa är arg, fast rösten är fortfarande lite snäll.

Mamma drar undan håret från pannan och lutar sig mot Filippa och försöker lirka glassen ur fingrarna som kramar pinnen allt vad de förmår.

– Nej, säger Filippa bestämt.

Mamma slutar. Hon får behålla pinnen. Mamma far med hushållspapperet runt hennes mun för att fånga upp dropparna från hakan.

– Att man ska behöva sitta med såna grisar när man för en gångs skull är ledig.

Nu har pappas röst blivit hårdare.

Jag vet inte vart jag ska titta för att slippa pappas ögon.

Jag är ingen gris, ser pappa inte det? tänker jag och försöker låtsas som ingenting. Dinglar försiktigt med benen medan jag håller blicken i bordsskivan och på blommorna i den gröna vasen. Kisar sedan mot solen som kilar in genom fönstret och lägger sig som en gyllengul plätt på bordet.

Då känner jag pappas hand över mitt huvud. Jag *måste* titta på pappas ansikte. Jag tar sats, och så vänder jag blicken mot de små svarta hålen i hans ögon. Ser rakt in i dem. Snabbt gör jag det.

Sedan tillbaka till bordsskivan och blommorna.

– Är det bra med min son? frågar pappa.

– Mm, säger jag och nickar.

Fortsätter sedan att nicka upp och ner, för jag kan inte sluta.

– Jo, han är duktig, säger mamma och ler soligt.

Då slutar jag att nicka och ler tillbaka. Ler stort mot mamma.

Det ser pappa.

– Kan jag också få ett litet leende kanske?

Pappa ler inte själv när han säger det. Men det är bara att göra som han säger. Så jag drar läpparna åt sidan allt vad jag förmår. Håller munnen spänt leende, hela ansiktet stramar. Spänner kroppen, armar, fingrar, mage, så att jag nästan darrar av ansträngningen att se glad ut.

Pappa stirrar på mig.

– Tack, säger han.

Han säger alltså tack! Då fungerade det, tänker jag.

Även om man aldrig kan vara säker.

Efter middagen plockar mamma i köket. Filippa håller på med sina dockor på köksgolvet.

Pappa kommer in till mig på mitt rum. Där är städat och undanplockat så det finns inget att klaga på. För säkerhets skull kastar jag en blick på sängen, ser att det inte ligger några smutsiga kläder där, och tittar upp mot hyllorna. Vill försäkra mig om att böckerna står ordentligt och att leksakerna inte ligger huller om buller.

– Det är tur jag har dig, säger han.

Jag vrider mig på skrivbordsstolen och tittar upp på pappa som står över mig.

– Vi är lika, du och jag, säger pappa. Det kommer att bli något stort av dig en vacker dag.

Säger pappa det, så kommer det att bli så. Något stort.

– Men då måste du bruka allvar, min son.

Jag nickar. *Allvar*, ett tungt ord.

Ligger sedan och tänker på det länge innan jag ska somna. Tänker och tänker för att mota bort ljuden från mamma. Hon försöker låta bli att skrika.

Så hör jag det jag inte vill höra. Det nästan ihåliga ljudet då mammas skalle dunkar mot väggen.

Jag ska bli något stort, precis som pappa säger. Då ska jag bestämma allt, tänker jag där jag ligger i sängen och inget kan göra. Inte ens somna.

Kapitel elva

Lördagen den 14 september

EMMY HADE SATT sig på en låg mur utanför stationen. Den var till för att hindra cyklister från att meja ner resenärer som ilade ner i, eller upp ur gångtunneln mot spåren. Bakom henne låg en cykelparkering stor som en fotbollsplan. Cyklarna stod så tätt att styrena krokade i varandra.

Emmy väntade. Solen stod lågt. Och medan hon väntade kom hösten.

Hon huttrade till och betraktade ömsom folk, ömsom tågtrafiken. Pågatåget Sten Stensson Stéen rullade in för att strax därpå avgå mot Malmö. Förmodligen kom det från Eslöv. Hon råkade veta vem denne Sten Stensson Stéen var. En av föreläsarna gjorde vad han kunde för att förse dem med lite skånsk allmänbildning mellan paragraferna. Mannen kom från Eslöv och var påhittad. Det fanns gamla filmer om denne rekordstudent, en typisk överliggare som aldrig ville lämna den akademiska miljön. Hemska tanke! Själv drömde hon just nu inte om annat än att bli färdig. Att jobba och tjäna pengar. Att på något sätt bli verklig.

Överliggare fanns för den delen inte nu för tiden, inte vad hon kände till. Centrala studiemedelsnämnden satte stopp för det. Det gällde att använda terminen väl. Inga resultat: inga pengar. De hade sex år på sig, varken mer eller mindre. Det var en krass verklighet under vars bila även hon levde, tänkte hon och tittade på klockan.

Hon hade kommit i god tid. Överdrivet god tid, till och med. Hon hade vaknat tidigt och gjort sig i ordning i ett tillstånd av allmän upphetsning. När hon var klar kunde hon inte tåla sig utan trampade ner till stationen alldeles för tidigt. Hon fann, trots sin otålighet, ett visst nöje i att vänta. Att se sig omkring och långsamt förbereda sig.

Hon hade tryckt ut två biljetter ur automaten för säkerhets skull. Så att de inte skulle missa tåget, om han nu dök upp i sista minuten. Somliga gjorde alltid det. Som Trissan.

Men med Karl var det förstås annorlunda. En bestämd föreställning om att han var en upptagen och seriös person som både arbetade och forskade hade slagit rot. Ett riktigt nerköp, skulle Trissan ha sagt. Trist typ som begravde sig i jobbet och inte såg världen utanför.

Men han har mål, tänkte hon och blicken blev närmast simmig av stolthet för Karls räkning. Hon fann en lockelse i människor som ville något. Ville upp. Som inte lät livet glida dem ur händerna. Och detta hade de två så tydligt gemensamt, Karl och hon.

Hon tittade på klockan igen. Satt där som den eviga vänterskan.

Han var väl mitt uppe i något experiment på Biomedicinskt Centrum, tänkte hon för att försvara att han dröjde. Något komplicerat som han inte kunde avbryta hur som helst.

Det hade slumpat sig så att de hämtat sina cyklar samtidigt efter ett pass på Gerdahallen. Det var dagen efter det att Trissan och hon besökt Cecilia på sjukhuset.

Tänk, som det kan bli när man har tur!

Eller när man ordnar det för sig, tänkte hon inte utan viss självinsikt.

Motionshallen uppe i Professorsstaden var landets mest välbesökta. Som ett modernt heligt tempel dit alla drogs. Inte bara studenter och universitetsanställda utan precis alla. Till och med pensionärer.

En dag sent i våras hade hon av en händelse sett Karl komma cyklande från sjukhuset. Hon dröjde därför under de höga kastanjerna på Helgonavägen och konstaterade att han inte klämde in sin cykel i havet precis framför entrén. Han rullade istället ytterligare några meter till de nya cykelställen.

Efter den dagen bytte hon vanor. Där fanns dessutom mer plats.

Hon bytte även tider. Slutade helt att gå på cirkelgympan, som annars var det bästa motionspasset att ta kontakter på, eftersom de delades in i mindre grupper som gick runt mellan de olika stationerna. Men eftersom Karl i stort sett aldrig sågs där utan hellre valde passen med gympastång började hon också gå dit. Lika effektivt och dessutom en halvtimme kortare.

Den här veckan var det som om något legat i luften, tänkte hon.

Hon såg honom förstås direkt när musiken drog igång och de började springa. Och knävecken blev mjuka. Tvärs över den stora, ekande salen, fylld till bristningsgränsen av människor som likt en elefanthjord sprang runt, runt, fann hon hans kortklippta huvud över alla andras i yttervarvet. Själv höll hon mittenvarvet. Och såg rakt fram, vilket i och för sig var en förutsättning för att inte bli omkullsprungen. Följde den pendlande hästsvansen och tunga gumpen hos tjejen framför henne. Och låtsades inte om honom. Men hans närvaro pirrade påtagligt.

Hon tog sedan mattan och såg till att placera sig bakom ledaren med god utblick över hela salen och framför allt motsatta sidan.

Hon kunde se honom utan att själv bli sedd. Den där Ylva kunde ju vara där, eller någon annan. Hon ville ta honom när han var helt ensam. Inte på något sätt genera vare sig honom eller sig själv.

Karl var stark, konstaterade hon snabbt. Hon utförde de egna rörelserna utan att tänka. Kroppen gjorde sitt, hon kunde koncentrera sig på annat. Ögonen slet sig hela tiden iväg bort mot ribbstolarna där Karl stod. Med stora, tydliga och kraftfulla rörelser följde han ledaren. Ingen skadskjuten kråka. Utan en riktig man, tänkte hon.

Och det tänkte hon även nu där hon satt på den måttligt uppvärmda kalkstensmuren och rös.

När de sedan tog upp järnstängerna från golvet för att jobba med armarna såg hon att han lyfte upp en mörkblå. Han tillhörde de starkare. Arton kilo. Inte för att hon annars uppfattade just råstyrka eller svällande muskler som tilldragande i sig, snarare tvärtom. Men nu var det som om allt hon tidigare värderat inte längre gällde. Hon flödade över, imponerades av Karls storslagenhet. Fann honom närmast vacker.

Själv hade hon precis slutat fega med den gröna järnstången på tio kilo och gått upp till röd på tolv. Om nu Karl råkade titta åt hennes håll så skulle han se det. Se hur hon svettades, bet ihop och hävde stången så avslappnat och samtidigt koncentrerat som möjligt. Se hennes smala, välformade överarmar som framträdde i det röda åtsmitande linnet. Hur hon undvek att svanka och istället stabiliserade med bukmusklerna. Och magen blev ännu plattare än den redan var. Och bysten svällde av bröstmusklernas anspänning.

I omklädningsrummet efteråt hade hon stött ihop med Ester. Lång, mörk och vältränad men med en aning betryckt uppsyn. De kände knappt varandra, senast de sågs var på sjukhuset hos Cecilia. Emmy hade gärna bekantat sig närmare med henne men hade just nu inte tid.

Hon drog på sig träningsoverallen – duscha fick hon göra hemma – och kastade sig ut för att passa cykelstället.

Hon kom i precis rätt ögonblick.

Bara några sekunder efter henne gled Karl ut genom glasdörren, svettig i håret och i ett svart träningsställ.

Hur hon lyckades få till samtalet visste hon inte. Agerade som i en dröm men var ytterligt fokuserad. Det skulle Trissan ha sagt om hon fått höra det. Vilket hon förstås aldrig skulle få.

Där brann en eld, ett hopp, en flamma, och hennes sinnen öppnades för all världens idéer.

Louisiana trillade ur hennes mun. Hon måste ha haft på känn att han tyckte om konstutställningar. Eller om det nu var att han gillade tanken på en liten utflykt. Något längre var det inte tal om, inte ens i hennes egen föreställningsvärld. Varken hotellrum, romantiska middagar eller långsamma frukostar hade ännu börjat skimra.

En sak i sänder.

Fast nu var det ju inte konsten hon ville åt. Det var hela kittet. Resan med pågatåg till Helsingborg, färja över till Helsingør med kaffe och danska wienerbröd, tåg till pittoreska Humlebæk, en långsam solskenspromenad under skira bokar från den lilla stationen till själva konsthallen. Sida vid sida, kanske hand i hand, genom alla utställningssalar. Och så en läcker lunch med utsikt över sundet mot den svenska sidan. Vin eller elefantöl. Eller både och.

Kunde det bli mer romantiskt, tänkte hon där hon satt på muren med den turkosblå lammullströjan över axlarna och det blanka håret utslaget.

– Så du sitter här?

Hon hoppade till. Idiotiskt nog hade hon inte sett honom. Med ett lite nonchalant leende stod han nu framför henne. Hon reste sig och såg på honom medan han sköt upp solglasögonen i pannan.

*

Förändringsarbete leder aldrig till förändringar, läste Veronika i Dagens Medicin.

Det var lördag morgon och hon hade ännu morgonrocken på. Tidningen låg uppslagen på köksbordet, men varför hon satt och läste denna arbetsorienterade tidskrift en mild septembermorgon då hon inte ens behövde gå till jobbet, visste hon knappt själv. Hon orkade inte riktigt ta tag i något. Var outsägligt trött, nästan illamående, och hade mekaniskt börjat beta av post- och tidningshögen som samlats under den gångna veckan.

Utanför köksfönstret höll trädgården på att vakna. Disiga solstrålar målade skåpen i varmt gult. Kaffebryggaren puttrade till. Doften av nybryggt kaffe och rostat bröd överföll alla hennes sinnen efter dagar borta.

Hemtrevnad, tänkte hon och drog morgonrocken tätare om sig. Ännu värmde solen om dagarna, men Claes hade inte satt upp värmen i huset så mornarna var kyliga.

Spänningshuvudvärken släppte sakta. Mitt emot varandra satt de, i en stilla och kravlös tystnad. Hon och maken. Precis som de brukade.

De väntade på att Klara skulle vakna ur sin förmiddagsslummer. Redan klockan sex hade hon satt igång. Kravlade runt och underhöll dem med småprat och stök i dubbelsängen.

Claes hade stapplat upp med henne. Veronika uppskattade det i sin drömlösa halvslummer. Hon var som en död fisk. Hon sov bättre på sin egen kudde och hade mycket sömn att ta igen. Klara hade slocknat igen efter en halväten frukost och ett kallt konstaterande av att det visst inte blev roligare än så en stilla lördagsmorgon. En trumpen pappa och en livlös halvdager utanför fönstret. Eller hur hon nu tänkte, deras ett och ett halvt år gamla dotter.

– Precis som jag alltid sagt, sa Veronika.

Hon fortsatte att kommentera det hon höll på att läsa. Det var inte många år sedan hon inte haft någon att lägga ut texten för. Satt mol allena sedan Cecilia flyttat hemifrån, i sin betydligt charmlösare enplansvilla från sextiotalet.

Artikeln utgick från en doktorsavhandling, en studie som visade på det hon alltid känt till. Varken högre chefer eller politiker efterfrågade egentligen några djupgående förändringar. Mest stökade man om på ytan, flyttade runt, slog ihop och tog isär och försökte spara pengar utan tillräcklig förankring i vardagsarbetet.

Tidigare hade hon alltid läst artiklar om vården med en tydlig koppling till sin egen arbetsplats. Men nu hade världen med ens blivit större. Och oroligare. Utvidgats till neurokirurgiska kliniken i Lund och en naiv förhoppning om att man där bara skulle ha kompletta system, effektiva rutiner och alltigenom solida kunskaper. Inga nybörjare eller klantskallar, inga ihåliga strukturer som satte patientsäkerheten på spel.

Men människor var människor, avsikten mestadels god, men det räckte inte alltid. Hittills hade hon mött kompetens och välvilja kring Cecilias bädd. Omsorg och omtanke. Samt en del irriterande tafflighet som hon försökte bortse ifrån.

Det var hennes egen rädsla som fick henne att gå igång. Hon såg mer än de flesta, med de kunskaper hon hade. Men hon försökte att vara en så foglig anhörig hon kunde. Inte störa i vården eller kritisera handläggningen.

Hon ville ju inget annat än att allt skulle bli bra. Det var inte henne personalen skulle koncentrera sig på. Det var Cecilia.

Och allt var gott med dottern när hon for. Blicken mindre simmig. Hon svarade på uppmaningar. Öppnade och stängde ögonen. Kramade hennes händer. Sköterskan, den mörka, som Veronika tyckte mest om, ansåg att hon gjorde stora framsteg. Snart slapp hon nog respiratorn. Cecilia hade börjat andas emot, triggade den med sina egna spontana andetag. Och det intrakraniella trycket låg stabilt.

Det var inte lätt att lämna henne och åka hem till Oskarshamn. Men Dan reste ner från Stockholm även denna helg. Han hade själv bett om att få komma. Precis som om hon bestämde det. Det var ju hans dotter också, även om varken hon eller Cecilia märkt så mycket av det tidigare, tänkte hon tjurigt. En lös och gles men för all del existerande kontakt hade han trots allt upprätthållit under hennes uppväxtår.

Claes var försiktig och hade bara sagt snälla saker när de föregående kväll suttit över en sen middag. Berättade att inskolningen på dagis fungerade, att Klara och han redde sig väl. Och det var precis vad hon ville höra.

– Vill du ha mer kaffe?

Han höll termoskannan i handen.

– Nej tack.

– Säkert?

– Vet du, jag mår lite illa.

– Ät en macka till då.

Hon sträckte sig efter en grov skiva och bredde smör på den.

– Skönt att vara hemma, sa hon och smekte hans kind tvärs över bordet, men drog snabbt åt sig handen igen.

– Vasst?

– Japp, sa hon och såg djupt in i hans grönmelerade ögon.

– Orolig?

– Jo, sa hon. Men det är uthärdligt.

Han rufsade om hennes hår.

– Har du hört något från Lund? undrade hon, fast hon innerst inne visste att det var meningslöst. De skulle inte hitta gärningsmannen.

– Jo, det har jag, sa han. Men inte om det.

*

Ljuset sköt in i pupillerna och exploderade i huvudet.

Hon värjde sig, slöt ögonen så snabbt hon förmådde och försökte samtidigt dra ihop hela ansiktet, fast det var i det närmaste ogörligt. Sakta lät hon sig sedan försvinna ner i brunnen. Ner i den barmhärtiga tomheten.

Tung och utan kropp vilade hon i töcknet. Som bly. Inte som en fladdrande citronfjäril en högsommardag. Inte svävande i rymden som en ängel. Bunden. Fast i något, osäkert vad.

Var var hon? Vem var hon?

Dinglade, svävade, for genom alltet.

Återigen dessa ryckningar, och med svindlande hastighet hämtades hon upp ur mörkret. Halsen smärtade. En fadd smak. Och torrt. Ville svälja och känna en rinnande svalka. Försökte. Nej, det ville hon inte, det gick inte.

Sjönk snabbt ner igen.

Någonstans förnam hon en kittling. Men var? Och ljud. Ord. En röst, ljum och sträv.

Kittlandet fortsatte likt en flugas marsch över varm hud, hon ville få bort det. Men det gick inte. Tung och stum och orörlig.

Var satt det egentligen? På handen, kanske. Inte smärtsamt men enerverande. Ta bort det! Ville skrika rakt ut, men det gick inte. Ville riva sig, men det gick inte heller.

Så försvann det. Lugnet lägrade sig. Förnöjsamt kunde hon återigen driva in i ingenstans.

Men så var det där igen. Plocket. Kittlet. Envist men fjärran från henne. Något lyfter. Tungt och trögt. Handen. Den sitter där. Flugan.

Hon bänder mödosamt upp ögonlocken. Vitt ljus. Skarpt och hänsynslöst. En lukt av plast. Men också människa. Och hud så varm. Som smeker. Rör vid henne, hela tiden. Lösa ord framträder ur sörjan och får sakta mening.

– Kära Cecilia!

*

Kläppen slog mot ytterdörren. Nina Bodén for upp ur soffan och tittade sig i hallspegeln. Inga tårar. Bara lätta svullnader under ögonen. Hon rättade till den mörkblå tröjan och gick för att öppna.

Så hon kom nu, tänkte hon och såg stint på Eva-Lena som stod ensam på trappan med tre liljor i handen. De såg ut att redan ha börjat sloka. Bernt var inte med. Och det var för väl. Solen lyste i Eva-Lenas hår så att det blev rött som på en räv.

Ingen av dem visste vad de skulle säga. Allra minst Eva-Lena som borde beklagat sorgen, men kondoleanser var inte hennes starka sida. Inte som det var nu. Det hade tett sig betydligt naturligare om hon kommit sig för att gå dit tidigare. Med en gång. Då hade inga ord behövts. Då hade det räckt med att hon var sig själv.

Men nu var det som det var.

– Kom in, sa Nina till slut.

I samma ögonblick överräckte Eva-Lena äntligen blommorna. Begravningsblommor, kunde Nina inte låta bli att tänka, men tackade och släppte sedan ner dem i en hög Orreforsvas av mörkgrönt glas som hon fått när hon fyllde femtio. Vasen var vacker. Även blommorna tycktes piggna till.

De två grannkvinnorna gick ut i köket. Oavsett om någon av dem var kaffesugen ville de båda ha kaffe. Var gjorde man annars av sig?

– Jag kunde inte komma tidigare, bröt Eva-Lena tystnaden. Du vet, Bernt...

Hon hejdade sig. Nej, det här var då sannerligen inte rätt tillfälle att prata om Bernt, den drummeln, som tagit så stor plats i deras samtal de senaste åren. Och hon hade inte ens ett blåmärke att för dagen visa upp för Nina, som var sjuksköterska. Det var i och för sig länge sedan som Eva-Lena börjat märka att Nina tröttnat och tittat alltmer ointresserat på hennes blessyrer. Det hände ju ändå ingenting, tycktes hon mena. Eva-Lena *lät* sig bli slagen sönder och samman och gick aldrig till polisen, fast Nina sagt till henne otaliga gånger. Det är oacceptabelt, sa hon. Kränkande. Han utövar makt och kontroll över ditt liv. Eva-Lena visste med sig att hon alltid gled undan och kom med undanflykter. Det blev sommar och de skulle till stugan. Eller så var det vinter och de skulle på skidsemester. Och inte kunde Eva-Lena åka på allt detta utan Bernt. Alldeles ensam. Inte heller skulle hon ha haft ekonomiska förutsättningar, men det sa hon förstås aldrig rent ut, det lät alldeles för girigt. Men nog hade hon på känn att Nina ändå antog att det förhöll sig så. Och kanske Jan med, fast han brydde sig inte på samma sätt. Sa i alla fall inget. Han brydde sig bara om henne. Hur hon hade det. Och hur det nu var, när de väl var iväg så var Bernt hur gullig som helst. Men det berättade hon aldrig. Jo, för Nina. Men aldrig för Jan.

Hon hade förstås drömmar. Förbjudna sådana. Dem berättade hon inte heller om. Men om turen var på hennes sida så kunde verkligheten ändras på ett betydligt smidigare sätt än att hon skulle behöva skilja sig. Varje dag sög hon på denna söta dröm i sin hjälplöshet. Bernt kunde förolyckas. Köra ihjäl sig när han var rattonykter. Och då skulle allt förstås bli helt annorlunda.

Hon tittade ut genom köksfönstret. På fönsterbrädan stod ett kort av Jan. Gråten sved. Fotot var nytaget. Det hade inte stått där tidigare. Han var brunbränd och vinden slet i det glesnande håret med djupa flikar. Det måste vara från Gotland. Hav och klarblå himmel med vita skyar. Ett foto som Nina tagit i sommar.

– Hur har du det? undrade hon försiktigt och bet sig i läppen.

Halsen var tjock. Jan såg så oändligt frisk och härlig ut på bilden. Han var ståtlig i halvprofil. Nacken lätt nerböjd och överkroppen bar. Bilden var skuren i brösthöjd. Hans varma bringa. Smaken av sälta.

– Det går, sa Nina över Zoégasburken med knäpplock som hon öppnade.

Hon räknade måtten till kaffebryggaren och undrade samtidigt småsurt varför Eva-Lena inte knackat på tidigare. Var sjutton hade hon hållit hus? Men hon tittade inte åt grannkvinnans håll. Brydde sig på ett sätt inte. Och orkade definitivt inte fråga.

Eva-Lena satt som på en brännhet platta längst ut på den klädda stolssitsen. Tyget var randigt och vävt av Nina själv på en kurs på Gotland, och fanns även på sitsen till den blåmålade kökssoffan i allmogestil. Allt så vanvettigt bekant.

Nina började plocka bland kopparna i skåpet.

– Vi sitter väl i vardagsrummet, sa hon.

Eva-Lena hjälpte henne att bära ut kopparna. Blå Blom. Hon försökte röra sig naturligt, fast ingenting var naturligt. En osäkerhet, spänd som en mattvarp, svirrade i luften.

Eva-Lena hade aldrig tidigare lagt märke till att köksklockan tickade så högt. Inte heller hade det någonsin känts så tomt, trots att Jan sällan hade hunnit hem från skolan när hon varit hemma hos dem. Allt var sig obehagligt likt. Hon såg hans skolböcker ligga i en trave på skänken i vardagsrummet. Dem som han aldrig hann använda. Och lärarkalendern låg ovanpå. Hon ville lyfta på omslaget. Se om hans namnteckning fanns där inne, de snabba och mjuka öglorna, men hon gjorde det inte.

– Jag har bara några skorpor, hördes Ninas röst från köket.

– Det blir bra, sa Eva-Lena och insåg med ens att det hade varit bättre om hon tagit med sig kaffebröd i stället för blommor. Det stod vackra buketter med vita papperskort instuckna bland bladen på i stort sett varje ledig yta. Den sötaktiga blomdoften var kvävande. Och det hade varit ett elände att välja rätt sort. Några frallor och en kardemummakrans från Nilssons hade förstås varit bättre.

Så satt de mitt emot varandra med det låga soffbordet mellan sig. Nina i Bruno Mathsson-fåtöljen och Eva-Lena i den blå soffan i dansk, stram stil. Hon strök med handen över fårskinnskudden hon hade bredvid sig. Formade munnen.

– Vad har de sagt? sa hon till slut.

– Poliserna, menar du?

Eva-Lena nickade. Nina dröjde med svaret. Reste sig halvvägs för att lättare kunna servera kaffet ur den röda termoskannan.

– Inte mycket, sa hon och satte sig ner och tittade ut i trädgården.

Hon undviker mig, tänkte Eva-Lena.

– De vet ingenting, suckade Nina till slut, som om hon dragit detta tusen gånger. Kanske var det hjärtat. Vem vet. Eller en hjärnblödning. Det var i alla fall troligtvis inte det där bakom örat, det sa öronläkaren bestämt. Obduktionen får väl visa vad det var.

Hon berättade så tyst och tonlöst att Eva-Lena var tvungen att sitta blickstilla och spetsa öronen för att höra.

– Ja, men *något* måste de väl ändå veta! utbrast hon och drog båda händerna snabbt genom det röda kortklippta håret.

– Jo, sa Nina och tittade på sin granne. Att han hittades på ett konstigt ställe.

Eva-Lena höll andan. Hon visste förstås var, hon hade läst tidningen, men det var en helt annan sak att få höra det från den närmsta kretsen. Och närmare än Nina kunde hon inte komma.

– Hur han nu hamnat där kan man undra, sa Nina och rösten var sprucken och viskande och blicken simmig av tårar.

Eva-Lena bet ihop. Det kröp i henne.

– Ja, verkligen, mumlade hon och började sedan gnaga på underläppen.

Köksklockans visare flyttade sig alltjämt ljudligt och monotont utan att bry sig om att huset hade drabbats av död och sorg.

– En *städskrubb*, hulkade äntligen Nina fram, och Eva-Lena stirrade på henne. Hur i helvete hade han hamnat där?

Blicken vändes mot Eva-Lena, och det var svårt att möta de uppjagade och blodsprängda ögonen. Hon tappade helt målföret.

– Kanske gått fel, pep hon till slut.

– Fel? Så fel kan man väl ändå inte gå! fortsatte Nina att rasa.

Eva-Lena bleknade och svarade bara med en skrämd axelryckning.

För det var sannerligen en gåta. Jan som var så väl orienterad i det mesta, klok och kunnig, skulle aldrig virra bort sig och gå fel. *Aldrig någonsin.* Inte ens med den där lilla förändringen, vad den nu hette, bakom örat. Som en ärta. En obetydlig tumör som enkelt skulle tas bort, om hon förstått det hela rätt. Även om han antydde att han var en smula orolig. Kanske rädd, rent av. Men vem är inte det inför en operation, i huvudet dessutom. Innan hon tog gallan sov hon urdåligt flera nätter.

Solen var på nedgång och det började bli svalare. De stora fönstren mot trädgården bidrog till att värma upp rummet på dagen, men orsakade kallras när mörkret föll. Eva-Lena saknade sin sjal. Men hon satt kvar i soffan, oförmögen att bryta upp, tung i kroppen och evinnerligt tacksam över att Nina inte frågat ut henne om vad hon sysslat med under den gångna veckan.

Inget alls, noga räknat. Hon hade haft all tid i världen att gå in till Nina, men det blev inte av. Livet var sådant ibland. Som om hon inte styrde över det själv. Det var i alla fall inte Bernt som hindrat henne. Antingen hade han varit på jobbet eller dyngfull eller bakfull. Och firman flöt på bra med eller utan honom, tack vare de goda medarbetarna han alltid skröt om. Som fanns där tack vare hans *utomordentliga* personkännedom och *fantastiska* förmåga att knyta bra folk till sig. Hon hade hört det till leda. Och att det förmodligen inbegrep även henne, hade hon under årens lopp förstått.

En hustru som höll käft och gjorde som han sa.

Något i hans beteende sa henne emellertid att det verkade som om han hade gett upp. Åtminstone för ett tag. Orkade inte ens ge sig på henne. Och det fanns förbluffande nog en sorg även i detta konstaterande. Ingen närmade sig henne längre. Inte någon brydde sig om henne. Vare sig på det ena eller det andra sättet. Slag eller smek.

Hon var övergiven.

Liksom förlamad hade hon blivit sittande i sin ända av parhuset bakom halvt fördragna persienner. Hon hade aldrig arbetat, mer än med hemmet och trädgården. Några barn hade det aldrig blivit, och det var hennes stora sorg. Hon höll sig där hon alltid varit, i sitt hem, sitt värn mot världen som snarare hade blivit hennes fängelse. Hon hade längtat efter en mänsklig röst, en arm om axlarna, en kram, men inget fick hon. Inte ens Nina hade knackat på. Hon hade inte kommit in för att få stöd i sorgen. Underligt nog, tänkte Eva-Lena. Det skulle ha varit det naturliga och mest rimliga, två gamla vänner emellan.

Vad hade hindrat Nina?

Hur mycket begrep hon?

Telefonen ringde. Nina reste sig och tog den. Det var i alla fall inte barnen, det kunde Eva-Lena höra. Samtalet blev kort. Stympat och ofärdigt.

När Eva-Lena sedan stod i tamburen fann hon Nina en smula okoncentrerad. Hon var stark, tänkte Eva-Lena. Och seg. Redan på väg att resa sig ur askan.

Det var inte Nina som skulle bli lamslagen av ensamhet. Det var hon själv.

*

Ljuden var inte desamma. Inte som nyss. Inte den suddiga skuggan heller. Den här var högre och smalare.

– Det är Jonathan.

Hon urskilde rösten och försökte spärra upp ögonen.

… Jonathan … Jonathan …?

Ljud som singlade likt snöflingor i luften.

Men himlen var becksvart. Hon gled fram. Hisnande och kallt.

Och hon fick inte upp ögonlocken mer än lite. Som tunga draperier.

– Hur är det?

Den där rösten igen. Djup och mild. Varm som solljus. Gul som solen, som en melon.

Rund, gul och söt.

Hon försökte svälja fruktköttet. Liksom i tanken. Den svala söta saften mot strupens torra svullnad. Men smärtan skar igenom så att hon måste blunda och ta ett djupt andetag, och hon hörde att något klickade till vid sidan om henne. Lät som en maskin. Och tänderna pressade mot något hårt. Gummiaktigt. Försökte bita till.

– Stäng inte munnen!

Kommandot kom från en annan röst. Silkesmjuk men bestämd, som hon kände igen. Så hon bet inte mer. Tänkte istället försvinna. Blunda och falla ner.

– Jag tänker så på dig.

Den där mörka rösten ville ha upp henne igen.

Tänker på mig.

På vem då?

*

Väskan var av en vanlig modell. Axelrem, i svart galon och med blixtlås och ett ytterfack. Nina Bodén såg den med ens så tydligt framför sig.

– En typisk övernattningsväska, sa hon bestämt till polisen i Lund, vars namn hon för stunden hade glömt bort. Det måste finnas tusentals liknande väskor. Inget märkvärdigt.

Likafullt for just denna axelremsväska runt i huvudet på henne långt efteråt.

För visst tog Jan den svarta galonväskan när han reste?

Det sa hon i alla fall till polisen som frågat henne när hon satt på polisstationen i Lund tidigare i veckan, den där hemska dagen. Han hade ett danskt efternamn. Jensen var det visst. Och en djup och trivsam skånska. Det ville till, tänkte hon. Med det arbetet.

Och när hon väl kommit hem hade hon letat överallt, i garderoberna, förrådet och garaget, och inte funnit väskan. Hon hade alltså inte misstagit sig. Jan hade haft den med sig.

Jensen hade egentligen inte alls frågat efter någon väska. Han hade undrat om hon kände igen alla de föremål som han placerat framför henne i genomskinliga plastpåsar.

Var dessa saker Jans?

Jo, så var det, sa hon.

Det stillnade fortfarande inom henne när hon tänkte på det ögonblicket. En plötslig ömhet inför dessa ting. Plånboken, nyckelknippan, pennorna, mobilen och Jans gamla flora låg där på bordet alldeles nakna och övergivna. Som herrelösa hundar.

Och så frågade Jensen om hon trodde att något fattades. Det kunde hon inte så där vid första titten precis komma på. Hon hade ju inte heller varit med honom när han gick till bussen mot Växjö för att ta tåget därifrån.

Det var när hon var på väg ut från inspektör Jensens rum på Byggmästaregatan som hon kom på väskan. Däri låg förstås necessär och pyjamas.

Sedan hade hon inte hört något mer från polisen i Lund. Men väskan hade satt igång ett virrvarr av uppslitande känslor och tankar som förföljde henne dagligen och stundligen.

Hade Jan blivit så förvirrad att han tappade bort saker och ting? Kunde han inte hålla reda på sig? Och hon såg honom framför sig som ett ensamt barn som inte hittar ut ur en labyrint. Som med paniken växande i bröstet irrar runt på ostadiga ben. Och blotta tanken fick henne att gråta floder. Stackars Jan!

Och hon som inte ens följde med.

Han ville inte. Men icke desto mindre kunde hon ha sett till att ordna det. De hade hittills delat såväl nöd som lust. Hon kände honom väl, visste att det bara hade behövts en tillräckligt tydlig tillsägelse, så hade han vikt sig. Och hon hade sluppit att känna sig så förgjordat ensam och bortglömd. Sluppit detta obegripliga. Varit med i varje ögonblick och fått en rimlig förklaring.

Han hade inte tagit henne med, men väl floran!

Han stoppade alltså med sig denna gamla bok som han fått i födelsedagspresent som barn. Något måste detta betyda. Det begrep hon förstås. Försiktigt, närmast ömsint, hade hon därför tagit upp boken från bänken på polisstationen i Lund och klappat omslaget genom plastpåsen som en besvärjelse. Eller snarare som en kärlekshandling. Hon hade funnit en blödigare och mjukare Jan. En del av honom som han hållit väl dold. I alla fall för henne.

Eller hade tiden gjort henne blind?

Och så var det numret, tänkte hon. Siffrorna Jensen la framför henne: 23 32 53.

Hon kände inte på rak arm igen telefonnumret, och Jensen tycktes tro henne. Varför skulle hon ljuga?

Ändå irriterade dessa siffror henne. En papperslapp med ett nummer till en för henne fullständigt främmande person funnen i Jans ena ficka.

Dubbelsängens vänstra halva hade varit orörd i fjorton nätter. Hon stod med ryggen mot sängen, vägde fram och tillbaka på fötterna, som för att ta sats. Hon hade varit i garderoben tidigare för att leta efter den svarta galonväskan.

Men hon hade inte rört kläderna.

Kapitel tolv

Måndagen den 16 september

DET VAR FÖRST nu han började på riktigt.

Kriminalkommissarie Claes Claesson stod det i svart mot vitt vid hans dörr. Förvisso bara en utbytbar namnskylt av plast, och den var förstås inte ny. Men det var som om han såg den för första gången.

Detta var hans rum, tänkte han och hängde av sig jackan på kroken bakom dörren och kavlade belåtet upp skjortärmarna. Hans plats i den yrkesmässiga tillvaron. Ett trevligt rum i snett västerläge. Inte helt betydelselöst med tanke på alla timmar han tillbringade på jobbet.

Nu skulle han bruka allvar. Den lite avslagna stämning han levt i den gångna veckan hade denna morgon raskt växlat över till dur. Och han hade suttit rak på cykeln och trampat på cykelbanan mot centrum.

Idag skulle han vara med från början. Inte dimpa ner när alla redan hade varit igång i flera timmar. Veronika skulle lämna Klara på Humlan. Hon reste inte tillbaka till Lund förrän på eftermiddagen.

Louise Jasinski tittade på honom från sidan medan de gick mot sammanträdesrummet.

– Kul att se dig här igen, sa hon och nästan log.

Förbluffad tänkte han först släppa ur sig ett syrligt *menar du verkligen det?* eller något liknande. Han svarade i stället att det verkligen var *mycket* roligt att vara tillbaka, och drog på smilbanden så långt han kunde. Men han undrade i sitt stilla sinne vad hon egentligen var ute efter. Dels hade han varit igång i en hel vecka, även om det var först idag som han kom direkt på morgonen. Och dels hade hon hittills varit rätt kort och avståndstagande. Hade hon glömt det?

Rapporten drog igång. Helgen hade varit som helger brukar. Fylla, bråk, slagsmål, inbrott, trafikförseelser. Och så en lägenhetsbrand. Sängrökning, trodde Jesper Gren som varit ute på den. Claesson konstaterade förnöjt att det mesta var som vanligt. Som om han inte varit borta en dag.

Den enda, förutom Louise, som i egentlig mening hade ändrat sig var Peter Berg. Han hade alltid gett ett färglöst och tamt intryck. Smälte in i mängden, vilket han hade haft en viss glädje av yrkesmässigt. Han hade alltid gått hem i stugorna. Såg snäll ut, lite valpig. Och frågan var om han inte väckte modersinstinkten hos en del kvinnor. En pojke som kunde ha varit sonen och därmed ett lämpligt objekt för omhändertagande. Nu var det, enligt ryktena, precis vad som skett. Någon hade lagt vantarna på Berg. Och om inte Lundin var helt felunderrättad så var det en Kalmarpolis. Han hette Nicko och hade ett efternamn svårstavat som synden. Dubbelt utsatt, tänkte Claesson. Både bög och invandrare.

Strax före klockan tre ringde Gillis Jensen från Lund. Claessons tankar spretade inledningsvis åt två håll när han hörde den skånska stämman. Var det om misshandeln av Cecilia eller Jan Bodéns dödsfall?

Det var det senare.

*

Christina Löfgren flaxade uppför trapporna i kvinnoklinikens byggnad med kappan som ett segel efter sig. Till tredje våningen skulle hon. Alltid trapporna. Aldrig hissen. Möjligen kunde hon vekna brutalt nyväckt en mörk journatt och kosta på sig ett åk. I varje fall upp.

Det var lunchtid. Hon höll nycklarna till klinikens bil redo i handen. I korridoren utanför personalrummet stod Gustav Stjärne på de ljusgrå linoleumplattorna och väntade på henne. Lysrören blänkte i golven. De blänkte även i hans blonda hår som var en aning långt över öronen.

– Hör av dig om det är något, sa hon hurtigt och gav honom nycklarna.

Men det skulle han inte göra. Det visste hon. Och det var ett problem. Det krävdes mod och mognad att våga blotta sin svaghet. Och bådadera saknade han, såvitt hon förstod.

Oavsett vilken av de sexton mödravårdscentraler under klinikens paraply som han skulle till, så var det snudd på katastrof. I alla fall enligt hennes åsikt, men den delade hon uppenbarligen inte med alla. Arbetsinsatsen skulle bli tveksam, och han skulle utsättas för ett tryck han rimligen borde slippa. Det måste ha blivit kris med schemat, för det var sannerligen inte mycket han hade på fötterna, den unge Gustav, tänkte hon. Antagligen var det någon mer erfaren som hade fått förhinder. Eller inte ville. Så kunde det också bli ibland. Själv tyckte hon att en tur ut i grönskan piggade upp. Att lämna klinikens korridorer och instängda undersökningsrum mot de öppna fälten var vilsamt. Moltigande brukade hon sitta i bilen och lyssna på radio. Hemma var det livat värre.

Mest var det sjukskrivningar. Att vara gravid var förvisso inte en sjukdom men väl ett kroppsarbete. Allt färre arbetsplatser tycktes ha utrymme för någon som inte förmådde gå för full maskin. Illamående, ryggvärk, ankgång, ben som stolpar och dålig sömn på grund av en krängande mage och en kissblåsa som ideligen krävde tömning var knappast förenligt med fullt ös i en slimmad organisation. Anpassning och flexibilitet var ord som försvunnit på vägen.

Ibland tänkte hon cyniskt att hennes uppgift på mödravårdscentralen lika väl kunde ersättas med en stämpel att sätta på sjukintyget. På så sätt var det egentligen ingen fara att skicka ut Gustav. Barnmorskorna hade redan gjort en bedömning. Han behövde bara fylla i papperen.

Men hur det nu var, gick det inte att bortse från betydelsen av det mänskliga mötet. Inte bara för patienten utan även för läkaren. Och ofta kom även annat upp. Kanske något som krävde omedelbart ingripande, en remiss eller en utredning. Eller kanske ett bekymmer som krävde ett välgrundat svar byggt på kunskap och erfarenhet. Mer än vad Gustav kunde bistå med.

Var han rädd för patienterna? Det verkade så. Men samtidigt charmade han många. Det växlade, med andra ord. Hur tokiga ordinationer han än gav, blev en del patienter mycket nöjda. Vilket i och för sig sa en hel del om hur stor betydelse själva bemötandet har.

Hans raka, vita nacke försvann nedåt korridoren. Han gick för att byta om. Hon stod kvar och slängde efter honom. Vad kunde hon göra mer än att vara kritisk? Ingenting, förstås. Det var för övrigt inte hennes ansvar, hon behövde inte lägga sig i.

Och med lite tålamod skulle det väl gå att få fason även på honom.

Hon var hungrig. Plockade ut sin viktväktarlåda ur frysen i personalrummet, där hon hade ett mindre förråd, skar ett snitt i plasten och slängde in den i mikron. Sorlet runt bordet vräkte sig som en vägg mot henne. Hon hade en hektisk om än trevlig förmiddag bakom sig. Många blivande mammor. Barnantalet steg. Man talade till och med om en babyboom. I alla fall en liten en.

Hon funderade över att ta med sig maten och sätta sig vid skrivbordet för att få åtminstone en liten stunds andhämtning innan hon kastades ut i nya medmänskliga äventyr. Det var för patienterna hon en gång i tiden valt vården och inte pappershögarna. Drogs mot det jordnära, det som betydde något. Och det hade hon inte ångrat. Men att träffa många människor slet.

En arbetskamrat drog emellertid ner henne vid bordet. Just som hon satt sig kom hon på det där med bilen och for upp och kastade sig ut i korridoren.

Gustav kom emot henne, ombytt till civilt, han hade gudskelov inte försvunnit.

– Bilen står vid öronkliniken, ropade hon. Det fanns ingen ledig plats runt huset.

Han höjde handen till en vag gest att han förstått. Måhända var han bara blyg? Men nu tycktes kindernas färg rinna till. Och nog log han, fast läpparna var spända. Blev lika förtjust som de flesta över att räknas med. Framför allt de som inte var vana vid det.

Ständigt detta irrande efter bilen, tänkte hon medan hon gick tillbaka och sjönk ner vid bordet. Alltid var det något litet hinder att passera i vardagens ojämna lunk. Men det var som det var, och sådant som inte gick att göra något åt var det lika bra att släppa. Ett så pass enkelt arrangemang som en fast parkeringsplats till landstingsbilen gick uppenbarligen inte att ordna. Därtill var organisationerna för stora och ogenomträngliga. Parkeringsplatserna drevs av en, sjukvården av en annan. Och aldrig möttes de två.

En ny vecka hade dragit igång. Snart skulle hon ta över förlossningssökaren. Hon mådde i största allmänhet rätt bra där hon satt trivsamt inklämd mellan arbetskamraterna. Visserligen var hon tvungen att rafsa ihop material till kvällsmötet som hon i ett svagt ögonblick lovat hålla. Och så skulle hon vara bakjour i hemmet under natten. Det var bara att hoppas att hon fick sova.

Hon hade ännu inte tittat efter vem som var primärjour och skulle vara kvar i huset. På begäran sträckte kollegan veckoschemat tvärs över bordet.

– Bingo!

Han log retfullt. Christina konstaterade krasst att förutsättningarna för en ostörd natt inte var de allra bästa. Kunde i stort sett inte bli sämre.

– Fan!

– Som att låta en blind leda en döv.

Fler roade sig runt bordet.

Ännu en schemamiss, tänkte hon men visste att det var för sent att göra något åt. Hon slarvade alltid med att kontrollera det preliminära schemat. Å andra sidan var någon tvungen att släpa på Gustav. Det må vara hänt. Men att sätta ihop honom med Annika Holt var väl ändå att ta i. Hon var ju knappast heller torr bakom öronen.

Med Gustav Stjärne var det instabilt, minst sagt. Hon misstänkte att kliniken fått ett problem på halsen, men ännu skulle många komma till hans försvar om hon sa något. Tiden var inte mogen. Annika Holt, däremot, kunde en del men var osäker. Fast henne visste man i varje fall var man hade, medan Gustav gled undan. Hal som en badrumstvål och med en uppsyn som om han vore kompetensen personifierad.

Alldeles för hög svansföring, slog hon fast. Men ibland glimtade han till. Märkligt nog.

Hon fick inte ihop det.

*

Återigen stod kriminalkommissarie Claes Claesson utanför Nina Bodéns brunlaserade ekdörr. Han hade tagit bilen, som stod väl synlig precis utanför. Det dröjde.

Var hon inte hemma?

Fönstren var stängda, men varken gardiner eller persienner var fördragna. Likafullt tycktes huset sluta sig. Stängt och ointagligt.

Claesson tänkte att det mindre hade att göra med dödsfallet än med att arkitekturen var bombastisk. Lite i öststatsstil. Taket sköt ut och skuggade fönstren, teglet var mörkt och svårmodigt.

Han konstaterade att någon hade klippt gräset. Hans egen gräsmatta var för övrigt också nyklippt. Det blev gjort i helgen. Förhoppningsvis skulle han slippa dra fram gräsklipparen fler gånger denna säsong. Sensommaren hade obevekligen glidit över i höst.

Nu var nu, och ännu var det milt. Och snart skulle naturen ligga mättad och glödande i väntan på kylan och den långa, vita vilan.

Nina Bodén stod till slut i dörröppningen. Hon var under medellängd. Möjligen såg hon kortare ut eftersom hon var tunn, närmast finlemmad på det där lite torra och bräckliga sättet som åldrande kvinnor kunde vara. Benskörhet och benbrott skulle gissningsvis komma. Hans föreställning styrdes återigen av hans egen mamma. Långt upp i åren skröt modern med att hon kunde bära samma kjol som hon en gång förlovat sig i, trots att hon fött tre barn.

Moderns recept var för övrigt enkelt. Ät aldrig efter klockan sju på kvällen, löd hennes råd. Eller snarare uppmaning. Men förhoppningsvis skulle Nina Bodén slippa bryta benen, det hade varit ett elände med modern på slutet. Först bröt hon ena lårbenshalsen och strax därefter den andra. Men lättheten i kroppen kom väl till pass. Hon kämpade på utan knot och såg till att snabbt komma på fötter igen. Det ingick i hennes överklassfostran att vara tapper. Att inte klaga. Och framför allt att inte ge upp.

För övrigt fanns det inga likheter mellan Nina Bodén och hans prydliga moder, tänkte han och överraskades ånyo av det ljusa vardagsrummet. Solen flödade in från trädgården och reflekterades mot de vita väggarna. Inredningen var hemtrevlig.

Nina Bodén stod nu mitt i rummet. Axlarna sluttade osäkert. Kläderna var enkla och bekväma utan egentlig passform. Långbyxor och tröja. Hon skulle ha mått bra av lite hållningsgymnastik. Det var återigen moderns röst: Upp med hakan, räta på ryggen, in med magen och ut med bröstet! Och glöm inte att titta rakt fram. Aldrig i golvet!

Återigen var han budbärare. Nina Bodéns ögon studsade vettskrämt mot honom när han sa som det var.

– Strypt…?

Hon slog ner blicken och vitnade. Segnade sedan ner i fåtöljen och blev sittande som en darrande fågelunge ytterst på dynan.

– Hur det har gått till i detalj vet man ännu inte, sa Claesson.

Även läpparna hade vitnat. Hon hade sparkat av sig de vita Schollofflorna. En fotbeklädnad för vårdens folk, tänkte Claesson när han såg dem på yllemattan. Nina Bodén tittade ner på tårna, eller var hon nu fäste blicken. Inåt förmodligen. Håret föll fram och dolde ansiktet. Luggen var tunn och tvärklippt, liksom resten av det matta cendréfärgade håret som nådde till hakspetsen.

Han behärskade numera konsten att inte hemfalla åt allmänt överslätande babbel. Så han satte sig i soffan, precis som förra gången. Vi intar gärna våra platser, tänkte han, rätade till jeansbenen över knäna och lutade sig sedan fram och knäppte händerna.

Han väntade.

Svårast var att skapa ett förtroende och en begriplighet byggd på enbart antaganden. Rena gissningar rentav. De visste inte så mycket ännu. Det var lockande att flyta iväg i allmänna spekulationer och sedan toppa det hela med lösa fraser om hur det *brukade* vara. Mest för att ha något att säga. Och för att ge folk vad de ville ha. Ett riktigt svar. Konkret och begripligt.

Frågorna som följde var nämligen sällan lätta att parera.

– Varför just han? mumlade hon.

På det kunde han förstås inte svara. Lika lite som på nästa fråga han visste skulle komma.

– Men varför där? I Lund. Det måste vara ett misstag.

Katastrofens inneboende konflikt. Som att hoppa mellan isflak, tänkte han. Det fanns egentligen bara en framkomlig väg, och den var enkel. Men ändå svår. Ärlighet och tid. Säga som det var utan att förstöra utredningen. Inse att människor inte är datorer.

Medan han lät tystnaden falla kunde han inte låta bli att försöka gissa vad Nina Bodén nyligen ätit. Lukten kom från köket och var inte påträngande. Kanske fiskbullar. Han hade inte ätit fiskbullar i hummersås sedan han var student. Billigt och gott med kokt potatis till. Och synnerligen lättlagat.

Hon snöt sig och tittade på honom under lugg.

– Rättsläkaren har undersökt din make extra noga, sa han med betoning på extra. Han tror att din man kan ha blivit strypt bakifrån. Exempelvis av en arm som klämde åt halsen.

Han sa inte att det kallades *mugging*, att offret svårligen kunde försvara sig trots att dödsångesten ofta får krafterna att mångdubblas. Han gick inte in på detaljer. Han fick förklara i den takt som hon var beredd att ta emot svaren.

Rättsläkaren hade funnit småblödningar i halsmusklerna och punktblödningar i ögonen och lite hudavskrap i ansiktet. Inte mycket. Inget som skulle stå på egna ben i rätten. Inte utan annan bevisning.

– Allt är jättekonstigt! En städskrubb är ju ett märkligt ställe att dö på.

Claesson nickade men hade varit med om ännu underligare platser. Ett skafferi, bagageutrymmet på en bil, lekstuga, älskarinnans säng. Det senare var kanske inte så märkligt, vid närmare eftertanke.

– Och så detta. Ni menar alltså att han har blivit mördad?

– Det kan inte uteslutas, sa Claesson.

Dessa garderingar, tänkte han. Han var full av dem.

– Jag vägrar att tro på det.

Rösten snärtade envist.

Han kommenterade det inte och hörde magen kurra ljudligt, men hoppades att hon inte hörde det. Han hade slarvat med maten och bara tagit en macka till lunch och var nu utsvulten.

– Du menar alltså att jag ska säga till barnen att deras pappa har blivit mördad!

– Tycker du att det känns bättre om jag pratar med dem?

– Nej, herregud! utbrast Nina Bodén och tystnade sedan tvärt.

En mjuk duns hördes. Hade hon katt? tänkte Claesson.

– Vem skulle vilja ha ihjäl Jan? fortsatte hon tvivlande.

Men ändå lät hon inte helt överraskad. Snarare en smula nyfiken.

– Det måste vara ett misstag. De har tagit fel. Absolut är det så, argumenterade hon vidare.

Hon utgår från att det är flera gärningsmän, tänkte han. Förmodligen ett slentriantänkande påverkat av massmedia. Allt tycktes ske i grupper. Gängbråk och gruppvåldtäkter.

– Det går inte att svara på just nu. Vi måste utreda mer först. Därför undrar jag om din man hade några ovänner eller var inblandad i någon typ av konflikt?

Hon stirrade återigen tomt ner i yllemattan under soffbordet. Den var ljus och bordet hade glasskiva, så han såg hennes små, trubbiga fötter i mörkblå sockor genom bordet. Hela hon var mörkblå. Det var hon visst förra gången också.

Återigen ljud som från ett angränsande rum. Som när någon vänder sig i en säng. Var de inte ensamma? Eller var katten instängd?

– Nej, sa hon bara och skakade på huvudet.

Några fiender kunde hon alltså inte komma på.

– I alla fall hade han inte några ovänner som bor i Lund. Inga vänner heller. Vi känner inte några i Lund.

Vilket gjorde det hela märkligt, det höll han med om.

– Och när jag tänker på det så måste det vara rånare, fortsatte hon, och rösten var både stadig och bestämd.

Claesson tittade oförstående på henne.

– Kan du utveckla det närmare?

– Väskan är ju borta.

Han nickade och kände sig fånig. Visste inget om någon väska. Rapporten från Lund hade inte varit så detaljerad.

– Vet du vad väskan innehöll?

– Kalsonger att byta med, ren skjorta, necessär, kanske en bok. Fast den var väl snarast full med smutstvätt om den försvann på måndagen. Han åkte ner på söndagen, sov på patienthotellet natten till måndagen. Och det vet jag säkert. Jag pratade med honom på söndagskvällen och på måndagen sedan med människorna i receptionen på hotellet när han inte kom hem.

– Väskan innehöll inget mer?

– Jag vet inte. Det var inte jag som packade den.

– Och nu är den borta?

– Ja.

Var det ett rån så blev bytet magert, tänkte han. Nina Bodén hade spärrat alla bankkort så fort det stod klart att maken inte kom hem som han skulle. Hon var en ordentlig kvinna. På så sätt hade hon även hindrat dem att spåra Jan Bodén. Nu spelade det ingen roll, men om han varit i livet hade han kunnat lämna ledtrådar i form av kreditkortsbetalningar på bensinstationer, matställen, hotell eller vid köp av resor.

– Polisen i Lund har hittat en lapp med ett nummer. Jag vet att de bett dig att fundera över om du kände igen siffrorna.

– Jag kan inte hitta numret i vår adressbok. Inte i Jans heller. Har faktiskt ingen aning om vems det är. Tyvärr.

Hon knep om obehaget att man hittat ett främmande telefonnummer i makens fickor.

– Ni hittar väl den som gjort det?

Inte ens det kunde han lova.

– Vi gör så gott vi kan, sa han och reste sig och gick mot hallen.

Innan hon sköt igen ytterdörren efter honom såg han att sovrumsdörren tvärs över hallen var stängd.

Hade den varit det när han kom?

Det var svalt ute. Han vred om bilnyckeln och gled sakta fram. Såg en herrcykel lutad mot husgaveln halvt gömd bakom buskarna.

Så hon hade ställt undan makens cykel. Tålde väl inte att se den, tänkte han, likväl smått förbryllad.

*

Hon måste ut.

Det fick bära eller brista. Om inte annat behövde hon få hem lite mjölk.

Nina Bodén trädde fötterna i de ingångna svarta skorna utan snörning och trippade iväg med blicken stint i marken. Försökte bortse från att folk såg henne. Att deras ögon for som svetslågor runt sorgen.

Och då visste ändå ingen vad som egentligen hänt. Bara om den där tumören. Och att det gissningsvis var hjärtat.

Under normala omständigheter hade hon betett sig tvärtom. Nickat till höger och vänster. Det var i så många hem hon varit, hon kunde knappt hålla reda på alla. Hembesök och sjukbesök. Så många förtroenden hon fått att vårda i det tysta. Klivit över tröskeln, varit varsam, för skinnet är tunt när man inte reder sig själv. När det privata ligger uppsprättat och blottat krävs både mildhet och vanlig artighet.

Ibland var det så tätt och kvalmigt när hon kom innanför dörren hos folk att hon önskat att hon sluppit. Att hon hade valt ett annat arbete, kanske vid en maskin. Hon försökte skjuta undan alla dessa händelser hon samlat. Gick i skogen, målade och bakade. För glömma gick inte. Och hur det nu var bleknade det mesta ändå. Varje distriktssköterska bar på sin beskärda del. Hade varit åsyna vittne till ensamhet, torftighet och oförmåga att stå bi. Men inte var det kärlekslöshet hon främst hade sett. Möjligen tafatthet, rädsla och låsning vid gamla konflikter.

Och nu var det hennes eget liv som låg där till allmänt beskådande. En myndighet hade knackat på. Övermakten hade hon ingenting att sätta emot.

Gick alltså där på trottoaren både sargad och drabbad. Var inte längre den som kom. Utan den som öppnade och släppte in, om än motvilligt. Polisen.

Vimmelkantig försökte hon andas rytmiskt. Men det blev ängsligt och räddhågset högt upp i bröstkorgen.

Jag är rådlös, tänkte hon. Jag kan bara vara. Det finns inget att *göra*. Inte ett enda dugg.

Så kom ilskan. Slog ner mitt i vanmakten och bildade en djup och sårig krater.

Varför i helvete kunde han inte dö på ett vettigt sätt! Han skämde ut henne det sista han gjorde!

Kvävda känslor ville upp, men hon svalde och snörde ihop. Förnam doften av fuktig gräsmatta. Besinnade sig en smula. Hoppades att nästa våg inte skulle komma direkt efter, för då fick hon vända hemåt. Försökte fösa grumset framför sig, åtminstone tills hon gick hem. Kunde ta en extrasväng längs skogsstigen och passa på att lipa. Kanske yla rakt upp mot tallkronorna.

Hemma var hon tvungen att trycka ner det mesta, en nära nog omänsklig balansakt.

Hon fick se till så att hon inte förlorade allt.

Gräslukten blandades med en svag fläkt av rosor, en sen sort som blommade vid havet. Nätterna var kyliga men ännu inte kalla. Vattnet magasinerade värme. Doften kröp försiktigt in i näsborrarna. Och gräset, friskt och ännu fuktigt. Hon sneglade åt sidan. Långa strån låg avklippta i trädgården.

Så han kör inte över gräsmattan så ofta, tänkte hon. Ojämn och full av mossa. Men ringblommorna och astrarna var vackra längs trädgårdsgången.

Det var förbi kommissariens tomt hon gick. Hade förstås gått där många gånger förr. Hon höjde nu blicken försiktigt, ifall han var ute. Ansträngde sig att se ointresserad ut. Som vem som helst. Men *vem som helst* hade förmodligen tittat ogenerat över staketet. Njutit av anblicken av trädgården. Varför annars bemöda sig om beskärning, klippning och prydliga rabatter?

Fylld av normalitetstrots vred hon därför hela kroppen mot det grönmålade staketet. Kommissariens trähus låg upptryckt en bit in på tomten. Det visste hon förstås också. Men nu väckte det ett annat intresse. Eller snarare ägaren.

Trivsamt boende, konstaterade hon. Men en hel del att sköta om. Målad trävilla med sadeltak och spröjsade fönster och ett vingligt garage invid. Garaget törstade efter färg. Fönstren var inte underhållsfria, som deras. Men charmigt. Hon hade hellre velat ha ett sådant hus, men det ville inte Jan.

Hon såg barnet tulta runt på gräsmattan framför villan. Flickan försökte skjuta en trävagn framför sig på den knaggliga gräsmattan. Upp och ner för tuvorna, men körde mest fast. Och nu skrek barnet.

Nina Bodén skyndade på stegen och var förbi tomtgränsen innan Claesson fick syn på henne.

Hon lät benen gå ända fram till ICA. Högg en varukorg och gick mot färdigrätterna.

Och hon var förvisso inte strandsatt. Inte som människa. Inte som kvinna heller, för den delen. Men det var inte längre lika *angenämt* – något annat ord kom hon just inte på – och inte lika värmande med Pierres famntag och bligande på henne.

Jag tar en ostkaka också, bestämde hon och for därefter tillbaka till mjölkdisken efter grädde. Fullprocentig. Och jordgubbssylt.

Märkte plötsligt att någon närmade sig henne bakifrån. Någon storväxt. Kerstin Malm, Jans rektor.

Paniken växte i bröstet.

Tänk bort *städskrubben*, manade hon sig själv. Säg inte ett ord. Veckla inte in dig. Och framför allt, säg inget mitt på ICA! Lailas dotter satt i kassan, det såg hon när hon gick in. Flickan var förvisso en smula senfärdig av sig, även om hon var noggrann och väldigt rar, men man visste aldrig vad hon for hem med.

– Ledsamt.

Ordet föll som ett mjukt moln. Det var allt Kerstin Malm sa. Och hon lät bli att lägga huvudet på sned, så Nina förmådde trots allt hålla strupen öppen och ögonen torra. Ingen gråt behövde komma ut.

– Vi saknar Jan, fortsatte Kerstin Malm med samma osentimentala men ändå varma röst. Och vi tänker på dig, det ska du veta, sa hon och la handen på Ninas axel, nickade med sorgsna ögon och fortsatte sedan lugnt vidare mot grönsakerna.

Nina Bodén stod häpen kvar och försökte sansa sig.

Rektor Kerstin Malm är en bra person, tänkte hon stilla. Även om Jan inte alla gånger prisade henne där hemma. Malmen, regalskeppet, maktmästaren, subban och allt vad han kallat henne under årens lopp. Framför allt då, när beskyllningarna haglade.

Men det var länge sedan. Så olika det kan vara, tänkte hon nu. Kerstin Malm begrep att närma sig en människa i stor sorg utan att tränga sig på. Utan att själv ta hela utrymmet. Eller smita undan.

Det var först när Nina Bodén åter var i höjd med kommissariens trädgård som nästa tanke slog ner.

Skulle hans arbetsplats komma att dras in i utredningen?

Skulle folket på skolan förhöras, nu när det inte längre var en vanlig dödsorsak? Inte en sjukdom utan ett…

Nej, det ordet förmådde hon ännu inte ta i sin mun.

*

Christina Löfgren var ute i sista minuten igen, fast hon inte tyckte om det. Hon ville helst ha kontroll och undvika att göra bort sig.

Under eftermiddagens lopp hade hon mellan sina åtaganden på förlossningen, som låg på nedervåningen, lyckats smita upp på sitt rum på tredje våningen tillräckligt många gånger för att plocka ihop ett material till kvällens föredrag. Det var i och för sig inget märkvärdigt, bara det vanliga måndagsmötet med kollegorna. Men lite föreberedelse krävde det ändå. Och helst lite siffror, gärna på en overhead. Att lägga in dem i datorn vore i ambitiösaste laget.

Hon stod nu och funderade över inledningen till sitt anförande medan hon studerade värkarbetet, reaktionen från barnet på kurvan och den allmänna stämningen i förlossningsrummet hon blivit kallad till. Var pappan livrädd? Han såg så allvarlig ut. Ville han få förlossningen överstökad, helst med kejsarsnitt, eller var han full av förtröstan?

– Det ser bra ut, sa hon efter en stund, nickade och lämnade dem.

På expeditionen var det tomt. Hon såg Gustav Stjärne följa med en barnmorska in på ett rum längre bort i korridoren. Strax därefter kom en undersköterska ut därifrån.

– Vad var det?

– En blödning. Men hon har inte ont och inga värkar och är fullgången, så hon kommer nog att gå hem.

Den berömda slemproppen, tänkte Christina. Den slemmiga blödning som fick mammor att hoppas att det äntligen skulle hända något. Men det behövdes värkar också, annars gick det inte. Och de kunde dröja.

Inget märkvärdigt, Gustav klarar det ensam, tänkte hon och satt kvar. Grunnade fortfarande på hur hon skulle inleda kvällsmötets anförande. Brukade inte haka upp sig särskilt mycket, men hon var väl medveten om att ämnet dels hade låg status eftersom det inte var någon kirurgi inblandad, dels låg långt ifrån de flesta av kollegornas referensramar. Hon ville inte verka löjlig. Ett innehåll man skämtade om smittade av sig på den som presenterade det. Och man skojade hellre om det diffusa, det psykologiska, det svårtydda, än om det tydliga. Sällan om cancer och massiva blödningar. Hon ville vara trovärdig. Få dem att vakna.

Kropp och själ som en enhet. Det var svårt.

Hon blev hämtad till ett annat förlossningsrum. Den födande kvinnan låg tyst och blundade, som innesluten i sig själv, och väntade på nästa värk. Ansattes så av smärtan, av kraften som vred henne, och hon kastade sig bakåt i en vid båge och skrek rakt ut.

– Lägg dig ner!

Barnmorskans uppmaning var brysk. Kvinnan var bortom kontroll.

– Lägg dig ner, upprepade barnmorskan. Böj huvudet framåt. Inte bakåt. Pressa nedåt!

Barnmorskan särade blygdläpparna för att se hur långt huvudet trängt ner. Christina såg på remsan att ljuden hämtade sig mellan värkarna, men det var en förstföderska och det skulle ta tid. Huvudet stod en bit upp. Och helt vackra var inte ljuden.

Hon gick ut för att hämta Gustav Stjärne. Det var bra om han var med, även om det på många sätt var enklare utan honom. Han stod liksom mestadels i vägen.

På expeditionen var det folk.

– Hur var det med blödningen? frågade hon.

– Hon går hem, sa barnmorskan innan Gustav hann svara. Hon får komma tillbaka när hon har värkar.

Gustav förblev tyst, bläddrade tafatt bland mödravårdspapperen och gick för att diktera. Christina följde efter och ställde sig i dörren.

– Är det något du undrar över?

Hon ville ge honom en chans att fråga utan att göra bort sig inför barnmorskan.

– Nä.

Han sänkte nacken och såg ner i papperen. Satte en kråka i diagnoslistan som skulle gå till sekreteraren, men väntade med att sätta på diktafonen så länge hon stod kvar.

Osäker, tänkte hon. Kände igen symtomen. Behövde lugn och ro för att tänka, och helst ingen som lyssnade.

– Ljuden är sämre. Jag vill att du kommer, sa barnmorskan som kommit från rummet hon nyss lämnat.

Barnmorskan var också ganska ny och osäker. Det var bra att hon sa till.

– Kom med, sa Christina till Gustav, som släppte diktafonen.

De klev in. Rummet vibrerade av oro. Den födande kvinnan hade just överlevt en värk och sjönk tillbaka mot kudden, alltjämt blundande och sökte med handen efter lustgasmasken. Tryckte den mot munnen, drog några djupa och giriga andetag och trodde sig kunna försvinna in i dimman. Men reglaget var omställt. Enbart rent syre flödade genom masken för att mildra för barnet.

Gustav Stjärne hade ställt sig snett bakom Christina. Det var som om han behövde ha henne framför sig som en sköld. Hon iddes inte dra fram honom. Framfötterna fick han allt ta och visa själv.

Ännu fanns ingen anledning att ingripa. Både barnmorskan och den blivande modern kände sig trygga av att hon var där. Naturen var duktig. Det var en konst att gå in vid rätt tillfälle. Inte störa det som fungerade av sig självt. Men heller inte vänta för länge. Erfarenhet, tänkte hon. Inget annat hjälpte. Förstod på så sätt Gustav Stjärnes osäkerhet. Den var befogad. Det tog lång tid att träna upp sig. Många timmar vid sängar med kvinnor i vånda. Situationer att lösa, på ytan likartade, men i praktiken var varje fall unikt. Handgrepp som växlade vant och säkert, som urskilde det normala och det som var avvikande.

Höll Gustav på att svimma? Det var oroväckande tyst bakom henne. Hon vred på huvudet, såg honom i upprätt ställning. Tryckte fortfarande bakom hennes axel. Hon nickade till honom och fick en ögonblinkning till svar. Vände huvudet mot sängen och CTG-apparaten med kurvan som avläste barnets tillstånd. Tänkte att det var då märkvärdigt vad det var lätt att reta upp sig på somliga. Den malande irritationen började kravla fram. Den hon borde hålla sig för god för att släppa lös. Men det gick inte att stå emot.

Varför skulle han till varje pris bli gynekolog! En svår specialitet. Hade han förstått det? Det krävde vett och sans, självkännedom och uthållighet. Och dagens kvinnor ställer krav. De har ingen anledning att *inte* göra det.

Och så måste man vara beredd att ingripa snabbt. Inte fastna med fötterna i golvet och stå och glo.

Eller än värre, smita iväg.

Nu kunde han, till exempel, ha ställt sig närmare sängen så att han såg bättre. Det gav ett mer engagerat och vetgirigt intryck. Hon lät fortfarande bli att säga till honom. Passade sig noga för att bli som en morsa som puffar fram sitt blyga och ängsliga barn. Det var inte synd om honom. Det borde inte vara svårare för honom än för någon annan att lära upp sig. Han, om någon, hade dessutom uppbackning. Både nerifrån och uppifrån. Sköterskor och barnmorskor som pysslade om honom. Blond och osäker, det fick modershjärtan att vekna. Kanske inte allas men tillräckligt mångas. Så var det alltid. Och den röda mattan hade redan rullats ut. En av de kvinnliga underläkarna hade sett Gustav komma ut från Eskil Nordins rum, och han såg minst sagt belåten ut.

Docenten hade förberett en plats. Det var bara att fundera över villkoren.

Själv hade hon inte sett skymten ens av några mattfransar. Så olika kunde det vara. Gustav var, osannolikt nog, utvald. Vilket i och för sig inte borgade för att valet var rätt.

Temperaturen hade stigit i förlossningsrummet. Värmelampan över barnbordet var påsatt. Torr värme. En vit frottéhandduk väntade på den lilla kroppen. Det rostfria rullbordet stod färdigdukat bredvid förlossningssängen. Grön duk, skål för placenta, navelband, sax och peanger.

Allt var ljust och nytt. Barnet skulle välkomnas till en värld som var skinande blank och utan repor. En nyrenoverad förlossningsavdelning.

Fadern var fortfarande som avskuren. Satt nu framåtlutad i fåtöljen och studerade sina egna skor. Hade förmodligen hjärtat i halsgropen. Var kanske inte ens barnets far. Eller så var han det, men relationen var bruten.

Vad visste hon? Mer än att det kunde vara väldigt olika.

*

Ljus som på en altartavla. Himmelskt och upplyst.

Men nu inte fullt lika skarpt som tidigare. Inte lika isande vitt.

Det skar ändå rakt in i huvudet när hon försökte öppna ögonen. Men det kom bara från ett håll.

En lampa. En tänd lampa. En tänd lampa som var varm.

Ta bort den, tänkte hon och slöt ögonen, och då försvann skenet. Blev bara kvar som ett rött fält.

Långt bort hördes en röst. Gungande, viskande ord. Ljusa och lena.

– Cecilia, hur har du det idag, min vän?

Rösten var varm. Rösten tyckte om henne. Inte mamma. Den goda fen. Men mamma tyckte också om henne.

– Du vill kanske vara ifred med henne, sa fen och strök henne mjukt över pannan.

Någon harklade sig. Det lät som en man. Fen var alltså inte ensam. Hon blev lite nyfiken. Ville titta. Försökte häva upp ögonlocken, men då var det skarpa ljuset där igen. Stack till som en vass syl. Så hon knep ihop.

– Oj, vad du rynkar pannan, sa den goda fen. Du gillar visst inte lampan. Vänta här så ska jag vrida undan den.

Fen förstod! Fen förstod allt. Hon slapp hålla emot det onda med armar och fingrar, slapp krampen i lemmarna.

– Nu sätter jag mig här borta, om det är något, sa fen till den som hon ännu inte fått syn på.

Hon hörde fraset när fen försvann. Men mest var hon upptagen av att lyssna efter den där andra. En stol gnisslade och en rullvagn skrapade. Eller om det nu var tvärtom. En stol skrapade och en rullvagn gnisslade, hon kunde inte hålla reda på ljuden så noga.

Något mörkt föll över henne. En skugga. Nu skulle det kanske inte ila lika smärtsamt i huvudet om hon tog sig för att titta upp.

Alltså försökte hon bända upp ögonlocken. Det var trögt, men det gick.

Först hamnade hon i dis och dimma. Blinkade sakta bort suddet. Upp och ner med fransarna. Och runt, runt med ögonen som rullande klot.

Hon hade lärt sig hur man gjorde.

Fastnade sedan mot en kropp i vita kläder. Fen hade också vita kläder, men denna kropp var större. Och bredare. Letade efter ett huvud. Högt upp skulle det sitta. Bit för bit lyfte hon ögonlocken. Upp mot den där vita kroppens övre ände.

Därifrån kom ljud. Försiktiga och mjukt mumlande.

– Cissi!

Cissi? Vem var det?

– Cissi, viskade rösten igen, nästan gråtmilt.

Cissi hit och Cissi dit!

Hon mindes. Och blev förnärmad.

Det var länge sedan hon hette Cissi.

Numera hette hon Cecilia.

Gjorde hon inte det?

Jo, minsann!

Det borde han veta. Det borde *alla* veta.

Hon måste försöka hålla fast det där ansiktet. Så att hon kunde se honom. Det var i varje fall inte en fe.

Men kanske en drake?

Nu var hon allt bra rolig!

Tog sats och fick upp ögonlocken. Men de föll ner som tunga presenningar.

Med en ny kraftansträngning spärrade hon upp ögonen. Såg rakt fram. Och sedan uppåt.

Det var han.

Vill inte, vill inte, vill inte! Klangen ljöd inne i huvudet, ekade utan att klinga av.

Mindes inte namnet för blodet rann hit och dit i kroppen. Och det mesta hamnade i huvudet. Stockade sig där och blev tjockt och trögflytande. Dunkade och bankade otäckt.

Hon ville springa. Rusa rakt ut. Komma undan.

Men hon var fast. Kedjad till händer och fötter. Stum och tung.

– Hon är visst lite orolig.

Det var fens röst. Hon hade kommit för att rädda henne. Lyfta bort henne.

– Sätt dig här och vänta en stund. Det lugnar nog ner sig, sa fen.

Men nej! Det var fel, fel, fel! Säg åt honom att försvinna.

Snälla ...

Nu hör hon honom inte. Kanske gick han.

Hon andas lugnare. Skönt.

Det rinner i huvudet, som av vatten. Porlar istället för pumpar klibbigt och tjockt. Och det kommer bilder. Filmbilder.

En harkling hörs från sidan. Han är kvar!

Hon försöker titta på filmen ändå, men den kommer inte upp. Inte den hon vill se med en klar och vacker himmel och ett gnistrande hav.

Det rullar fram något annat. Ingen bra film.
En dålig.
Och otäck.
Den vill hon *inte* se. Inte nu igen. Den vill hon glömma. För alltid.

*

Hon skulle alltså prata om något så svårt som skeenden under ytan som varken syntes eller gick att operera eller medicinera bort. Om smärtan i ett fullständigt normalt underliv. Sveda och en brännande plåga som fick unga kvinnor att tappa tron på sig själva. I varje fall på sin förmåga att i kärlekens rus och hetta ta emot en manslem.

Christina Löfgren värjde sig redan nu för de närmast osynliga men förgörande hånflinen. Kollegorna skulle, i varje fall några av dem, visa ett artigt ointresse. Om inte annat som försvar mot egna inre tabun. Och mot vanmakten. Men hon kanske hade fel.

Alla hade mött dessa unga patienter och försökt behandla efter bästa förmåga. Prövat salvor och antibiotikakurer, men inget hjälpte. Och patienterna kom tillbaka. Gång på gång, ibland akut.

Hon hade varit ute och smuttat på kaffet och sedan återvänt till förlossningsrummet. Lät nu blicken växla mellan remsan från CTG-apparaten och magen som toppade sig. Krystvärken gled snabbt över. Alla dessa korta men regelbundet återkommande kontraktioner hade på sikt trots allt gjort nytta. Samtidigt var de skonsamma mot barnet.

Men det tog tid. Och den seglivade smärtan tärde på orken även om krafterna inte var helt slut. Och barnmorskan gjorde vad hon kunde, ledde oförtröttligt kvinnan framåt. Lugnt och bestämt höll hon modet uppe.

Snart ska ett barn födas. Och det kommer att gå bra, tänkte Christina. Hon var inte oroad. I så fall mer fundersam över om hon skulle underlätta med en sugklocka.

Men ännu fanns ingen anledning att vara klåfingrig och störa naturens gång. En optimistisk och samtidigt rofylld stämning vilade i rummet, trots kvinnans återkommande smärta. Så här hade hon stått så många gånger att hon för länge sedan tappat räkningen.

Hon hade förmånen att ha ett arbete där hon fick delta i livets mest storslagna drama, och det var hon tacksam över. Hon tog det aldrig för självklart. Drevs, liksom barnmorskorna, av dessa kickar. En ny liten människa på jorden. Barnmorskorna klagade sällan. De hade valt sitt yrke med omsorg.

Hon fäste blicken vid skötet som blottades mellan benstöden. Bäckenet som vidgats generöst av att benen fallit tungt åt sidan.

Den blivande pappan hade piggnat till och hävt sig upp ur fåtöljen. Men han närmade sig inte sängen. Stod avvaktande en halvmeter ifrån, men hon uppmanade honom inte att komma närmare. Det fick i så fall barnmorskan, som kände paret bättre, se till. Kanske var han inte önskad. Kanske modern ville hålla distansen. Kanske en faderskapsbestämning var planerad när barnet väl var fött.

Värkarna tycktes hålla i något längre och barnet återhämtade sig fortfarande hyggligt i pauserna. Och så kom nästa krystvärk, som en urkraft, förstärkt och förlängd av barnmorskans entusiasm och uppmuntran. Kvinnan högröd och svullen i ansiktet, munnen stängd, hon höll luften inombords och sköt på. Och det smittade, tänkte Christina. Det spelade ingen roll hur många förlossningar hon närvarat vid; likafullt stod hon där och höll emot den egna lusten att krysta med.

Äntligen hittade kvinnan rätt. Barnets huvud sjönk med ens. Nu var det bara en kort bit kvar.

– Jag behövs inte längre, viskade hon till barnmorskan och smet ut.

Det räckte med att Gustav stod kvar där inne och hängde, tänkte hon.

– Du har telefon, sa en undersköterska som lagt luren på bänkskivan.

Det var Veronika Lundborg.

Har egentligen inte tid, tänkte hon och fick samtidigt dåligt samvete. Det var tungt för Veronika.

Hon slet upp almanackan samtidigt som Ester stod med blod på den vita rocken och gestikulerade.

– Hej, sa Christina korthugget i luren.

– Hej, hördes Veronika matt och långt borta. Stör jag?

– Kan jag ringa dig senare?

– Visst!

Hon slängde på luren och följde med Ester in på en annan sal. En moderkaka som inte släppt.

Den nyförlösta kvinnan var blek om nosen och maken ännu blekare men med lyckliga ögon ner i barnets ansikte. Christina knöt raskt på sig plastförklädet och drog på sterila handskar. Noterade att inte enbart modern bleknat. Även Ester såg håglös ut. Kanske är hon gravid, tänkte hon.

Christina virade navelsträngen om handen för att få ett bra grepp och var inställd på att bara göra ett snabbt försök. Ester hade redan gjort vad som förmodligen gick att göra. Modern hade blött rikligt och var vit som lärft. Väggklockan visade halv fem när hon långsamt drog i olika riktningar, utan att rycka så att navelsträngen gick av. Men kakan satt där den satt. Kvinnan måste sövas.

Annika Holt har kanske kommit, tänkte hon. Kanske kunde hon hämta ut moderkakan i operationssalen? Själv behövde hon kila iväg till mötet.

Eller Gustav? En manuell placentalösning borde han hunnit lära sig.

Hon slet av sig handskarna.

Utanför stod Gustav och hängde. Kvinnan på åttan var nu lyckligt förlöst.

– Vad bra att jag fick syn på dig, sa hon lika hurtigt som hon brukade när hon talade till honom.

Som till ett barn. Eller en hund.

– Kan du göra en manuell placentalösning?

Han tycktes rygga tillbaka, men det valde hon att inte se. Hon tolkade tystnaden som ett ja.

– Bra! Ring narkos och gå in och prata med patienten. Men vänta inte!

Han stod, trots den tydliga ordergivningen, kvar med hängande armar.

– Men sätt igång!

Med olusten växande inombords segade hon sig uppför trapporna. Ringde för säkerhets skull förlossningen när hon stod på sitt rum. Fick inte tag i Ester men väl i en annan barnmorska. Meddelade att de skulle höra av sig om det blev något krångel. Vilket hon i och för sig knappast behövde säga till om. Det var klart att de hörde av sig om det behövdes.

– Annika Holt har precis kommit, sa barnmorskan.

– Bra.

Då kan jag släppa placentalösningen, tänkte hon och plockade ihop overheadbilderna och forsade sedan vidare till föreläsningssalen.

På bordet utanför stod brieost, päron och bubbelvatten uppdukat. Klockan var nu kvart i fem, drygt. Kollegorna skulle inte komma i tid, det visste hon. Det gjorde läkare aldrig.

Chefen lät meddela genom sekreteraren att han inte skulle dyka upp. Han sa i alla fall till, och det var bra, tänkte hon. Annars hade hon gärna sett honom där. En av överläkarna kom farande, skar en stor bit av osten, tog ett päron medan han ursäktade sig för att han dessvärre inte kunde stanna och lyssna. Det var än det ena, än det andra där hemma att styra med. Hon nickade stumt. Det var lika bra att vara realist. En enkel ostbit hade större attraktionsvärde än det hon hade att säga.

Men när den fjärde kollegan kom farande mot ostbrickan och med ett urskuldande leende meddelade att han *egentligen* velat stanna, kunde hon inte hålla sig.

– För min del är det i så fall bättre att du inte visar dig alls.

Han skrattade åt skämtet, som inte var ett skämt, men stannade likafullt inte.

– Då blir det väl bara vi, sa hon till slut till den lilla skara på fyra personer som återstod.

Just då öppnades dörren och Gustav klev in.

– Vad gör du här?

Han hade vett att rodna.

– Ville lyssna, sa han.

Hon frågade inte mer. Antog att han lastat över placentalösningen på Annika. Men han borde i så fall ha stått med. Alla undervisningstillfällen var värdefulla. Och så intressant var, trots allt, inte hennes föredrag.

Efter hand som hon redogjorde för den nyligen organiserade verksamheten för kvinnor med samlagssmärtor, steg temperaturen i salen. Fler droppade in och till slut var nästan hälften av stolarna upptagna. Ett genuint intresse och många frågor, vilket hon inte hade förväntat sig.

Tillfreds sprang hon sedan ner till förlossningen. Allt syntes för tillfället vara under kontroll.

– Hur gick det med moderkakan? frågade hon Annika.

– Bra, sa hon.

– Och Gustav?

– Tyckte att han kunde få lyssna på dig istället, sa hon.

Det var meningen att det skulle låta generöst, det förstod Christina, men hon uppfattade ändå den snabba rörelsen i munvinkeln.

– Så du ville inte ha honom med?

Annika Holt blev blodröd.

*

Det var på Parentesen det hände, för länge sedan nu. Hon hade försökt glömma.

I en studentkorridor i ett av de två bågformade husen placerade mitt emot varandra med en sliten gräsmatta emellan. Grå byggnader som i all anspråkslöshet låg mitt i centrum halvt dolda av höga kastanjer och en smula skymda av Dackegården och Korpamoen, smålänningarnas klassiska studentfästen.

Hon hade redan flyttat runt en del och började för övrigt känna sig en aning för gammal för korridorboende, så hennes förväntningar var lågt ställda. Men ändå var hon tacksam över rummet.

Redan andra dagen blev hon överrumplad.

Det skedde i det gemensamma korridorköket som vette ut mot innergården. I mitten stod matbordet med rödrandig vaxduk. I vardera änden av köket fanns skåp, spis och kyl i någorlunda skick.

Hon öppnade skåpdörrar och drog ut lådor för att orientera sig och packade sedan in sina varor.

En tvärsnygg läkarstudent – fast vad han läste till visste hon inte då – stod i den andra köksdelen. Han stekte fiskpinnar. Hon såg honom med en gång, för en så pass tilldragande man gick inte att förbise. Han gick helt enkelt utanpå det mesta.

Hon tog fram stekpannan och la i en klick smör. Knäckte sedan två ägg i en skål, måttade i två matskedar vatten, hällde i en nypa salt och rörde om med en gaffel. Han fanns hela tiden bakom henne. Det stora matbordet växte till en scen mellan dem. En enorm estrad där bara de två var aktörer.

Där fanns också några åskådare, vilka de var mindes hon inte i efterhand. Och att de inte var ensamma ingav blandade känslor. Hon var ängslig för att redan från början bli klassad som pinsam, kanske löjlig och fåfäng.

Alltså hade det varit enklare om de varit ensamma. Men nu var det som det var, och även om hon visste att hon kanske gjorde sig till åtlöje så förmådde hon inte hejda sig. Det gick inte.

Han började flirta. Först snabba ögonkast men rätt snart allt tydligare miner. Ogenerat och nästan rörande överdrivet. Blåste kyssar över rummet och bugade likt en hovlakej. Ögon som glittrade, tänder som blänkte, skratt. Så levande! Så alldeles förfärligt mycket liv.

Häpen tittade hon på honom, om än inte odelat smickrad. Snarare generad. Han betedde sig som en galning, för mycket av det mesta.

Inte kunde hon motsvara detta märkvärdiga och gränslösa flöde av känslor? Denna påfågelslika uppvaktning var tveeggad. Alla stjärtfjädrar uppspärrade. Det var å ena sidan skamligt att bli rov för råa drifter. Men lika illa att inte ens vara värd ett försök.

Kring detta delade sig korridoren så småningom i två tydliga läger: de som var imponerade och de som tyckte att Jonathan var vedervärdig.

Men ingen var likgiltig.

Allra minst hon.

Trots den överdrivna sirligheten fann hon honom på ett märkligt sätt oemotståndlig. Denne vackre man slösade all sin energi på henne. Dränkte henne i solljus.

Att han såg bra ut var en förmildrande omständighet. Det lite överspända och teatraliska kunde tolkas som charmigt och levande. Varken sansat eller svalt belevat. Och långtifrån lagom. En man vars make hon aldrig tidigare skådat.

Och hela knippet av drömmar la han över henne och ingen annan. Och hon blev varm och blodet pulserade häftigt i hennes ådror. Just henne ville han ha, ingen annan.

Och hon levde i tron att hon var *den enda*. Vad annars skulle hon tro? Hon var den *speciella*, den som han letat efter i dagar och nätter.

Att någon kunde älska så.

Att hon fick bli så älskad.

Och kärleken var överslätande. När det så småningom kom till hennes kännedom att han halvåret tidigare visst varit ihop med en annan kvinna på korridoren. Och ännu en. Två, eller tre, samtidigt. Då hörde hon inte. Då hade känsligheten blivit avtrubbad.

Men ändå!

Om det nu vore sant, tänkte hon smått desperat i sitt behov av att skydda den stora kärleken. Om det vore sant, det som de antydde, så var det ändå inte samma sak nu. För med henne var det annorlunda.

Det var på *allvar*.

Och hon fortsatte blunda. Omkring henne fanns de som utgick från att det med matematikens lagbundenhet bara kunde gå på ett sätt.

Och de fick rätt.

För sedan började cirkusen.

*

Christina Löfgren la på luren. Hon var hemma i köket på Stjärngatan.

– Var det kliniken? Måste du in? hojtade maken från tv-soffan.

– Nej. Det var Veronika Lundborg.

I hörnsoffan framför tv:n låg två av sönerna utslängda på tonåringars vis på ömse sidor om maken som satt upprätt i själva svängen. Skjortan uppknäppt och fötterna i strumpor. Han såg ledig ut. Själv höll hon stand by-läge.

Ett mjukt mörker vilade utanför fönstren som täckte hela väggen mot den inbyggda trädgården. Inte ett rått töcken som i november, inte heller decembers kompakta svärta. Det kommer att bli en mild natt, tänkte hon.

Hon stängde dörren som stått på glänt. Ljuden från motorvägen tystnade. Katten som slunkit in låg som en fäll invid en av sönerna.

Hon blev stående. Den låga trädgårdslampan skickade ett milt ljus upp i praktmagnolians bladverk. Trädgårdens stolthet, vars blommande skönhet övergav dem redan i maj. Men under hösten lyste istället de röda fröställningarna upp. Och nya blomknoppar kunde redan anas under håriga höljen. Skåne snålade sannerligen inte vare sig med jordmån eller med klimat. En fet och härlig mylla och milda vintrar.

Veronika hade berättat att hon fått nyckeln till dotterns lägenhet av polisen. Där fanns i alla fall en madrass att ligga på. Annars mötte henne packlådor och överfulla papperskassar med böcker. Hon planerade att köpa en säng åt Cecilia. En bekväm, med tanke på dotterns skador, sa hon. Och brast. Föll i en hackande gråt, vilket inte var likt henne. Men säkert välbehövligt. Hon grät över tillvarons nyckfullhet, men också av tacksamhet för att det gått som det gått.

Hon gick till tvättstugan. Den var inte stor. Huset rymde dem knappt, trots att bilen stod på gatan sedan garaget blivit rum åt två av sönerna. Men de tänkte inte flytta. De trivdes i sitt låga radhus i den så kallade Planetstaden uppförd på femtiotalet. Vackert gult tegel kring den lilla täppan som var helt skyddad från insyn.

Hon hann inte öppna tvättluckan förrän en av sönerna meddelade att hon hade telefon.

Det var Annika Holt.

*

Fram och tillbaka. Hetta och rus. Hon var helt prisgiven åt känslostormarna som rasade inom henne. Men när det till slut gick upp för henne att han träffade andra gjorde hon slut. Definitivt och bestämt. Och drog sig undan som ett skadskjutet djur.

Hon hämtade sig och kunde efter en dyster period återigen se framåt med ogrumlad blick.

Då kom han tillbaka. Ångerköpt kröp han in i hennes famn. Hon värjde sig. Stel som en pinne stod hon där.

Men han gav inte upp.

Klara ögon till brädden fyllda av samvetskval log rakt in i hennes. Nära stod han. Så nära att hon inte kunde värja sig. Utan en blinkning lovade han att *aldrig* mer göra om det. För de två var ju skapta för varandra. Dumma, dumma han som inte begripit det tidigare. *Förlåt* och *gosi-gosi-gosi, min älskade Cissi.* Och ett guldhjärta har jag köpt till dig.

Hon körde näsan i hans hår som luktade frisk vårvind. Doften var stark och obeveklig. Den fick hjärtat att hamra och underlivet att bulta. Jag *kan* bara inte lämna detta ifrån mig, tänkte hon upprymd. Förmår inte vända ryggen till. Vill inte. Han behöver mig.

Och hon njöt av förlåtelsens sötma.

Och märkte inte att han tvingat sig in.

Såg bara ett barn som klamrade sig fast vid henne. Som behövde henne, för hon kunde *förlåta*. Och barnet var en liten ömtålig gosse och samtidigt en viril och storväxt man. Det gjorde henne förvirrad och svag. Han smekte och älskade och var öm och len som honung. Hon var den ljuvligaste varelse han någonsin mött.

Och det blev champagne på morgonen och hela batteriet. Kom så åter krypande ner i sängen. Precis som förut. Som nyss.

Och hon sköt i höjden av lycka, orkade springa på den gamla järnvägen ut mot golfbanan hur långt som helst utan att bli trött. Och läckerheterna avlöste varandra om kvällarna. Nya recept rev hon ur tidningar, stod sedan i korridorköket med sin växande trånad och lagade kärleksmåltider.

Så en kväll klev hon in i hans rum i andra änden av korridoren. Tänkte krypa ner. Men där var redan upptaget.

Dagen efter rann det över. Inte hon, utan han, som slet upp hennes dörr, rusade in och vrålade med blodsprängda ögon att hon för helvete måste begripa att hon måste knacka först! Vem trodde hon att hon var? Och hon måste få in i sin arma skalle att han inte var livegen.

Hon var först förstummad och kanske en smula rädd. Men förnedringen måste få utlopp. Magman bubblade och fräste och hon skrek tillbaka.

Han höll huvudet säkert tillbakalutat. Såg överlägset ner på henne där hon stod vid sängen. Men han gick inte.

Hatet växte och saliven rann till. För första gången i sitt liv spottade hon någon i ansiktet.

Då small det.

En örfil så hård och rungande att hon först trodde att hon blivit döv. Sedan drog han av henne tröjan. Slet den i stycken. Kastade ner henne på sängen så att huvudet slog i väggen. Öppnade jeansens blixtlås, pressade ner henne mot madrassen när hon ville fly. Tvingade isär hennes lår och pressade sig tungt över henne. Slet trosorna åt sidan och förde in lemmen. Tryckte hela tiden handen över hennes mun så att skriket kvävdes medan han hetsigt pumpade allt snabbare.

Hon trodde att det aldrig skulle ta slut.

*

Christina Löfgren hade bråttom.

Hon behärskade de flesta situationer och hade inget emot att kavla upp ärmarna. Kaotiska tillbud stimulerade henne. I alla fall efteråt.

Så hon rusade direkt upp till operation som de kommit överens om, hon och Annika Holt.

De höll på att söva patienten när hon klev in. Hon hade slitit till sig operationsmössa och munskydd på vägen, hoppade raskt i operationsrocken och ställde sig att assistera. Kejsarsnittet utfördes med bravur och barnet mådde bra. Hon lämnade Annika att sy ihop och gick till gynavdelningen. Det var någon där som blödde, hade Annika Holt berättat. Hon fick också veta att Gustav höll ställningarna på förlossningen. Trodde Annika i varje fall, de hade delat upp arbetet så.

Lite småprat på avdelningen, sådant som hörde arbetsglädjen till, fick veta att blödningen delvis hade avstannat. Växlade några ord med patienten som låg och läste en engelsk deckare. Fortsatte sedan ner till förlossningen där det hade fyllts på.

Hon såg inte till Gustav.

Två prematurer var på ingång, en från Malmö och en från Karlskrona. Hon ringde upp respektive klinik. För tidiga värkar och blödning, båda hotande förtidsbörd, rapporterade de. Hon kontaktade neonatalavdelningen för att höra om de var informerade. Det var de inte. Och där var det trångt om saligheten. Ungefär som vanligt, med andra ord. Ett av barnen kunde de i alla fall med säkerhet ta hand om, en kuvös var ledig, om det nu blev förlossning. Barnläkaren lovade ringa upp efter att först ha sett över platssituationen för det andra barnet. Annars fick han ordna fram en neonatalplats på en annan klinik, så att Christina fick styra om ambulanstransporten.

Hon la på. Efter en del samtal hit och dit bestämdes till slut att bägge mammorna var välkomna. Christina informerade barnmorskorna, ringde sedan till operation för att höra om Annika Holt var klar. Det var hon. Hon fick rapport om de inkommande fallen.

Christina Löfgren gick sedan ut till köket, tryckte ut en kopp kaffe och hällde i mycket mjölk eftersom klockan var mycket. Förmodligen skulle hon få svårt att somna. Överlade en stund med sig själv om det var lönt att åka hem. Bestämde sig för att det var det. Transporter kunde ta längre tid än beräknat. Annika klarade handläggningen. Och det tog henne för övrigt bara fem minuter att ta sig in till kliniken om det skulle behövas.

– Var är Gustav?

– Han är på trean, sa barnmorskan som satt i soffan med en tallrik keso med skivad banan framför sig.

Borde kanske växla några ord med honom innan jag går, tänkte Christina och gick till trean för att locka ut honom.

Gläntade försiktigt på dörren.

I det svaga ljuset från nattlampan såg hon kvinnan ligga tungt i sängen. Magen välvde sig som en kulle. Hon var ensam. Förutom Gustav. Han satt på en stol med ryggen mot dörren. Inte stel som en pinne och avvaktande som han brukade. Ryggtavlan var hopsjunken. Han satt nära huvudgärden.

Hon blinkade till för att vänja sig vid halvmörkret men stod kvar i korridoren. Förstummad såg hon att han höll kvinnan i handen medan han med en urkramad frottéhandduk försiktigt torkade hennes panna.

Honom begriper jag mig inte på, tänkte hon. Om hon inte hade varit så förhärdad skulle hon kanske ha fällt en tår.

Försiktigt sköt hon igen dörren.

Pojken

Filippa springer runt, runt i gruset kring den stora klätterställningen. Den är av mörkt trä som stått ute länge. Hon kan inte bestämma sig för om hon ska våga klättra upp. Den röda klänningen slutar mitt på låren. Förmodligen är hon ängslig för att skrapa i knäna om hon kryper upp. Men hon är också rädd av sig. Min syster är en fegis.

Själv sitter jag en bit ifrån på en bänk och hänger. Låtsas inte om att jag är där med min lillasyster.

En flicka med gul regnjacka har klättrat allra högst upp på ställningen. Jag fattar att Filippa också vill dit upp. Stå på den högsta utsiktspunkten och se ut över hela parken. Klätterställningen är byggd som pyttesmå rum som ligger som lådor av ribbor bredvid och ovanpå varandra. Men om Filippa vill upp till toppen måste hon bli modigare. Jag tänker i varje fall inte skämma ut mig genom att gå dit och hjälpa henne upp.

Ännu gnäller hon inte. Jag bestämmer mig för att sitta där jag sitter, även om det är skittrist. Jag är egentligen för stor för lekplatser. I alla fall när jag inte är där med kompisar.

Men min syster är för liten för att gå till lekparken ensam, säger mamma. Syskon måste hålla ihop, tjatar hon om jämt.

Det är söndag och inte tillräckligt fint väder för en utflykt men tillräckligt bra för att vara utomhus. Barnen på lekplatsen är ovanligt många. Och papporna med. De är tillsammans med barnen. Skjuter på de små i gungorna, lyfter upp på gungbräden, lyfter ner från klätterställningar, tar emot i rutschkanan. Det är så det går till i vanliga familjer. Så har aldrig min pappa gjort.

Jag har för länge sedan slutat drömma om att pappa ska följa med. Att visa upp en pappa, att han finns i verkligheten och att han är lång och stark, hade förstås varit häftigt. Men det är inte att tänka på.

Just min pappa är speciell. Han har så många viktiga saker för sig, sådant som kommer andra till godo, säger mamma.

Det är därför mamma ber mig istället. Det måste vara tyst i huset. Inte ett ljud. Pappa får inte störas. Han behöver lugn och ro för att kunna koncentrera sig på sina svåra saker, upprepar mamma. Men hon låter trött när hon säger det. Och lite ängslig. Fast det gör hon jämt.

Pappa sitter och skriver på något viktigt i sitt rum. Min pappa är väldigt duktig, säger farmor. Intelligent. Och det är fint. Det ska jag också bli när jag blir stor. Viktig och intelligent så att folk ser upp till mig. Pappa sitter vid ett stort skrivbord med högar av papper och dörren stängd mest hela tiden. Han *koncentrerar* sig.

Men man vet förstås aldrig när dörren rycks upp och han kommer utfarande. Och inte heller om han är glad eller arg. Det kan man aldrig så noga veta. Så är det med människor som håller på med viktiga saker. De måste få lov att vara lite speciella, säger farmor.

– Jag litar på min son, säger mamma och ler mot mig.

Hon har *stort förtroende* för mig. Att jag kan hålla Filippa ur vägen. För mamma måste själv vara hemma om det är något pappa behöver. En kopp kaffe, till exempel.

Nu har min lillasyrra äntligen tagit mod till sig och klättrat upp till den första avsatsen. Hon står där, mallig i den röda klänningen och ett par rosa tygskor, och vinkar till mig. Hon får hållas, tänker jag och sitter kvar. Jag svarar inte ens på vinken. Petar med gympaskon i gruset. Ser att hon gärna vill fortsätta uppåt men är för feg. Det syns i ögonen. Men höjden och äventyret lockar, så hon sätter försiktigt foten på nästa ribba. Prövar om hon törs.

En ljummen vind sveper genom träden. Lekparken ligger skyddad och inbäddad i buskage, och på ena sidan är det låga trähus. Där brukar tanterna som har parkleken under vardagarna hålla till. Dit in får barnen gå när det regnar för att få saft och bullar. Det kommer jag ihåg från när jag var liten, långt innan jag började skolan. Nu går jag i trean.

Alla dörrar är låsta och fönstren igenbommade med gröna fönsterluckor. I förråden finns trampbilar, skottkärror, hopprep, bollar, hinkar och spadar. Bakom husen växer brännässlor. Jag brände mig där en gång när jag var liten.

Och ett stycke bort finns kyrkogården. Där ligger farfar.

Helt plötsligt töms lekplatsen på folk. Det är lunchtid och papporna tar sina barn i händerna och beger sig hemåt. Det blir bara jag och Filippa kvar. Och gungorna som dinglar tomma och några glömda sandleksaker, en boll och en blå tröja som ett barn glömt i gräset. Ingen finns längre som Filippa kan klättra upp till. Flickan med den gula regnjackan är också borta.

Det är alltid kymigt att bli sist. Precis som de kvarglömda leksakerna. Jag är hungrig och drömmer om att sätta mig vid ett middagsbord men vågar inte gå hem. Solen ligger på. Det gör det hela värre. Blir liksom matt.

Mamma har lovat att hämta oss. Riktigt när vet jag inte. Det vet nog inte hon heller. Hon vågar aldrig säga en tid, fast jag har klocka och är bra på tider.

– Det beror på, säger hon.

Det beror *alltid* på, tänker jag.

Lekparken är ändå det bästa stället att vara med Filippa på. Vart skulle vi annars gå? Det är trist att bara driva runt. Så jag bestämmer att vi ska vara kvar, även om det också är småtråkigt.

Jag kastar håglöst iväg några pinnar, reser mig och sparkar till fotbollen i plast som någon glömt så att den far bort mot kyrkogården, men orkar inte springa efter den. Filippa är sakta på väg nerför klätterställningen. Tiden såsar fram. Nu är jag inte bara hungrig utan törstig också.

Då kommer de.

Fyra stycken. Och de är minst tre–fyra år äldre än jag. Hör vinddraget genom cykelekrarna. De sladdar så att sanden yr bakom däcken. De hoppar av och släpper cyklarna i backen och slänger sig i varsin gunga. Men de gungar inte. Bara sitter.

Som en mur.

Och glor på mig.

Det blir kallt i magen. Jag inser att jag måste få ner Filippa från klätterställningen. Vi måste sticka härifrån.

– Så du är barnvakt, säger en kille med så ljust hår att det ser vitt ut. Han har kedjor som hänger ner utanpå jeansen, och han flinar brett och kallt och tittar åt sidorna för att fånga upp kamraternas gillanden. Hur mycket får du för det?

Flinet blir ännu bredare. Ett varggrin.

Även pojken som sitter på gungan bredvid drar hotfullt på munnen. Hans huvud är skalat. Knoppen blir stor, eftersom kroppen är spinkig. Kläderna han byltat på sig hänger. Huvudet ser ut som en vit champinjon med matta skuggor av stubben.

Där jag sitter på bänken tänker jag taskiga tankar. Jag blir modigare då, men vet att det är bäst att hålla tyst. Läpparna är som hopklibbade tejpbitar. Vad jag än skulle säga så skulle de gå på mig.

Djungelns lag är mycket enkel. Det vet varenda unge.

Jag tvingar mig själv att göra en grov uppskattning av avståndet till Filippa. Ser att hon har slutat klättra nedåt och står och glor med öppen mun, som om hon vore en idiot.

Det är egentligen inte så värst långt till henne, men gungorna ligger emellan. Funderar på att springa det snabbaste jag kan i en vid halvcirkel och samtidigt skrika till Filippa att hon måste hoppa ner. Sedan kan jag rycka tag i hennes hand och springa iväg med henne ut mot gatan en bit bort.

Så räknar jag ut det.

Alltså sänker jag huvudet, drar in luft genom näsborrarna och tar sats likt en getabock och skjuter mig förbi alla fyra. Springer bakom gungorna, känner att jag lurar fienden, men kommer bara halvvägs. Dimper med ett brak med näsan i sanden. Det rinner blod och jag tappar andan för en kort stund. En av dem har lagt krokben, och två andra kastar sig blixtsnabbt över mig.

Men de vet inte vem de har att göra med, tänker jag hela tiden. De vet inte att jag tål nästan hur mycket som helst. Att jag är van att klara mig.

Att jag inte är som vem som helst.

Den vithårige vänder mig hårdhänt på rygg, sätter sig grensle över bröstkorgen och pressar mina armar över huvudet och ner mot marken och håller fast i handlederna så att det svider av smärta. Jag kommer inte ur fläcken. Kan bara se rakt in i den blekes kalla ögon som hänger över mig, tätt inpå. Vågar inte ens svälja. Saliven växer i munnen. Får lust att spotta honom rakt i ansiktet. De isblå ögonen är otäckt fyllda av sitt övertag. Av ett hat vars ursprung jag inte vet något om. Jag känner bara till mitt eget.

Men den vithårige är samtidigt rädd. Det syns. Svetten rinner i pannan, håret klibbar vid öronen. Ser allt vildare ut ju mer jag försöker göra mig fri. Som om även han lärt sig att det inte lönar sig att ge upp.

Han pressar mig allt hårdare mot sanden. Hans huvud är fortfarande obehagligt nära. Överläppen darrar till. Rädslan kryper fram. Den lille skiten är skraj, tänker jag och sätter hälarna bestämt i sanden, tar spjärn och försöker åla mig fri.

Då trycker han till så att läpparna vitnar.

Vanmäktig hör jag de andra gå mot klätterställningen. De tänker plocka ner Filippa! Jag får panik. Gör ett nytt försök att vrida och sparka mig loss. Som en ål slingrar jag mig under den blekes kropp.

Men då kommer en till och sätter sig på mig. Två mot en! Och jag är minst. Jag har inte en chans.

Filippa skriker inte. Alltså slår de henne inte, tänker jag, även om det börjar bli svårt att tänka klart. Huvudet känns tjockt och fylls av en enda tanke:

Måste rädda Filippa.

De tröttnar snart, bedömer jag. Alla tröttnar till slut. Till och med min starka pappa. Det är bara att vänta ut dem.

– Jag har henne, hör jag en av dem ropa en bit bort.

Då skriker Filippa. Inte gallskriker, mer som en hund som ylar.

– Nu håller du tyst, annars får du med oss att göra, ryter samma röst till Filippa. Vi tar henne bakom huset, ropar han.

Den bleke över mig vrider på huvudet för att se vart de släpar henne.

– Vet du vad vi ska göra nu, dräglar han sedan över ansiktet på mig.

Jag svarar inte. Biter ihop.

– Med småsyrror till såna som dig gör vi vad vi vill.

– Låt bli att slå henne, får jag ur mig men inser direkt att det är dumt.

– *Låt bli att slå henne*, härmar förstås den bleke. Vi slår inte småtjejer, vad tror du?

Det rinner fortfarande från näsan, men lite näsblod dör man inte av, säger pappa alltid. Jag har haft näsblod förr. Flera gånger. Näsan springer läck när jag blir arg. Eller rädd. Och nu har jag dessutom fått en snyting.

Ligger med ryggen mot sanden och hör inte Filippa mer. Tänker att vad som helst kan hända henne, att de kanske rövar bort henne, ger henne till en kidnappare, har kanske skumma kontakter med vuxna som tänker sälja henne vidare. Det finns hur många människosmugglare som helst. Och pedofiler.

Killen som sitter på benen bakom den bleke reser sig plötsligt, och jag känner en konstig smärta. Blodet rinner till. Det bultar, men jag kan i alla fall röra på benen.

– Jag går bort och kollar, hör jag honom säga.

Han är längre än de andra och har svart slickat hår och försvinner åt det håll de har släpat Filippa. Det var något tjockt med rösten. Som om han talade i sömnen.

– Vad fan, lämna mig inte här, skriker den bleke efter den andre, men han sitter kvar grensle över mig.

Men nu kan han inte längre koncentrera sig. Greppet om mina armar slappnar. Han börjar bli nervös, kanske vill han följa med de andra, för han vänder sig hela tiden om. Kanske känner han sig lika övergiven som jag?

Just som jag ska utnyttja läget och sparka mig loss, hörs Filippas skrik. Som en stucken gris ljuder det bakom husen. Ett förtvivlat skrik som stiger skärande mot skyn. Och vreden väller fram i mig. Jag sliter mig loss, far upp från sanden, står på näsan ännu en gång när den bleke hugger tag i min vrist. Näsblodet tilltar, varmt och klibbigt, men jag känner det knappt. Sparkar mig återigen fri, reser mig och rusar haltande åt Filippas håll. Den bleke följer efter hack i häl, in mellan husen, men mina ben har fått ny kraft och jag springer som en vettvilling.

Och tvärnitar i en återvändsgränd. Den bleke som kommit efter knuffar till mig. Sedan står vi där. Ser tre par ögon. Och Filippas vita lår särade så att springan syns. Byxorna är nerdragna på två av killarna, även kalsongerna. Filippa som uthälld på en stor sten. Klänningen vid armhålorna och de rosa tygskorna fortfarande på. Rött och rosa, som utslängda delar av Filippa. Nedanför stenen växer brännässlor.

Allt stannar av. Vi står alla som förstenade en halv sekund.

Sedan tvärvänder jag. Smiter förbi den bleke och springer återigen för livet. Ut i parken, ut på gräsmattorna mot kyrkogården.

Hör flåset som av hundar efter mig, rovdjur som kommer allt närmare. Och så greppet. Rycket i armen och sedan det hårda slaget över nacken. Får svårt att andas. Faller på det glatta gräset. Kanar iväg. De är två. Och de släpar mig obevekligen tillbaka. Drar mig i var sitt ben in bakom de låga förrådshusen.

Filippa sitter kvar som en smutsig docka på stenen. Hon har gråtränder i ansiktet och tittar i marken.

– Och nu håller du käften, säger den blonde och blänger på mig.

Jag svarar inte.

– Lovar du det?

Tiger envist.

– Du har aldrig varit med om det här.

Är fortfarande tyst.

– Begriper du det? Du har aldrig träffat oss.

– Det är lika bra vi får honom att fatta det, säger den skalade när jag inte svarar.

Jag känner händer vräka mig ner på marken. Pressar ner. Sedan tar en av dem fram snorren.

Och pinkar mig rakt i ansiktet.

Mamma badar Filippa i badkaret. Har visst gjort i ordning ett bubbelbad. Pappa tittar allvarligt på mig.

– Att ljuga är det värsta man kan göra, säger pappa med sträv röst, och jag är så trött att jag nästan är beredd att gå med på vad som helst.

Håller huvudet sänkt, låter det liksom dingla löst så att det inte ska göra lika ont när slagen väl kommer.

– Se mig i ögonen, säger pappa.

Jag slänger en hastig blick upp i hans stenansikte. Men det rycker under ena ögat. Det bådar inte gott. Det vet jag.

– Jaså, du vågar inte mer än detta lilla ögonkast, säger pappa, och nu låter han *mycket* betänksam på rösten. En människa med rent samvete vågar titta andra människor i ögonen. Och kan man inte det, så måste man lära sig.

Jag bänder upp ögonen igen, men håller huvudet fortfarande nersjunket mellan skuldrorna. Stirrar pappa helt kort rakt in i ögonen.

– Du ska inte stirra, säger pappa. Du ska titta med rak och modig blick. Inte svart i synen.

Okej, tänker jag och lyfter huvudet en aning och försöker titta rakt och modigt. Verkligen försöker. Men det hjälper inte. Och det vet jag förstås. Slaget kommer ändå alltid.

– Du begriper väl att jag måste lära dig att inte ljuga. Det syns på dig att du ljuger. Jag måste lära dig att inte begå orättfärdiga handlingar, för hur ska det annars gå, säger pappa som nu är högröd och liksom uppsvälld, och det kommer vitt skum ur mungiporna på honom.

– Min son får inte skylla ifrån sig, ryter han.

Vreden är ännu återhållen, men jag vet att det inte finns någon återvändo. Ursinnet utan botten kommer att spruta ur hans gap som elden ur draken. Men ändå hoppas jag lite på miraklet. Tänker varje gång att han kanske har ändrat sig.

Men pappa tar med ena handen hårt om min överarm. Håller fast som med en klo av järn.

Och det första slaget träffar mot kinden som redan är svullen. Det gör så ont att jag önskar att jag vore död. Och jag vet att det inte kommer att räcka. Plågan är inte slut. För slagen haglar, och jag vet att det är bäst att ge upp. Att bli en lealös docka. Eller kanske en ängel.

Allt blir vitt och rött och svart och kroppen faller. Känner händer som rycker tag i armar och ben och slänger mig ner i något mjukt. Ner på sängen. Och en dröm stiger upp, om att försvinna djupt ner i madrassen.

Men slagen fortsätter. Över hela kroppen. Jag känner inte längre var. Vet bara att om jag någonsin kommer att bli stor, så ska detta aldrig mer hända mig.

Ingen ska kunna kröka ett enda hår på mitt huvud.

Och inte på Filippas heller.

Kapitel tretton

Tisdagen den 17 september

Claes Claesson hade sovit oroligt. Han skulle träffa rektor Kerstin Malm klockan tio, men det var knappast det som störde honom.

Ibland blev nätterna ett kaos utan att han egentligen kunde förklara varför. Han hällde kallt vatten i ansiktet och konstaterade att han onekligen såg sliten ut. Men det var inte *bara* elände med honom. Snarare spretade två helt olika tillstånd i hans inre. Och eftersom det rätt ofta var på det viset gjorde han som han brukade, försökte undvika mörkret och istället dra mot ljuset.

Han kände sig ensam, trots Klaras kvittrande bakom ryggen i dubbelsängen. Och nu stod hon helt oemotståndlig vid hans fötter i en röd pyjamas och väntade på en torr blöja.

Måhända var han en smula svartsjuk. Det hörde ihop med ensamheten. Men han ville inte analysera denna föga storartade känsla alltför ingående. Något så nedrigt som att vara svartsjuk på en allvarligt hjärnskadad och fullständigt hjälplös ung kvinna tillät han sig inte. I alla fall inte medvetet. Och hur det var med den före detta maken var han inte beredd att ens nudda vid i tanken. För övrigt verkade det som om de inte sågs särskilt mycket. Dan och Veronika gick om varandra, om han hade förstått det hela rätt.

Men utanförskapet satt likafullt som en kall klump i mellangärdet.

Det var i alla fall roligt att gå till jobbet. Okomplicerat på många sätt. Han kunde tydligt uttala sin glädje över att ha ett arbete att gå till och att han hade ett jobb han faktiskt hade valt själv. Sällan såg han några artiklar eller hörde någon prata om att det var roligt att arbeta. Det var mest stressen och vantrivseln som kom fram.

Pappaledigheten hade fört mycket gott med sig. Numera uppskattade han även ett så kallat privatliv. Tidigare hade han knappt vetat vad det var utan levt som om varje dag vore den sista. Hade visserligen haft relationer, långvariga till och med, men de gick aldrig före jobbet.

Kanske hade han mognat, funderade han medan han satte på kaffe och kokade havregrynsgröt till sig och Klara. Det stod man sig länge på. Med lingonsylt, rårörda skulle det vara.

Han slapp en hel del tråkiga uppgifter, rent ut sagt ointressant skit, nu när Louise Jasinski fortsatte att vikariera för honom som chef. Det var som att byta från en våt yllerock som tyngde över axlarna till en lätt sommarjacka. Nu var det hon som fick dra runt i den där våta kappan som släpade tungt i marken. Och hon var sannerligen inte munter.

Medan han ömsom skyfflade gröt i Klaras mun, ömsom i sin egen, lyckades han skumma igenom den korta artikeln i tidningen.

Den man från Oskarshamn som för en dryg vecka sedan hittades död i en städskrubb på universitetssjukhuset i Lund tros ha blivit strypt. Brottsplatsundersökningen har inte gett några avgörande ledtrådar. Polisen har fått in en hel del tips från allmänheten som man nu analyserar…

Han sköljde av gröttallrikarna i kallt vatten, satte in dem i diskmaskinen och slängde ner tidningen i portföljen. Nu för tiden hann han aldrig läsa något färdigt.

Förundersökningsledare i fallet Bodén var en åklagare i Lund. Didriksen hette hon, och hon var skarp, enligt inspektör Gillis Jensen. Malin Didriksen. Det lät som i en dansk tv-serie. Det var i Lund man skulle hitta gärningsmannen. Antog de. För en man var de tämligen säkra på att det var. Att hålla en vuxen karl om halsen bakifrån medan dödsångesten rider och han gör motstånd, krävde inte så lite råstyrka. Visserligen kunde raseri ibland vara bränsle tillräckligt för att försätta berg, men att en kvinna skulle ha kunnat strypa Jan Bodén var ändå inte troligt.

– Om det inte är en rysk kulstöterska, sa Gillis Jensen i telefonen.

– Men de är inte så vanligt förekommande, svarade Claesson.

Och det hade de roligt åt en liten stund. Det behövdes så lite.

Han bistod med diverse från sin flank. Småsaker. Det roade honom. I vanliga fall hade han tyckt att det känts rätt meningslöst.

Han knäppte Klaras cykelhjälm och spände fast henne i barnsadeln. Hon gillade att åka cykel. Och han tyckte om att röra på sig.

Kontakten med Gillis Jensen hade blivit tät. Papperslappen med det sexsiffriga numret hade undersökts av teknikerna där nere i Skåne. Lappen hade hittats i Jan Bodéns ena jackficka, men fingeravtrycken på den var inte hans. Alltså verkade det som någon hade stoppat ner den efter mordet. Ett avrivet linjerat papper, sa Jensen. Inte stort, cirka fem gånger tio centimeter. Och det kom inte från ett kollegieblock, enlig deras tekniker. Linjerna var svarta och så tycktes där finnas en något tjockare ramlinje. Som om lappen blivit avriven från någon form av blankett där man kunnat förvänta sig en förtryckt text eller en logga, som förstås inte var med. Kopia på lappen var på väg till honom i Oskarshamn.

Fingeravtrycken återfanns inte i polisregistren. Således ingen som tidigare straffats. Vad DNA-spår på papperet beträffade var dessa analyser ännu inte klara.

Claesson hade kopierat lappar med sifferkombinationen 2 3 3 2 5 3 uppställd med exakt samma avstånd mellan siffrorna. Tänkte höra sig för och ville inte låsa kreativiteten genom att gruppera siffrorna.

De flesta kombinationer var annars fyrsiffriga. Lite ovanligare med sex siffror, förutom i telefonnummer. Det där hade han tänkt på en del. Sex siffror användes i och för sig till ett antal kodlås på många kassaskåp eller snarare säkerhetsskåp. Både till de med mekanisk kombination, som Sargent & Greenleaf, och till de modernare med elektriskt lås, hade Benny Grahn, deras egen tekniker, förklarat för honom. Kodlåsen hade tre grupper om två siffror. Samma gruppering som när man vanligtvis skriver telefonnummer. Nu var han där igen, tänkte han medan han rullade mot Humlan. Kunde inte släppa det enklaste. Ofta var det så.

Det vanliga var det vanligaste.

Han hade glömt att fråga Gillis Jensen hur långt kodexperterna i Enköping kommit. Han hade själv gått en kryptokurs där för många år sedan, även om han inte mindes så mycket från den nu. Så blir det när man inte håller på. Bra med experter. Säpo hade förstås också kodexperter. Men det där var Jensens arbete.

Han hade fått allt större lust att träffa denne skånske man. De hade vid det här laget utbytt tankar telefonledes så många gånger att han tyckte sig känna honom. Det kanske blev tillfälle att följa med Veronika ner någon gång.

Kanske var han extra angelägen om att träffa Gillis Jensen ansikte mot ansikte också för att sätta press på utredningen om misshandeln av Cecilia. Men hur det skulle komma att bli med den visste han å andra sidan. Förmodligen ingenting. Och ännu hade de inte ens kunnat förhöra henne.

På Humlan var det lugnt. Alla barnen hade inte kommit än. Han hängde upp Klaras ryggsäck och jacka medan hon själv klev ur sina röda gummistövlar med gula prickar. Hon hade fått dem för några dagar sedan och bodde sedan dess i dem. Regntunga moln hängde över de höga björkarna runt den låga byggnaden, så kanske stövlarna skulle komma väl till pass idag.

Han hade alltså bokat tid hos Kerstin Malm. Det var alltid säkrast att avtala tid, om det gick. Framför allt så här i terminsstarten, misstänkte han och trampade först förbi polisstationen för att hämta upp lite papper.

Kände sig trots allt en smula utanför, och blev upplyft av så lite som att Peter Berg och Erika Ljung hojtade på honom utanför kaffeautomaten.

– Hur är läget? sa Berg.

– Du ser avspänd ut, sa Ljung.

– Det är alldeles utmärkt, sa han.

– Och du håller på med Bodén? sa Berg.

– Tja, det passar bra just nu, svarade han lite urskuldande, som om han försökte smita undan.

– Mystiskt, sa Berg.

– Verkligheten är sällan mystisk.

– Jag vet.

Louise Jasinski kom ut från sitt rum. Hade hon hört hans röst?

Hon lyfte blicken från ett papper hon läste medan hon gick. Hon såg sammanbitet på honom.

– Läget? sa han.

– Jovars.

– Vi ses sen! Jag måste iväg, sa han till alla tre men log extra mycket mot Louise.

Och hon log tillbaka. Faktiskt gjorde hon det.

Oskarsgymnasiet var byggt i ett plan. Entrén hade lite av kinesisk pagod över sig, fast i småländsk tappning. Skolan bredde ut sig på ett stort område med idrottshall och andra byggnader i nära anslutning. Ett grönområde med bland annat bollplaner låg bakom själva skolan.

De flesta ungdomar satt förmodligen i klassrummen, för det var tämligen folktomt både på den asfalterade skolgården och inne i skolbyggnaden. Annars hade Claesson fått för sig att det inte var samma lektionsindelning som på hans tid. Mer som spridda skurar med mycket tid för egenarbete då eleverna mest drällde runt i korridorer och uppehållsrum. Inbillade han sig. Byggde på devisen att utan självdisciplin eller outsinlig kunskapstörst kom man ingen vart.

Han ångrade att han tagit cykel. Molnen var svartblå.

Den administrativa avdelningen var väl skyltad. Och stor. Rektorernas antal hade visst ökat sedan han gick i skolan. Programrektorer kallades de och var tre till antalet. Chefen för hela verksamheten titulerades inte rektor utan gymnasiechef. Det var bara att lära om, tänkte han. Men Kerstin Malm kvarstannade likväl i hans huvud som just rektor.

Dörren stod öppen. Kerstin Malm satt bakom ett magnifikt skrivbord som var belamrat med pärmar och högar med tryckta skrivelser och häften.

Hon hade ett stadigt handslag.

– Kommer det att ta tid?

Kors, vad hon verkar jäktad, tänkte han.

– Jag menar om det är någon idé att jag hämtar kaffe? Det är ju dags för tiotåren, log hon med läppstiftsröda läppar.

– Tack, det låter gott!

Några minuter senare kom hon tillbaka med en bricka med två keramikmuggar hett kaffe och ett fat med två dammsugare, dessa offentlighetens säkraste kort. Även på polisstationen fanns ett lager att nalla av. Dessa var kalla och den gröna marsipanen hård. Förmodligen hämtade direkt ur frysen. Men det var tanken som räknades.

– Ja, snälla nån, inledde hon. Det måste vara ett misstag.

Han sa inget. Kvinnan invid honom var drygt femtio, lång och med kraftig benstomme, som lite fylligare kvinnor gärna uttryckte det. Håret låg mahognyfärgat och blankt som en mössa ner till öronen och dolde pannan med en tvär lugg. Dinglande örhängen med blå stenar. Färgen togs diskret upp av ögonlocken. Det klädde henne. Speciellt som ögonen var i ungefär samma nyans. Hon bar långbyxor och jacka i en gråaktig ton.

– Hur fungerade det för Jan Bodén här på skolan? inledde han.

– Bra.

Svaret kom snabbt. Han inväntade fortsättningen som hängde i luften. Hon såg ner i bordet de satt vid, ett litet runt bord med två stolar i en fristående grupp. Förmodligen tänkt för just sådana här mindre kaffestunder, men hon hade först fått skyffla bordet rent från papper. Tände sedan två lyktljus i trebenta blå glashållare från Nybro glasbruk. Han kände igen dem. De hade två, fast vita, där hemma. Han gillade omsorgen.

– Om man säger så här, sa hon och vek den gula pappersservetten till trekanter och drog med nageln i vikningen. Jan hade gedigna kunskaper och var en utmärkt pedagog.

Hon rynkade pannan.

Men ..., tänkte han.

– Men han hade ett oregerligt humör. Eller snarare fick det med stigande ålder.

– Hur visade det sig?

– Jag tror att det delvis sammanhängde med att han hörde dåligt men inte riktigt ville erkänna det.

Servettvikningen intensifierades.

– Ja?

– Och det var ju därför han skulle opereras. Sedan kan man säga att läraryrket är det mest fantastiska man kan tänka sig, att få följa generationer av ungdomar under en längre tid. Men samtidigt är det ett tufft jobb när det inte fungerar.

– Det är inte svårt att föreställa sig.

– Det ställs *stora* krav på lärare. Många hankar sig fram. Längtar väl mest till pensioneringen, och Jan tillhörde nog dem.

– Nog?

– Jag pratade aldrig med honom om saken. Det skulle jag förstås ha gjort.

Kerstin Malm slutade misshandla servetten. Den låg som ett litet hårt paket vid hennes mugg. Hon böjde sig fram, satte armbågarna i bordet och lutade hakan mot de knutna händerna.

– Jag fick bara en allmän känsla av att det förhöll sig så, sa hon eftertänksamt.

– Hur då?

– Han tillhörde dem som klagade.

– Men klagade han mer än de flesta?

Hon blev tyst. Lutade sig bakåt och släppte ner händerna i knäet.

– Nej, egentligen inte. Men han klagade inte förr. Det verkade som om han tappat greppet.

– Om eleverna?

– Om hela livet, sa hon och suckade vemodigt.

Det var stora ord, som dessvärre besannats. Jan Bodéns grepp om livet var en gång för alla förlorat.

– Vad menar du med att *inte fungera* som lärare?

– Dåligt uppdaterade kunskaper. Svag social kompetens. Disciplinsvårigheter.

– Hade Bodén svårigheter att hålla ordning?

– Både ja och nej. Ursprungligen var han ansedd som hård.

– Hur länge sedan var det?

– Bara till för några år sedan. När jag tillträdde som programrektor – jag var det innan jag blev gymnasiechef och det är sex år sedan – räknades han som hård men rättvis. Och takterna höll delvis i sig.

– Men du menar att han inte klarade av alla elever?

– Det gör ingen.

– Nä, det förstås. Men vad var det som inte fungerade?

– Det behöver inte nödvändigtvis vara samma elever som en gång i tiden utsatts för hans ibland alltför höga krav som sedan blir de som protesterar. Eleverna byts ut vart tredje år. Men ibland har man en känsla av att rykten sprids så att attityder ärvs från en kull till en annan.

– Men vad var det han gjorde?

– Från vissa kan det räcka med en blick för att upprätthålla rädsla. Eller i varje fall ordning. Och några spydigheter. Det gamla vanliga, med andra ord.

Han nickade. I frånvaro av förståelse och demokrati uppstår skräckvälden.

– Det finns de som önskar sig lite av den förmågan. De med ett klassrum där hela havet stormar, fortsatte hon.

– Men inte på gymnasiet väl?

– Jo då. Alla elever drömmer inte om att tillbringa sina dagar i skolbänken.

Hon såg plötsligt ut att ha drabbats av ruelse. Petade på den kvarvarande biten av dammsugaren som hon förmodligen tänkt lämna, men ändrade sig tydligen och kastade resolut in resten av den i munnen.

Alla kvinnor har sina knep för att hålla kaloriintaget nere, tänkte han. Eller för att lura sig själva.

– Jag måste påpeka att Jan kunde vara rolig också, sa hon medan hon såg ut genom fönstret där det mörknat betänkligt. Det måste i allmänhet till om du ska ha med människor att göra.

Han nickade.

– Och så hade han förstås betygen som kontrollinstrument. Om jag uttrycker mig milt.

Åskan mullrade oroväckande och det började störtregna när Claesson hukande cyklade över skolgården. Kerstin Malm stod i fönstret och såg efter honom. Han kommer att bli dyngsur, konstaterade hon.

I handen höll hon en papperslapp med den nummerserie han gett henne. En kopia. Siffrorna sa henne överhuvudtaget ingenting. Men vem kunde låta bli att gäckas av talens mysterium? Så hon stod kvar i det skumma dagsljuset och begrundade räckan siffror. De tycktes ha blivit nertecknade i all hast. Lätt högerlut och med en ofullbordad ögla på tvåan, och treorna så slarvigt skrivna att de liknade den enda femman.

Hade Bodén en älskarinna? I så fall vore han inte den första i historien. Hon hade en vag och möjligen orättvis föreställning om att de flesta gifta medelålders män flackade med blicken i sidled. De visste inte riktigt var de hörde hemma, eller i varje fall fanns där en drift att pröva några famnar till. Kanske som en sista resa innan åldern satte punkt. Det var i alla fall hennes egen bittra erfarenhet, vilken hon knappast var böjd att dela med sig av till någon. För ingendera parten var dylika så kallade affärer något att stoltsera med. Hon hade tigit som muren.

Men dessa historier kom i allmänhet fram, slog hon fast. I en förhållandevis liten stad som deras förblev väldigt få hemligheter förborgade. Och hon hade inte hört ett ljud om Bodén och eventuella damer.

Men ändå kunde hon inte låta bli att fundera. Blev stående fast hon borde lägga lappen ifrån sig och ta itu med dagens värv. Öppna posten och mejlen. Det var som om hon ville gottgöra något, tänkte hon och vandrade sakta runt det svängda skrivbordet.

Det hade blivit mörkt som om det vore kväll. Hon lät bli att tända lamporna, kurade i dunklet. Åskan mullrade äntligen tre långa skott. Hon väntade på blixten. Sjönk sakta ner i skrivbordsstolen som om hon inte ville störa himlavalvet i uppror. På datorskärmen glittrade Östersjön i soluppgången. Hon hade tagit bilden själv en vacker sommarmorgon från båten som stävade ut mot Blå Jungfrun, den sägenomspunna ön i Kalmarsunds norra mynning. Jungfruns välvda granitkupol var det enda som bröt horisonten. Ölands norra udde syntes inte, men hon visste att den låg där, ytterligare en bit ut. Den morgonen hade hon varit tillfreds. Dragit upp kapuschongen för vinden var kall. Men dagen kom att bli varm, och hon och maken åt den medhavda lunchen på en uppvärmd klipphäll. Kanske hon till och med var lycklig. Så där odramatiskt och enkelt som livet ibland kunde vara. Och varje sådant tillfälle samlade hon numera i minnet. För mörker och ljus följer varandra, tänkte hon vemodigt. Tiden därefter hade varit tung.

Hon lutade huvudet i handen och tittade ut på skådespelet. Violetta moln mot åsksvart bakgrund och tunna skyar, likt sorgflor, som vandrade över en smal spricka av klaraste ljusblått. Kontraster och mullrande dramatik som fick det redan anfrätta samvetet att tynga ytterligare.

Då kom blixten och brände av tre bländande ljusskèn. Hon knep ihop ögonen för att blinka bort det skarpa och skyndade sig att stänga av datorn. Nu piskade regnet mot rutorna, det gick knappt att se ut.

Och hon sände kommissarien en tanke. Hoppades att han hunnit inomhus, men troligt var det inte. I alla fall inte ända fram till polishuset.

Hon pratade tyst med sig själv. Försökte resonera förståndigt. Det var tyngande att vara en samvetsgrann människa.

Inte hade hon sagt något olämpligt? Något som kunde missuppfattas?

Men skuldkänslan för att överhuvudtaget ha pratat om en annan människa gav henne likafullt magknip. Och ändå var det mycket hon aldrig sa.

*

En svampskog.

Dit ville hon. Längtan var så stark att hon för ett ögonblick kände sig stå på en stig av mjuk barr som slingrade sig i skuggan. Hon klev över rötter. Solen het i ryggen i gläntan. Såg kantareller som lysande löv i mossan. Gulnade björklöv, brukade hon tänka innan hon hukade sig och lyfte granens nedre grenar, luggslitna med barren bruna och avfallna, och såg hela familjen kantarell. De stora gyllengula hattarna och de pyttesmå runda barnen. Dem lämnade hon, hon hittade dit igen. Hon hade sina ställen. Och när väl svampögonen var på, fann hon även trattkantareller. Lika goda om än inte lika lockande med de bruna hattarna i mossan.

Hon tillät sig att vara där en stund, medan rosa väggar närmast överföll henne. Som att hamna i en marsipantårta. Hon kände av ett lätt illamående som hon behärskade hjälpligt. Personalen på avdelning tjugofyra var underbart snäll och hälsade henne välkommen. En sköterska, Gunilla, i femtioårsåldern med bruna ögon och bakåtstruket hår i klämma, och en undersköterska, Jessika, kring de tjugo, blek och en aning mullig med rågblont tjockt hår till öronen. Förstås hälsade de även Cecilia varmt välkommen. Henne först och främst. Tog hennes hand och pratade med henne. Ett personligt tilltal, trots att gensvaret inte var mycket att hurra för.

Syster Gunilla tog upp dagboken som följt Cecilia sedan hon kom till sjukhuset. Bläddrade snabbt bland anteckningarna som förts av personalen men också av Veronika och Dan. Kortare eller längre noteringar som senare skulle hjälpa patienten att få ett grepp om den tid som inte skulle vara åtkomlig för henne själv, som fortsättningsvis skulle komma att vila i dunkel. I dagboken fanns även foton. Bilder som var rätt tuffa att titta på. Ännu hade de skonat henne. Det fick bli långt senare.

– Vi fortsätter att skriva i den här, sa syster Gunilla och log med ekorrpigga ögon och la dagboken på sängbordet.

Illamåendet höll i sig. Malde och sved, och Veronika funderade över om hon höll på att få magsår. I alla fall gastrit. Hon hade aldrig haft det tidigare. Sjönk ner i fåtöljen, ovan vid att vara ömklig. Insåg att hon fick sätta in något syrahämmande och försöka se till att sova. Hon hade uppenbarligen fått nog. Maskineriet strejkade. Men det var kanske inte att undra på.

Cecilia hade fått ett enkelrum. Sedan hon togs ur respiratorn hade hon först förflyttats till ett samvårdsrum för fyra patienter på intensivvårdsavdelningen. Men nu bedömdes hon vara i skick för en vårdavdelning.

Utsikten var lika enastående. Avdelningen låg på samma plan, Cecilia hade bara rullat tvärs över. Och på det vidunderliga blev man aldrig mätt. Det gnistrande vattnet, den danska kusten med huvudstaden, Öresundsbron och Turning Torso, som ersatt Kockumskranen som symbol för Malmö.

Nej, på detta klagade hon inte.

Och ändå började hon böla så fort sköterskorna lämnat dem. Vände sig mot skönheten där ute medan Cecilia låg utsträckt på rygg och vilade bakom henne. Hon ville inte visa Cecilia att hon var ledsen, även om hon visste att dottern sannolikt inte tog in det.

Syster Gunilla stod plötsligt innanför dörren.

– Är det något jag kan hjälpa till med?

– Nej, snorade Veronika, ertappad i sin eländighet och skakade på huvudet. Allt är bra.

– Men det kostar på, menade syster Gunilla. Det gör det alltid. Man ska inte tro annat. Och nu blir allt nytt. Ny avdelning och nya människor att bekanta sig med.

Veronika stod stilla och lyssnade. Tog in vartenda ord, en lättnad mitt i bedrövelsen. Tydligen klarade hon inte att släppa tryggheten på intensivvårdsavdelningen. I alla fall tålde hon förflyttningen sämre än Cecilia, som mest var trött. Sov som en utslagen, om de inte puffade på henne.

Och ändå var Veronika förstås tacksam över detta steg mot det långsamma tillfrisknandet. En första station på väg mot rehabiliteringen på hjärnskadeavdelningen på Orup. Hon och Dan hade blivit informerade om planerna, och det kändes tryggt. Men hon vågade inte tänka på hur det skulle bli med Cecilia. Skulle hon verkligen bli som vanligt, som några sagt? Men det fanns även de som svävat lite mer på målet.

Hon fick älska henne som den hon blev.

Hon bet i underläppen. Ville hejda ångesten. Att hon var rädd. Illamåendet hade lagt sig och ersatts av en svidande, brännande smärta som borrade sig in i mellangärdet. Hon vek sig, sjönk ner i fåtöljen igen och masserade försiktigt magen.

– Hur är det?

Syster Gunilla böjde sig över henne och la en hand på hennes axel.

– Det håller på att släppa.

– Och extra jobbigt blir det ju förstås för er som är utifrån och inte ens kan bo hemma.

Det höll hon med om. För hon led av en ständigt molande hemlängtan. Hade inte känt dess like sedan hon blev vuxen. Claes och Klara. Havet och skogen. Även jobbet längtade hon efter, trots att den känslan var kluven. Hur skulle hon orka med andra havererade människor? Det var nog mest vardagslunken hon behövde. Gå upp på morgonen, ha något bestämt för händer. Och hon saknade arbetskamraterna. Trots dubbelheten så gjorde hon det. Hon hade tidigare fått för sig att hon höll på att växa från kliniken. Att hon var förfördelad sedan några tuffare manliga kollegor kommit. Att det var dags för något annat. Bättre fly än illa fäkta! Men nu ville hon inget hellre än att få trilla in i det gamla vanliga. Det trygga. Nu när verkligheten blivit så oberäknelig.

– Det har varit lite si och så med sömnen på sista tiden, urskuldade hon sig.

Gunilla nickade. Veronika förstod att inget hon sa var nytt för dessa sköterskor. Alla tycktes veta också hur hon hade det. Inte bara Cecilia. Och hon funderade över hur mycket bättre hon själv hädanefter skulle bli på att ta hand om anhöriga. Mindre grund, förhoppningsvis mer öppen för det såriga.

– Vi tar hand om Cecilia om du vill ut en stund, sa Gunilla och stoppade in en hårslinga som lossnat ur hårklämman.

Magkrampen höll på att släppa. Veronika tog jackan och väskan och klappade den vilande Cecilia på kinden. Hon reagerade med att rynka näsan.

– Hej då, stumpan, jag kommer tillbaka lite senare idag.

Gunilla var kvar hos Cecilia när hon gick ut till hissarna. Väntade bara någon sekund, ångrade sig och tog istället trapporna ner.

Tio våningar gick i ett huj.

*

Något höll hon inne med. Men vad?

Claesson satt på sitt rum. Kläder torkar bäst på kroppen var en devis han nu försökte tro på. Jackan droppade från sin galge ute på toaletten och den vinröda tröjan hängde på elementet, medan skjortan hade klarat sig hyfsat. Den var kortärmad. Över låren klibbade byxbenen, och det skulle de förmodligen göra arbetsdagen ut.

Han funderade över offrets hustru, Nina Bodén, medan lukten av våta kläder steg efter hand som det uppskruvade elementet fick fart. Ännu var det ingen imma på fönstren, men det var bara en tidsfråga. Han hade ingen större lust att ge sig på fru Bodén igen. Han blev så förgjordat sömnig i hennes närvaro. Huset andades trött medelålder i dess mest ängsliga och en aning präktiga form.

Han var orättvis, men det unnade han sig. Fast grannfrun kunde han ta i eftermiddag, henne hade han inte pratat med tidigare. Men då fick det allt bli en bil från poolen.

Han lyfte luren. Eva-Lena Bengtsson hette hon.

Hon gläntade på dörren. Två ängsliga ögon i en springa. Han fick vifta med legitimationen, trots att han var väntad och de hade kommit överens om tiden.

Hemmet var pedantiskt välstädat och så där smådött som det gärna blir när allt har sina givna platser måttade med tumstock. Polerade möbler, mycket sammet, många små lampor med klockformade skärmar såväl i fönstren som på de små borden, gröna växter med stela blad i vita ytterkrukor. Han kunde slå sig i backen på att hon hade virkade hållare till toalettrullarna. Hon tycktes ha gott om tid.

Eva-Lena Bengtsson ställde sig *mycket* frågande till vad han gjorde där. Hon hade *aldrig* haft med polisen att göra, vilket tydligen var värt att betona, för hon sa det minst tre gånger. Visserligen uttalade hon denna *förvåning* lågmält, rösten var tunn som glas, och hela hennes beteende tydde på att hon var en försiktig kvinna. Men ändå envis. Hon upprepade sig som om hon ville hamra in sin oskuld i honom.

Så mannens förflutna var möjligen mindre oförvitligt, tänkte Claesson och insåg att han fick kolla det i datorn när han kom tillbaka till jobbet. Kanske fortkörning eller rattonykterhet?

– Har ni bott grannar länge? inledde han försiktigt.

– Det blir en del år, nickade hon och såg åt sidan medan hon tyst räknade efter. Femton.

Hon tittade äntligen upp. Välbevarad för sin ålder, tänkte han. Som konserverad i en ungflicksstil. Men den tunna men omisskännliga patinan fanns där i form av kycklinghäng under hakan och finfördelade rynkor runt mun och ögon. Och händernas ådring var en mogen kvinnas.

– Hur väl känner ni varandra?

Hennes ansiktsfärg djupnade märkbart.

– Rätt väl.

– Jag förstår att du och din man tycker att detta är sorgligt.

Hon nickade tyst. Hade liksom kommit av sig och lugnat ner sig, som om tiden bromsats upp.

– Och obehagligt? spädde han på.

Hon harklade sig.

– Vi visste ju inte så mycket, mumlade hon.

Han rynkade pannan.

– Om sjukdomen, alltså. Jan var inte någon som pratade om sådant.

Claesson fann det inte mindre sömnigt att sitta i denna del av parhuset, upptäckte han. Snarast blev han ännu mer betryckt. Den livlösa ordningen fick honom visserligen att strama upp sig och sitta fint i fåtöljen, men samtidigt var det ledsamt med så mycket kraft som ägnats dammtrasor och golvmoppar. Tavlan över den beigea soffan i sammet bestod dessutom av ett dystert natursceneri i tjock guldram. Höga fjäll och forsande vatten under en himmel som inte stod långt efter den som fanns utanför fönstret. Där var det fortfarande grått men uppehållsväder. Kanske skulle det klarna upp till kvällen.

Hon hade inte tänt några lampor. Det var som om de kurade skymning, fast klockan bara var två. I tystnaden som bredde ut sig hördes ambulanssirener långt borta. Han satt bredbent. Undvek att lägga det ena benet över det andra eftersom byxorna inte var helt torra.

– Men du pratade med honom samma dag som han försvann?

Hon bleknade lika snabbt som hon nyligen rodnat.

– Förmodligen var det samma dag som han dödades, fortsatte han hänsynslöst.

Nu blev hon flammig på halsen.

– Vi vet ännu inte när mordet skedde. Vi gissar att det var den dagen han var på öronkliniken i Lund. En måndag. Den andra september.

Blicken bet sig skrämd fast vid honom.

– Och den dagen pratade du med honom i telefon.

Hon förblev mållös.

– I hans mobil, sköt han på.

Sedan sa han inte mer.

Hon for upp och gick ut i köket och satte på kranen. Lät vattnet rinna och kom in med ett glas, satte sig ner och läppjade på det. Handen darrade. Hon var ingen vaneförbrytare. Knappast iskall.

Det kunde förstås ha varit maken som ringt Bodén. Men det såg inte ut att vara fallet. Eva-Lena Bengtsson såg eländig ut.

– Hur vet ni det?

– Vi begär in samtalslistor. Detta är en mordutredning, sa han som om hon vore korkad nog att inte begripa det.

– Han ville bara höra av sig.

Rösten var skör som porslin.

– Jaha?

– Han berättade lite om undersökningarna, fortsatte hon. Hade träffat en professor på öronkliniken. En specialist. Och så skulle han tydligen träffa en till senare. Han var också läkare och specialist och skulle vara med och operera honom. Det var flera som opererade…

Tonlöst ebbade rösten ut.

Sedan började hon gråta. Claesson insåg att han fick förbli sittande. Åtminstone tills hon samlat ihop sig en smula.

– Hade ni en kärleksrelation?

Hon nickade.

– Han betydde väldigt mycket för mig. Han var en sån fin människa, viskade hon.

Det låter bra det, tänkte Claesson. Undrar om frun tycker detsamma?

*

Veronika rullade ner mot centrum.

Först ut på Getingevägen med kyrkogården på ena sidan, nerförsbacke och sedan rakt söderut. Hon var på väg mot domkyrkan. Hon skulle tända ett ljus.

Getingevägen kom på sin väg söderöver mot centrum att byta namn fyra gånger. Först till Bredgatan, därefter hette den Kyrkogatan kring universitetet och domkyrkan och sedan Stora Södergatan, för att slutligen nere vid Tetra Pak och Sankt Lars kallas Malmövägen. Då var man på väg ut ur staden mot Malmö och Köpenhamn.

Sedan hon hittat Cecilias cykel på bakgården hade hon cyklat runt i omgivningarna, trampat bort olusten och försökt trötta ut sig. Hon hade farit ner mot den vackra parken kring det gamla mentalsjukhuset. Numera var de monumentala paviljongerna upplåtna åt annan verksamhet, åt skolor och förskolor och diverse företag. Hon hade följt Höje å västerut på den knaggliga stigen förbi reningsverket och kommit ut till Värpinge by. Hon var då ute på landet men ändå nära stan. Såg under färden en gammal kvarn åt söder i Flackarp som stack upp med sina nakna vingar, och åt andra hållet Klostergården med hyreshus från sextiotalet.

De skånska byarna skilde sig avsevärt från de småländska. Det såg idylliskt ut med de låga skånelängorna med vitkalkade väggar och ibland synligt korsvirke.

Men hon längtade ändå hem. Till det karga, det mindre insmickrande. Till skogens dunkel, klippornas hårdhet, Östersjöns svalka. Och till röda stugor med vita knutar.

Hon hade just passerat Allhelgonakyrkan, stannat för rött ljus och cyklat vidare på Bredgatan, när hon till sin bestörtning fick se ett par komma ut från en begravningsbyrå.

Föräldrarna till pojken som varit med om med mopedolyckan.

Cykeln rullade vidare. Veronika forslade sig fram med sorgens ansikte tätt inpå sig.

*

Nätterna hade blivit mörka. Det fanns något tillfredsställande med det. I alla fall om man skulle plugga.

Emmy kurade under lampan. Klockan var strax efter midnatt och hon satt i pösiga kakibyxor och en mjuk långärmad tröja och bet på naglarna fast hon inte borde. Hon hade fäst upp håret med en snodd så det drog lätt i nacken från fönstret som stod öppet.

Efter en ytterst kort kvällsslummer vid åttatiden var hon skärpt och märkte hur det flöt in. Kaffemuggen stod bredvid henne. Likaså en flaska Coca-Cola light. Hon hade också köpt smågodis. Bara en liten påse, men något var hon tvungen att belöna sig med. På skrivbordet låg överstrykningspennor i olika färger, likaså markeringslappar och pennor som hon valt ut noga på Grahns pappershandel. Just pennorna var viktiga. Bläcket skulle flyta lätt, men greppet fick inte vara för smalt. Hon gillade blyerts. Stiftpennor, men det var svårt att hitta stiften där hemma när hon behövde fylla på. Hon måste skaffa sig bättre ordning, tänkte hon och spottade ut en nagelflisa. Men det var inte stor idé, hon bodde bara i andra hand detta läsår, sedan bar det ut i livet. Vad det nu blev, men något skulle hon göra. Om inte annat kunde hon åka hem och snylta på föräldrarna. Skaffa ett påhopp för att få ihop pengar och ge sig ut på en långresa. Dit inte så många av polarna varit, så kunde hon spä på ohämmat när hon kom hem.

Fast det skulle förstås vara en nödlösning. Helst ville hon jobba. Så hon garnerade detta andrahandsalternativ inför sig själv som en läcker födelsedagstårta. Hon var en tuff brud som reste.

Det var en praktikplats på en advokatbyrå hon helst ville ha. Samla poäng till tingsmeriteringen. Kanske skulle hon komma att trivas så bra att hon struntade i tinget. Det var det många som gjorde. Fick andra erbjudanden.

Hon sög på drömmarna som gav skjuts åt tragglandet. Hela meningen var ju att få ett spännande arbete där hon kunde utvecklas. Inte slet hon för att hamna ute i arbetslösheten.

Hon inspekterade naglarna. De såg för jäkliga ut. Hon måste sluta bita. Annars fick hon bygga på dem och det hade hon varken råd eller tid med. Hon hade nyss varit hos tandläkaren och gjutit skenor och fått ett preparat att bleka tänderna med. Det gjorde alla. Men hon hade inte vågat berätta det för mamma. Hon skulle tycka att det var helt idiotiskt att mecka med så fina tänder, unga och friska. Och kanske blev de förstörda för all framtid. Så hon drog till med att hon behövde fler linser när hon bad om pengar.

Tystnaden gjorde henne lugn. Staden sov. Hon ägde natten. Tv:n från grannen under hördes svagt. Han satt uppe och glodde mest hela nätterna. Jobbade väl oregelbundet eller om han var arbetslös. Häromveckan hade alla hans möbler burits ut. Hon hade trott att han skulle flytta, men så sent som igår hade hon sett honom gå in till sig. Kanske hade han beställt nytt möblemang som inte kommit ännu.

Hon vände blad och försökte skärpa sig.

Det första hon hörde var ljuden från grenar som knäcktes. Hon blev inte rädd, hon bodde ju på tredje våningen. Så hon satt kvar. Det kunde vara en stor hund som smitit in för att pinka på grässtumpen mellan huset och den höga syrenhäcken.

Men så hörde hon en svag vissling, likt fågelkvitter en tidig morgon i maj. Men nu var det september och fåglarna hade tystnat för länge sedan. Hon tyckte sig höra grannen i våningen under öppna och stänga ett fönster. Hon lyssnade sedan efter ljud från trappan, men det hördes inga. Istället steg den halvt återhållna visslingen upp igen.

Var den menad för henne?

Hon släckte skrivbordslampan och ställde sig i mörkret och vinklade om persiennerna, men kunde inte se ner mot marken. Ljuden av prasslande löv och grenar som knakade anades åter. Hjärtat slog snabbare, för nu hörde hon svagt men tydligt sitt namn nerifrån markhöjd.

Vem var det?

Hon drog i snöret så att persiennen gled upp, men det räckte inte, enbart ett svart hål av skuggor från syrenhäcken kunde skönjas, så hon öppnade fönstret, trots att hon var lite skrämd, och lutade sig ut. Klockan var mycket. Vilken idiot kunde det vara som kom nu?

– Hej.

Hans ansikte lyste vitt när det vändes upp mot henne. Ena handen fladdrade också vit när han vinkade.

Hon trodde att hon såg fel.

– Men Gud, är det du! Varför har du inte ringt först?

Hon försökte hålla rösten nere för att inte väcka grannarna. Såg i alla fall att mannen under var vaken, för ljuset från lägenheten föll ut i natten som ett mjölkvitt sken.

– Har tappat mobilen, väste han tillbaka.

Hon var inte supersnygg direkt, konstaterade hon i samma ögonblick som hon stängde fönstret för att springa ner och öppna den låsta ytterdörren. Men det fanns ingen tid att göra något åt det. Hon föste undan väskan med träningskläder som stod mitt på hallgolvet. Innehållet var fuktigt. Hon borde ha hängt upp handduken och kläderna direkt efter passet på Gerdahallen.

Han hade inte varit där idag.

Mitt stränga lässchema kommer att kollapsa, konstaterade hon på väg ner i trappan. Hon gillade det inte. Varje minut var värdefull som en ädelsten. Hon hade satsat på att vara spiksäker på högsta betyget på skrivningen och slippa lämna in blankt. Hon fasade för att göra om hela inläsningen.

Han störde!

Men än sen då? Hon hatade med ens detta eviga tävlande. Ett tröttande, tragglande liv utan glans. Och hon hatade sig själv ännu mer för att hon inte kunde låta bli att tänka negativt. Och för att hon inte ens var kapabel att helhjärtat glädjas åt något så fantastiskt som ett sent infall från en av sina beundrare utan hellre önskade ett liv i kloster.

Hon öppnade porten.

Vem sjutton är det jag släpper in, egentligen, tänkte hon. Jag känner honom ju knappt.

Men lite risker får man ta!

Kapitel fjorton

Torsdagen den 19 september

Therese-Marie Dalin, även kallad Trissan, hörde först inget alls, hela huvudet brusade tomt. Sedan ångrade hon att hon svarat.

Det var en kvinnoröst. Och när väl besvikelsen lagt sig, ville hon instinktivt lägga på. Misstänkte att det var en av alla dessa evinnerliga telefonförsäljare som ville ge henne billigare abonnemang eller sälja försäkringar. Hon tänkte att hon väl fick låta henne rabbla färdigt och sedan bestämt tacka nej. De lät alla lika samlade och övertygande, tänkte hon. Satte klämkäckt en fot i dörren, fast via telefonen.

Men telefonrösten var oroväckande vag och försiktig, på gränsen till ödmjuk, och hon började skämmas över att hon inte alls varit med på noterna. Höll därför, som kompensation, andan och tryckte luren hårdare mot örat för att försöka snappa upp budskapet, men det hjälpte inte eftersom hon var inne på helt fel spår. Och i hennes minst sagt gungande tillstånd var det inte heller lätt att växla över till ett annat.

Först vid tretiden hade hon trillat i säng, och då var hon långt ifrån nykter. Prövade nu, medan hon fortsatte att hålla luren snällt mot örat, om hon hunnit bli det. Naglade därför fast blicken i planschen på motsatta väggen för att se om den gungade.

Det gjorde den. Och benen var som kokt sparris. Så hon dunsade ner på stolen. Vid det här laget hade hon i alla fall begripit att det hade hänt något. Eller snarare det motsatta.

Det hade *inte* hänt något.

Det var Emmys mamma. Hon fortsatte att vara vänlig så att det dröp om det, vilket fick Trissan att anstränga sig till det yttersta. Hon hummade artigt och hoppades att rösten, torrare och mer beslöjad än annars, inte skulle avslöja henne. Men när hon försökte styra upp talorganen, spänna stämbanden och ta kontroll över tunga och gom, fann hon att ingendera lydde henne. Orden tycktes vilja rulla ut på egen hand, uppmjukade och fullständigt viljelösa.

Men inget av detta tycktes hindra Emmys mamma.

– Jag skäms över att störa dig! Du tycker kanske att jag överdriver, sa hon och harklade sig i luren medan hon sökte efter nya ord. Du vet möjligen inte var Emmy kan vara?

– Nä, stötte Trissan fram.

Hon hade inte den blekaste aning. Och hur hon än ansträngde sig, så kunde hon inte heller för sitt liv få upp något större engagemang. Möjligen en gnutta nyfikenhet. Emmy slaggade väl i godan ro i armarna på drömprinsen, vem han nu kunde vara. Kanske den där Karl som hon i det tysta så länge spanat på.

Men det kunde hon förstås inte säga.

– Hon svarar varken på telefon, mobil eller sms. Jag har inte hört ett ljud från henne. Inte på två dagar.

– Jaså?

Trissan började fundera över när hon hörde av sig till sin egen mamma senast. Var det för en vecka sedan, så var det bra. Och de hade sannerligen inte en kontakt som hon skulle beskriva som dålig. Täta signaler till lilla mamsen kunde för all del vara helt normalt, men å andra sidan också ett tecken på en alltför obruten linje bakåt. Det klassiska. Eller ett trassel av insnärjda familjemönster där ingen var förmögen att släppa den andra, om så bara för en dag.

Det var inte för inte som hon läste psykologi.

I minnet kopplade hon över till tiden i den gemensamma lägenheten på Gyllenkroks allé. Emmy, Cecilia och hon. Vad hon mindes var det ett himla ringande hem, en närmast nervös ängslighet i Emmys oftast korta samtal med föräldrarna. Varken hon själv eller Cecilia kom ens i närheten av den kvoten.

– Jag är inte direkt orolig, småskrattade Emmys mamma, för hon tyckte nog själv att hon var pinsam.

– Nähä, rosslade Trissan och undrade vad som nu skulle komma.

– Men tror du att du skulle kunna hjälpa mig att leta upp henne? Du store tid!

Det exploderade i huvudet på Trissan. Att ge sig iväg ut och leta upp Emmy var det sista hon hade lust med. Hon ville krypa ner i kojen igen.

– Jag menar, du är ju Emmys bästa vän, hörde hon mamman vädja.

Och det slog ner.

Emmys bästa vän.

Orden borrade sig rakt in i bröstet som redan var ömtåligt på grund av alkoholens mindre trivsamma bieffekter. Hjärtats slag slog med kraft upp mot huvudet. Jag ska bli absolutist, tänkte hon, samtidigt som hon försökte attackera den grådaskiga sörja som på senare tid omgärdat kontakten mellan Emmy och henne. Så borde det inte vara. Mellan bästa vänner bör allt stå klart och tydligt.

Hon hade dragit sig för att ens försöka förstå vad som hänt. Tog snarare fasta på att man kommer och går i varandras liv, att deras gemensamma tid var förbi eftersom *kemin* inte längre stämde, de hade *växt ifrån varandra*, och allt vad hon förskansat sig bakom för att slippa se sin egen eventuella del i det hela.

Men det sved.

Hon saknade Emmy. Faktiskt även Cecilia, som bidragit på sitt lite lakoniska och småhumoristiska sätt med en annan och möjligen något mjukare inställning till karriären och livet.

En sak var emellertid säker, och det stod klart och tydligt för henne nu, att under *normala förhållanden* skulle hon förstås ha vetat var Emmy höll hus! Emmy skulle ha berättat det. Hon hade inte kunnat låta bli. Det var inte många hemligheter de behållit för sig själva.

Numera hörde Emmy knappt av sig. Men när de väl träffades var allt förunderligt nog som vanligt. I alla fall efter en stund. Som när de senast sågs, strax innan de skulle upp och hälsa på Cecilia på sjukhuset.

– Javisst kan jag det, hörde hon nu sig själv säga till Emmys mamma.

– Det var bussigt av dig. Det är ingen brådska … Men det skulle nog vara bra om du inte dröjde alltför länge.

Trissan hörde den tydliga envisheten bakom den tassande försiktigheten. Hon borde ge sig iväg med en gång.

– Men var ska jag leta?

Det blev tyst i andra änden.

– Tror du att du skulle vilja vara snäll och börja med att åka hem till henne? Annars vet jag inte…

Rösten sjönk.

– Du vet nog bättre än jag, sa mamman med kraftfullare stämma, och sköt därmed över bekymret på Trissan.

Klockan var halv elva. Trissan blev kraftlös vid blotta tanken på att vingla iväg på cykel, men nu hade hon lovat.

Hon sköljde ansiktet i kallt vatten och drack ur hela literförpackningen apelsinjuice, hoppade i jeansen, drog en tröja över huvudet och stoppade på sig alla nödvändiga telefonnummer till modern. Arbetet, hemmet och mobilen. Tog hissen ner och ledde ut cykeln från gården. För säkerhets skull ringde hon själv upp Emmy där hon stod utanför sitt hus på Bytaregatan. Mobilen var död. Likaså den fasta telefonen. Men det var knappast något att hetsa upp sig över.

Emmy bodde på Väster, långt ute på ”landet”, den stackaren, men där skulle hon säkert inte förtvina för evigt. Trissan flängde förbi Grand Hotell, fortsatte ner under järnvägsbron, förbi Klosterkyrkan, sneddade mot tingshuset, passerade polishuset på hörnan, följde Fjelievägen ett kort stycke, sedan upp på cykelvägen som smet bakom de vackra gula husen som för länge sedan byggts åt järnvägsarbetare. När hon kommit dit var hon helt urlakad och trampade allt saktare. Ett gentlemannapar spelade tennis på Centrala idrottsplatsen, annars var löparbanor och gräsmattor öde. Hon segade sig vidare förbi en mindre park som var tillräckligt högväxt och vildvuxen för att i alla fall hon skulle ha tagit en annan väg en mörk och sen kväll. Framför allt efter det som hänt Cecilia. Det hon tidigare bara läst om på löpsedlar och på nyhetssidorna hade kommit rakt in i hennes eget liv.

Men nu var det ljusan dag.

Hon hade tur, grönt ljus vid övergångsstället över Fasanvägen. I tankarna tumlade både Emmy och Cecilia osorterat runt. Hjärtat fortsatte klappa med hårda slag. Tröjan klibbade, trots att hon inte cyklade särdeles fort. Saktade farten ytterligare. Håret stod på ända, hon var allmänt ofräsch men hade i varje fall borstat tänderna innan hon stack. Törstig som en förlorad i öknen och lätt illamående fortsatte hon på gång- och cykelvägen mot Papegojlyckan. Började oroa sig så smått över vad hon skulle göra om inte Emmy var hemma. Hade liksom inte lust med fler och längre utflykter. Ville hem och leta upp huvudvärkstabletter och lägga huvudet på kudden.

Skulle hon hitta? Hon hade bara varit hemma hos Emmy en enda gång. Mindes att hyreshusen låg tätt och att de var snarlika varandra. Kom slutligen fram till husen, som låg utslängda liksom på måfå i ett bilfritt område med asfalterade gångar emellan, och blev mycket riktigt osäker. Rullade på måfå in mellan två fastigheter medan hon tittade upp mot fasaderna för att se om hon kände igen sig. Men det var omöjligt. Rött tegel, mörkt infattade fönster, som sorgkanter, till synes omöjliga att särskilja. Hur mycket hon än pressade minnet kunde hon inte komma ihåg portnumret.

Hon ringde Emmys mamma. Modern svarade direkt. Besvikelsen i rösten ekade, men hon fick adressen. Örnvägen 53 var det.

Trissan hade hamnat utanför ett stadsdelsbibliotek i källarplanet i samma byggnad som Coop. Mitt emot fanns portuppgångar på 60. För att spara tid tänkte hon nu gå systematiskt till väga, men kunde varken se någon tavla eller någon levande själ att fråga, förutom en vildvuxen man som sakta stävade mot affären. Och honom ville hon inte ge sig på.

Gick därför ner i biblioteket men såg ingen vid disken. Några småungar satt och bläddrade i bilderböcker. Hon höll på att fullkomligt krypa ur skinnet, men traskade snällt runt bland bokhyllorna tills hon hittade en intet ont anande bibliotekarie.

– Var finns uppgång 53?

Bibliotekarien hade inte en aning, men hon kunde visa var orienteringstavlan stod. Inte alls långt bort. Trissan hade sånär passerat den och skulle säkerligen ha sett den om hon inte varit så seg. Törsten var konstant och plågade henne. Hon höll redan sin gapande mun under Emmys kökskran. Illamåendet hade blandats med hungerkänslor. Hon kilade därför in på Coop, ville ha något stabilt, gärna något sött. Fann färska frallor och väldiga muffins. Det blir bra, tänkte hon. Kaffe har Emmy säkert hemma.

Med påsen dinglande i handen travade hon uppför trapporna. Vägrade fortfarande tänka alltför djupt på vad hon skulle göra om Emmy inte var hemma. Men det var hon förstås. Stod i dörröppningen, sömnig och trött. *Kors, vad gör du här*, eller något ditåt, skulle hon säga, men ändå bli glad i de mörka och aningen sneda ögonen och släppa in henne i oredan. Eller så skulle hon markera att hon kom olämpligt. Och *olämpligt* betydde i stort sett bara en enda sak. Att någon annan var där också. Någon viktigare än en tjejkompis.

Men Trissan hade föresatt sig att få sitt fika. Något var Emmy tvungen att göra som tack för besväret. Trissan såg de två rummen framför sig. Utslängda märkeskläder, accessoarer, smink, skor och förstås alla böcker och kompendier och en och annan odiskad kopp eller halväten smörgås på ett bortglömt fat.

Hon tryckte pekfingret hårt mot ringklockan. Ljudet fortplantade sig in i lägenheten och försvann. Inget hände.

Hon ringde igen.

Och igen.

Fyra gånger sammanlagt. Sedan knackade hon och la örat mot dörren.

Dödstyst.

Mörka strömmar virvlade upp medan hon bankade tills knogarna ömmade. Herregud!

Hon drämde i med hela handen, hårt så att grannarna borde ha kommit ut om de varit hemma. Gläntade i brevinkastet. Såg dörrmattan och några reklamblad och ett vitt kuvert. Hade brevbäraren redan varit där! Eller var det posten från igår?

Oh, hemska tanke!

Men stirra nu inte till det, förmanade hon sig själv. Agera lugnt och sansat. Om Emmy inte varit hemma i natt hade det förstås en naturlig förklaring. Statistiskt sett är det så.

Hon fick anta utmaningen och spåra upp henne, vände därför om, tog några tunga och besvikna steg nerför trappan. Men i samma ögonblick som hon tänkte trösta sig med att trycka i sig frallorna och de bägge muffinsen själv, kom hon på att hon glömt känna på dörren. Vände därför tillbaka upp och förde ner handtaget.

Till hennes förvåning gled dörren upp.

Hon stannade till på tröskeln. Taklampan i hallen, ett vitt glasklot, var tänd. Badrumsdörren tvärs över stod på glänt, men i badrummet var det mörkt. Hon lyssnade intensivt efter ljud. Men det var dödstyst. Ingen var där. Rädslan fick henne ändå att hålla andan. Ett stilla brus från avloppsrör, en dörr som slog igen långt borta, ett barn som skrek, men allt från andra lägenheter.

Hon skakade på huvudet. Typiskt Emmy! Hade haft så bråttom att hon glömt låsa efter sig. Dörren gick inte att smäcka igen. Emmy kunde vara tacksam över att ingen plundrat lägenheten, tänkte Trissan och smålog mot en orientaliskt inspirerad rubinröd toffel med uppsvängd tå som låg utslängd mitt på hallmattan. Den andra skon kunde hon inte se.

– Hallå?

Det försiktiga ropet fick endast tystnad till svar. Hon tog mod till sig och steg in i hallen. Då ringde mobilen.

Hon såg på displayen att det var Emmys mamma. Jag kan inte svara, tänkte hon. Inte nu. Hon tryckte av och fortsatte försiktigt in i lägenheten. Kökslampan var också tänd, två ölflaskor stod på diskbänken. Jag hade rätt, tänkte Trissan. Emmy hade träffat någon. Hon visste att Emmy sällan drack öl, i alla fall hällde hon sällan i sig några större mängder. Hon föredrog vin.

Hon vred huvudet in mot sängkammaren. Persiennerna var nerdragna, ett dovt mörker vilade över den obäddade sängen. Lampan på nattygsbordet lyste svagt. När ögonen vant sig konstaterade Trissan återigen att Emmy måste ha haft bråttom när hon stack, för kläder låg i en salig röra utspridda i rummet.

Trissan började slappna av en aning och vände snabbt om i hallen och klev in i vardagsrummet.

Efter bara ett par steg på parketten tvärstannade hon. Förde handen sakta mot munnen som för att hindra ett skrik. Såg lamslagen mot soffan, blinkade inte ens.

Emmy låg på rygg. Att hon inte sov var uppenbart. Kroppsställningen var stel och onaturlig, nacken bakåtböjd mot armstödet och ena benet nerhasat mot golvet. Ögonen stirrade orörliga upp i taket. Munnen gapade tomt.

Hur många minuter som gick hade hon ingen aning om, de kändes som en evighet. Emmys mamma ringde igen när hon hörde porten öppnas och snabba steg arbeta sig uppåt. Hon svarade inte.

Hon satt på stentrappan utanför dörren. Rumpan hade blivit kall.

Hon var lika hungrig, törstig och allmänt sjaskig som förut, men nu spelade det ingen roll längre. Hon var fullständigt tom.

De var flera. Den ena polisen slog sig ner vid sidan om henne i trappan, en kvinna i hennes egen ålder. Lång, smärt och med en rågblond fläta på ryggen.

– Jag har stängt av mobilen, sa hon till polisen. Jag vill inte prata med hennes mamma. Hon vet inget.

– Det gör vi sedan, sa polisen med flätan och la en arm om henne. Vi ordnar det.

*

En läkare från hjärnskadesektionen på rehabiliteringskliniken på Orups sjukhus drygt tre mil utanför Lund skulle under dagen bedöma Cecilia. Se om, och när, hon kunde beredas plats hos dem. Veronika hade tagit reda på att det var en mycket välskött enhet, att vården och träningen där var aktiv och bred.

Sängens huvudända var höjd. Veronika höll i en spegel och Cecilia tog tag i den med ena handen. Höll den närmre. Tittade. Ansiktet var blekt och tunt. Hon hade gått ner i vikt men inte påtagligt. Hon var sig lik förutom att hon var skallig. Framifrån syntes inte så mycket av såren, som såg ut som svarta inskriptioner i hårbottnen. Läkningsprocessen var igång. Något bandage hade hon inte.

Veronika höll också fram ett fotografi av henne som togs i samband med bröllopet. Det var personalen på avdelningen som föreslagit att Cecilia skulle närma sig sitt ”nya” utseende, och kanske även ta ställning till om hon ville ha peruk i väntan på att håret växte ut. Telefonnumret till perukmakaren hade hon fått på en lapp.

– Hon är sötare, sa Cecilia och pekade på fotot.

– Det är du.

– Det ser jag väl!

Hon försökte sig på ett ironiskt leende.

– Du är fin i kort hår också, sa Veronika.

– Det är inte kort. Det finns inte.

Hon talade en aning släpigare än vanligt, men det var trots allt en kommunikation. Ett smågnabbande, precis som vanligt. Hon var sig lik. Det var Cecilia, och Veronika hörde jublet inom sig.

– Vill du ha en peruk?

Cecilia tänkte en god stund.

– Nä. Jag tror vi skiter i det!

Veronika brast i skratt. Det var så ljuvligt att skratta. Det gick fort fram med Cecilia, även om det ännu var långt kvar.

– Du, sa hon.

Cecilia vände långsamt huvudet mot henne.

– Din lägenhet är väldigt trevlig.

Cecilia tittade stumt på henne.

– Minns du din lägenhet?

– Kanske …

– Du hann ju inte bo i den.

– Jaså.

– På Tullgatan ligger den, minns du det?

Cecilia tystnade, tänkte efter.

– Nej.

– Du flyttade in samma dag som olyckan hände.

– Jaha.

– Så det är fullt av flyttkartonger med alla dina saker i lägenheten. Fast en del har jag packat upp.

Tystnad igen.

– Kanske att jag minns.

– Jag tänkte att vi får hjälpa dig att komma i ordning. Ta ner lite möbler från Oskarshamn, en byrå, kanske köpa en bokhylla. Har du något emot det? Du kan ju ändra om sedan.

Cecilia släppte koncentrationen. Vände ögonen drömmande mot fönstret. Två jetplan ritade vita linjer i skyn.

*

Nina Bodén stod i dörren till rektorsexpeditionen. Hon hade sorg, det behövdes bara en snabb blick för att se.

Kerstin Malm var tacksam för att hon redan stökat över den första kontakten, den där gången på ICA. Nu bad hon Nina Bodén att slå sig ner vid det runda bordet och övervägde om hon skulle tända lyktljusen på bordet men lät bli. Solen sken fortfarande utanför, någon ytterligare ljussättning behövdes inte. Risken fanns dessutom att det korta mötet alltför mycket skulle komma att likna en andakt. Det ville hon helst undvika.

Kerstin Malm hade egentligen inte tid att sitta någon längre stund. Hon tänkte förstås gå på begravningen, när det nu var dags, men det behövde hon inte trumpeta ut för den tillknäppta änkan. Inte heller att de närmsta kollegorna höll på att skriva några minnesord. Det fick visa sig så småningom.

Nina Bodén satt rak på stolen. Hon verkade fullständigt kraftlös, så Kerstin Malm kände sig manad att börja.

– Jo, det här var oväntat, slapp det ur henne.

Och hon höll på att kvävas av sin egen dumhet. Just denna typ av frånfälle var, om något, alltid överraskande. Men de hade inte, detta till trots, behövt upprätta några krisgrupper eller ta till andra extraordinära åtgärder på skolan. Hon hade personligen gått in till de klasser som Jan hade haft sin huvudsakliga undervisning i och berättat kort vad som inträffat, utan att låta sig lockas in i några spekulationer. Hon vaktade sin tunga. Det var otvivelaktigt bättre att säga för lite än för mycket. Förflugna ord var svåra att ta tillbaka, medan tystnaden var lätt att fylla ut. Idealet var förstås att uttala sig tydligt och konsekvent.

Eleverna hade förstås blivit bestörta. Detta berättade hon kort för Nina Bodén. Somliga hade speciellt uttryckt sin saknad, sa hon och hann se hur ögonen fuktades innan Nina Bodén undvikande vände sig mot fönstret.

Hon berättade förstås inte att eleverna redan verkade ha anpassat sig till Jans sjukvikarie, en finnig nyutexaminerad yngling. Hon sa inte heller att inte bara eleverna utan även kollegorna tyckte att de hade dragit en vinstlott. Den unge läraren var full av energi och det smittade av sig. De hade redan i förtäckta ordalag gjort klart att de hoppades få behålla honom. Vilket nu verkade fullt möjligt.

Nej, man ska inte tro att man är oumbärlig, tänkte hon medan hon väntade in Nina Bodén. I alla fall inte på arbetet. Bara för sina närmaste. Det gällde att ha det i minnet. En mamma eller en pappa gick inte att ersätta. Och ännu mindre ett barn.

Hon sköt snabbt denna djupsvarta smärta ifrån sig. Som en hastig vind, en klapp på axeln och ett leende från en annan tid.

Nina Bodén verkade knappt ha hört på. Hon satt där hon satt, inte ens en nickning. Som om hon tog sats inför något.

– Hur går det för dig? sköt därför Kerstin Malm in med sänkt röst.

Hon kände sig nästan opassande i sitt nyfärgade hår som luktade starkt av hårprodukter. Hon aktade sig för att luta sig alltför långt framåt.

– Det hankar sig fram.

Svaret var knappt.

Hon kände inte fru Bodén men fick ändå en känsla av att det var något oförlöst med sorgen. Eller om det var hela hennes uppenbarelse. Hängande bleka påsar under ögonen, luggen aningen för lång – hon hade väl inte hunnit iväg – en orkeslöshet över axlarnas lutning. Men hon bar en uppproriskt varmröd skjortblus.

– Får jag ställa en fråga? sa Nina Bodén och bröt äntligen tystnaden.

Nu kommer det, tänkte rektor Malm och blev smått nervös.

– Javisst, fråga du bara, sa hon med behärskad mildhet för att få det hela överstökat.

– Vilka umgicks Jan med på skolan?

– Tja, mest höll han ihop med kollegorna på den naturvetenskapliga sidan. Johansson, Rast, Lillebill …

– Tack, det räcker.

– Du känner dem säkert bättre än jag, log Malm överslätande efter att så bryskt ha blivit avbruten.

– Jag känner några av dem.

Rektor Malm nickade så örhängena dinglade. Hon hade silverfjädrarna.

– Men jag vill veta om han hade andra *förbindelser*, fortsatte Nina Bodén, och kinderna hade gått från vitt till rosa.

Kerstin Malm såg varningsflaggan vifta. Hon måste tassa på tå.

– Inget som jag känner till … hm …

Harklingen avslöjade att hon försökte vinna tid.

– Jaså?

– Vad är det du tänker på?

– Du förstår nog vad jag menar.

Nu såg Nina Bodén henne rakt i ögonen och snörpte på munnen. Och rektor Kerstin Malm, chef för stadens gymnasieskola, fann sig sitta som i ett korsförhör, fast med en osäker rollfördelning.

– Du menar om han hade ett …?

Kerstin Malm förstod inte varför detta enda ord skulle vara så generande svårt att få fram. *Förhållande* lät för oprecist, *älskarinna* för intimt, *prassel* för vanvördigt, *utomäktenskapligt förhållande* för byråkratiskt.

– Om han hade en annan kvinna, sa Nina Bodén frankt.

Kerstin Malm svalde.

– Uppriktigt sagt har jag ingen aning.

Hon ljög. För det var just aningar hon hade men inget mer. Absolut ingen visshet. Och det var mer kopplat till ett förväntat beteende som i sin tur grundade sig på tidigare historier. Jan var en sådan som prasslade. Det var den gamla elevhistorien som spökade, men då var hon ännu inte skolledare. Men hon mindes, hon som de flesta, förmodligen. Inget kunde emellertid ledas i bevis, så det hela rann ut i sanden. Men naturligtvis kom händelsen att följa Jan Bodén som en skugga. Sådant hade hänt på de flesta skolor, men numera fanns det åtminstone tydliga handlingsplaner, tänkte hon och välsignade trots allt byråkratin.

Hennes nyfikenhet var emellertid väckt.

– Vad får dig att tro det?

Rösten var så försiktig att hon nästan började stamma.

– Polisen har gett mig ett telefonnummer.

Kerstin Malm anade vilket nummer det var fråga om.

– Har du tagit reda på till vem det går?

Nina Bodén nickade.

– Det leder ingen vart. Men jag vet inte vilket riktnummer det är, sa hon, och rösten var full av förgrämd handlingskraft. Jag tänker gå till botten med det här, fortsatte hon mellan strama läppar och trummade bestämt med långfingret i bordsskivan. Det känns oerhört tråkigt att vara lurad.

Och Kerstin Malm svalde. Luften vibrerade hotfullt. Hon hoppades människan framför henne skulle lugna ner sig, i alla fall på sikt. Mest för hennes egen skull. Så mycket ilska, eller snarare bitterhet, gagnade inte någon, framför allt inte om det kom ut.

Men å andra sidan kunde hon inte annat än hålla med. Det är alltid *tråkigt* att bli lurad, milt uttryckt. Det värsta var att Jan var död. Det som är gjort kan förvisso inte göras ogjort. Men det är möjligt att gå vidare. Hennes Jan-Olof kom tillbaka.

– Men det är ju inte säkert att det är ett telefonnummer till en kvinna, sa hon överslätande. Numret kan ju gå till i stort sett vad som helst.

Men hon hörde att det inte lät bra. Telefonsex, porrkontakter och Gud vet vad!

– Det kanske inte ens är ett telefonnummer, försökte hon därför.

Och kom i samma ögonblick på varför siffrorna var så bekanta.

Inte serien.

Men valet av siffror.

*

– Jag är på Stortorget, svarade Karl i mobilen, och hon hörde sorlet i bakgrunden. Kom du om du vill. Vi är några stycken.

– Det har hänt något, kved Trissan.

Han måste ha hört att hon var upprörd.

– Är det så hemskt att du inte kan berätta det här?

– Kanske. Men jag kommer. Det tar två minuter.

Det tog fyra eftersom hon fick gå. Cykeln stod inte där hon parkerat den, slarvigt nog på gatan, men hon hade varit så in i helvete förkrossad att hon knappt visste vad hon gjorde när hon kom hem från polisen. Småsprang nu Lilla Fiskaregatan fram. Klockan var kring halv sju. Affärerna hade stängt och staden var i det närmaste tömd.

Polisen hade pratat en del om bevakning av henne. Undrat om hon inte kunde ha någon hos sig eller åka hem till föräldrarna i Ystad. Men det ville hon inte. Därför skulle hon få ett larm. Hon hade ju grannar som skulle höra henne skrika om någon bröt sig in, tänkte hon, men visste samtidigt att det hade Emmy också haft. Och vad hjälpte det? Ingen hade för övrigt brutit sig in hos Emmy. Dörren var inte förstörd. Och Cecilia hade blivit nerslagen ute på öppen gata.

Rena terrorn, tänkte hon. Vem är det som är ute efter dem? Eller är det två helt olika personer?

Karl satt i baren. Jonathan Lönn var med honom, den skitstöveln. Hon visste vad han var för typ, Cecilia hade berättat utförligt. Men han var tvärsnygg, konstaterade hon. Dessvärre. Och nu log han.

– Tjänare, sa han milt och ville också ha en kram när Karl fick en.

Så hon la ena armen hastigt om hans hals och tryckte upp kinden mot hans strävare kind så att hans lockiga hår kittlade mot näsan.

– Och det här är Leo, sa Karl, och hon tog lydigt i hand. Och detta Gustav.

Han fick också en nick och hon ett slappt handslag. Hon kände igen honom lite vagt. Ett regelbundet ansikte som man annars lätt kunde glömma. Blek skäggstubb, narig över kinderna, förmodligen uttorkad efter sommaren, kanske seglare, lite slapp i klädstilen. Leo verkade mer vara den mörka, svåra typen. Orkade knappt pressa fram ett leende.

Hon var irriterad över trängseln vid bardisken, över att någon knuffade henne i ryggen och att folk kom och gick. Hon tänkte inte säga ett pip med alla dessa människor omkring sig. Men hon behövde prata.

– Kan vi gå avsides? viskade hon.

Karl gled ner från barstolen och drog med henne ut på torget. Hon hann inte mer än utanför dörren så brast det. Hulkade, berättade medan tårarna flödade. Karl fick be henne repetera flera gånger innan han fick ihop vad som hänt. Och han la sedan en arm om henne, strax därefter även den andra, omslöt hela henne och kramade henne hårt, hårt. Och de blev stående i varandras armar länge. Ljuden som kom uppifrån fick henne att tro att även han grät. Men det var svårt att säga säkert med örat mot hans varma bringa och hans stora hand om huvudet.

Tänk om tiden stannat. Hon var så uppjagad och förvirrad i sin förtvivlan att hon fann sig själv förmögen att för en gångs skull släppa kontrollen för en kort stund. Ge sig hän åt tryggheten, den tunga sensuella doften från hans rakvatten, omfamningens tveklöshet, tillfredsställelsen i att få bli tröstad och mycket mer som överraskande nog plötsligt sjöd inom henne. Fick det att pirra och mjukt bulta i underlivet.

Något som skulle få stanna som hennes hemlighet.

Vad folk tyckte och tänkte i denna stund blev henne med ens likgiltigt. Livet var uppochnervänt. Hon kikade försiktigt under hans arm. Innanför restaurangens stora fönster syntes ansikten som vita månar.

De släppte varandra. Eller om det var han som trots allt släppte henne. Hon försökte att inte fästa sig vid det. Frös och identifierade Leos bleka ansikte vänt mot dem i fönstret. Hålögd och allvarlig. Den där Gustav syntes inte till. Han var väl på toa.

Hon ville inte gå in och sitta med dem och spela social och försöka kvittra när tonerna ändå skulle fastna i strupen.

Ville egentligen ingenting. Allra minst gå hem.

– Polisen bad mig skriva ner namnen på Emmys vänner.

– Ja, det förstås, sa Karl halvt frånvarande.

– Och polisen kommer att kontakta Juridiska institutionen, fortsatte hon.

– Givetvis, sa han och rösten försvann tonlöst.

Han var förstås knäckt. Blinkade sorgset och såg över hennes huvud bort mot Stortorget. Sedan stirrade han rakt ner på henne.

– Vilka namn tänker du ge polisen?

– Du behöver inte vara orolig, förmådde hon faktiskt skoja till det och puffade honom lite lätt. Klart att jag inte glömmer dig.

Pojken

Solen skiner. Fåglarna kvittrar visst också, säger någon av tjejerna i klassen. Det är skolavslutningsväder, kort och gott.

Jag hade fått fram en ren skjorta. Morsan strök den när jag skulle följa med till morfar som fyllde sjuttio, men det blev inget av med det. Farsan slirade ur i sista sekunden. Jag minns knappt vad bråket handlade om, men det blev i alla fall inget åka av. Det är sällan man fattar vad det är pappa retar upp sig på. Kan vara vad som helst. Men man känner på sig när det drar ihop sig. Det gör vi alla. Och vi rättar oss efter det.

Men så sa han till mamma att fixa familjemiddag hemma i stället. Det minns jag. Med gott vin. Liksom viktigare med den egna familjen, menade han. Att vi höll ihop och brydde oss om varandra. Och sedan drack de vin, och jag kommer inte riktigt ihåg vad vi barn gjorde. Jag drog väl av skjortan och gick ut. Eller upp på mitt rum.

Fy fan, vad skönt det ska bli att få bestämma själv! Det gäller bara att bita ihop några år till. Överleva högstadiet och sen gymnasiet. Man måste vara stark. Se till att ingen sätter sig på en.

Morsan fick i alla fall ringa morfar den där dagen. Han blev förstås besviken. Och jag tror nog att morsan blev det också. Fast hon hela tiden tjatade i luren om att de skulle komma en annan gång och fira honom *ordentligt*.

Men det blir aldrig detsamma när man kommer så där efteråt. Vissa saker är för sent, sedan kan folk göra sig till hur mycket som helst. Filippas födelsedag har de till exempel aldrig missat. Men min. Förra året. De var iväg. Pappa skulle på någon konferens och ville ha mamma med, och det var bara skönt, tyckte jag. Det tyckte Filippa med, hon har ju sin pojkvän eller kompis eller vad det är. Men morsan och farsan kunde ha ringt. Eller köpt med sig en födelsedagspresent. Men jag sa inget. Påminde dem inte ens.

Jag tror att morfar fattar hur det är. Men vad ska han göra? Han tycker samtidigt att det är fint med pappa. Kan skriva recept på mediciner och rekommendera bra behandlingar och är någon att skryta med i bekantskapskretsen. Framför allt mormor är stolt. Babblar alltid om att jag ska gå i pappas fotspår. Och i farfars. En riktig läkarsläkt på pappas sida. Man kan säga att mamma liksom har kommit upp sig. Precis som mormor och morfar genom pappa. Och det är klart att jag tänker nå dit. Bli något som gör att alla behandlar mig med respekt. En kärring, till exempel, kom fram till pappa på stan och sa att han hade botat henne. Fy fan, vilket flyt! Farsan sa förstås att det bara var hans jobb och log med hela käften. Det skulle väl föreställa att han var ödmjuk, men jag såg allt att han sken som en sol. Och morsan stod där vid sidan om och glänste, hon med.

Det är alltså skolavslutning. Jag har aldrig varit så nervös i hela mitt liv som i morse. Men jag visade inget. Det gäller att vara oberörd. Det är jag bra på.

Efter En blomstertid nu kommer och rektorns tal om att ta sommaren tillvara och komma utvilade och brunbrända tillbaka, gick vi till klassrummet. Vår klassföreståndare är rätt schyst. Egon heter han, och det är inte nådigt att heta det, men han klarar det fint. Inte många som vågar sätta sig på honom. Han hade också skjorta, en ganska stormönstrad och sladdrig sak utanpå jeansen, typ hawaii, vilket förvånade oss alla. Egon är inte precis den färgglada sorten annars. Och skjorta har vi aldrig sett honom ha. Mest urtvättade tröjor. Någon av tjejerna i klassen berättade att han är ogift. Inte för att hon ville erbjuda sig att ta hand om honom, men det förklarar att han ser ut som en kompost. Det finns ingen som ser till att han klär sig ordentligt. Men jag för min del skiter i vilket, för han är schyst.

Men så var det betygen. Alltså första gången vi skulle få ett riktigt betyg. Förut var det omdömen, och morsan och farsan fick gå på kvartssamtal och fick veta att jag klarade mig bra. Hade ett gott läshuvud, som morfar skröt med och pappa tjatade om. Sa att det viktigaste i livet var att inse att man inte fick något gratis. Pappa hade aldrig trott det. Alltid ansträngt sig, och menade att jag skulle göra detsamma. Helst vara bäst. Annars skulle han se till att jag blev det.

Ett förbannat tjat, alltså. Tvingade mig att inse att livet inte går i repris. Man måste ta chanserna när de kommer. Påstod han. Bråkade en del om varför jag inte är bäst i idrott också. Det är bara att träna, påstod han. Som en elitidrottsman. Det gjorde han en gång i tiden. Fast jag tror att han ljuger. Jag frågade farmor en gång, och hon sa att pappa inte hade varit någon större idrottsstjärna. Egentligen rätt måttlig i skolan överhuvudtaget, så han fick läsa upp betygen och sedan läsa till läkare i Tyskland där det var lättare att komma in. Men det erkänner han aldrig. Jag tror inte ens att jag skulle våga fråga honom. Och egentligen spelar det ju ingen roll, för han har verkligen lyckats. Tagit revansch. Och man blir precis lika bra doktor i Tyskland. Om inte bättre. För de kräver mer av sina studenter där, säger pappa. I Sverige daltar man bara.

Egon sa att han ville göra proceduren kort. Han ropade upp oss en och en i rätt snabb takt. Vi fick det där bruna kuvertet, och sedan var det som om det inte gick att samla ihop oss längre. Alla ville ut och öppna kuverten någonstans på skolgården. Och vi ska ju ha Egon ett år till, så det gjorde inget att vi störtade iväg.

Några av tjejerna ställde sig i en klunga och slet upp betygen och höll papperet nära ansiktet så att de andra inte kunde se. Några tjöt av lycka och några blev precis tvärtom. Knäpptysta och kritvita. Egon hade sagt till oss att ingen skulle få femmor, dem tänkte han spara till nian så att vi har något kvar att sträva mot. Jo, Stellan skulle få en femma i gympa, han är ju fenomenalisk.

När jag kom hem var ingen hemma. Filippa var med sin kille, eller vad man ska kalla honom för. Han är två år äldre än hon. Mamma gillar det inte, men det går inte att stoppa Filippa. Hon har precis gått ut sexan. Fast de är inte ihop på det viset.

Jag la mig på sängen, satte på musik och började bläddra igenom högen med seriemagasin. Sedan hörde jag morsan i dörren. Jag visade henne betyget och hon berömde mig. Hon satte på kaffe och hon hade köpt färska bullar och vi hade rätt mysigt en stund.

Pappa kom hem några timmar senare, och jag bestämde mig för att han själv fick fråga efter betyget. Jag tänkte inte visa honom det självmant, fast det var bra, nog bäst i klassen om jag får säga det utan att skryta. Men man vet aldrig när det gäller honom. Tänkte att jag först skulle kolla hur han var när han kom hem. Det varierar liksom. Ibland uppåt. Ibland inte uppåt alls. Det går aldrig att veta.

Mamma höll på med maten vid spisen. Pappa stod med ryggen mot mig när jag kom ner i köket. Han höll på att öppna en vinflaska.

– Vet du var Filippa är? sa han med ryggen mot mig.

– Nä, sa jag och smet sedan in på toaletten.

– Har du ingen aning om var hon är? envisades han när jag spolat och kommit ut.

– Nä.

Pappa blev tyst. Jag hatar när han blir tyst.

– Mamma säger att du har fått bra betyg.

Jag nickade.

– Vill du inte visa mig?

Pappa bet ihop käkarna så att musklerna blev som bollar på kinderna och drog sedan ur korken och hällde upp en skvätt vin till sig själv.

– Jo, det kan jag väl, sa jag och gick in på mitt rum och lyfte på skrivbordsunderlägget och tog fram det bruna kuvertet.

Pappa vecklade upp papperet. Tittade på siffrorna. Länge tittade han. Knäpptyst. Mamma skramlade vid spisen bakom honom.

– Visst är det roligt, sa hon till pappa på det där käcka sättet hon har ibland när hon vill blidka honom, och så blinkade hon kompisaktigt till mig.

Äntligen lyfte farsan blicken från papperet. Ställde sig och såg tyst på mig. Skjortärmarna var uppkavlade, minns jag. Hans mörka hår på underarmarna reste sig.

– Det fattas femmor, sa han och slog med ena handen mot papperet.

Sedan vill jag inte komma ihåg så värst mycket mer.

Det var i alla fall första gången jag fick ett betyg. Och det var tufft. För farsan, alltså. Jag har gått om honom på längden. Och snart i styrka också.

Och jag lovar mig själv ännu en gång att i framtiden ska *ingen* jävel få kröka ett hår på mitt huvud.

Inte någon.

Kapitel femton

Fredagen den 20 september

Klara fick en varm tröja under jackan, som var i tunnaste laget. Den var lite för kort i ärmarna också, sommaren var en god växtperiod. Frågan var om inte skorna klämde? Claesson satte tummen mot det hårda och avskavda lädret i tåhättan men nådde inte ner till de pyttesmå tårna.

Han reste sig från huksittande.

– Du Klara, idag kommer mamma, sa han och såg ner på henne där hon stod på golvet.

– Maa, gurglade Klara tillbaka.

– Hon får ta med dig till skoaffären och mäta fötterna.

Han trampade i motvind mot Humlan och hoppades att Klara inte frös. Hon satt moltyst i barnsadeln. Han tänkte. En fridens stund tidigt på dagen. Huvudet rent och kroppen utvilad.

Veronika skulle börja arbeta på måndag. Hon såg fram emot det, påstod hon. Han såg i varje fall fram emot att ha henne tillbaka på andra sidan köksbordet. Och att hon kysste honom i nacken när han läste tidningen.

Cecilia var på väg till Orups sjukhus. De väntade på ett datum då de närmaste anhöriga skulle informeras om rehabiliteringsplanerna. Han förstod på Veronika att även han räknades dit. Förutom naturligtvis hennes pappa Dan Westman och dennes nya familj, som i och för sig inte var särdeles ny. Ett stort pådrag, kändes det som. Känslorna inför Cecilias rehabilitering var blandade. Det satt hårt åt att inse att hon kanske inte skulle bli helt bra inom överskådlig framtid. Kanske aldrig någonsin, men det talade ingen om.

Varför måla fan på väggen i onödan?

Men fan dök likafullt upp ändå.

De första dygnens tortyr hade de bakom sig. Skallskadan hade varit fokal, som läkaren sa. En avgränsad blödning utanför hjärnans hinnor, men den hade ändå klämt till den ömtåliga hjärnvävnaden under några timmar innan Cecilia hittades och blev opererad. Detta hade de ältat om och om igen. Samt förklarat och försökt beskriva för oroliga vänner och bekanta.

Det kunde alltså ha varit värre. Det kunde det alltid. Det finns alltid en nivå under den man befinner sig på. Men var finns det rena helvetet? Inte är det döden. Den kan komma som en befriare.

Cecilia kunde röra kroppen normalt och hade inte ont. Hon var sig lik, berättade Veronika. Men hon var oändligt trött och kände sig trög, om han förstod det hela rätt. Och hon hade svårt att minnas och att koncentrera sig.

Det skulle bli många turer till Skåne, insåg han. Han räknade med att kunna följa med någon gång snart. Om tillfälle gavs kunde han passa på att titta in hos kollegorna i Lund.

Polishuset i Oskarshamn låg insvept i tunga skyar, men ännu regnade det inte. Vita gäss gick på sjön. En sval vind låg på norrifrån och Blå Jungfrun syntes knappt i diset.

Efter morgonmötet gick Claesson med bestämda steg mot Louise Jasinskis rum. Nu var det dags, bestämde han och klev på.

– Upptagen?

Hon skakade på huvudet. Håret var klippt. Fortfarande hade hon lugg, men sidorna stod ut som små vingar en bit över öronen. Han funderade helt kort på om han tyckte att det klädde henne. Kanske var han bara feg och ogillade förändringar.

Han stängde resolut dörren bakom sig.

– Hur är det?

Han satte sig mitt emot henne.

– Bra, sa hon och vred skrivbordsstolen mot honom.

– Det var väl *bra* det! Lagom mycket att göra?

– Det sa jag inte.

Hon försökte dra på munnen. Och han tog chansen.

– Snyggt klippt, fick han snabbt ur sig.

– Tack, sa hon och leendet slog ut i full blom. Jobbet går hyggligt, men det har varit rätt tufft, sammantaget.

Och så kom skilsmässan upp. Nästan som en spya. Blandat med annat.

– Du kommer att fixa det galant.

– Du säger det, sa hon och såg generat ner i bordsskivan. Värst är nog att ingen tar i en längre.

– Vill du ha en kram?

Hon skrattade.

– Jag lovar att säga till när det är absolut nödläge. Däremot kan du göra en insats och berätta vad du pysslar med?

Han reste sig, försvann till sitt rum och kom tillbaka med en mapp.

– Ett fall för polisen i Lund, sa han. Men kopplingarna hit är betydande. Bodén bodde ju här. Hittills har vi ingen som helst aning om motiv. Han var en vanlig lärare, inte speciellt förmögen, inte heller med kronofogden i hälarna. Han hade fått en mindre och ganska harmlös tumör inne i örat som skulle opereras bort. Tydligen upplevde han det som jobbigt. Enligt hustrun förstorade han upp det hela helt i onödan, fick galopperande dödsångest och krisade i största allmänhet. Men han drack inte nämnvärt.

– Finns det något på honom?

– Nix. Inte ens en parkeringsbot. Ingen begriper något. Varken Lundakollegorna eller jag har några idéer. Relationsbrott är ju vanligast, men det enda vi hittar är ett förhållande med grannkvinnan.

– Pågående?

– Ja. Hustrun vet nog inte om det.

– Jaså?

– Inte ännu. Men skulle hon ha vetat om det så hade hon i alla fall inte hunnit ner till Lund för att ha ihjäl honom. Vid den sannolika tiden för mordet susade hon fram ute i byarna i sjukvårdens lilla vita bil. Det har jag kollat upp. Hon är distriktssköterska.

Han plockade sedan fram en kopia på papperslappen från Bodéns jacka.

– Det är inte Bodén som har skrivit den, sa han. Hans fingeravtryck fanns inte ens på den.

Louise tittade stumt på siffrorna, kisade och trutade med munnen medan hon tänkte.

– Det ser ut som mitt gamla avgångsbetyg i nian. Mest tvåor och treor.

– Var du så dålig?

Förvåningen var äkta.

– Min strulperiod i livet. Somliga mognar sent, vet du.

*

Kriminalinspektör Gillis Jensen vid brottsroteln i Lund hade bråda dagar. Fallet med mannen som hittats död i en städskrubb på sjukhuset fick vila för ett tag.

Mycket annat slumrade också. Den ännu inte avskrivna högen låg på skrivbordets högra sida, uppskjuten mot kanten. Där låg den bra. Packen skulle inte bli högre, det hade han emellertid bestämt. Det betydde alltså att fallen inte sov för alltid. Långt ifrån.

Gillis Jensen var en arbetsam natur. Dessutom rätt snabb, fast få trodde det när de såg honom. Talade eftertänksamt med en viss fördröjning, som om han alltid sökte efter orden, vilket retade de otåliga som försökte snabba på honom. Men det var lönlöst. Saken var den att Gillis Jensen alltid varit en smula rädd om orden. Eller snarare rädd *för* dem. Han hade kommit till Sverige som åttaåring. Den danska han talat som barn betraktades förstås som rotvälska, speciellt som familjen inte kom från Själland och Köpenhamnsområdet utan från Jylland med dess mer utpräglade dialekt.

Egentligen var det länskrim i Malmö som skulle ta alla spaningsmord i södra Skåne, men just nu stod polisen mitt uppe i sin femtioelfte omorganisation.

Hustrun, som arbetade inom vården, hade det på ungefär samma sätt. Det var inte stort lönt att hetsa upp sig. Och kanske blev somligt till och med bättre, om man tog på sig rätt glasögon.

De var hur som helst åter på väg mot decentralisering. Till och med så långt gånget att oerfarna närpoliser skötte vissa utredningar. Hur kvaliteten blev var lätt att räkna ut. Enkelt uttryckt, högst varierande. Det var åtminstone Jensens åsikt. Men han tillhörde å andra sidan de förhatliga fyrtiotalisterna som mest sågs som tunga grå elefanter. Att de kunde något tycktes helt plötsligt vara bortglömt. Enligt det sista utspelet uppifrån skulle de utrangeras för att ge plats åt unga pigga kultingar. Arrangemanget hette garantipension eller trotjänarpension. Men Jensen ämnade inte ge sig. Han tänkte bita sig kvar till sextiofemårsdagen.

I Malmö hade man häcken full och kände inget större behov av att ta utredningen med den döda studentskan, det fick polisen i Lund sköta själv. Ett nytt spaningsmord, med andra ord. Den tekniska genomgången av lägenheten på Örnvägen 53 skötte dock folket från Malmö, eftersom det inte fanns någon teknisk avdelning i Lund.

Förundersökningsledare blev denna gång inte åklagare Malin Didriksen utan den betydligt torrare och mer korrekte Christer Pettersson. Kriminalinspektör Lars-Åke Mårtensson var utsedd till spaningsledare. *Laurs-Auge*, som han själv presenterade sig. Mårtensson var från Veberödstrakten och den skånskaste av dem alla. Och om Gillis Jensen ansågs ha tillvaron hyggligt under kontroll, betedde sig Lars-Åke som om han aldrig hade det. Högröd i ansiktet hade han forsat igång och paddlat med händerna i luften som om han satt i en kajak. Men de var vana vid detta energiflöde från en man som snarast såg ut att vara inkarnationen av indolens.

Mårtensson och Pettersson var en intressant kombination. Som en sås som skar sig.

Gillis Jensen hade beordrats att hjälpa till med förhören så här i inledningsskedet då tidsfaktorn var av stor betydelse. Sedan tänkte han återgå till fallet Jan Bodén där man i alla fall kommit så långt som till att inget tydde på att han flyttats till städskrubben efter att han bragts om livet. Strypt bakifrån, det höll fortfarande enligt rättsläkare Ring.

Det såg inte bra ut för sjukvården. Att hitta döda människor där man skulle rädda liv! Jensen tyckte att det var snudd på komiskt, mitt i allvaret. Det anmärkningsvärda var att pressen inte passat på att slå mynt av det. I stort sett bara de sedvanliga braskande rubrikerna i kvällspressen, typiska dagsländor. Likaså en kort snutt i Sydnytt, och faktiskt även i Rapport, men sedan dog det ut. Man lyckades inte misskreditera vården helt, att det på något sätt skulle vara förenat med livsfara att besöka det stora sjukhuset i Lund. Därtill var människor alltför beroende av sjukvården. Och kanske var de inte heller så lättlurade.

Men man lyckades vaska fram den undersköterska på öronkliniken som hade hittat en bag med en necessär och ett kalsongbyte bakom en karmstol i en korridor och ställt undan den på en expedition. Sedan var väskan försvunnen. Hon hade varit med på bild på Kvällspostens förstasida. Gnistrande vita tänder och ögonfransar värdiga en amerikansk såpastjärna. Så hennes lycka var säkert gjord. Och till Jensen hade hon inte mycket att tillägga. Mer än att hon var ledsen för att väskan försvann. Men hon såg inte speciellt ledsen ut.

Hade platsen, en städskrubb, någon betydelse? Eller att det var på ett sjukhus? Någon sorts grumlig, eller varför inte klockren, symbolik? Eller slumpade det sig bara så? Dagligen funderade Jensen över detta. Liksom över sifferkombinationen. Hade till och med rådgjort med hustrun, fast han inte borde, men efter fyrtio år tillsammans visste han att hon var att lita på.

Han släppte tankarna på Bodén, tog på jackan och gick ut.

Han satte tummen mot ringklockan hos Kenneth Larsson en våning under Emmys på Örnvägen 53. Igår hade ingen varit hemma, men nu hördes mjuka steg bakom dörren.

Mannen som öppnade såg frisk och sund ut. Han var kring de femtio och bar en svart T-shirt och ett par likaledes svarta boxershorts, som om han skulle iväg och träna. Han stod i strumplästen. Även sportstrumporna var svarta. En packad bag svällde på hallgolvet.

Utan tvekan släppte han in Gillis Jensen.

– Tja, jag jobbar ju oregelbundet så jag var inte hemma igår. Var precis på väg ut …

– Har du tid?

– Visst, för fan! Kan ta ett annat träningspass.

– Var då?

Gillis Jensen värmde upp, annars brydde han sig inte alls om i vilken träningslokal Larsson lät svetten rinna.

– Gerda, sa han.

– Ja, dit är det många som går.

– Det funkar för mig som arbetar oregelbundet. Alltid finns det något pass jag kan ta.

De stod i hallen, men satte sig sedan på var sin pinnstol i köket. Köksbordet saknades. Gillis Jensen la sig inte i denna detalj. Försökte undvika att glo på mannens håriga lår.

– Det var tråkigt att höra att hon är död, sa Kenneth Larsson och lät uppriktig.

– Kände ni varandra?

– Nä. Hon har bara bott här några veckor. Hyrde i andra hand. Många gör det. Studenter. Vi nickade till varandra i trappuppgången. Söt tjej.

Jensen stirrade på honom, och Larsson rodnade.

– Och du bor ensam här?

– Jajamänsan. Men … det hände faktiskt något härom kvällen. Det var någon gång runt midnatt, sa han och gned med bägge händerna över låren som om han inte förmådde sitta stilla. Jag brukar hamna framför tv:n när jag vet att jag inte behöver gå upp. En jäkla ovana … men jag satt i alla fall där och glodde när jag hörde någon hojta utanför fönstret. Jag hade öppnat eftersom det var rätt varmt så jag stack ut huvudet och …

Pausen var välplacerad och kom som en häftig inbromsning. Gillis Jensen stirrade på Larssons läppar. Väntade lydigt på fortsättningen. Men den kom inte.

– Jaha? manade han på.

– Det stod en man där.

Han närmast stavade sig fram. Spänningen förhöjdes ytterligare. Gillis kände flytet. Det här kommer att ordna sig snabbt, tänkte han. Om inte mannen framför honom ljög.

– En man?

– Jepp.

Prillan spände ut överläppen. Larsson klippte med ögonen.

– Nu undrar jag förstås om du närmare kan beskriva honom.

Kenneth Larsson blundade, som om han försökte återkalla scenen ur minnet. Jensen såg att snuset hade satt sig som svarta klumpar mellan tänderna.

– Rätt ung, är min bedömning. Men jag kan ha fel.

Fortfarande satt han med ögonen slutna.

– Ung?

– Tja, kring tjugofem trettio så där. Rösten lät i alla fall ung. Det var mörkt ute, så mer vågar jag inte säga.

Läpparna slöts bestämt och ögonen öppnades.

– Du satt framför tv:n sa du, fortsatte Jensen.

– Jepp.

– Och var har du den?

De reste sig och gick in i vardagsrummet. Det var en tvåa, identisk med den ovanpå där Emmy Höglund hittats död. Dörren till sovrummet var stängd.

Vardagsrummet var häpnadsväckande tomt. Där fanns i stort sett bara en tv och en solstol uppställd på en liten matta, förmodligen för att inte göra skrapmärken på parketten.

– Jag somnar lika gott i den, skrattade Larsson med en nick mot solstolen, och Gillis Jensen bestämde sig för andra gången sedan han klev över tröskeln för att inte rota i orsaken till mannens sparsamma möblering. Kanske nyligen frånskild och utkastad på gatan.

– Du satt alltså där?

Jensen pekade på solstolen. Larsson nickade.

– Har sålt möblerna, förklarade han. Ska flytta ihop med min kvinna, och vi behöver inte dubbelt upp. La ut prylarna på nätet, en man ringde i stort sett med en gång. Och så var det klart.

Så enkelt, tänkte Jensen som hade hela garaget fullt med mög.

– Så det var det här fönstret?

Jensen pekade på det enda fönster som fanns och kände sig dum.

– Just det. Jag stoppade ut huvudet så här, sa Larsson och lutade sig ut över fönsterbrädan. Jag såg karlen där nere, och han tystnade direkt utan att jag behövde säga något. Annars hade jag bett honom hålla flabben.

Han drog in huvudet igen och Jensen stack ut sitt. En smal remsa gräs omgärdad av höga och täta syrener.

– Fast man förstod honom på sätt och vis. Romeo och Julia. Klart att han ville in till tjejen, menade Larsson.

– Du erbjöd dig inte att gå ner och öppna?

Kenneth Larsson rev sig i hårbottnen. Han var mörk, mot grått, kortklippt och utan kala eller tunna fläckar, vilket fick honom att se yngre ut än han förmodligen var.

– Äh, ville inte blanda mig i. Hon ville kanske inte ha upp honom.

Klokt tänkt, nickade Jensen.

– Om du nu stoppar ut huvudet genom fönstret en gång till …

Larsson gjorde som han blev tillsagd.

– … kommer du ihåg om det lyste från något annat fönster?
– Nä.
– Det verkade bara vara du som var vaken?
– Och hon där uppe.
– Hur vet du det?
– Hon öppnade fönstret. Sedan. Efter mig. Och så gick hon ner och öppnade. Men det var efter en stund.
– Så mannen stod i mörkret?
– Ja. Får jag ta in huvudet nu?
– Nej. Titta ner och försök komma på vilken hårfärg mannen hade.
– Går inte att svara på.
– Inte det?
– Nä. Han hade en sådan där träningsjacka med luva på.
– Ja.
– Och han hade dragit på luvan.
– Uppskattad längd?
En huvudskakning utanför fönstret.
– Svårt att säga. Men det var ingen pygmé.
– Inte kort?
– Nej, tror inte det. I alla fall mer åt medellängd.
– Vad sa du till honom?
Han drog in skallen.
– Inte ett ljud. Jag lovar! Blängde bara.
– La du märke till hans röst?
– Nä, det var väl inget speciellt med den, ung som sagt.
– Dialekt?
– Han var i alla fall inte från Skåne.
– Nähä, varifrån då, tror du?
– Ingen aning, men inte Stockholm och inte Norrland, för de dialekterna känner jag igen från polarna på jobbet.

Gillis Jensen fick alla telefonnummer och gjorde sig beredd att tacka för sig. Han hade fått veta att Larsson arbetade treskift på ett tryckeri i Malmö.

– Är det något mer du vill berätta? sa han när de stod i den tomma hallen.

Kenneth Larsson kliade sig i nacken.

– Tja, precis när jag skulle somna, klockan var väl två–tre på natten så där, då hörde jag dunsar och ljud uppifrån. Ungefär som från en kvidande katt.

Varför just från en katt? tänkte Gillis Jensen.

– Men jag tänkte att han ger väl henne vad hon vill ha.

Leendet var skevt.

– Du trodde alltså att de låg med varandra?

– Ja. En del skriker alltid.

Gillis Jensen smet sedan in på Bar Express på Västra stationsområdet och tog en stående pastasallad. Gick rätt ofta dit. Snabb utfodring och bra mat. Hade sedan knappt tvåhundra meter till polishuset. Stötte förstås på spaningsledare Lars-Åke Mårtensson i egen hög person så fort han satte foten innanför dörrarna.

– Kom med här, viftade Lars-Åke med sina dasslock till händer.

Det mesta var för övrigt stort på denne Skånepåg. Haka och hals flöt samman i ett mjukt häng. Och just hängbuksvin associerade vissa kollegor till när de ville vara elaka. Bältet var gömt långt inne i den degiga midjan. Han hade för dagen den blå polisskjortan och mörka byxor, som för att strama upp sig inför uppgiften som spaningsledare. Gillis Jensen använde själv sällan uniformskläderna. Lars-Åke drog händerna ivrigt genom det ljuslätta och sträva håret som stod upp som tagel och ytterligare stödde antagonisternas associationer.

Motståndarna var några stycken. Med Lars-Åke Mårtenssons ambition och energi var det omöjligt att inte skaffa sig fiender. Det var oftare de ambitiösa som fick avundsjukan att rinna till, inte de slöa. Men Gillis Jensen *tolererade* Lars-Åke förhållandevis väl, som han brukade säga när skitsnacket var igång.

– Du, vad *hettör* den där tjejen som blev nerslagen borta vid Botan?

– Ja, hon …

Något märkligt höll på att ske, tänkte Gillis Jensen. Det där med namn trillade numera inte omedelbart ur munnen på honom. Men han vägrade att tro att han höll på att bli glömsk. Det som fanns där inne satt, men han behövde mjölka fram det. Den unga kvinnan vars styvpappa var kollega i Oskarshamn – Claes Claesson, trevlig typ –

och vars mamma, en doktor, visst, så sammanbitet suttit framför honom och tittat på dotterns fåtaliga upphittade föremål. Hon hette...

– Cecilia.

– Efternamn?

Lars-Åkes blå ögon glänste av iver.

– Westman, om jag minns rätt.

Det kom med en gång. Minsann!

– Bravo, Jensen! sa Lars-Åke och dunkade honom i ryggen så att han började hosta.

I sitt stilla sinne undrade Gillis Jensen på vilket sätt han gjort sig förtjänt av dessa ovationer.

*

Claes Claesson stod åter i dörren till rektor Kerstin Malms rum på Oskarsgymnasiet. Denna gång kom han oanmäld. Rummet var tomt. Han frågade en sekreterare som sa att Malm strax skulle vara tillbaka. Det lät som om hon bara var på toaletten. Men när hon inte dykt upp efter en halvtimme gav han upp och lämnade mobilnumret till samma sekreterare och bad henne se till att han blev uppringd. Hennes överdrivna försäkringar om att se till att detta blev gjort fick honom att undra om Kerstin Malm undvek honom. Men det var förstås inbillning.

Han åkte tillbaka till polishuset. Fick se Nina Bodén gå mot vårdcentralens entré mitt emot. Så hon har börjat jobba, tänkte han. Såg för övrigt fortfarande bräcklig ut. Kanske hon var sjuk? Eller var det sorgen? Eller det dubbelbottnade i makens förehavanden? Hade hon fått reda på affären med grannkvinnan?

Det hade trillat in en del annat jobb att stöka undan.

Janne Lundin hämtade honom för kaffepaus. Peter Berg satt i den blå soffan och såg glad ut.

– Vad är det med dig? sa Claesson.

– Hurså?

Berg log fortfarande.

– Du ser så glad ut.
– Är det misstänkt på något sätt?
Fortfarande brett leende.
– Nä. Bara lite ovanligt.
– Har precis fått kontrakt på en lägenhet med sjöutsikt.
– Var då?
– Munkgatan.
– Grattis!
– Så du ska flytta? sa Louise Jasinski som anslutit sig.
– Yes!
– Trivdes du inte?
– Jodå, men en etta är för litet.
– Hur stor är den nya då?
Det var värst vad hon går på, tänkte Claesson. Hon visste lika bra som han att Peter Berg behövde göra plats för Kalmarpolisen. Hon borde vara glad över att han stannade kvar och inte begav sig till storstan där toleransen ansågs vara större och homofobin mindre.
– Trea, svarade Peter Berg lydigt.
– I de där husen som är rätt nya och ligger högt?
– Jepp.
– Kul!
Hon glittrade mot Berg. Ibland passade det tydligen att vara glad, tänkte Claesson.

De satt runt ett lågt bord i personalrummet. Peter Berg och Claesson i soffan, Lundin och Louise i var sin stol. Lundin hade som vanligt en rutig skjorta och gungade på stolen, men ännu låtsades Louise inte se det. Peter Berg hade snofsat upp sig och hade välstrukna svarta jeans och buteljgrön tennisströja av ett bättre märke. Louise såg ut som vanligt, förutom att hon magrat en del och hade bytt frisyr.

Det var det gamla gänget som ännu inte växt ifrån varandra, konstaterade Claesson. Han kände tydligt att så här ville han ha det ytterligare en tid. Den enda som saknades var Erika Ljung, men hon var på semester. Hade följt med sin pappa till den exotiska Söderhavsö där han var född. Det var möjligt att hon sagt vilken, men ingen av dem kunde riktigt hålla reda på det. Eller snarare så var de inte tillräckligt duktiga i geografi. Den enda som reste utomlands med en viss regelbundenhet var Lundin. Men han och hustrun Mona åkte alltid till samma ställe, en liten by någonstans vid den portugisiska kusten.

De hörde polischefen Gottes djupa skånska utanför dörren. Lät som om han pratade med Benny Grahn, teknikern som alltid hade för mycket att göra.

– Så här sitter ni?

Gotte stod i dörren. Han var andfådd. Kavajen hade han tagit av sig, och Claesson såg att han hade vit undertröja under skjortan. Inte undra på att han var högblank av svett. Slipsen satt dessutom så hårt åtdragen att kinderna hängde över kragen som på en hamster.

– Roligt att se er! nickade deras chef och stod kvar.

Ingen av dem flög upp för att se ut som om de var på språng. Det behövdes inte. Olle Gottfridsson hade alldeles för mycket av demokrati i sig. Skaran ögontjänare var försvinnande liten, vilket inte betydde att de inte hade respekt för honom. Snarare tvärtom. En människa man inte behövde ängslas inför var storslagen. Och Gotte var smart. Det visste de också.

Ett år hade Gotte kvar som polismästare. Sedan visste de inte vem som skulle komma, men det spekulerades vilt i huset. Helst borde det vara någon utifrån, menade de flesta. Nytt blod, nya idéer. Fast de gamla beprövade koncepten återuppstod alltid ändå. Hur man än betedde sig, tänkte Claesson.

– Du Claesson, har du tid?

Gotte var alltså ute efter honom. Han reste sig och följde med ut i korridoren.

– Det har ringt en ung man som heter Martin Bodén och klagat över ditt beteende hemma hos hans mor. Vad har du att säga?

En obehaglig hetta sköljde över honom från hjässan till fotabjället. Gotte såg hans belägenhet och vippade huvudet på sned. Kinderna följde med.

– Ska vi gå in till mig?

– Nä, det behövs inte. Jag blev bara överrumplad.

Gotte stod kvar i bara skjortärmarna. Han borde putsa glasögonen, tänkte Claesson och såg stadigt in i Gottes av ålder något vattniga blå irisar.

– Jag har varken sagt eller gjort något anmärkningsvärt. Bara ställt de sedvanliga frågorna med anledning av hennes mans död. Det är ju en mordutredning, trots allt.

– Kanske därför.

– Möjligen. Har till och med varit så hänsynsfull att jag inte berättat att maken hade ihop det med grannkvinnan. Inte ännu.

– På det viset.

– Hur lät sonen i telefonen?

– Kaxig. Är det inte det man säger?

Ordet var ovant i Gottes mun.

– Jo.

– Läser på Handelshögskolan i Stockholm. Menar att modern behöver stöd, inte oroas. Han tycker förstås att det tar alldeles för lång tid att utreda faderns död ... och så vidare. Ja, du vet.

Jo, Claesson visste. Inte för att Nina Bodén hade betett sig som om hon kände sig anmärkningsvärt illa behandlad när han var där. Men det är förstås alltid en tolkningsfråga. Och sonen satt och fjärrstyrde i sin vanmakt uppe i Stockholm. Han fick se till att inte gå dit ensam fler gånger.

Människor gjorde mycket konstigt när de inte mådde bra, tänkte han.

Då ringde mobilen.

*

Kerstin Malm, denna dag iförd en ljungfärgad stass, vinkade glatt till honom.

– Ledsen att jag inte var anträffbar när du var här.

– Ingen fara.

De satte sig återigen vid det lilla runda bordet på hennes kontor, men hon tände inte lyktljusen. Lågtrycket från väster hade lättat, slöjmolnen skingrats och det var nästan så att höstsolen var på väg att bryta igenom.

Skrivbordet tycktes något mindre belamrat. Och det sa han.

– Det är bara att arbeta sig ner lager för lager vid den här tiden på året. Nu är det miljöplanen som ska sättas i verket. Ett elände! Ursäkta uttrycket.

Han stirrade tomt på henne. Då började hon småskratta.

– Men det är inget att haka upp sig på! Vad är det du har på hjärtat den här gången?

Han tog fram papperet med sifferkombinationen igen. Denna gång var det kopian från Gillis Jensen han visade, en till synes avriven bit av någon typ av blankett med linjer och en fetare kant som ram.

– Jag vet att jag gett dig siffrorna tidigare.

Hon nickade.

– Jag har ingen aning om vad det kan vara.

– Vad tror du om betyg?

Tystnad.

– Varför inte! Gamla i så fall. Vi har inte sifferbetyg längre. Och det är inte ett fullständigt betyg.

– När användes sifferbetyg sista gången?

– Nittiosex.

– Det är knappast ett strålande betyg i så fall.

– Åjovars! Många får knappt ens ihop det. Till och med en femma finns där ju.

Deras referensramar var onekligen olika. Om själva papperet hade Kerstin Malm inget att säga. Jo, att det inte var någon blankett som de använde i hennes rektorsområde.

*

Veronika klev av tåget. Hon såg sliten ut. Han pussade henne på kinden och Klara gav henne en blöt puss på munnen. De for i det närmaste tysta hem, lassade ur bilen, hennes väska och alla matkassar. Veronika tog sedan Klara vid handen och gick runt i trädgården. Satte näsan i en sent blommande ros, knipsade av några vissna frökapslar, beskådade astrarna som brann utanför stugknuten. Dottern var som klistrad vid henne. Veronika lät fingrarna leka i hennes tunna hår, som ett kråkbo av trassel baktill.

Claesson öppnade en öl, stuvade in i kyl och frys, satte på maten och kände sig som en riktig huskatt.

– Skönt att vara hemma, sa hon och drog med fingertopparna över hans nacke

Han ryste av välbehag och vände sig om för att denna gång ge henne en kyss på munnen. Hoppades att Klara skulle somna som hon brukade så att de fick en stund ensamma. Han visste precis vad han ville. Nu fick det vara slut på celibatet.

Veronika började duka med Klara hängande kring benen.

– Ska vi sticka ut i morgon? sa hon.

– Vart då?

– Vart som helst, bara jag kommer ut i naturen. Plocka svamp kanske?

Han blev tyst.

Alla ärenden som behövde uträttas slog plötsligt ner i honom. Skor och jacka till Klara. Bunkra upp stapelvaror. Bland annat. Och hemmet som höll på att förfalla. Han hade inte hunnit eller snarare inte orkat hålla undan gruset dottern drog in. Men tvättat hade han gjort. Kört den ena maskinen efter den andra. Fast den rentvättade högen behövde sorteras. Och så hade han i det tysta planerat ett träningspass ensam. Springa milen. Minst.

Hon hörde hans fördröjning.

– Eller vill du inte? frågade hon.

Inget svar.

– I så fall kan jag och Klara åka ensamma.

– Jo, visst *vill* jag. Men det finns en del annat att göra!

Rösten var ansträngd. Blicken snabb och överraskande vass.

En dold anklagelse.

För vad?

Hon tog upp Klara i famnen utan ett ljud. Gömde ansiktet bakom dotterns huvud. Behövde betänketid.

Orkar inte, tänkte hon. Orkar helt enkelt inte ett gräl.

Han ville sannerligen inte vara en stämningssabotör, men plötsligt var det oöverstigligt mycket som behövde göras där hemma. Ett berg av livsnödvändiga *måsten*. Och en del av detta hade han i tysthet hoppats att hon skulle ta på sig. Nu när hon sluppit så länge. Hållit sig borta från vardagsslitet.

Hon borde åtminstone *förstå* hur han hade haft det.

I väntan på denna förståelse avvaktade han. Fortsatte hålla käften.

Vände sig mot spisen och rörde häftigt i grytorna. Slog ilsket sleven mot grytkanten.

Det var som om han njöt av att köra fast.

– Jaha, sa Veronika till slut trött.

Inget mer. Inte ett enda ord till.

Men de var ju tvungna att vara människor också, tänkte hon uppgivet. Göra något för ros skull. Inte bara vara *företaget familjen*. Men hon förmådde inte häva upp sin röst just nu. Kraften behövdes till att överhuvudtaget hålla sig på fötter.

Så då får han väl vara sur, tänkte hon och knep ihop munnen. Ser ut som en försummad treårig pojke där han står och demonstrativt slamrar med grytorna. Jag orkar inte vara mamma till honom också.

Med Klara på armen gick hon ut till badrummet och tappade upp badvatten. Tog sedan trapporna upp och hämtade en ren pyjamas till flickan.

Tjugo minuter senare satt Klara i barnstolen med rosiga kinder iförd en ren pyjamas. Han hade försökt hålla maten varm. Såsen med skinkbitar och morötter till riset hade klimpat ihop. Men han anklagade henne inte.

– Ska vi äta?

Hon lät mycket neutral, närmast utslätad. Men hon såg inte på honom.

– Maten har varit färdig länge.

Han lutade sig mot köksbänken och la armarna i kors över bröstet.

– Jag har förstått det.

– Ursäkta, mumlade han och satte fram grytan på bordet.

Då såg hon på honom. Han slog ner blicken.

Det får bli slut på plågan, tänkte hon ömt.

– Visst! sa hon och mungiporna for upp av sig själva. Hon var sannerligen inte långsint.

– Jag orkar inte gräla, sa hon lågt.

Men lät ändå som en skolfröken. Klar och tydlig.

Han drog med pekfingret lätt över hennes kind. Sedan med hela handen.

– Då gör vi inte det.

Tårarna steg stilla. Hon snörvlade och torkade sig med handens baksida.

– Det är inte mycket jag tål nu för tiden.

– Det gör inget, log han och kramade henne hårt.

De slog sig ner. Tände ljusen. Han hällde upp vin. Veronika läppjade försiktigt men satte ner glaset.

– Var det inte bra?

– Vet inte. Smakar lite konstigt.

Han höjde sitt glas. Tog en klunk. Lät vinet rulla runt mot gommen innan han svalde.

– Inte *så* dumt.

– Det är väl jag som är trött.

Claes mobil ringde. Han sträckte sig efter den på diskbänken och tog samtalet vid bordet med blicken fäst vid bordsskivans mitt. Hon förstod att det var något viktigt.

– Det var Gillis Jensen från Lund.

– Så här sent?

Hjärtat tog ett skutt. Visste han något om Cecilia?

Claes vände upp blicken över dörren. Klockan var närmare sju, visade köksklockan.

– Men vad ville han?

Han såg henne i ögonen.

– Emmy Höglund är mördad.

Veronika la besticken ifrån sig. Sedan rusade hon ut på toaletten och kräktes.

Kapitel sexton

Tisdagen den 24 september

George Johansson öppnade med ett brett leende.

– Stig på!

Han viftade energiskt in Claesson och Peter Berg.

– Kors, kommer ni två stycken, fortsatte han i skojfrisk ton. Vi blir ensamma en stund, frugan kommer om en halvtimme, men hon vet att ni är här.

Ja, det måtte hon veta, tänkte Claesson. George Johansson hade själv ringt dit dem.

Johanssons ägde en enplansvilla från sjuttiotalet på Skärgårdsgatan, inte långt från Gunnarsö badplats. Ett behagligt läge. Skog åt ena hållet och skärgården åt det andra. Planlösningen var praktisk och originalinredningen komplett med korkoplastgolv och skåpluckorna i furu.

Övermöblerade vardagsrum var snarare regel än undantag. Varken Claesson eller Peter Berg reagerade när de slog sig ner i den bulliga soffgruppen omgärdad av skåp, bokhyllor och så kallade avlastningsbord med glaspjäser, keramikskålar, spånkorgar och andra hemslöjdsalster. Peter Berg försökte hålla undan för ormbunken som flaxade invid honom. På blombordet trängdes andra krukväxter. Tunna kaffekoppar och ett överdådigt kakfat stod framdukat på soffbordet. Sju sorter, tänkte Claesson som försökte hålla igen. Eller i varje fall tre, förutom bulle och sockerkaka. Kokostoppar, schackrutor och bondkakor. Det här såg onekligen frestande ut. Han var uppväxt på kakor.

George Johansson påstod sig ha känt Jan Bodén i trettio år. De var arbetskamrater.

– Jag har förstått att ni utreder Jans död. Det låter anmärkningsvärt, men jag tror inte att vi som känt honom länge riktigt har begripit vad som hänt. Det vill inte gå in att han har blivit *tagen av daga*.

Så kan man också formulera det, om man är en försiktig general, tänkte Claesson och försökte undvika att se på Peter Berg bakom ormbunken. Ord är farliga.

– Kan jag hjälpa till på något sätt så står jag förstås till förfogande. Min chef Kerstin Malm menar att ni behöver veta något om hans förflutna ...

Claesson nickade. Johansson slutade le.

– Jag menar inte att det skulle vara suspekt på något sätt. Men Jan var alltid rätt ...

De båda poliserna väntade. Alltid lika fascinerande att höra hur folk beskrev varandra när det knep.

– ... rätt ... förtegen.

– På så sätt. Hade han anledning att vara förtegen, tror du?

Claesson såg samtidigt hur Peter Berg förstulet tittade på kakfatet. Förmodligen hade han inte hunnit äta lunch eftersom Claesson ryckt honom med sig, vis av incidenten med Bodéns son. George Johansson uppfattade tydligen Bergs belägenhet och sköt fram fatet och serverade kaffe från termoskannan.

– Socker eller grädde?

– Nej tack, sa Claesson och Berg med en mun.

– Jag vet egentligen inte, fortsatte George Johansson, men en del människor inger en känsla av att de bär på stora hemligheter. Och sådan var Jan. Men det kan förstås bero på att han var en smula blyg.

– Jaså? Hur vanligt är det att lärare är blyga? sa Claesson.

– Jag hör att det låter konstigt. Skådespelare lär ofta vara det, men i rollen blommar de ut.

George Johansson gjorde en teatralisk gest med ena armen.

– Jan var påfallande mån om sitt yttre, fortsatte han. Kanske inte senaste skriket, fullt så patetisk var han inte. Men ändå mer fåfäng än man skulle kunna tro vid första anblicken. Han var nog rädd för att åldras. Höll sig smal och spänstig, ingen kulmage där, inte!

En sådan saknade Johansson för övrigt själv. Han var en senig karl med en kal, brunbränd hjässa och en mörk hårrand från öronen och bak i nacken. Som förväntat bar han glasögon, moderna lättmetallbågar som fick honom att se intellektuell ut. Bruna ögon, förmodligen tränade att slå ner på minsta rörelse i grupper om trettio. Blåjeans, uppkavlade skjortärmar som blottade seniga och håriga underarmar. Skjortan var välstruken, i ljusblå bomull. Sådant såg Claesson, som gillade skjortor. Men inte att stryka. Dessvärre gjorde inte Veronika det heller.

George Johansson gav ett i det stora hela avspänt och föga fåfängt eller självupptaget intryck, till skillnad från hur Bodén tydligen hade uppfattats.

– Jan såg alltid till att ha god kontroll i klassrummet, fortsatte Johansson.

– En bra ledare?

– Kanske.

– Jaha?

– Han tog till rätt hårda metoder. En riktigt bra ledare är demokratisk. Det var han inte. Satte snarare skräck i ungdomarna. Men samtidigt var han en lysande pedagog.

Alltid dessa dubbla naturer, tänkte Claesson. Hitler lär ha tyckt om barn. Men gjorde det honom till en bättre människa?

– På vilket sätt då?

– Han kunde onekligen förmedla matematiken och fysiken på ett sätt så att eleverna begrep. De som var något så när motiverade, alltså.

– Och de andra?

– Dem lämnade han väl åt sitt öde. Men vem tvingas inte göra det idag, även om det är smärtsamt. Det går inte ihop sig. Spännvidden är för stor. Alla blir lidande. Det är synd om ungarna, men alla förmår inte hänga med. De vill göra annat än att sitta i skolan. Och framtiden är inte alltför ljus om man ska vara ärlig, svårigheter att komma in på utbildningar och en allt tuffare arbetsmarknad …

Claesson hörde att temat var väl repeterat. Försökte samtidigt slå bort Peter Bergs malande käkar intill sig. Berg var på väg mot småkakorna efter att ha tryckt i sig det mjuka kaffebrödet.

– Hände det något speciellt på senare tid?

– Kanske blev Jan mer inbunden. Men det var väl att han hörde sämre. Och att han var rädd för att vingla. Inte lätt med elever runt om sig. Rätt grymt det här jobbet, på så vis. Och Jan vägrade erkänna att det var något fel med honom. Vi fick inget veta förrän det stod klart att han skulle ha en sjukvikarie.

– Och du misstänkte inget?

– Nä. Kanske. Han blev alltmer undvikande, men vi blickar väl alla mer inåt, ju äldre vi blir.

Kanske det, tänkte Claesson.

– Och inte visste jag vad han höll på med.

– Hur då, menar du?

– Tja, vad han hade för sig på fritiden …

I samma ögonblick öppnades ytterdörren.

Hustrun hette Marianne och var en knubbig kvinna som omedelbart satte sig beskäftigt till rätta, hällde upp kaffe och tittade nyfiket och beredvilligt på de båda poliserna. Peter Berg hade för övrigt inte sagt ett ljud, enbart mumsat kakor, vilket i och för sig inte gjorde Claesson något. Behållningen var att ha någon att diskutera med efteråt.

– Vi pratar om Jan Bodén. Kände du honom?

– Javisst! Nina är med i samma bokcirkel som jag, kvittrade hon.

Den obarmhärtigt käcka sorten, tänkte Claesson. Det tyckte tydligen även Berg, vars ena ögonbryn snabbt åkte i höjden.

– Så då träffar du henne med jämna mellanrum?

– Ja, och Nina är så rar. Inte precis någon som bjuder på sig själv, men hon har …

Hon klippte med ögonen mellan Claesson och Berg för att se att hon hade bägge med sig. Förmodligen inte mycket hon missar, tänkte Claesson.

– Nina Bodén har *integritet*.

Det låter fint, tänkte Claesson. Men det kan också vara så att hon har en del att undanhålla. Det misstänkte nämligen han.

– Och det är förstås en svår tid för henne nu. De hade så många år tillsammans, suckade hon.

Claesson tänkte låta henne hållas en stund och försökte signalera till Berg att fortsätta vara tyst.

– Så det blir förstås inte lätt, fortsatte hon salvelsefullt och drog in ny luft. Men det var nog inte lätt för henne på slutet med Jans svårigheter att *tala* om saker och ting. Det här med sjukdomen som han tog *personligt*, nästan som en *kränkning*.

Populära ord. Men var det så konstigt? tänkte Claesson i sitt stilla sinne. Han visste att Marianne Johansson arbetade som terapibiträde med barn på något sätt. Maken hade sagt det.

– Jan släppte aldrig någon riktigt in på livet, konstaterade hon och nickade energiskt med huvudet. Det var väl därför som den där historien gömdes undan så snabbt. Ingen trodde det om honom.

Claesson och Berg växlade blickar. Det hettade till.

– Förlåt, men vad är det för historia?

– Vet ni inte det?

Hon såg troskyldig ut.

– Jag trodde poliser tog reda på allt?

– Vi gör så gott vi kan.

– Marianne! väste maken. Det där hör inte hit.

– Nej, då så. Det var förresten så länge sedan. Tio år minst.

Lusten att berätta gjorde henne emellertid sprickfärdig. Hon hade inte för avsikt att backa.

– Det kanske inte alls hör hit, men det vore bra om du berättade så kan vi avgöra om det är något vi behöver veta.

Claesson nickade uppmuntrande mot henne, medan hon tog ny sats.

Maken gjorde dock ett sista försök, som om han ville svära sig fri från det som skulle komma.

– Snälla Marianne, det där hör inte hit, vädjade han.

Men Marianne Johansson lutade sig mot Claesson och sänkte rösten.

– Jag tycker ändå att sanningen ska fram. Jan Bodén hade ett förhållande med en elev, nästan viskade hon.

Och så var det sagt.

Maken fällde omedelbart överkroppen framåt.

– Men det fanns *inget* som *bevisade* det! Man ska akta sig för att döma människor som inte bevisligen är skyldiga. Det både skadar och är omoraliskt.

Näven bankade i bordet.

– Men alla *pratade* om det, vidhöll hon. Och ingen rök utan eld!

– Just det! Det är så man dömer oskyldiga! Det kunde lika väl ha varit som tjejen hittade på. Ord stod mot ord. Och jag upprepar: man fick aldrig fram några *bevis*. I så fall hade Jan inte varit kvar som lärare.

– Det blev aldrig polisanmält, konstaterade Claesson.

– Jag tror man släppte det.

George Johansson var fortfarande upprörd, även om tonen sänkts.

– Den dåvarande rektorn hittade inget att ta på, fortsatte han. Det är så lätt för unga skolflickor som förälskar sig i läraren att smälla ihop en historia om sexuella trakasserier om de inte får den uppmärksamhet de vill ha. Om man hade kunnat bevisa något skulle det förstås ha varit en helt annan sak.

De bruna ögonen sökte medhåll från Claesson. Men han rörde inte en min. Johansson knäppte händerna.

– Och hon kanske gick med på det…

Så var det också sagt, tänkte Claesson och konstaterade att läroverksadjunkt George Johanssons kinder långsamt skiftade från väderbitet gråbrunt till blossande rött.

Skammens rodnad. Måhända.

Claesson och Peter Berg lämnade villaområdet under tystnad. När de kom upp på Östersjövägen och for in mot centrum suckade Peter Berg djupt bakom ratten.

– Gubbar, sa han till vindrutan.

Claesson smålog. Det är lätt att säga för en ung man som du, tänkte han.

– Eleven måste vi ha fatt i, sa han sedan.

– Det ser så ut.

*

– Du heter Karl Wallin och är trettioett år, stämmer det?

– Ja.

Det var svalt i Gillis tjänsterum i polishuset i Lund. Det behövdes framåt eftermiddagen. Hjärnan tenderade att bli en aning slö.

Han var för ögonblicket utled på att förhöra välutbildade så kallade yngre vuxna. På förmiddagen hade han intervjuat en ung man som varit kurskamrat med Emmy Höglund. En juridikstuderande, blek och smal som en purjolök. Vid första anblicken kraftlös, men i verkligheten kritiskt ifrågasättande och överlägsen. En typisk skrivbordsprodukt som aldrig tagit i något tyngre än en penna och förmodligen aldrig skulle komma att göra det heller. Sorten retade Gillis Jensen. Han trivdes inte med att hela tiden ta djupa andetag för att inte hugga tillbaka.

Och nu var det Karl Wallin. Verkade vara en timidare typ. Data togs upp. Wallin berättade att han bodde på Östra Vallgatan, ensam i en liten tvåa på gården där han trivdes. Han var färdig med sin grundläggande läkarutbildning, hade gjort AT och höll som bäst på att specialisera sig till internmedicinare. Specialistutbildningen var nyss påbörjad. Diabetes upptog all hans tid. Denna sjukdom, som blivit allt vanligare i det moderna välfärdssamhället, var hans forskningsområde och tydligen även hans stora intresse.

Det bör vara en lukrativ satsning, tänkte Gillis Jensen krasst.

Karl Wallin lät orden formas i lugn takt. Han var förmodligen van att hålla låda utan att avbrytas.

– Jag är för närvarande tjänstledig från medicinkliniken för att göra färdigt min avhandling. Tänkte mig att disputera någon gång nästa höst, om allt går som planerat. Just nu kan jag inte se några hinder.

Som om han drog sitt CV, tänkte Gillis Jensen och försökte hänga med i svängarna men blev mest trött av så mycket presterande.

Det mesta av sin tid tillbringade alltså Karl Wallin i ett laboratorium eller framför datorn. Han påstod sig kunna lägga upp sin dag lite efter eget tycke men var mån om att inte förspilla någon tid. Han ville bli färdig. Det var inte lätt att få forskningsanslag, så det gick inte an att dra benen efter sig. Alltså mer eller mindre bodde han på labbet, förutom korta utflykter till Gerdahallen. Träningen var ett välbehövligt avbrott som snarast *ökade* hans kapacitet som forskare, menade han.

Som att ta på tagelskjortan, tänkte Gillis Jensen. Svettas inomhus när man kan lalla runt med hunden i naturen.

Men han smittades av mannens friskhet och absoluta avsaknad av gnällighet. Här var det en som glatt kavlade upp ärmarna och sög i. Inga hinder så långt ögat nådde. Det var väl det som var framgångsreceptet.

Gällde detta även andra handlingar?

En öl då och då i goda vänners lag unnade sig den unge mannen ändå. Gudskelov, tänkte Jensen. Överdriven målmedvetenhet gjorde människor lika lite karismatiska som skyltdockor.

Spaningsledare Lars-Åke Mårtensson satt samtidigt några rum längre bort med Therese-Marie Dalin, också kallad Trissan. Det var hon som hittat sin kamrat död. Hon hade hörts tidigare. Både hon och Karl Wallin ingick i samma löst sammanfogade krets, som även hade kopplingar till Cecilia Westman. Detta höll Gillis Jensen i minnet. Hela tiden, utan att blanda korten. Inte ännu.

Cecilia blev nerslagen, medan Emmy hade kvävts till döds i vardagsrumssoffan. Det antog teknikerna, rättsläkaren och de poliser som varit med i lägenheten. Utsträckt på rygg hade Emmy Höglund legat på de grå plymåerna med ena underbenet hängande utanför så att foten sjönk ner i den ljusa linneryan. Jensen hade sett bilderna. Troligen hade en kudde använts, menade rättsläkaren. På golvet fann de tre soffkuddar i ett sammetsliknande material, och en kudde under kroppen. Hon hade inga missfärgningar efter strypgrepp på halsen, däremot typiska småblödningar i ögonvitorna.

Vad var det grannen under hade sagt? Ljud som från en kvidande katt. Men det var sannolikt inte njutning som framkallat dem utan något mjukt som dämpat den unga kvinnans skrik.

Emmy Höglund hade tagit emot slag. Ett flertal blånader syntes på kroppen, framför allt på bålen. Hon hade förstås gjort motstånd. Under naglarna fanns ett och annat att hämta. Bara att vänta på svar från labbet.

Men hon hade sannolikt inte blivit våldtagen. Det hade å andra sidan inte Cecilia Westman heller, men i övrigt var det mer som skilde än som förenade de två brotten. Cecilia hade han bedömt som ett slumpmässigt offer. Hon råkade befinna sig på gatorna en sen natt när någon av okänd anledning behövde manifestera sin styrka och makt.

Men han kunde ha fel.

Hon levde, å andra sidan. Henne kunde de kanske få något ur så småningom. Om de hade tur.

Men Emmys död var ingen tillfällighet.

– Du kände Emmy Höglund. Stämmer det?

– Ja. Vi sågs lite då och då.

Gillis Jensen gav honom ett skarpt ögonkast, men Karl Wallin flackade inte med blicken.

– Berätta.

– Vad ska jag berätta?

Karl Wallins öppna ansikte såg återigen på honom. Lång, välväxt, cendréfärgat kortklippt hår, jämna tänder, grågröna ögon, solbränd. Han var klädd i blåjeans, ljus skjorta som förstärkte solbrännan och en grå munkjacka som tog upp ögonfärgen. Ledig men proper. Uppenbarligen full av självförtroende, tänkte Jensen. Men inte dryg, som den förre.

– Kan du berätta när du träffade henne senast?

– För en vecka sedan, ungefär. Vi är några som brukar ta en öl tillsammans ibland.

– Var då?

– Lite olika, men då var vi på Carlssons Trädgård.

Gillis Jensen antecknade.

– Ibland ses vi på Stortorget, eller & Bar.

– Vill du berätta om senaste gången?

– Det är inte så mycket att berätta om … öh … eller … Jag kan egentligen berätta hur mycket som helst.

– Börja.

– Jag lärde känna Emmy via Cecilia Westman, hon som …

Han fick ett sorgset blänk i ögonen.

– De bodde i samma lägenhet till alldeles nyligen, fortsatte han. Cecilia är kompis till en av mina tjejkompisar som heter Ylva … Jag hör att detta låter komplicerat.

– Nej då! sa Jensen hastigt.

– När vi sågs senast var Emmy stressad. Det var hon i och för sig nästan alltid. Hon ställde höga krav på sig själv. Vi hade först stött på varandra på samma träningspass på Gerdahallen och sedan gled vi ner till Carlssons, och de andra kom efter.

– Var det planerat?

– Nej. Jag ringde Leo Uhlm och Gustav Stjärne, men det var bara Leo som kunde komma. Vi skildes åt efter ett par timmar. Jag gick hem till mig ensam.

– Så du gick först?

– Ja.

Här gäller det att plotta tidsscheman, insåg Jensen. Han älskade den typen av jobb. Sitta på sitt rum och få ihop olika människors rörelser i tid och rum.

– Vad tror du om det som hänt?

– Ingenting.

Gillis Jensen höll tyst. Studerade Karl Wallin intensivt från sidan tills han vände bort blicken.

– Vad ska man tro? Wallin ryckte olyckligt på axlarna.

– Så du har inte stött på eller ens sett Emmy Höglund sedan måndag kväll förra veckan. Stämmer det? sammanfattade Jensen.

– Ja.

– Du vet alltså inget om vad hon gjorde på tisdagen?

Han skakade på huvudet.

– Hon ringde till dig på mobilen tisdag kväll klockan nitton och tjugofyra.

Han vitnade.

– Jag såg det, pressade han fram.

– Men du svarade inte.

– Nej.

Gillis Jensen väntade. I tystnaden hörde han sin egen mage kurra. Han började bli hungrig.

– Jag hade mobilens ringsignal avstängd hela kvällen, sa Wallin. Jag höll på med en del kinkiga försök och ville inte bli avbruten. Stannade sedan på labbet till halv tolv ungefär.

– Var det någon mer där?

Han skakade på huvudet.

– Nej. Jag var ensam.

– Efter halv tolv, vad gjorde du då?

– Cyklade hem och stupade i säng. Jag hade mobilen avstängd till på morgonen. Då såg jag att hon ringt.

– Hörde du av dig?

– Nej.

– Vad tror du att hon ville?

En lång paus följde.

– Vet inte. Bara snacka lite.

– Om vad då?

– Vad som helst. Kanske att hon ville att vi skulle ses. Hon föreslog det ibland.

– Och?

– Passade det så kanske vi träffades, men för det mesta hade jag inte tid.

– Men hon hade tid?

Han ryckte på axlarna.

– Vad jag har förstått var Emmy Höglund en mycket upptagen och ambitiös student, sa Jensen.

– Jo, visst! Men även hon prioriterade.

– Vad menar du?

– Tja …

Karl Wallin fick en lång blick av kriminalinspektör Jensen och såg för första gången inte helt obesvärad ut.

– Det handlar väl inte bara om tid, sa han.

– Vad handlar det då om, menar du?

Karl Wallin drog ner mungiporna och slog ut med händerna.

– Inte vet jag!

Jensen plågade honom en stund med sitt allvarliga, stängda ansikte. Sekunderna gick. Till slut stod inte Karl Wallin ut.

– Vi var *inte* ihop. *Bara* kompisar, betonade han och Gillis Jensen insåg att det var en del som fattades i hans kompetens. Han var för gammal. De yngre kollegorna skulle förmodligen ha tolkat det hela bättre. Var de verkligen bara kompisar? Hade de kanske hållhakar på varandra?

Karl Wallin harklade sig.

– Det är otäckt. Nästan så att vi börjar titta snett på varandra.

Klockan fyra jämförde gruppen kring Lars-Åke Mårtensson i all hast sina listor och prickade av de vittnen som de fått tag på. Mårtensson hade regelbundet kontakt med förundersökningsledare och åklagare Christer Petterson på tingshuset.

– Som vanligt när det gäller ungdomar i den här åldern så kan de sociala cirklarna utvidgas hur långt som helst. De går liksom i varandra, utstötte Mårtensson med hög röst.

– Ungdomar, vet jag inte, sa en lågmäld polis som hette Swärd. De verkar rätt stadgade.

– Karl Wallin är klar, ska bara skrivas ut, sa Jensen och pekade på listan i Mårtenssons händer.

– Hur var han?

– En typisk svärmorsdröm. Men utan alibi för natten mellan onsdag och torsdag förra veckan. Han erbjöd sig själv, utan att jag ens nämnde det, att lämna prov för DNA, så det är fixat.

– Då är det inte han, konstaterade Mårtensson.

– Vi får se, bromsade Jensen. Har däremot inte lyckats få tag på Stjärne. Men han jobbar visst rätt mycket. Var kanske i tjänst den natten det hände.

– Bara att göra ett nytt försök!

Mårtensson lät lika frejdig som han brukade fast arbetsdagen gick mot sitt slut. Sådant kunde man bli matt av. Jensen bevärdigade honom knappast med en blick.

– Therese-Marie Dalin satt jag med nu igen. Rätt länge, faktiskt, fortsatte Mårtensson.

– Och hur var hon nu? sa Swärd nyfiket.

– Fortfarande uppriven förstås. Kommer säkerligen att känna sig osäker länge.

– Tro det, menade Jensen. Det finns kanske en katt bland hermelinerna.

*

Claesson körde. Louise Jasinski hade solglasögon fast ljuset var matt och grågult och dolt bakom skyar. Ett lågtryck från väster väntades, sa rösten från bilradion.

– Regn, med andra ord, sa hon. Nu kommer perioden med gummistövlar och regnställ.

Han styrde ner mot Skeppsbron.

– Få se hur du uppfattar henne, sa han lågt.

Det var till Nina Bodén de skulle. Tiden var avtalad.

– Förstod inte att hon tog så illa vid sig när jag var där senast. Hon hade ju nästan överfallit mig och bett mig engagera mig.

– Det handlar väl i vanlig ordning om annat. Sonen, kanske. Rädsla, sorg och dåligt samvete i en salig blandning.

Delvis hade han skakat av sig ilskan.

– Jag tror att hon har motiv, sa han.

– Jaså?

– Svartsjuka.

Louise bet ihop. Ämnet låg mycket nära hennes eget liv.

– Och passion.

Hon glodde på honom.

– Hur då?

– Båda var otrogna, misstänker jag.

– Det är ju inget ovanligt. Rösten var torr som fnöske.

Louise är bitter, hon får akta sig, tänkte Claesson.

– De hade äktenskapsförord. Det rörde sig inte om någon större förmögenhet men en rejäl slant. Villan står på båda, men kapitalet och sommarstugan på Gotland är hans. Fast skilsmässa borde vara ett enklare alternativ än att ha ihjäl honom, om hon var ute efter pengar.

– Inte alltid. Döda män är mer hanterbara än sådana som överger en. Det ger dessutom högre status. Änka slår bättre än lämnad, kastade hon ur sig.

– Nåväl, suckade Claesson, rent praktiskt kan hon inte ha utfört mordet.

– Men skickat en bulvan.

– Hm.

– Hennes älskare. Hur är det med honom?

– Vet inte. Bara aningar. Vet egentligen inte säkert om det finns någon och ännu mindre vem det är.

Men nu var det annan information de var ute efter.

Nina Bodén såg något piggare ut. Det gråblå under ögonen hade lättat lite och hon tycktes ha hunnit med ett besök hos hårfrisörskan. Även idag bar hon mörka långbyxor, men blusen var rosa.

Hon trippade. Korta, närmast svävande steg. Timida kvinnor gav Claesson kalla kårar. Bakom den väna ytan fanns ofta en vilja av stål.

De satte sig återigen i vardagsrummet. Hon granskade Louise Jasinski, förstod förstås varför hon var med. Samtidigt verkade den kvinnliga polisen irritera henne, hon tittade med större förtroende på kommissarie Claesson. Valde tydligt sida. Luften darrade till.

Inte blev det bättre när Louise Jasinski öppnade munnen.

– Vi intresserar oss bara för sådant som har betydelse för utredningen av mordet på din man. Ibland kan det vara värdefullt att gå bakåt i tiden.

– Jaså?

Nina Bodén såg på henne med ögon kalla som glaskulor.

– Vi vill veta namnet på den unga kvinna, eller snarare elev, som din man misstänktes ha haft en ... en relation med.

Louise hoppade medvetet över ordet *sexuell* eftersom det aldrig bevisades.

– Har jag aldrig hört talas om, knep Nina Bodén.

– Okej, sa Claesson och reste sig omedelbart. Då tackar vi för oss.

I hallen gav hon upp.

– Det var en hemsk tid.

Hon vände sig mot Claesson. Louise höll sig i bakgrunden.

– Ja, nickade han.

– Förtalet växte. Jag *vet* att han var oskyldig. Det var inget annat än en ung kvinnas fantasier som växte över alla bräddar.

Rosa skiftningar på kinder och hals som rann ända ner till blusens översta knapp. Den var prydligt knäppt.

– Hon heter Melinda Selander, sa Claesson. Visst är det så?

Nina Bodén nickade.

Pojken

Hon är inte som de andra.

Jag upprepar det tyst för mig själv.

Hon är jävlar i mig definitivt inte som alla de andra.

Och hon är den enda som sett på mig med den blicken. Bråddjup och hemlighetsfull. Bränner som en svetslåga. Jag gör vad som helst för den blicken.

Kläderna hon bär är också av ett annat slag. Det är svårt att säga om det är som hon är försiktig eller om det är en stil som hon lagt ner arbete på. Jag är inte så bra på sånt. Ser lite ut som mamma på bilder från förr. Långa kjolar och små koftor och håret hängande och lent. Inget knallrosa eller glitter som Filippa tycker om. Absolut inget smink. Hon är hon, och det mest naturliga som finns.

Efter sommarlovet kom hon tillbaka i en vit blus som var så tunn att man kunde se bröstvårtorna. Men det hade hon inte tänkt sig. Så fort första kommentaren dunsade ner drog hon på sig en kort sammetsjacka. De vita kinderna blev rosa. Annars märktes det inte att hon tog illa vid sig.

Hon är som ett väsen. Tyst, rak, tunn och med det långa håret ner över ryggen. Som en älva. Eller som Guldlock, med änglahåret på ryggen. Jag kan inte sluta tänka på henne.

I klassen hör jag ibland kommentarer från killarna om att hon är tam och mesig och aldrig bjuder på sig själv. Och ful. Osminkad. Tyst, närmast osynlig, men fullt synlig för mig.

Just detta att hon inte bjuder på sig gör mig rusig. Hon är blyg. Det blir som om jag får ha henne för mig själv. Och att de andra killarna faktiskt kommenterar henne gör mig stolt. Men samtidigt förbannad. De har ingen rätt att tafsa på min tjej. Inte ens med ord. Och hon är ingen nolla. Den smartaste bruden i hela klassen.

Jag tror att hon mycket väl visste vad hon gjorde när hon la sitt lilla huvud på sned och såg på mig under lugg. Det gick inte att missa den stöten. Hon hade valt mig, ingen annan, och hon fick mig fast vid första försöket. Annars är hon försiktig, ingen som flirtar och håller på. Snarare drar hon sig undan. Utom från mig. Mot mig öppnar hon sig. Som en knopp som slår ut i blom. Vi kan prata om allt, nästan. Men hon gör så bara tillsammans med mig, det är jag bergsäker på.

Hon går också alltid ensam, och hon har valt det, som jag. De andra tjejerna tittar surt på henne. Hon är smartare än de är och ingen bystdrottning, så de är väl avundsjuka och känner sig enkla och dumma i huvudet. Mindervärdiga, helt enkelt. Hon släpper inte in dem i sitt liv, och det retar dem förstås. Hon ska ändå lämna stan så fort hon kan, har hon sagt. Till ett större ställe där hon kan utvecklas. Hon och jag tänker likadant om framtiden. Vi vill lite mer än andra. Inte fastna. Henne har jag vågat anförtro min plan. Att jag tänker bli läkare. Det visade sig att det tänkte hon också! Vi är så lika, vi två.

Vi byggde upp ett system, att cykla ner till småbåtshamnen vid Corallen och sedan gå på berghällarna längst ute vid vattnet. Jag har aldrig gått nära någon på det viset tidigare, och inte heller tillåtit någon att hålla mig i handen.

Men med henne var det skönt. Inte löjligt.

Vi bestämde oss för att aldrig ses tillsammans på skolan, en överenskommelse vi har hållit hårt på. Ingen annan ska få veta något. Vi är ju speciella, mer brinnande än andra. Ingen ska in och peta i det.

Själv är jag rätt glad över att hon inte propsat på att komma hem till mig. Kanske det kan bli av någon gång, men då måste jag och Filippa först lägga på en rem och mocka rent. Jag har eget rum, men hela huset är rätt rörigt sedan mamma stack. Ingen orkar hålla ordning. Farsan är inte ofta hemma i veckorna. Knappt ens under helgerna. Har stora uppdrag, påstår han. För min del kan det kvitta vad han har för sig. Det är skönt att vara av med honom. Filippa kvittar det också, verkar det som. Hon sköter sitt.

Det är slut på stryk. Farsan ger sig inte på mig längre. Men han släpper inte iväg vare sig mig eller Filippa.

Morsan ringer ibland från Göteborg. Hon vill höra hur vi har det. Vi får inte träffa henne för pappa. Han ringer varje dag och kollar. Hon är som död i och med att hon gav sig iväg, säger farsan, och vi förstår att det får vara på det viset så länge. Jag tänker lösa det på mitt sätt så fort jag gått ut gymnasiet. Åka och hälsa på henne.

Det är rätt frustrerande att ha det så här. Men vi är vana, syrran och jag. Fast ibland pyser det ut på fel sätt. Jag försöker verkligen att inte ge mig på Filippa. Skärper mig allt vad jag kan, men ibland faktiskt tigger hon om det. Och det har varit mycket på sistone.

En dag kom hon inte till småbåtshamnen. Visserligen var det ovanligt kallt och blåsigt, men det var ändå konstigt. Jag hade ställt cykeln där vi brukar och gick säkert tusen varv runt stigarna och på stenarna vid vattnet, trampade runt i ljungen och plockade upp kottar och kastade ilsket mot tallstammarna. En enda sak malde i huvudet:

Varför kommer hon inte?

Kunde till slut inte hindra mig själv från att bryta löftet att aldrig åka hem till henne. Cyklade alltså upp till Gröndal och bankade på, men ingen var hemma. Fönstren var svarta och bilen borta. På ett sätt var jag glad över att hela familjen verkade vara bortrest och inte bara hon. Om hennes morsa stått där i dörren och sagt att hon var hos någon hon kände, så hade jag nog dött på fläcken.

Föräldrarna är väldigt religiösa, har hon sagt. Så det var förmodligen bra att de inte fick syn på mig. De har förbjudit henne att vara ihop med någon köttsligen innan hon gifter sig, berättade hon en gång. Vilket gammaldags ord. *Köttsligen.* Som två fläskkotletter.

Men så långt är jag inte beredd att gå som till att gifta mig. Inte på länge än.

Nästa dag var hon inte i skolan. Hon kom tillbaka efter en vecka, och då var hon som en omvänd hand. Såg överhuvudtaget inte på mig.

Det var först när vi hade matte som jag upptäckte att Bodén blåstirrade på henne. Med gubbögonen! Fy fan, vad äckligt! Han liksom höll henne fast med sina allvarliga, simmiga ögon och brynen hopdragna så att man inte visste om han var arg eller vad det var fråga om. Jag begrep att hon inte vågade titta bort. I alla fall inte titta på mig. Hon var helt enkelt rädd. Och att den jävla Bodén hade gjort något med henne var uppenbart. Påverkat henne så att hon blivit skrämd och vänt sig från mig. Det hela måste vara ett enda stort misstag, och jag hade bara ett val. Att rädda henne, se till att hon kom ur Bodéns grepp och blev sig själv.

På rasten gick jag rakt fram till henne och tog henne i armen och frågade vad det var frågan om. Släpp mig! sa hon bara argt och ryckte till sig armen.

Samtidigt skämdes hon. Jag såg det. Hon såg att jag såg det, och blev generad. Därför måste hon smälla till mig på något sätt.

Jag har träffat en som är lite mer mogen, sa hon och ögonen smalnade.

Det var som att få en brinnande fackla rätt i ansiktet. Jag såg rött och det brusade i huvudet som om något höll på att koka över.

Hon vände på klacken och försvann småspringande ner i korridoren.

Jag stod kvar och såg hennes änglahår svaja över ryggen.

Såg henne försvinna från mig.

Det var då jag bestämde mig. Henne ska jag ha tillbaka.

Kapitel sjutton

Torsdagen den 26 september

Veronika hade ett inte alltför betungande operationsprogram. En fettknuta, ett fult åderbråck, några fläckar och andra förändringar i huden. Lunch och därefter eftermiddagsmottagning.

Det var kroppkakor. Grå skulle de vara. Gjorda på rå potatis med mycket fyllning. Stekt fläsk, lök och kryddpeppar.

Hon tyckte mycket om denna regionala rätt som omvandlats till en delikatess, men hon orkade bara tre. Knappt. Kände ett ihållande, diffust illamående. Magkatarr, tänkte hon återigen. Hade tagit lite Novalucid på avdelningen. Det hjälpte för stunden.

Hon levde under konstant stress. Som tur var kom Ronny Alexandersson och satte sig mitt emot henne. Förutom Else-Britt Ek var han den kollega hon kände sig mest bekväm med.

Ronny var en hygglig prick, som hennes pappa brukade säga. Och en mycket duktig doktor. Gemensamt för dem var att de båda hade gjort en så kallad klassresa, vilket i deras fall innebar att ingen av dem vågade vara nonchalant. Väldigt lite hade varit självklart under utbildningens gång. Inte senare heller. De hade inte haft kända släktingar att luta sig mot, läkare som gjort sig ett namn i den svenska medicinhistorien. Inte heller hade de haft kontakter som kunnat ordna arbete när det varit som kärvast. Den sociala lätthet och självklarhet många av deras kurskamrater, de så kallade läkarbarnen, hade i umgänget med överordnade hade de aldrig erövrat. Framgången var deras egen bedrift, i den mån man nu kunde tala om framgång och inte bara vanligt harv. Både Ronny Alexandersson och Veronika hade varit mycket strävsamma. Närmast präktiga, och mycket lojala. Kanske även en smula träiga i sina ansträngningar att vara till lags. De brukade skoja om det. Konstaterade att de inte hade haft råd med annat.

Skam till sägandes hade hon blivit glatt överraskad när hon kom tillbaka till jobbet i måndags. Arbetskamraterna hade varit bussiga och lovat att hjälpa till så gott det gick. Ingen låtsades som ingenting. Alla ville höra hur det var med Cecilia.

Så lite man vet egentligen, tänkte hon. Märkligt att hon inte hade trott dem om det.

Till helgen skulle hon till Lund, tillsammans med Claes och Klara den här gången. De hade tänkt fylla bilen med möbler och prylar till Cecilias lägenhet. Sängen hon beställt skulle komma på måndag förmiddag, då både hon och Claes tagit ledigt. På eftermiddagen skulle de köra de tre milen till Orup för ett möte för anhöriga. Cecilia var redan där.

Det var mycket att styra med. Allt ordnande höll henne igång, hindrade henne från att sjunka ner i vanmakt.

Ett ögonblick i sänder.

– Hur är det att jobba, tycker du?

Ronny var inne på sin femte kroppkaka. Han var mager som en vinthund och hon undrade var han gjorde av dem. Livet var orättvist.

– Faktiskt rätt skönt att skingra tankarna. Men riktigt på alerten är jag väl inte.

Av hans blick att döma tyckte han nog inte det heller.

– Kan jag slå mig ner här?

En bricka svävade över hennes huvud strax bakom henne.

– Visst!

Hon drog ut den tomma stolen intill. Såg främlingen slå sig ner. Han nickade till Ronny.

– Så du är här igen, sa Ronny.

– Ska ta jouren i natt och stannar över helgen och en bit in i nästa vecka.

Veronika kände igen mannen som ursprungligen måste komma från trakten. Småländskan sjöng, på gränsen till det komiska. Hon sträckte fram handen och presenterade sig.

– Pierre Elgh, sa han.

Hon kände hur färgen steg på kinderna. Inte av genans utan av upphetsning.

– Var jobbar du annars?

– Lund.

– Men du brukar stafetta hit?

– Tja, så där när andan faller på. Har rätt mycket ledig tid innestående i Lund. Och ni har ju ont om narkosfolk.

Hon hade sett honom tidigare i korridoren på operationsavdelningen där hemma, men han hade aldrig sövt på hennes operationssal. Hon hade också skymtat honom i matsalen i Lund.

Samtalet kom plötsligt av sig. Hon orkade inte förställa sig och kvittra på. Ronny hade tydligen hoppats på henne för han teg.

Samtidigt var hon nyfiken. Undrade om han brukade söva på neurokirurgen. Hon ville inte kasta sig över honom, men drogs så starkt till allt som låg nära Cecilias öde att hon till slut inte kunde låta bli.

– Nej, jag är sällan placerad där, svarade han.

Hon hade sett till att korta ner eftermiddagsmottagningen så att hon hann hämta Klara strax efter tre. Gled fram på cykeln. Hade tre växlar. Tidigare hade hon haft sju men använde inte alla.

Andra människor tröttade ut henne. Hon blev som upplöst av allt prat och alla ställningstaganden. Och av att lyssna. Fick anstränga sig för att inte se förströdd ut. Ändå hade just det stilla samtalet med patienterna kommit att intressera henne alltmer. Men nu gick det knappt. Hon var inte mer än människa.

Hon måste handla, det hade hon lovat Claes. Ville gottgöra att hon varit borta så mycket. Detta ständiga återgäldande. Det var inte han som förväntade sig det, eller kanske lite. För nog hade han tyckt synd om sig själv. Hon begrep bara inte hur hon skulle orka, hon kände sig trött och spyfärdig. Kunde för övrigt inte komma på något hon var sugen på till kvällsmat. Det skulle möjligen vara lite glass. Mjuk, halvsmält vaniljglass.

Det åt hon förra gången.

Insikten flöt upp som en kork. Hon började räkna efter. När hade hon senaste mensen?

Blödningarna hade på senare år tenderat att komma något tätare, men det var inget hon hade störts av eller funderat så värst mycket över. Mer som ett kallt konstaterande att det hörde åldern till.

För övrigt hade det varit fullständigt orimligt att hålla reda på så banala ting som blödningar under den senaste tiden. Hon var fyrtiosex, gick mot fyrtiosju. Hon kände inte någon som varit så gammal och blivit med barn. I så fall hade de varit iväg utomlands och fått ägg på någon klinik.

Det var en stor ynnest att de fått Klara. De hade ställt in sig på att leva ett gott liv utan gemensamma barn.

Så kom dottern.

Hon klev av cykeln vid dagis. Barnen lekte utomhus och hon ställde sig utanför det låga trästaketet. Klara fick syn på henne och kom springande med uppsträckta armar. Hon fångade upp sin flicka, satte näsan i dotterns sanddoftande hår, kände den varma och klibbiga kinden mot halsen. Var på vippen att idiotiskt nog börja gråta.

Tillvaron var så omtumlande. Så osannolik! Hon stod mitt uppe i livet, tänkte hon.

Hon hämtade Klaras väska. Dottern följde henne hack i häl, snabb som kvicksilver. Veronika fångade in henne innan hon vek in mot lekrummet.

– Nej du, nu ska vi hem.

Klara spändes fast i barnsadeln. Veronika tryckte på henne hjälmen. Blänkande röd med igelkottar på.

Hon sköt det ifrån sig. Som en tyst hemlighet fick det vila så länge. Hon ville veta säkert först. Inte virvla upp oroshärdar i onödan. Det räckte som det var.

Funderade istället över om hon skulle våga köpa graviditetstestet på ICA. Inte för att kvaliteten skulle vara sämre, men hon ville inte se kassörskans förstulna min.

Gamla människan. Vad tror hon!

Småstadslivets begränsningar. Man brydde sig alldeles för mycket om varandra.

*

Ester Wilhelmsson satt i soffan i personalrummet på kvinnokliniken i Lund tillsammans med en annan barnmorska. Rösterna var sänkta, huvudena tätt ihop.

Christina Löfgren stod med ryggen mot dem och väntade på att cappuccinon skulle bli klar. Icke desto mindre hörde hon att Ester knappt kunde hålla tårarna borta. Kärlekens glöd och smärta, förstod hon, utan att uppfatta några detaljer. Men man behövde inte veta allt.

Gustav Stjärne satt en bit bort vid matbordet och bläddrade förstrött i Sydsvenskan. Kan inte vara lätt att härda ut i denna kvinnovärld, tänkte hon just som *flytta ifrån* urskildes från samtalet i soffan. Likaså *ska träffa mamma*.

Jo, mammor var bra att ha. Hur mycket mamma hon själv än var – fyra hemmavarande barn, och ibland undrade hon om inte även maken fick räknas in där – så var det hur som helst en ren och skär ynnest att ha kvar sin egen mamma i livet. Och dessutom spänstig. Inte för att modern längre sprang några maratonlopp, men cyklade gjorde hon fortfarande. Långa sträckor på skånska landsbygden för att hålla sig i trim.

På förlossningsavdelningen var det lugnt för närvarande och Christina Löfgren passade på att gå ner i varv. Tog överhuvudtaget tillfället i akt att vila upp sig när hon var på jobbet. Till skillnad från hemma kunde hon ibland både få dricka kaffe och tänka en och annan rak och sammanhängande tanke när hon var där. Men det kunde å andra sidan slå om vilken sekund som helst. Arbetets oförutsägbarhet var en del av charmen. Men pauserna behövdes för att orka med topparna.

Lotten stod i dörren.

– Det är en man som söker dig.

Hon vände sig till Gustav Stjärne.

– Vem då?

Han satt kvar, som en bildstod, med tidningen framför sig.

– Vet inte. Har aldrig sett honom förr. Har satt honom i dagrummet.

Just då skar en gäll röst genom korridoren.

– Dåliga ljud på trean.

Christina Löfgren for iväg.

– Säg till den där mannen att vänta, ropade hon till Gustav som sprang efter.

Dörren hade gått igen om henne när Gustav i sin tur vände sig mot Lotten.

– Säg att jag är upptagen. Be om telefonnummer, så ringer jag upp.

Sedan skyndade han efter Christina ut i korridoren.

*

Gillis Jensen gick till Blocket för att ta en kopp kaffe i entréhallen, som var lik en väldig, modern katedral. Han satte sig vid ett runt bord vid fönsterväggen och stirrade ut. Asfalten vilade mörk i skuggan från den höga huskroppen. Rätt dystert här nere. Säkert bättre högre upp, tänkte han. Var plötsligt tacksam över att han hade en friare arbetsplats. Eller i varje fall friskare.

Taxibilar kom och gick. De roterande glasdörrarna var som en käft som slukade människor. Somliga spottades ut. Andra blev kvar.

Han hade en bestämd känsla av att den unge Stjärne inte tänkte höra av sig. Mobilen skulle förbli tyst. Medan han förstrött iakttog aktiviteten runt omkring sig konstaterade han att han hade råd att vänta på honom. I alla fall en stund. Var annars rätt less på att jaga unga män till förhör. Flera hade i och för sig hört av sig självmant. Idel välutbildade ynglingar och en del kvinnor med välsmort munläder. Ingen hade nekat att lämna prov för DNA. De erbjöd sig i stort sett frivilligt innan förhören ens börjat.

Höga, kantiga pelare i sjögräsgrön sten reste sig mellan kafédelen och passagen bort mot hissarna. Personal, patienter och besökande köade i Pressbyrån mitt emot. Han lyfte på ögonbrynen när han fick syn på kvällstidningarnas gula löpsedlar:

Emmys mördare fast

Det var mer än jag visste, tänkte han torrt.

Upprörd blev han däremot inte. Det stadiet hade han passerat för länge sedan. Det numera flitigt cirkulerande och kraftigt förstorade fotot på Emmy Höglund, med rakt mörkt hår och pigga ögon under luggen, fick honom dock att må en aning illa. Stackars föräldrar, tänkte han. Emmy log blitt. Kvinnor log alltid blitt på foton. Det var bara män som hade tillåtelse att vara allvarliga.

Jensen såg att den mörke läkare som hette Leo, efternamnet mindes han inte, slog sig ner med två andra doktorer vid ett bord i närheten. Leo såg honom inte. Ansiktet var ännu vitare och skuggorna under ögonen hade djupnat, konstaterade Jensen. Det var väl ett hårt jobb att vara läkare.

Nu lutade sig denne Leo över bordet mot de andra två, en ung manlig läkare som Gillis inte sett tidigare och en kvinna, även hon i vit rock. Hon satt med ryggen till. Ett blont och häpnadsväckande tjockt hår föll tungt ner över ryggen. Änglahår. Han visste inte varför han tyckte att det såg nästan oanständigt ut att gå med utslaget hår bland sjuka. En läkare fick inte vara fåfäng. Om inte annat var det ohygieniskt. Han föreställde sig hur bakterier for runt och fastnade och sedan spreds. Eller om det nu var virus.

Jensen tittade på löpsedlarna igen. De skulle ta mördaren den här gången. Inte minst övertygad var spaningsledaren själv. Kriminalinspektör Lars-Åke Mårtensson hade på intet sätt mattats. Snarare skruvat upp optimismen och intensiteten till maxläge. Han var en man med blicken uppåt. Det kunde få somliga att göra vad som helst.

Sådan var jag också när jag var yngre, tänkte Gillis Jensen. Han visste inte om det var bra eller dåligt att han dämpats. Livet blev i varje fall behagligare.

Emmy Höglunds arma föräldrar ville ha ett svar. De stod förstås helt oförstående. Det fanns inget i dotterns liv som inte var i det närmaste perfekt. I alla fall inte i deras ögon. Hon var dessutom enda barnet. Inte för att han någonsin hade trott att ett annat barn kunde ersätta ett som dött, men det blev bra mycket ensammare utan några barn alls.

Hittills hade utredningen inte heller visat något som fick Emmy att på ett avgörande sätt skilja sig från mängden av andra nitiskt pluggande studenter.

Men på en punkt hade hon haft dåligt omdöme. Hon hade släppt in fel person.

Kaffet var urdrucket och mazarinen uppäten. Han tittade på klockan. Bedömde att det ännu var för tidigt att gå tillbaka.

Fick ingivelsen att återigen vandra i Jan Bodéns tänkta fotspår och för en stund släppa den mördade studentskan.

Bodéns sista vandring. Jensen hade förstås gjort denna golgatavandring ett antal gånger, men nu hade det gått några veckor sedan sist. Kanske skulle distansen få honom att se med nya ögon.

Han passerade de båda hisshallarna. I den första rådde en livlig cirkulation. Hissarna i den andra hallen var däremot i första hand tänkta för sängtransporter. Där var för tillfället tyst som i graven. Mellan de bägge hisshallarna gick trappan. Den var av ordinär storlek, inte som på hotell där man mot bakgården kunde hitta skumma, trånga trappor för personalen att osynligt smita ut genom. Eller för evakuering.

Trappan ledde de tolv våningarna upp och två plan ner till kulvertsystemen. Personalen använde dem flitigt, i alla fall de som inte arbetade högre upp i huset. Men inte en enda av alla dem som hört av sig angående Bodéns död, och de var många, hade haft något användbart att komma med. Trots att man vädjat i pressen.

Jensen iakttog golv, väggar, skyltar och försökte tänka sig in i Jan Bodéns situation. En man, några år yngre än han själv, med en liten och harmlös tumör djupt bakom ena örat. Enligt vad han fått veta av Claes Claesson tog Bodén det dock väldigt hårt och klev rakt in i en livskris. Han valde att falla ihop.

Och det var väl i och för sig inte så konstigt. Framför allt som Bodén tydligen varit friskt tidigare. Vad hans föreställning om den egna odödligheten och eventuella storheten bestod i, visste Jensen inte så mycket om. Och ingen annan heller. Men helt sympatisk fick han för sig att Bodén inte varit. Claes Claesson hade fått fram en tudelad bild. Kanske var han präglad av sitt arbete. Banka kunskap och vett i motsträviga ungar krävde förmodligen vissa tjuvknep och en barsk stämma.

Men gick han verkligen här ensam?

Var stötte han på sin baneman?

Bodén hade inte sällskap när han lämnade öronkliniken, det var personalen säker på. Någon hade sedan iakttagit honom på väg mot Blocket. Då stod han vid trapporna på väg ner till asfaltplattan framför entrén. Men sedan var det slut på säkra vittnen.

Delvis förstod Jensen varför. De människor han sett här var fullt sysselsatta med att överhuvudtaget ta sig fram. Linka på kryckor, rulla en rullstol eller skjuta en bår. Det fanns inga soffor att sitta och studera sin omgivning på i den bortre delen av entréhallen eller i hisshallarna. Området låg dessutom i skymundan för kafeterian. Och de vitklädda som arbetade tycktes alla ha bråttom, medan de som besökte sjukhuset tvingades lägga all möda på att läsa anvisningsskyltar för att komma rätt.

Långsamt fortsatte Jensen in till den folktomma hallen bakom entrén. Han kisade mot atriumgården bakom fönsterväggen. Ljuset speglade sig frikostigt i den sandfärgade golvmattan. Stod som han stått flera gånger tidigare med de två toaletterna och det nu berömda, eller snarare ökända, städförrådet bakom sig.

Atriumgården var ett ljusinsläpp men användes inte som rekreationsyta. Stensatt, men varken stolar eller bord stod uppställda där. Bakom fönstren på andra sidan skymtade datorskärmar och skrivbordslampor. Klinisk kemi höll till där. Givetvis hade varenda kotte utfrågats. Ingen hade sett något. Ljuset föll så att korridoren kring föreläsningssalarna, och då även städförrådet, kom att ligga i mörker dagtid. Och när det var kväll och lokalerna var upplysta och lättare att se in i, var ingen på kontoret. Mordet hade skett i början av september då kvällsmörkret fortfarande dröjde.

Även här höll pelare elegant taket uppe. Bakom de välvda tegelfärgade väggarna dolde sig föreläsningssalar. Jensen tyckte att det var en trevlig miljö. Ljust och samtidigt inte så fyrkantigt och korridoraktigt.

Plötsligt for en dörr upp och ett sorl vällde ut. Gillis Jensen stod kvar. Strax därefter tömdes salen och studenter försvann åt olika håll. Någon gick in på toaletten, somliga passerade honom och fortsatte genom en smal korridor som ledde till en utgång på Blockets baksida, som man måste känna till för att ta. De flesta försvann genom en dörr till en intilliggande korridor, som i sin tur ledde till stora entréhallen åt motsatt håll i förhållande till hissarna.

Bara ett par tre stycken gick mot hisshallarna. Inte en enda läkarstudent hade heller hört av sig till polisen.

Inom loppet av en minut var samtliga studenter väck. De hade förmodligen ilat hem till böckerna. Han såg på den stora klockan som satt högt uppe på en av pelarna. Några minuter över tre.

Han vände. Följde skyltarna men denna gång i motsatt riktning, mot akuten. Att det var en bakväg framkom inte minst av att bokstäverna på skyltarna var små. Patienter utifrån förväntades komma genom de stora portarna på Blockets baksida där den nya akutmottagningen numera låg.

Försökte Bodén ta sig dit? Träffade han gärningsmannen här eller ute i själva entréhallen eller kanske till och med utanför sjukhuset? Eller var det någon som kommit från akuten, eller upp från kulvertsystemen? Var det ett planerat möte som gick snett? Hade de av någon outgrundlig anledning kommit överens om att träffas här? En student?

*

Christina Löfgren stod böjd över såret. Hon slöt den tjocka och blödande öppningen i livmodern. Sydde snabbt och med fortlöpande stygn. Blödningen upphörde. Gustav Stjärne klippte tråden. Hon torkade rent. Kände efter att livmodern var väl sammandragen. Arbetade koncentrerat och utan att säga ett ord. Kvinnan var sövd. Allt lyckligt och väl överståndet. Pappan var ute hos barnet som till en början var slött när det hämtades ut. Men enligt rapporterna från rummet utanför operationssalen höll flickebarnet på att återhämta sig. Barnläkaren var där.

Christina bet ihop bakom munskyddet och försökte låta bli att reta upp sig på Stjärne. Lyfte inte ens blicken. Han stod på andra sidan operationsbordet. Hon bad operationssköterskan om hakar till Stjärne, och hon gav honom dem. Christina fick pincett och nålförare med ny sutur utan att be om det. Stjärne höll undan kanterna med hakarna medan hon sydde muskelfascian. Trots allt hade han blivit lite bättre på att assistera, noterade hon. Höll undan både vävnader och fingrar. Stod inte längre som ett fån med hängande armar och bara glodde.

Men det mesta hade otvivelaktigt gått både lättare och snabbare att utföra om hon sluppit ha honom i hasorna.

– Dukar, instrument och nålar stämmer, sa operationssköterskan.

– Tack, sa hon och knöt tråden. Sträckte därefter trådänden. Stjärne var återigen raskt framme med saxen och klippte.

Sedan kunde han gå.

– Du behövs på förlossningen, sa hon och såg honom i ögonen för första gången.

Han nickade och dröp av. Hon slet så småningom av sig handskar och munskydd och gick iväg för att diktera. Såg hans gröna ryggtavla försvinna ner genom korridoren.

Självsäker gång, tänkte hon innan han försvunnit om kröken. Konstigt nog, för han hade inte mycket att komma med. Mer än möjligen att han var man, men det ville hon inte tänka på för då steg blodtrycket. Och tydligen rätt bakgrund för att kunna nästla sig in. En berömd pappa. Docent Eskil Nordin hade redan lagt vantarna på honom. Stjärne påstods ha forskartalang, sa Nordin.

Enligt hennes förmenande var det nog det enda han i så fall hade. Hon hade fått lära upp honom från absolut noll. De flesta brukade ha åtminstone några klara minnen från kursen i gynekologi. Stjärne hade definitivt glömt allt. Men han tittade likafullt på henne, eller snarare förbi henne, med en blank och prövande blick som en herreman i en film med handlingen förlagd till förra sekelskiftet.

Hur kunde han vara så jäkla styv i korken? Det övergick hennes förstånd. Men inte bara hon hade börjat grumsa. Sköterskor, barnmorskor och kollegor, de var många som undrade. Men som alltid gick åsikterna isär, och det ledde i vanlig ordning ingen vart. Mer än till att hon blev utvald till Stjärnes handledare, mer eller mindre mot sin vilja. Det fanns å andra sidan ingen som ville åta sig uppgiften frivilligt, så det fick bli med tvång. En order uppifrån. Och med lite smicker – hon hade ju ett enastående tålamod och så vidare, och så vidare, log chefen – så trillade hon dit.

Och hon hade trots allt lyckats få Stjärne halvvägs mot ett kejsarsnitt. Han kunde lägga ett snyggt bikinisnitt i huden, han kunde med fingrarnas hjälp vävnadsvänligt ta sig ner mot livmodern, även om händerna darrade. Och han klarade av att därefter klippa upp hinnan ovanför urinblåsan och skjuta ner den. Men själva snittet i livmodern och utskaffningen av barnet hade han däremot hittills inte känt sig mogen att utföra. Och självklart var det ingen annan än Gustav Stjärne själv som fick bestämma takten. Det sa hon inget om. Hon var så till vida en inkännande pedagog.

Hugg och slag fungerade aldrig på sikt.

Men lite piska skulle han allt må bra av, tänkte hon och satte irriterat bandet i diktafonen. De flesta utbildningsläkare gick knappt att stoppa. Ivern att komma framåt fick dem snarare att bli gränslösa. Gjorde mer på egen hand än de borde och frågade inte tillräckligt ofta. Men det var å andra sidan ofta rätt svårt att få tag på någon att fråga. Med andra ord var hon satt att fortsättningsvis släpa på Stjärne som en boja om foten! Hon satt i smatten, inte större än en garderob, på operationsavdelningen. Insåg att hon hade fritt några minuter. Klinikens bästa arbetsplats. En dörr att stänga och ett fönster varifrån hon kunde se solen och följa människor som kom och gick på gatan nedanför, mellan Blockets ena flygel och onkologiska kliniken. Hon tyckte om att sitta här, i lugn och ro utan att någon avbröt eller slet i henne.

Hon rabblade in datum, sitt namn, patientens data, operatörernas namn – det var hon och Stjärne – samt diagnos- och operationskod. Fortsatte med själva ingreppet. Hade sammanfattat detta så många gånger att orden kom av sig själva. Ögonen vandrade samtidigt ut mot Lasarettsgatan och fastnade på Ester som sneddade över gatan och sedan fortsatte mot onkologen. En mörkhårig yngre läkare kom henne till mötes. Pojkvännen, tänkte hon. Eller före detta? De utdelade varken någon kyss eller någon kram. Ställde sig på någon meters avstånd från varandra. Han höll huvudet lätt bakåt. Esters axlar var uppkörda. Det syntes på långt håll att samtalet inte var behagligt. Händerna behöll hon nerkörda i rockfickorna när hon efter ett par minuter gick vidare mot Blockets huvudentré.

Christina Löfgren stängde av, tog ur bandet och traskade iväg till sekreteraren, sa hej till henne, lämnade diktatet, bytte om, slängde de gröna kläderna i tvättkorgen och tog ett djupt andetag. Hon skulle ner till förlossningen och Stjärne igen. Lika bra att inte tänka.

Men varför inte vara lite ärlig? tänkte hon och drog på de vita byxorna och skjortan. Försöka att på ett elegant sätt, om det nu fanns ett sådant, få Gustav Stjärne att förstå att han var ämnad för en helt annan medicinsk disciplin. Ett område där det inte gjorde så mycket om man led av beslutsångest. Ge honom en ärlig chans. Gjorde han sig inte bättre bland provrör och pipetter? Eller varför inte inom psykiatrin?

Hon hade hört både en och två kollegor bre på om Stjärnes otroligt goda psykologiska handlag med patienter, tänkte hon medan hon grävde i rockfickan efter en kam. Operationsmössor saboterade det mesta i frisyrväg.

Stjärne som psykolog!

Det var väl den gången han lugnade ner en ensam blivande mamma på förlossningen, tänkte hon framför spegeln. Eller då han orkade lyssna på en patient som var mer krävande och omständlig än hon ansågs ha anledning att vara. Han satt i nästan en timme på en stol på ena akutrummet och lät sig översköljas av kvinnans svårmod. Det var förmodligen vad den patienten behövde. Och det enda Stjärne kunde hjälpa till med. På så sätt var han bra, det fick hon medge. De flesta hade krupit ur skinnet långt tidigare.

Hon tog trapporna ner och upptäckte att hon glömt personsökaren på op. Hade då redan hunnit till entréhallen. Sprang tillbaka upp och höll på att krocka med en man i trappan som var på väg ner. Hon bad en av operationssköterskorna att hämta sökaren i operationssalen, fick den och sprang ner igen.

Samme man som hon mött i trappan stod nu utanför den låsta dörren till förlossningen. Något för ålderstigen för att vara en blivande pappa, bedömde hon. Men man visste aldrig. Eller kanske det var en morfar eller farfar?

– Förlåt mig, sa han vänligt och såg på henne med ett ansikte snällt och fårat som en blodhunds.

– Jag söker en läkare som heter Gustav Stjärne. Han ska visst arbeta på förlossningen. Tror du att du skulle vilja hämta honom åt mig?

Innan hon hann fråga vad det rörde sig om öppnade han munnen.

– Jag är kriminalinspektör Gillis Jensen. Det rör sig bara om ett par enkla frågor.

*

Cecilia stod i fönstret. Hon hade tvättat sig och borstat tänderna och var halvklädd. Hade fått på sig långbyxorna, nästan helt själv, vilket arbetsterapeuten berömt henne för. Och en bh, mirakulöst nog. Det var inte lätt, så hon hade fått hjälp. Axelband och hyskor. Hon hade blivit tillsagd att fortsätta stå upp, inte lägga sig ner även om sängen lockade. Och stolen.

– Jag vet att du är trött, sa arbetsterapeuten. Men håll ut!

Hon var på Orup. Det var visst ett gammalt sanatorium. För hennes del kunde det vara vad som helst. Hon var där. Och hon skulle tydligen stanna ett tag. Rehabilitering. Ordet var så långt att hon knappt ens orkade tänka det. Allt det där med förflyttningen hit hade försiggått över hennes huvud. Det gjorde henne för den delen inte något. Hon var glad över att slippa bestämma.

– Hör du! Vad ska du mer ha på dig?

Arbetsterapeuten hette Elke. Hon var snäll. Och envis. Det var säkert bra.

Cecilia släppte trädtopparna utanför fönstret med blicken. Gröna blad och enstaka gula som vinden slet i. Himlen var kallblå. Hon bodde högt upp, hela sjukhuset vilade på ett berg. Ringsjön låg långt där nere. Rummet hade ljusgröna väggar. Nervlugnande, sa någon. Undersköterskan var det nog. Skit samma.

Hon skulle visst göra något. Vad var det hon hade sagt, arbetsterapeuten? Mindes plötsligt inte. Blev vanmäktigt trött. Ville bara lägga sig ner. Hon orkade inte ens svara.

Hon fastnade med ögonen på kvinnan som hon egentligen inte kände. Hade i och för sig vant sig vid att det kom en massa okända människor och for runt henne och plockade både med hennes saker och med henne själv. Lyfte, puffade och flyttade.

Hon hade gett upp. Lät dem hållas.

Gladlynt, kring femtio, i långbyxor och en blåmönstrad skjorta var den här. Hon fortsatte studera henne.

Hon tyckte bestämt om den här arbetsterapeuten. Det var inte det. Men hon orkade bara inte svara. Inte ens le tillbaka. Vad var det nu hon hette? Visste det nyss. Stirrade på skylten på skjortbröstet.

– E-l-k-e, stavade hon högt.

– Ja, det är jag, log kvinnan uppmuntrande och tålmodigt. Vad var det nu du skulle göra? Kommer du ihåg det?

Cecilia tittade tomt på henne.

– Minns du det? upprepade kvinnan i den blåmönstrade skjortan som hette Elke.

Skjortan var fin.

Men vad var det hon skulle göra? Herregud! Letade runt i huvudet. Alldeles tomt.

Vad?

– Titta på dig själv, sa Elke med samma entusiasm.

Hon böjde sakta ner huvudet. Såg gula gympaskor som stack ut nedanför jeansen.

– Titta lite högre upp!

Jeansben såg hon. Två stycken. Och sedan magen.

– Är det något som fattas?

Magen var bar. Och armarna var också bara. Hon hade en naken överkropp. Men en svart bh. Spets i kuporna. Den måste hon ha fått på till slut. Jösses!

Hon tog ett steg mot skåpet. Fick till och med upp dörren. Ställde sig och glodde in. Svepte långsamt med blicken. Uppifrån och ner. Kläder. Några plagg på galgar och några i hurtsar.

– Du får välja något.

Elkes röst var bakom Cecilia. Hon väntade på henne.

Hon skulle alltså ta fram det hon ville ha på sig. Men fastnade. Stod bara och stirrade. Det gick inte. Orkade inte välja. Orkade än mindre lyfta handen och ta ut något. Var dödstrött.

Sköt igen dörren och vände sig mot stolen och sjönk ner.

Elke öppnade med en dåres envishet garderobsdörren igen. Tog fram en vit tröja med blå ränder på tvären. Snygg. Hon hade aldrig sett den förut. Jo, kanske.

– Vad säger du om den här? Elke höll den framför henne och puffade på henne där hon satt i stolen.

Hon glodde stint på tröjan.

– Den verkar mjuk och skön och passar till jeansen, menade Elke.

Hon fortsatte att stirra på den.

– Och vad tror du att du ska göra nu?

Hon stirrade lite till. Hade fastnat i stirrandet. Var så himla seg.

– Vad ska du göra nu? envisades Elke.

Rösten var tydlig och samtidigt uppfordrande men hela tiden vänlig.

– Ta på den, hörde hon sig själv säga långsamt och med en röst som var henne totalt främmande.

Och så lyfte hon snällt bägge armarna och lät Elke trä tröjan över hennes huvud.

Nu var hon i en gymnastiksal. Ingen rast, ingen ro. Schemat var späckat. Hon hade fått åka rullstol till gymnastiksalen. Det var så krångligt att ta sig dit, trappor ner, sedan korridorer hit och dit och gud vet vad. Ingen människa kunde hitta! Nu fick hon åka hiss. I rullstolen. Men inte i all evighet. Hon hade ju ben att gå på, skojade Sara. Hon var sjukgymnast och det var hon som fixat fram rullstolen. Hon ville tacka Sara för det men orkade inte. Hon var så trött att hon inte fick fram ett enda ord. Inte ens ett kort tack. Hon måste spara energin till träningen.

Sjukgymnasten hade långt hår i en svans. Cecilia såg på hennes spänstiga kropp och på motionscykeln och på alla träningsmaskinerna. Vad skulle hon själv göra där? Hon som knappt förmådde stå upp?

Nej, hon skulle inte cykla. Inte ännu. Men det var bra att hon kunde stå och gå kortare sträckor, även om hon var långsam, sa Sara.

– Det kommer att bli bättre, sa hon och bad Cecilia krama hennes händer. Ta i med all kraft, uppmanade hon. Och släpp sedan.

Hon ansträngde sig att göra som hon blev tillsagd. Fast ibland orkade hon inte ens höra vad de sa. Hon ville verkligen röra sig. Hon ville verkligen göra allt rätt. Men det gick inte.

– Det är bra att du har viljan, sa Sara. Det märks. Det tar sin tid. Du kommer igång, ska du se!

Hon mindes inte hur länge hon varit där nere i träningshallen. Tiden bara flöt iväg. Visste bara att hon skulle dit varje dag. Att hon hade ett fast schema. Att det var viktigt att hon försökte ta eget ansvar.

Men ännu kunde hon inte hålla reda på något, och då var de snälla och hjälpte henne.

När hon kom upp på sitt rum somnade hon direkt. Men det var inte länge hon fick ligga. Undersköterskan hämtade henne till middagen.

Sedan hämtade hon henne igen.

– Du har besök, sa hon.

*

– Jag har några enkla frågor angående Emmy Höglund.

Gillis Jensen såg att det ryckte i mungipan på den unge läkaren.

– Ja, vad är det med henne? sa Gustav Stjärne snarstucket.

Det högst anmärkningsvärda att hon blivit mördad, tänkte Jensen tyst. Vet han inte om det?

Stjärne satt rakt i fåtöljen med bägge fötterna i golvet och händerna vilande på armstöden. Axlarna var nersjunkna, vilket gjorde att halsen blev längre. Han såg kyligt på Jensen. Läkarrocken var uppknäppt, vit skjorta och vita byxor under och ett par gymnastikskor. De hade varit vita.

Gustav Stjärne hade cendréfärgat hår, något yvigt och oklippt. Ögonen var ljust blå med markerade likaledes ljusa ögonbryn, förmodligen solblekta. Munnen var kort, amorbågen obefintlig, underläppen däremot kraftigare. Han höll läpparna slutna, vilket fick honom att se butter ut. Näsan var kort och möjligen en aning platt. Men ansiktet hade en viss regelbundenhet som gjorde att han sammanfattningsvis såg bra ut, utan att utseendet var vare sig karakteristiskt eller karismatiskt i sin utstrålning. Strålade inte alls. Mer än möjligen av mörk oro.

Den mannen kan lätt försvinna i mängden, tänkte Jensen. Och han är lätt att förväxla. Gillis Jensen höll hela tiden vittnesmålet från Emmy Höglunds granne i minnet. Mannen med solstolen. Tappert hade han försökt beskriva den man som ropat efter Emmy i mörkret strax efter midnatt, men inte kommit fram till mer än att han inte såg speciell ut.

De satt avskilt i ett fönsterlöst rum på förlossningen. Undersköterskan hade visat dem dit. Samtalsrum stod det på skylten utanför. Kändes ljudisolerat som en bunker. Rummet var nymålat, hela förlossningsavdelningen hade för övrigt precis genomgått en genomgripande renovering, det hade till och med stått om det i Sydsvenskan. Korridorerna var ljusa och öppna och rummen tydligen med högsta tänkbara standard.

Stjärne hade sett sammanbiten ut när den kvinnliga läkaren hämtade honom och han först fick syn på kriminalinspektören i korridoren på förlossningen. Han visste förstås inte vem Jensen var. Jensen hade för vana att alltid gå civilklädd, men kanske hade Stjärne sina aningar. Rykten spreds snabb.

Givetvis följde han omedelbart med. Något annat hade onekligen väckt uppmärksamhet.

Det hade han i och för sig redan gjort genom att se till att vara svår att få tag på. Och genom att inte höra av sig.

– Ja, du vet att jag har jagat dig, sa Jensen.

– Har inte haft tid …

Jensen gick inte vidare in på det.

– Du känner Emmy Höglund, konstaterade han istället.

– Inte speciellt väl, värjde sig Stjärne.

Jensen nickade så att de tomma kindpåsarna darrade lätt.

– Vill du berätta om henne?

Stjärne såg hålögt på honom.

– Eller tycker du att det är svårt? fortsatte Jensen med en stämma mild som honung.

– Det finns väl inget att berätta, menade Stjärne.

Gillis Jensen teg. Han hade världsrekord i tigande.

– Vi har setts några gånger, sa Stjärne till slut lågt och buttert. Hon är egentligen kompis med en jag känner.

– Ja?

– Han heter Karl.

– Och vad heter han mer?

Tystnad.

– Heter han Karl Wallin?

Stjärne blev röd om kinderna och borrade in blicken i gardinens milda toner som mjukade upp väggen mitt emot. Ett runt bord i ett ljust träslag stod mellan dem.

Han nickade till slut.

– Vill du berätta när du senast träffade Emmy?

– Minns inte riktigt, för någon vecka sedan kanske.

– Du var alltså inte med och tog en öl på Carlssons Trädgård på måndagen.

– Nej, varför skulle jag vara det?

– Några i ditt umgänge var där då.

– Men inte jag.

Jensen tänkte att det var väl bara att hala och dra, han skulle inte säga ett enda ord frivilligt.

– Du var alltså inte ute med Emmy, Karl och de andra på måndag kväll på Carlssons för en dryg vecka sedan?

– Nej.

– Och var var du då?

– Jag var här.

– Här?

– Ja, jag var jour natten mellan måndag och tisdag.

Kunde han för helvete inte kläckt ur sig det med en gång, tänkte Jensen. En tålamodsprövande typ. Men alibit var onekligen hållbart.

– Men om vi då tar tisdag kväll. Vad gjorde du då?

– Jag träffade i alla fall inte Emmy.

– Kan du bevisa det?

Det var som om syret tagit slut. Steg och röster hördes utanför. Så pep sökaren i Stjärnes rockficka.

Det var tur för dig, tänkte Jensen.

*

Nina Bodén hade tvingats ta ledigt några dagar när det var som mest. Hon såg sig själv som en stark kvinna men med vissa svagheter, hon som alla andra. Det gick inte, hur som helst, att köra på alla cylindrar för jämnan. Runt, runt där hemma. Men hon satt nu i sjukvårdens lilla bil och kramade ratten. Såg rakt fram på vägen, hon ville inte köra över vare sig grävling eller rådjur. Än mindre kollidera med en älg.

Tårarna rann ohejdat och hon skakades av gråtattacker. Planen var att stå upprätt fram till begravningen, sedan fick hon se. Inte vart vinden vände. Utan vad hon ville.

Hon var som en rotvälta. Ett myller kröp upp underifrån. En värld full av småkryp. Det var bara att låta det pågå. Sorgen var inte strukturerad. Den var svart, häftig och ömsint om vartannat. Det enda trofasta var minnena. Mycket i det förflutna hade inte varit det. Hon var lättlurad. Även bra på att lura sig själv.

Men minnena var lömska. Somligt satt fast, annat gled iväg. Det var sannerligen inte bara de ljuva stunderna som kom upp.

Hon snöt sig, torkade kinderna och travade plikttroget in i stugan. Klockans tickande nådde henne redan i tamburen. Dessa väggur som gått ur tiden sedan allt blev elektriskt eller batteridrivet. Hon visste vad hon skulle göra, det här var hennes domäner. Ingen la sig i, och sällan klagade någon. Gubben blev glad över att få se henne. Nästan så att hon började lipa igen. Han vinkade med en bred och krokig hand från soffan. Händer och näsor växte på de äldre.

– Det är tungt att få opp han, sa hustrun, som vaggade fram på förslitna höfter stödd på två kryckkäppar.

– Jag skräpar här i soffan som en vedklabbe, skojade gubben.

Låg väl där och spejade mot himlen mellan tyllgardinerna, tänkte hon.

– Du har det bra där, sa hon.

Pratade med den glada rösten. La om såren på gubbens ben och kontrollerade att båda tagit medicinerna.

Kunde detta ha varit Jan och hon i en okänd framtid? Hon skrattade plötsligt till oanständigt högt, men då satt hon ensam i bilen på väg tillbaka till vårdcentralen. Hon kom norrifrån på Björnfällevägen. Hästar betade i stora hagar utfällda i skogen. Fler och fler blev de för vart år. På så sätt var det en levande bygd, annat kunde man inte säga. Förstås en massa småungar som tjatat sig till en stackars ponny som de sedan tröttnade på och lät stå invid husknuten. De var bortskämda.

Klockan var fyra. Skogen hade mörknat, men det var ett sammetslent mörker som hon tyckte om. I år blev det ingen svamp plockad. Inga bär heller. Inget alls.

Hon hade hållit sig fast vid Jan likt en drunknad vid livbojen. Det hade kostat på. Sådant kostar alltid på. Hon var feg. Önskade att hon varit djärvare, mer självständig. Inte så obeskrivligt rädd om pengarna och inte så ängslig för att inte bli bjuden på kalas. Ungefär så simpel hade hon varit. Frågan var vilka kalas hon skulle komma att bli bjuden på när väl begravningen stökats över och det kommit ut i ljuset vad hon själv haft för sig bakom stackars Jans rygg.

Hon flinade åt det.

Igår kväll hade hon inte kunnat somna. Gick upp och ställde sig i vardagsrumsfönstret. Såg på Eva-Lenas rabatter. Raka och trista. Mest rosor, som förvisso ännu blommade, men inte ett enda ogräs.

Jag måste bort härifrån, tänkte hon. Så får det bli!

Därefter somnade hon.

Inte skulle hon sitta där i det stora huset och vänta. Hon tänkte sälja det men behålla sommarstugan. Sedan hade hon vissa planer på att säga upp sig och flytta. Men inte ett ljud hade hon sagt till ungarna. Ett ramaskri skulle det bli, framför allt från Martin. Värst vad han plötsligt börjat gå på. Som om han tagit över efter Jan. Men det tänkte hon sannerligen sätta stopp för!

När hon kommit till norra infarten var gråtattackerna över. Hon befann sig i ett tillstånd som närmast kunde beskrivas som en högst tillfällig harmoni. Kunde därför tåla sin egen ofullkomlighet. Jan måste ha begripit, tänkte hon. Fattat vad som var på gång. Det var nästan så att hon hoppades att han gjort det. Skadeglädjen, som den enda sanna glädjen. Hoppades att han blev varse att hon ingalunda trodde att han hade lagt av med sina eskapader efter eleven. Eva-Lena i sitt oanständigt rödflammiga hår satt i hennes kök och trodde att hon inget begrep.

På Gotland var himlen klar den dagen i somras då Jan och hon gav sig av mot Visby. Han protesterade inte när hon satte sig bakom ratten. Hon hade börjat förstå hur det var fatt, och hade blivit inte så lite stressad av att han blev sjuk just då. Om det var allvarligt, och en lång konvalescens väntade, kunde hon knappast förmå sig att lämna honom. Att sitta fast med honom till döddagar gjorde henne rädd. Så hade det inte varit tidigare. Då hade hon varit intill panikens gräns rädd för att han skulle överge henne.

De, eller snarare hon, hade ordnat tid på vårdcentralen hemma. Jan skulle få komma till doktor Björk samma vecka som de kom hem från Gotland. Hon hade ordnat att det blev just Björk, som varit doktor länge och skulle kunna ta Jan. Det var mest oro och galopperande ångest, ville hon tro. Förstås åldersdövhet, och yrseln var ofarlig, men oaktat det hängde kropp och själ ovillkorligen ihop. Ont i kroppen ger värk i själen. Om inte annat blir man betryckt av att hålla det onda stången. Eller tvärtom. Själslig nöd kan piska upp de mest häpnadsväckande kroppsliga symtom. Susningar, yrsel, tunnelseende, hjärtklappning.

Jan hade åldersnoja. Så såg hon det. Var hiskeligt rädd för att bli gammal. Och för vart år som gick blev denna rädsla allt värre. Slöt honom. Fick honom att knappt våga röra sig. Hon för sin del njöt av att få mer kontroll över tillvaron. Inte bara planera efter alla andra, efter barnen och efter Jan. Men Jan hade alltid byggt bilden av sig själv på styrka. Inte råstyrka, han var definitivt ingen kroppsbyggare. Det var mer som en inre bild av att kunna rå på vad som helst. Inte minst eleverna.

Han knep om det egna och sa inte mycket. Hon trodde nu inte på att det nödvändigtvis alltid var bättre att yla högt, men på något sätt var det tvunget att komma ut. Och det fanns onekligen sådant han skulle behövt titta på en andra gång. Rädslan, ängslan och paniken hade många källor. Hur ynklig och feg hade han inte varit! Och nog skulle även hon, vid närmare eftertanke, ha skyggat inför så stora försyndelser och i stället valt att lita till människors glömska. Eller förlåtelse och vilja till försoning.

Hon hade tagit över bilkörningen under sommarens gång. Och även mycket annat. Men tunnbytena till utedasset fick han hjälpa henne med. Annars hade han mest hållit sig stilla. Gått sakta till stranden sent på eftermiddagen när luften svalnat. Suttit i sanden på sin gamla badrock och sett kvällsbrisens krusningar i vattenbrynet. Och hon hade inte sagt något om det.

Han ville låna böcker och läsa tidningar just den dagen de åkte in. Så hon körde ner till biblioteket i Almedalen och släppte av honom där. Hon mindes inte vilka ärenden hon sa att hon själv skulle göra, men hon parkerade utanför muren vid Söderport. Pierre satt på en av bänkarna på Södertorg och väntade. Han hade tagit sig in från Sysne.

Tänk, att de kände precis lika mycket för varandra nu som när de var unga. Det var som att kliva rakt in i härligheten när hon stötte på honom på stan förra året. Han var hemma från Lund för att jobba extra på sjukhuset. Hon lämnade med ens dödsskuggans dal för himmelriket. Livet hettade till, även om samvetet ömmade förskräckligt i början. Men hon vande sig. Det var det värt. Pierre ordnade med fler veckor i Oskarshamn. Och däremellan ringde de.

Hon smusslade undan telefonräkningarna, lät dem aldrig ligga framme. Som tur var skötte hon räkenskaperna. Hon såg till att betala med en gång.

Hon slog sig ner intill honom på bänken och förundrades återigen över att det fanns sådana gränslösa känslor, ett bubblande och sjudande inom henne, fast hon inte längre var ung. De hade hela havet framför sig där de satt, bortom de parkerade bilarna och hustaken. Och de kunde ha suttit i evigheter och nöjt sig med detta enkla, om det inte varit för att det drog ihop sig. Grått och vrångt över Östersjön och moln svarta som sot, så som det plötsligt kunde bli på den upphettade ön. Hällregnet kom, och de såg sig ingen annan råd än att fly in på restaurang Brinken. Där rådde fortfarande sextiotal, inte tillgjort på Stockholmsmanér utan som det var då. Inredningen var mörk och atmosfären tät och varm eftersom det var nästan fullsatt. Han tog kalops och hon rödspätta. Gästerna bestod inte huvudsakligen av turister utan även av kommunens folk från kontoren i närheten och så förstås en del hantverkare. Ett enda bord var ledigt.

Nog möttes deras händer över bordsskivan. Att händer kunde vara så varma, så sinnliga och bestämt veta var de skulle göra av sig. Stryka lent med fingertopparna i handflatan över livets linjer ner mot den känsliga huden på underarmens insida. Ändå kände hon sig skyldig, mitt uppe i denna svällande tillfredsställelse. Önskade att livet vore enklare, renare, gick i tydligare banor.

Det var då Pierre berättade om Laxen. Varför han gjorde det förstod hon inte förrän efteråt. Och det blev på något sätt fel, även om hon insett att Jan inte varit Guds bästa barn, att den ibland distanserade och cyniska ytan, ofta kryddad med humor, förstås hade en smutsig baksida. Men hur illa det var visste hon inte. Hans föräldrar hade varit hederligheten själva. Nästan så att det gick till överdrift.

– Man blev aldrig klar över vad som hänt, sa Pierre och hade faktablicken bakom glasögonen. De hittade Laxen död i källaren. Då var han sexton. Den enda som man med säkerhet visste hade varit där nere i källaren var hans bror. Och de var som hund och katt under uppväxten.

– Så han blev fälld?

Pierre nickade och behöll blicken rakt in i hennes ögon.

– Men han var för ung för fängelse. Fick ungdomsvårdsskola.

– Jaha. Vet du hur det gick för honom sedan?

Hon fann det alltid dystert när det gick utför redan i unga år.

– Nä. Men det vet man ju hur det brukar gå.

Han såg rätt beskäftig ut när han sa det. Som en gud som kunde döma levande och döda. Hon hade låtit historien sjunka ner men var ändå förbryllad. Varför berättade han detta?

Pierre hade förmodligen anat sig till hennes dubier, för han lutade sig fram och sänkte rösten markant.

– Jan var inblandad, viskade han.

– Det har han aldrig sagt något om, värjde hon sig.

Olusten över att få veta något om maken som hon borde känna till tryckte sig på. Hon som stod närmast.

– Jaså inte?

Han prövade henne med blicken, och av någon anledning värjde hon sig nu genom att småle, något som han tolkade som att kusten var klar.

– Någon hade sett Jan gå in i huset. Men vid närmare analys, det var långt efteråt, hade ingen sett honom komma ut igen. Laxen var hans bäste vän. Det fanns inte en tanke på att han kunde ha gjort det.

Hon kände tvivlet växa. Samtidigt hade hon fått smak på sanningen.

– Men vart tog han vägen?

– Ingen vet. Gömde sig kanske uppe i huset, ville någon polis tro. Man hade inte DNA och sånt på den tiden. Ingen letade uppe i villan till att börja med. Jan lär plötsligt ha stått i hallen och frågat efter Laxen. De trodde väl att han kommit utifrån, men de hade inte hört när han bankade på. Allt blev ju uppochner sedan de hittat Laxen död. Man trodde att han fått en sten i huvudet.

– Sten?

– Ja, man trodde det. Det var ett nybygge på gång på tomten intill. Man hittade aldrig mordredskapet.

Hon blev stum. Ville Pierre med detta få henne att inse att hon var gift med en inbiten lögnare och bedragare? En mördare till och med? Och detta långt innan Jan själv råkade illa ut!

Fanns det människor ur Jans förflutna som ville honom illa? Som så här långt efteråt gav igen?

Tanken fick henne att rysa.

Vad Pierre å sin sida hade för ärenden var uppenbart. Tydligt och smickrande och samtidigt tudelat. Han ville att hon skilde sig omedelbart. Att hon blev hans, som han sa.

Men hon ville inte bli någons. Hon ville bli sig själv.

Då hon och Pierre reste sig såg hon vad hon borde ha sett tidigare. Karlgren, stuggrannen, satt och blåstirrade på dem ett par bord längre bort i halvmörkret. Han hade förstås ögon att se med, och det mest hela tiden. Att han skulle behålla detta för sig själv var för mycket begärt.

Men det kvittar, hade hon tänkt och nickat mot honom på väg ut, som om hon äntligen vågade släppa taget.

*

– Hej Cecilia, sa han. Känner du igen mig?

Kanske. Men det var något konstigt med honom, fick hon för sig. Obekvämt. Hon försökte tänka efter. Det tog på krafterna. Människor kom och sa att de kände henne, och hon mindes inte, lyckades inte pressa fram på vilket sätt de var vänner.

Skit samma, tänkte hon. Jag får vänja mig. Det klarnar väl efter hand. Sedan, när allt inte längre är seg sirap får jag väl se.

– Jonathan, sa han och strök med handen över den lilla hårsvansen han samlat i ett gummiband.

– Hej ...

Men hon strök inte själv över sitt stubbade hår, även om det emellanåt kliade i ärren.

– Du är snygg i kort hår, sa han.

Hon tittade skeptiskt på honom.

– Det växer ut, sa han sedan.

Så att jag blir som förut, tänkte hon men orkade inte öppna munnen. Inte stänga den helt heller. Halvöppen, som en idiot.

– Jag ville se hur du har det, fortsatte han.

Varför det?

Hon visste inte om hon ville ha honom sittande på karmstolen i rummet. Hon kände sig inte säker med honom.

– Jag har aldrig varit på Orup tidigare, sa han. Så det här är lite som ett studiebesök samtidigt. Väldigt vackert, med bokskogen och utsikten. Det är ju ett riktigt rekreationsområde, till och med en minigolfbana och en djurpark finns det.

Djurpark!

Hon blängde på honom.

– Stilla och lugnt, fortsatte han. Bra ställe att komma igen på.

Fortfarande blängde hon. Kunde inte släppa honom.

– Ja, som sagt, jag ville se hur du har det ... Vi har ju lovat att vara vänner.

Har vi? tänkte hon och önskade att vem som helst men inte han hade besökt henne. För nu hade hon vant sig vid rösten, börjat känna igen den mjuka tonen, blid som hos en kvinna nästan. Och minnet hade sakta vaknat. Bilder trädde fram. Röriga. Mest ljud och lukt. Varm säng. Kropp. Svett. Man. Sperma.

Tröttheten kom över henne igen. Den var tung att hålla emot. Som en järndörr med automatisk stängning.

Hon ville bli av med honom.

Men han satt kvar. Lutade sig bakåt och la det ena långa benet över det andra.

Vad ville han?

– Roligt att det gått så bra, sa han.

Hon visste inte på vilket annat sätt det kunde ha gått. Men visst, det här var säkert bra.

– Vad kommer du ihåg egentligen?

Hans vackra tandrad blixtrade mot henne, och hon kände plötsligt att hon tyckte mycket om det där leendet. Bekant och varmt. Det fick hjärtat att bulta, samtidigt som det gjorde henne konfunderad. Borde hon vara försiktig?

Men håret var annorlunda, det föll inte längre i mjuka lockar. Allt var bakåtstruket.

– Kommer ihåg? sa hon.

– Ja, jag tänkte att det måste vara otäckt att ha varit med om att någon slår ner en ...

Inte vet jag, tänkte hon och ryckte närmast osynligt på axlarna. Mest som ett svart hål.

– Hur *mycket* kommer man ihåg egentligen? envisades han.

Munnen var inte längre densamma. Girigt leende väntade han på svar.

Vad ville han?

Hon ville inte ha honom där. Det skulle komma poliser senare och förhöra henne, hade hon fått veta. Men den här var inte polis.

– Du vet vad som hänt Emmy Höglund? sa han.

Emmy?

– Hon hade inte samma flyt som du.

Vem då?

– Hon är död.

Vem då? Vem är död?

Hon trodde att hon skulle bli tokig. Blev helt slut av alla röriga tankar. Gäspade stort.

– Är du trött?

Hon nickade och stapplade till sängen. La sig raklång. Hörde dörren gå igen just som ögonlocken slöts.

Pojken

Det kokar i mig. Bär ständigt runt på en skållhet sveda. Den kommer att förstöra mig. Bränna upp min hjärna och hela mitt inre. Jag vet att det blir så, om inget händer som kyler ner mig, om så bara för en stund. Som en vulkan redo att spruta lava lever jag dygnet runt. Kallsvetten väcker mig om nätterna. Vaknar med lakanen dyblöta. Får aldrig någon ro.

Drömmer om att bli en alldeles vanlig människa. En svensson som går på fotboll och äter hamburgare framför tv:n med familjen.

Men det går inte. Jag är inte en vanlig människa. Jag vet inte vad ett vanligt liv innebär. Jag har inte lärt mig det.

Men jag vill ha det.

För nu är jag helt ensam. Hon ser mig inte längre. Jag håller mig undan. Vill hon inte ha mig så vill hon inte! Men det är omöjligt att låta bli att följa henne på långt avstånd.

Det svajande mjuka håret, ibland i en lång, rågblond fläta på ryggen, som ett rep att ta tag i.

Hon kommer att ändra sig. Jag vet det. Hon kommer att ångra sig. Hon kommer att inse vad hon förlorat.

Jag har mina tankar. Jag ska tänka ut något smart. Måste därför skärpa mig, hålla mig lugn och fin, och se till att inte stöta mig med henne eller med någon annan, medan jag tänker. Och det gör jag hela tiden, för tankarna går inte heller att stänga av. De plågar mig, precis som hettan och vulkanen.

Allt är en enda soppa. En trimmad motor som inte går att få stopp på.

Fortsätter därför att hålla mig undan. Går mest för mig själv, för då kan ingen ta reda på vad som hänt, i alla fall inte störa mig med synpunkter. Och ingen kan skada mig, och jag kan inte skada någon annan heller, och allt blir liksom lite lättare med en smula luft runtom.

Släpper jag däremot koncentrationen vet jag inte var jag ska göra av mig. Ilskan knäcker mig. Liksom gnager inifrån. Jag är rädd för den. Rädd för mig själv. Vad mitt humör kan ställa till med.

Väntar därför på att vulkanen ska slockna så att jag får lite kontroll. Vill kunna vara behärskad. Cool.

Jag som tidigare trodde att jag visste allt om att vara förbannad och förnedrad. Att jag hade passerat alla gränser för många år sedan, tränad som jag är från begynnelsen. Tänkte mig att jag vid det här laget tålde vad som helst. Var stenhård och omöjlig att bryta ner, även om jag bara är måttligt stark, rent fysiskt. Inte en muskelidiot som de som håller till på gymmet. Blanksvettiga nollor. Äckliga.

De kan krossa världen, om de vill. Men de kan också låta bli. De kan välja. Jag ska se till att jag också kan välja. Jag ska visa honom! Fast på mitt sätt.

Jag ska få henne tillbaka.

Min styrka är att jag tål skit bättre än de flesta. Bättre än han. Det gäller bara att tämja tankarna åt rätt håll. Fokusera på det som är viktigt. Lämna resten därhän.

Att jag inte är en rädd liten hare är min trygghet, säger jag till mig själv när jag står framför spegeln. Min brist på rädsla gör mig till en annan sort. Överlägsen, tänker jag och ser rakt in i mina egna ögon. Upprepar mantrat en gång till.

Jag är överlägsen.

Spänner överläppen över tänderna. Drar ihop ögonbrynen. Ser hård ut.

Det gäller att aldrig hamna underst. Skaffa sig respekt, annars blir man utnyttjad. Livets spelregler kräver att man aldrig låter någon trycka ner en. De som träffar mig ska känna min hårdhet direkt. Bli imponerade av mig. Släppa fram mig, eftersom de vet att jag är överlägsen.

Jag har till och med lärt mig att manövrera undan de samvetskval som trots allt kan dyka upp. Fast det händer bara när Filippa fått stryk. Syrran. Fan, vad jag gillar henne! Det är min enda svaghet, att jag inte kan låta henne vara ifred. Fegt, fegt, fegt!

Ändå kan jag inte hålla emot. Filippa borde tänka på att hålla sig undan när hon ser att jag är ur balans. Långa perioder är det lugnt.

Men jag kan inte hjälpa att jag blir frustrerad ibland. Som idag. Det var inte mitt fel. Näven bara for iväg. Men hon liksom tigger om det. Som om hon vill få mig svajig, tvinga mig att känna mig dum, så att hon på så sätt blir lite förmer. Glor med de där sårade rådjursögonen. Och jag blir galen och ännu argare för att hon försöker få mig att skämmas. Hon tigger ju om det!

Tigger stryk gör även gubbjäveln.

Jag är överlägsen honom. Yngre. Har framtiden för mig. Gubben kommer snart att bli gammal och färdig för hemmet. Gamla människor är förlorare.

Jag vet att en spricka har uppstått. En spricka inuti mig. I den sitter Melinda. Hon älskar mig. Hennes varma hand i min. Hon ska aldrig glömma att älska mig. Jag är den människa hon ska hålla i handen.

Det kommer att ordna sig. Det måste ordna sig. Och vi ska bli lyckliga. Vi två.

Jag ska ändra mig och sluta ge mig på syrran.

Jag kommer aldrig att kröka ett hår på Melindas huvud. Bara hon håller sig till mig.

Inte till gubbjäveln. Men han ska få vad han tål en vacker dag. Och jag ska se till att ingen någonsin ratar mig igen.

Kapitel arton

Fredagen den 27 september

– Det är återfallsförbrytarna som är problemet, sa Janne Lundin. Det är dem man måste komma åt om man vill förbättra brottsstatistiken.

De andra nickade. Fanns inte så mycket annat att göra.

Men vad som nu var på tapeten var ännu en organisationsförändring med nya arbetssätt, ändrade arbetstider och bättre förundersökningsprotokoll, i tron att man därigenom skulle få ner brottsligheten. Och de som arbetade ute på fältet och inte högt uppe i något administrativt växthus hade förstås andra utgångspunkter. Mer verklighetsförankrade, enligt dem själva. Det var Janne Lundin som tagit upp frågan den här gången, och i enlighet med sin allmänna sävlighet blev han rätt mångordig. Men de lät honom hållas. Han hade i alla fall perspektiv, äldst som han var.

Ingen annan orkade ge sig in i diskussionen, ämnet var tungt, trist och tillhörde vardagen i så hög grad att de för länge sedan tvingats vänja sig. Så länge inget gjordes för att förbättra villkoren utanför fängelseportarna torde återfallen bestå. Knark, inbrott, bilstölder. Tröstlöst. De hade hur som helst ingen möjlighet att påverka beslut som togs högt över deras huvuden.

– Du har i alla fall den där läraren att fila på som omväxling, fortsatte Lundin efter en ovanligt lång paus och nickade mot Claesson.

– Mycket stimulerande, log Claesson snett.

Erika Ljung, som kommit tillbaka efter semestern, stirrade på honom.

– Jag menar det verkligen.

– Håller inte det på att kallna? frågade Lundin.

– Möjligt. I Lund har annat kommit emellan, den där unga studentskan. Men vi kanske knäcker det härifrån.

– Tror du? Peter Berg såg nyfiken ut.

– Det vore förstås något, menade Louise Jasinski.

– Antingen är det fråga om en galning eller om någon som kände Jan Bodén. Och denne någon kan mycket väl ha sitt ursprung i Oskarshamnstrakten, eftersom Bodén kom härifrån och levde större delen av sitt liv här, sa Claesson och pekade ner i golvet.

De satt i personalrummet på polishuset. Klockan var strax efter tio och det regnade så att det slog som kulkärvar mot fönsterrutorna. Gotte hade just lämnat dem efter att ha utstött några glada tillrop. Det var hans absoluta förvissning att det gagnade arbetet. Och han hade rätt, även om de var så vana att de tog det för självklart. En ledares uppgift är att föra hären, sa Gotte. De fick beröm, för pengar kunde han dessvärre inte ge dem.

– Jag har svårt att tro att någon åkt ner till Lund i akt och mening att ha ihjäl honom, fortsatte Claesson. Det verkar för krångligt. I så fall tror jag hellre på en impulshandling. Mördaren ser Bodén, blir förbannad av skäl vi inte känner till och tar chansen. Inga vapen, inget blod som kladdar ner. En torr och fin strypning.

– Spår? undrade Peter Berg.

– Finns förstås, men inga träffar i registren.

– Tillbaks till ursprunget, menar du? sa Lundin.

– Något sådant.

Claes Claesson hämtade en bil i poolen och körde till Bragegatan. Villan var i trä och behövde en ny strykning, den gröna färgen var ett minne blott. Men trädgården var prydlig.

Margareta Selander var som en stör: lång, tunn och rak och gick i en och samma färglösa nyans hela hon, alltifrån kläder till hår.

– Jag bor ju här ensam numera, sa hon när hon tog hans jacka och hängde upp den på en galge.

Ett hem med trasmattor, tänkte han. Han hade inget emot trasmattor. De gav värme och en känsla av kontinuitet, eftersom det knappast gick att uppbåda ett svenskt hem utan dem.

– Min man gick bort för ett par år sedan, och egentligen är det här för stort för mig, men det är svårt att bryta upp. Och jag har ju vävstolarna.

Han sneglade in mot det som han förmodade var vardagsrummet. Där stod vävstolar uppställda, tätt som i en ateljé. Mot väggen hade en liten gammeldags skolorgel klämts in, och över den hängde ett krucifix.

De satte sig i ett mindre angränsande rum med soffgrupp och tv. Och över tv:n hängde en väggfast hylla med fotografier. Han letade alltid efter de klassiska fotografierna. De sa en hel del om vad man ville stoltsera med. Själv hade han förstås fått upp bröllopskortet invid en bild på Klara vid matbordet där hon skrattade med halva ansiktet fullt med mat. Och så hade han själv fångat Veronika i halvprofil med den långa vackra halsen blottad. Lite suddigt men åh, så kärleksfullt. Han var nyförälskad då, och det syntes. De där våldsamma och ömsinta känslorna vällde upp så fort han såg på fotot. Han hade varit på vippen att sätta upp det på skrivbordet på jobbet, men valde i stället en mindre känsloladdad bild på Veronika med Klara i knäet. Ett där hon tittade rakt in i kameran.

Maken tycktes också ha varit magerlagd. Han studerade den svartvita bilden av ett hästansikte. Margareta Selander var som en fotostatkopia av sig själv som ung, lite mattare bara, av bröllopsfotot att döma. Hon hade varit mörkhårig. Dottern var i sin tur en kopia av modern, fast blond som fadern.

– Jag vore tacksam om Melinda slapp riva i allt detta igen. Hon har rest sig efter några svåra år, så jag tror inte hon mäktar med att allt det där otäcka … det rysliga … kommer upp igen.

– Det är hennes koppling till Jan Bodén …

– Usch ja, avbröt hon direkt och gjorde en grimas som om hon svalt något surt. Vilken avskyvärd historia!

– Jag ser att ni blir illa berörd, fortsatte Claesson. Och förstås var det inte lätt för er som föräldrar …

Hon gav honom en svart men ändå nådig blick.

– Men i den utredning vi nu håller på med vore det bra att få en klarhet i vad som egentligen hände.

– Han förförde henne!

Rösten var upprörd. Ansiktet fick i ett slag nästan samma färg som pelargonerna som trängdes på fönsterbrädan bakom henne.

– Hon var ett oskyldigt barn. Och han var en medelålders man, en riktig ...

Hon sökte efter ord.

– Ful gubbe ...

Hon pressade den magra handen över bröstet, som för att hålla sig själv lugn. Det var instängt och kvalmigt, men blusen var prydligt knäppt hela vägen upp.

– Nej, lärare ska inte ha förhållanden med sina elever, sa han. De kan utnyttja sitt övertag.

– Verkligen! Han var ju som den värsta pedofil.

– Får jag fråga rakt på sak: Våldförde han sig på henne?

– Det kan man väl säga, när han såg till att hon blev kär i honom bara för att få utnyttja en ung kvinna ...

Hon vände blicken mot knäet.

– Men det där med *könsumgänget* vet jag inte så mycket om, fortsatte hon.

– Det var inget som anmäldes?

– Herregud! Det räckte väl med att jag och Gösta kom på henne med att tråna efter den där Bodén, och att han faktiskt gick med på att ordna hemliga möten med henne. På skolan till och med. Vad de sysslade med har jag bestämt tagit avstånd från. Så syndfullt och hemskt att man kan lika gärna låta bli att veta.

– Inget anmäldes till någon myndighet? upprepade han.

Hon skakade på huvudet.

– Melinda var sexton och skulle fylla sjutton. Så hon var ju inte *olovlig*, om man säger så. Och hon blev nog mest upprörd när han inte längre ville ha henne ...

Hon såg ut att tycka att det kunde dottern gott ha.

Claesson svalde. Ett märkligt sätt för en mor att uttrycka sig på.

– Hur så?

Hans fråga var försiktig. Gick som på ett gungfly.

– Frun började ana oråd. Och han tröttnade väl på henne. Hon var ju bara en jänta. Men Melinda var helt uppe i den där karlen som kunde ha varit *far* till henne. Det kom förstås fram till rektorn vad som hänt.

– Jaha?

– Det var faktiskt Gösta som ringde och sa till om att den där läraren borde avskedas.

Verkligen, tänkte Claesson och försökte hålla sig neutral. Han fann inte modern sympatisk, även om han kunde känna en viss empati inför hennes situation som förälder till en utnyttjad dotter. Men det var lätt att känslorna gled över till den unga kvinnan, som han faktiskt aldrig hade träffat. Men hon var, oavsett omständigheterna, likväl ett offer. Kanske hade hon bara försökt bryta sig loss från en kvävande hemmiljö.

– Och vad hände?

– Det hela tystades ner i brist på bevis. Ord stod mot ord. Bodén hade sett till att vara diskret. Melinda for rätt illa av allt prat och inte minst av att hon *blev ratad*.

Låter som taget ur en veckotidning, tänkte Claesson. Det fanns gott om sådana, såg han. En tung trave kolorerad veckopress, som hans far skulle ha sagt, på hyllan under bordet.

– Och så ordnades det så att Melinda fick flytta till en annan klass.

– Jag hoppas att det gick bra för din dotter.

Claesson såg milt på henne.

– Hon har klarat sig. Först slutade hon äta. Men när hon kom ur det där tramset och satte igång med skolarbetet igen, gick hon ut med högsta betyg. Och nu är hon läkare. Hon arbetar i Lund.

– Du måste vara mycket stolt över henne, sa han.

Margareta Selander log faktiskt, och han såg hur hon växte ett par centimeter.

– Hon har ett vackert namn, fortsatte han.

Kvinnan blev röd igen.

– Det var hennes far som bestämde. Han var konstnär, sa hon, som om det förklarade saken.

Men Claesson hade en bestämd känsla av att Gösta Selander inte hade varit verksam som konstnär. Det skulle han i så fall ha vetat, eftersom han under många år varit engagerad i polishusets konstklubb.

– Ja, Gösta var inte far till henne, förklarade hon.

Hon såg ner på händerna.

– Hennes far var en orolig själ. Det var för trångt för honom här.

– På så sätt.

– Så han försvann utomlands. Och då var hon bara tre. Och efter ett tag, när han inte hört av sig, så träffade jag Gösta. Han blev som en far för henne.

– Under den här svåra tiden hade din dotter säkert andra vänner. Minns du vilka det var?

Hon skakade på huvudet. Anmärkningsvärt, tänkte Claesson. Dottern måste ha varit mycket ensam. Eller så levde hon dubbelliv. Ett hemma och ett utanför hemmet.

– Hade hon några … sa han och funderade länge över ordvalet, … några uppvaktande kavaljerer?

Hon stirrade framför sig.

– Är det någon av dem du minns? Jag kan förstås fråga henne själv, men …

– Nog hade hon *vänner*. Men kanske inte någon som jag tänkte på så där speciellt.

– Kanske det finns ett skolkort?

– Jo, det gör det nog. Låt mig se …

Hon reste sig.

– Jag väntar, ingen brådska för min skull, sa Claesson medan hon försvann till övervåningen.

En stund senare höll han det blekta färgfotot i handen. Allvarliga gymnasister. Som om döden nafsade dem i hasorna, fast det istället var livet de hade framför sig. Men det var allvarligt nog.

– Är det någon här som du speciellt vet att Melinda gärna umgicks med?

Margareta Selanders pekfinger vandrade systematiskt från bakre raden och nedåt.

– Han, sa hon, och pekade på en yngling med lika sluten mun som de övriga. Jag tror att han var rätt förtjust i henne.

– Minns du vad han hette?

Hon skakade på huvudet.

– Tror du att jag skulle kunna få låna kortet?

Han lämnade därefter Margareta Selander åt sin slutna värld och tog bilen till Oskarsgymnasiet. Något register måtte de väl ha, tänkte han.

*

Verksamhetschefen på kvinnokliniken stängde resolut dörren. Den brukade vanligtvis stå på glänt, som en signal att han var tillgänglig för sina anställda.

Först hade han suttit i ett möte rörande en konflikt, eller snarare tolkningsskillnader, om hur vissa resurser för bemanningen skulle användas. Eftersom det ingalunda var några fönvindar som blåste under mötet, snarare snålblåst, så var han tacksam över att det var överstökat. Aggressioner strax under ytan och hallsstarrighet var alltid en påfrestande kombination. Likaså människor som vägrade begripa därför att det inte passade dem.

Han hade knappt hunnit dra efter andan förrän Christina Löfgren knackade på. Hon stod i dörren och frågade om han hade två minuter. Blixtsnabbt svarade han ja. Till skillnad från vissa andra som sprang till honom för jämnan, kom hon sällan, för att inte säga aldrig.

– Sätt dig, sa han.

Rummet låg åt söder, ljust och trivsamt, möjligen något för varmt sommartid när solen brände och det samtidigt var olustigt att dra ner persiennerna. Men nu var ljuset svagare och ingen blev bländad.

– Jag känner mig skvallrig, sa hon och såg obekväm ut samtidigt som hon tittade på klockan.

Bra, tänkte han. Hon kommer inte att bli långrandig.

– Jag känner mig rätt dum. Som om jag pratade skit bakom ryggen på folk.

Det är du i så fall inte ensam om, tänkte han. Absolut inget att moralisera över. Alla skvallrar och pratar skit bakom varandras ryggar. Jorden går runt på just dessa mellanmänskliga kontakter. Fast man kallar det för strategi och taktik lite högre upp i hierarkin.

– Ingen fara, sa han därför.

Men hon tycktes vara så vankelmodig att han förstod att här behövdes det mer hjälp på traven.

– Är det något personligt?

– Oh nej!

Hon skakade ivrigt på huvudet.

– Det är Gustav Stjärne.

Han kände hur det brände till. Framför honom satt den tredje personen på mycket kort tid som tagit upp just Gustav Stjärne.

– Nå?

– Det är svårt att vara handledare för honom. Det är som om det inte går riktigt in, men jag tror ändå att han försöker …

Olyckligt tittade hon ut.

– Du vet att det inte var en slump att du valdes till handledare. Du med dina erfarenheter. Så det ska nog gå bra, sa han i hopp om att låta faderligt bestämd. Att stötta sina medarbetare såg han som en av sina viktigaste uppgifter.

– Jag menar att jag inte kan vara säker på att han inte gör något dumt.

Det tog. Han drog ett djupt andetag, men långsamt så att hon inte skulle märka det. Ett annat trick var att räkna till tio när det blev obehagligt. Men aldrig, aldrig någonsin hugga direkt. Det kunde straffa sig.

– Du säger det, sa han därför behärskat.

Christina var omdömesgill. Hennes iakttagelser kunde inte vara tagna ur luften, så långt var han tvungen att följa med i resonemanget. Men sex månader kunde de väl stå ut med honom, tänkte han matt. Det vore enklast så, även om nöjda patienter förstås var verksamhetens och därmed hans högsta prioritet. Fel stod endast på journalisternas önskelista. Och blodbad i tidningarna ville han bestämt undvika. Skillnaden mellan samhällets granskare och honom var att han på djupet var klar över att även läkare var människor. De gjorde så gott de kunde men var inte felfria. Annars vore de inte människor utan gudar. Men givetvis måste de ständigt ha patientsäkerheten för ögonen. Lära av misstagen, aldrig slappna av.

Och Gustav Stjärne tycktes vara ett misstag.

– Ibland gör han inget alls när han borde agera eller åtminstone tillkalla hjälp. Och ibland gör han ingrepp bakom min rygg. Jag kan ju inte ha honom framför näsan varenda minut. Det är ju ingen kindergarten, fortsatte Christina Löfgren.

Hon lät syrlig.

– Jag tror dig, sa han. Men han har ju inte varit här så länge än och behöver kanske lite längre tid på sig. Vi får ge honom en rimlig chans.

Han slog ut med händerna samtidigt som han såg att hon reagerade på hans ordval. Ordförrådet var för övrigt fullt av liknande begrepp. *Skälig, lagom, passande ...*

– Och vad menar du med rimlig? sa hon.

På detta svarade han givetvis inte. Såg henne däremot bekräftande i ögonen.

– Hur långt vikariat har han?

Hennes fråga var lugn och sansad, dessutom otvetydigt precis, och det passade honom.

– Han har sex månader, sedan får vi se vad vi tycker om varandra.

– Vilka vi?

Nu började hon elda upp sig igen.

– Kliniken och Stjärne, menade han.

– Han vill säkert vara kvar, muttrade hon. Han saknar självkännedom. Men det här är ju en universitetsklinik. Lite måtte väl de nya ha med sig när de kommer!

Tystnaden fick återigen tala.

– Det är något som inte stämmer. Egentligen är det rätt synd om honom. Som om det inte går att komma förbi någon sorts låsning, sa hon fundersamt, samtidigt som upprördheten anades i hela kroppen. Hon var knyckig i rörelserna och hade en rynka mellan ögonbrynen.

Han visste med sig att han hade svårare att hantera de kvinnliga läkarna när de blev förbannade. Hade inte brytt sig om att analysera varför, det bara var så.

– Det låter allvarligt, jag hör det, sa han och menade exakt vad han sa och ansträngde sig att låta kolugn.

Men efter tre klagomål på Stjärnes eventuella oförmåga hade han inte bara tröttnat, han var också djupt oroad. Med vissa människor blev det alltid krångel.

Han hade inte med egna ögon sett Stjärnes agerande. Bara gått på hörsägen. Och man ska aldrig förhasta sig. Åtminstone sova på saken, vad det än var det handlade om. Det var en gammal god regel.

Icke desto mindre önskade han att det vore så vist ordnat att han kunnat skicka hem den unge mannen omedelbart. Säga tack och adjö på stående fot. Men så enkelt var det inte. Nu måste de ha rejält på fötterna för att bryta vikariatet. Bäst vore förstås om de kunde avvakta tills halvåret hade gått. Vad han förstod hade Stjärne utgått från att han skulle få bli kvar. Åtminstone hade Eskil Nordin gjort det. Stjärne var Eskils man. Och det var förstås alltid obekvämt att göra människor besvikna. Eskil om någon ville han undvika att få på halsen, den forskningsmässigt tunge docenten hade redan lagt ner alldeles för stor kraft på att motarbeta honom. Men måste man så måste man, tänkte han och kunde inte helt låta bli att känna en viss tillfredsställelse över att få tillfälle att gå emot Eskil.

Problemet var att han i så fall måste vara *övertygad* om Stjärnes olämplighet. Det var dessvärre fler än Eskil Nordin som sjungit Stjärnes lov. De i kollegiet som ansåg att manliga adepter hade ett annat värde. *Lite kunde de väl se genom fingrarna med*, som en av läkarna uttryckt det.

För hans egen del spelade de anställdas kön mindre roll, den begränsningen hade han aldrig haft. Som chef hade han lärt sig att uppskatta så enkla ting som att om folk gjorde vad de skulle och helst också var trevliga och gärna nöjda, så löste sig det mesta.

– Mycket kan hända, sa han nu till Christina Löfgren.

– Nog är det så.

Hon tittade på klockan igen.

– Har snart en patient på specialistmödravården.

Hon hade gett upp.

– Jag har i alla fall meddelat dig, sa hon och rösten var affärsmässig.

– Uppkommer det nya problem så hör av dig.

– Det gör det ideligen.

Hon sköt sig upp ur karmstolen likt en katapult, nickade kort och försvann.

Lite för hastigt för att det skulle kännas helt bekvämt, tänkte han medan han stängde dörren efter henne.

Det här var inte bra, tänkte han stilla och masserade pannan i cirklar. Han var egentligen en fridens man. Detta passade honom inte alls. Ett osäkert kort. Kunde ställa till med vad som helst, tydde Christina Löfgrens reaktion på. Inte bra alls.

Det hade inte varit hans idé att anställa Stjärne. Men han hade i och för sig inte aktivt motsatt sig det, vilket kritikerna skulle påpeka om det nu blev problem. Han var ytterst ansvarig. Så var det. Om något huvud skulle rulla blev det hans. Och somliga njöt av giljotineringar. På den punkten hade de ännu inte lämnat medeltiden.

Det hade varit så mycket annat just då, hela budgeten och löneförhandlingarna. Men Eskil Nordin hade varit så pass angelägen att han själv inte hade bildat sig en ordentlig uppfattning om Stjärne. Något barn till någon Eskil kände från sin vida forskarvärld, dock var fadern visst inte verksam som läkare. Vad Eskil fick i gentjänst ville han inte tänka på. Fadern var ingen han själv kände till. Stjärne hade visst skrivit ett fantastiskt forskningsarbete under läkarutbildningen och så vidare, och så vidare, påstod Eskil Nordin. Och förra gången Nordin fått fatt i en ny läkare hade det onekligen varit bingo.

Det här var inte lätt.

Han drog med handen över hakan. Blundade för en kort stund och försökte se inåt. Vore nog klokt att titta på Stjärnes papper igen. Han fick be sekreteraren plocka fram dem. Kanske han skulle söka biträdande chefen och höra vad hon fått fram när hon ringt Stjärnes tidigare arbetsgivare? Han såg på klockan. Hon stod förmodligen på operation just nu, konstaterade han. Fick ta det senare. Om han mindes rätt fick hon visst bara tag i en av referenterna. Och att hon sagt att den förre chefen inte haft så mycket att säga. Han hade bestämt varit rätt fåordig. Hon borde ha pressat honom mer. Inget direkt att klaga på hos Stjärne, såvitt han förstod, men heller inget jubel. Men i vissa lägen hör man bara vad man vill höra. I detta fall att det var en rejäl grabb och inte mycket att orda om.

Stjärne hade mest arbetat i Norge tidigare, och under anställningsintervjun gjorde han ett gott intryck. Korrekt, möjligen en aning distanserad, men det kunde tolkas som blyghet. Fast nog sa honom magkänslan att det var ett drag av tveksamhet över mannens personlighet. Inte tydlig och rakryggad, som man helst ville ha sina medarbetare. Förutom att de skulle vara lojala. Grabben var udda, helt enkelt. Men lite vidsynthet kunde de kosta på sig. Alla måste inte vara stöpta i samma form. Det rörde sig för övrigt inte om en fast tjänst, så lite fick man chansa.

Undrar var han gått sin utbildning?

Nåja, det skulle han få reda på när papperen plockats fram.

Han suckade och tänkte att det säkert snart skulle ha blåst över. Han sträckte i stället vant ut handen mot traven på skrivbordets högra hörn, lyfte undan de översta trycksakerna och greppade med varma händer boken som låg gömd där. La den försiktigt framför sig. Slog på måfå upp en sida och försjönk i orden. Rummet stillnade, hjärtat slog med ens både stadigt och lugnt. Inget kunde bringa världen i ordning som ett par diktstrofer. Idag råkade ögat hamna mitt i prick.

Då kände jag vreden i kinden
åt mänskors fåfängliga id
och sade ett ordspråk i vinden
om ungdomens galenskapstid.

*

Ester Wilhelmsson hade bestämt möte med sin mamma på hörnet utanför Gleerups bokhandel. Det var där de brukade träffas. Blev någon av dem försenade, fanns det brokiga folkvimlet att se på. En fredagseftermiddag var det mycket folk på stan.

Det var mulet men milt och hon hade bara en tunn jacka. Hungern gnagde, hon hade inte hunnit få i sig någon mat på jobbet. Hade precis motstått frestelsen att köpa en chokladkaka, för egentligen var hon hungrig på riktig mat eller åtminstone på en macka eller en varmkorv. Vågade inte springa ner till Pölsemannen i den mobila korvkiosken längre ner. Klockan närmade sig halv fyra och hon visste att hennes mamma helst inte väntade just denna dag.

Där hon stod såg hon helt plötsligt världen omkring sig. Hon hade länge gått i en malande tvehågsenhet, som i en grå dimma. Nu sträckte hon på sig, vinkade till några kompisar. Hon hade satt upp det svarta håret i en krokan mitt på huvudet. Såg läcker ut, hade en av underläkarna sagt. Trots att det var Gustav blev hon en smula smickrad. Han kunde vara rätt söt ibland. Hon skämdes lite för att hon irriterat sig på honom. Och för att hon pratat skit bakom hans rygg. Han sa att hon liknade någon han kände. Men inte till färgerna, mer som typ. Det gjorde henne både generad och lite nyfiken.

– Vem då?

Hon kunde inte låta bli att fråga. Han log snett.

– Det är min hemlighet.

Jag bryr mig egentligen inte, tänkte hon. Men lite roligt var det att han tydligen träffat en tjej.

Hon vände sig om för att se om modern kom uppifrån domkyrkohållet, men nej. Istället såg hon Karl stå i samspråk med några hon inte kände utanför Kino. Snabbt vände hon ryggen till och böjde ner huvudet. På inga villkors vis ville hon att han skulle se henne. Karl var Leos vän, och hon undvek Leos vänner. Inte för att hon trodde att Karl skulle lägga sig i, det var nog mer som hon skämdes, hur obefogat det än var. Leo hade fullständigt tappat greppet, förstod hon när de möttes på lasarettsområdet för att hon skulle lämna tillbaka nyckeln. Han tänkte behålla bostaden på Djingis Khan. Tydligen varken sov eller åt han, vilket uppriktigt förvånade henne. Så stor betydelse hade han inte visat att hon hade när de bodde ihop. Inte enligt hennes sätt att se det. I alla fall hade han inte ansträngt sig att lyssna på henne. Han hade tagit det mesta för givet. Men nu var han väl förorättad. Och hon stod där med dubbla känslor. Det var ett elände att han mådde så dåligt, samtidigt som det var för väl att hon inte stannade kvar i allt det där svarta. Ingen nåd och ingen humor. Bara ett självupptaget allvar, och så förstås hans arbete. Aldrig hade det föresvävat honom att hon också hade planer för framtiden.

Moderns gråa hår var mycket kort. Hon kom på cykeln nerifrån Lilla Fiskaregatan, kryssande mellan fotgängarna på gågatan. Den varma röda jackan stod vackert mot håret.

– Hej, flickan min!

Hon hoppade av och trängde in cykeln i stället.

– Jag har nyckeln här. Vi åker tidigt i morgon, pappa och jag. Men vi kan väl sätta oss en stund?

De gick över gatan till Herkules och beställde varsin cappuccino. Den skummiga mjölken mildrade hungern något. Hon fick ta korven sedan.

Ester hade bestämt sig för att skapa något eget, men hon hade inte riktigt råd att köpa en lägenhet. Föräldrarna hade lovat hjälpa henne med insatsen. Ett förtida arv, sa de. Fast ännu hade hon inte samlat sig och börjat titta på lämpliga bostäder. Högst tillfälligt hade hon bott på soffan hos en god vän, men det höll inte. Nu skulle hon bo hemma. Men inte *flytta* hem. Hon tyckte om sina föräldrar, och ett tag skulle de säkert fungera under samma tak. Men hon ville inte fresta på relationen i längden. De hade ett gästrum på övervåningen som modern precis hade tömt på gammalt skräp.

– Det kommer att bli så bra, ska du se, sa hon nu och strök Esters hand.

Ester såg ner i kaffet.

– Jag oroar mig inte.

Hon hade ännu inte hämtat sina möbler hos Leo, men en arbetskamrat med stor bil hade lovat hjälpa henne till helgen.

– Du bara ställer det i förrådet så länge, sa mamman. Jag har makat undan vår bråte, så du får plats.

Dörren bakom modern öppnades och stängdes. Det gjorde den hela tiden. Ester kunde inte låta bli att kasta ett öga på dem som kom och gick. Hon såg nu återigen upp. Det var Gustav Stjärne som klev in. Han var ensam. De nickade.

– Vem var det? viskade mamman och vände sig om.

– En av de nya läkarna.

– Ser trevlig ut, viskade mamman och log uppmuntrande.

Ester svarade inte. Rättade till hårknuten uppe på huvudet. Kortare hår krusade sig i nacken. Den plommonfärgade toppen smet åt, urringningen blottade nyckelbenen. Hon kunde se sin egen spegelbild svagt i fönsterrutan. Inte så tokigt, tänkte hon, men gled inte upp med blicken mot Gustav Stjärne förrän hon var säker på att han inte tittade åt hennes håll.

– Jag lägger en lapp på köksbordet med telefonnummer och datum när vi kommer hem. Och så glömmer du inte blommorna!

– Nej då.

Ester stönade lätt men log mot modern. Hon ville väl. Att hennes mamma egentligen aldrig tyckt om Leo hade inte framkommit förrän efter brytningen.

– Han är för uppe i sig själv, hade mamman sagt en smula beskäftigt. Jag kände det på mig med en gång.

Då fick hon en spontan ingivelse att försvara Leo och det val hon en gång gjort. Helt fel var han ändå inte. Han hade sina goda sidor.

Men det var onödigt. Som att slå in öppna dörrar. För självklart förstod föräldrarna också att Leo hade sitt värde. Men kanske inte som man till deras dotter.

Gustav Stjärne hade satt sig på en barpall mot fönstret ut mot Stortorget. Det var precis packat med folk utanför. Fortfarande satt några med filtar om benen vid utomhusborden. Mellan henne och Gustav fanns en öppen gång, folk kom och gick, men emellanåt var där tomt.

Nej, honom skulle hon inte ge sig på. Inte ur askan i elden. Förståndet hade hon kvar. Och längtan efter ett par armar. Men de skulle vara varma och trygga.

*

Det var fredag eftermiddag och rektor Kerstin Malm ville egentligen gå hem. Men så hade kriminalkommissarie Claesson ringt strax efter lunch och bett att få träffa henne, så snart det bara var möjligt.

– Varför inte skjuta det hela till måndag? Då kan jag frigöra gott om tid, föreslog hon med rektorsrösten, den bestämda och välmodulerade.

Hon hade i princip redan rasat ner i den bulliga soffan där hemma med rödvinsglaset, något lättlagat och fjärrkontrollen inom räckhåll. Gubben och hon hade förfallit till denna lättjefulla vana, eller snarare ovana, sedan barnen flyttat hemifrån. Och de njöt.

Nåja, riktigt så känslomässig var kommissarien väl inte att han bad på sina bara knän, men mycket envist framhärdade han i sin vilja att komma. Myndighetsrösten stod inte långt efter hennes egen. Annars en trevlig karl. Och hon måste, när hon väl ställt om sig, motvilligt erkänna att hon blev bra nyfiken.

Så hon hade gjort som hon blev tillsagd. Praktiska problem stod hon sällan handfallen inför. En av skolans sekreterare ombads omedelbart hämta begärt material från arkivet. Det tog sin tid. Klassfoton, namnlistor samt termins- och avgångsbetyg för en bestämd period i förfluten tid låg nu i prydliga högar på hennes skrivbord. Ingen skulle kunna beskylla henne för oginhet eller för att ha försvårat en polisutredning vars yttersta mål var att hitta gärningsmannen bakom ett brutalt mord på en av skolans lärare.

Det pratades förstås en del, men kulmen var redan passerad. Så var det med det mesta. Stormen bedarrade och man återgick till det vanliga. Framför allt som mordet hade skett trettio mil hemifrån. Intresset avtar med avståndet, både rumsligt och tidsmässigt.

Hennes eget engagemang skilde sig inte heller på den punkten. Det hade svalnat. Hon hade annat att göra. Men nu revs tragiken, och för all del även intresset, upp igen av att hon indirekt hade släppts in i utredningen. Hon hade emellertid inte haft någon att dela sina funderingar med. Hennes läppar var förseglade, det hade hon lovat Claesson. På så sätt var det en lättnad att träffa denne polis. Med honom fick hon lov att prata. Men det var känsligt. Hon passade sig för alltför fria associationer och löst skitsnack. Försökte hålla isär vad hon hört och vad hon faktiskt hade vetskap om, vilket inte alltid var så lätt.

Historierna som nått henne den sista tiden hade varit både otroliga och osannolika. De värsta var lätta att gallra bort. Till synes orimliga händelser inträffade dock, det fanns många exempel på det. Och Bodéns eftermäle var minst sagt blandat. Vem kunde tro om småtråkige Bodén att han hade en kvinna i varje by? Eller att han hade haft ett mångårigt samarbete med den jugoslaviska maffian och att han blivit rik som ett troll på aktiespekulationer? Inte hon i varje fall. Fast det sista kunde mycket väl vara sant. Aktieaffärer var en vanlig hobby i de mest skiftande kretsar numera. Men att han skulle ha mördats på grund av pengar verkade för enkelt. Närmast trivialt. Vem skulle det i så fall vara som föredragit pengarna framför Bodén? Frun, kanske? En kvinnlig gärningsman. En gärningskvinna. Hon livades upp av tanken.

De var två. I släptåg hade Claesson en yngling, i hennes ögon.

– Peter Berg, presenterade han sig med ett fast handslag.

Såg blek och snäll ut. Hon serverade kaffet, de tog tacksamt emot muggarna, och även vaniljkexen hon gömde i en burk i bokhyllan.

Claesson la direkt klassfotot han talat om framför henne. Trettio skarpt avbildade ungdomar. Hon tog på läsglasögonen som hängde i en lila snodd om halsen. Granskade fotot noga. Lät sig inte stressas. Hörde den där ynglingen Berg mumsa vaniljkex så att det krasade i munnen.

– Bara ta, sa hon och sköt hela burken mot honom, medan hon fortsatte att följa ansiktena radvis med sin lackerade vinröda pekfingernagel. Såg på frisyrerna att några år gått sedan fotot togs. Hockeyfrilla på pojkarna och permanentat änglakrus på i stort sett varenda kvinnlig elev. Utom på Melinda Selander. Hon bröt av med sitt väna men slutna väsen. Stora ögon och en liten, stängd mun. Som ett körsbär. Halva ansiktet var dolt av ljusa hårgardiner. Det tjocka håret tycktes nästan nå ner till midjan. Gravallvarliga var de allihop, som om livet de hade framför sig jagade skräck i dem. Utom två av grabbarna. De löste osäkerheten med grimaser och djävulstecken bakom ryggarna på sina klasskamrater.

Så var det alltid. Någon som i ungdomlig protest ville tippa normaliteten över ända.

– Det blir inte så svårt det här, sa hon optimistiskt. Ni ska se här, jag har letat fram klassfotona från Melinda Selanders alla tre gymnasieår samt alla klasslistor.

Claesson var tacksam. Det var ordning på denna kvinna.

– Selander bytte för övrigt klass sista året. Inte så vanligt, men det händer, fortsatte hon.

Raskt fick hon fram de aktuella läsåren och började bläddra bland klasslistorna.

– Här ska ni se. Melinda Selander.

Hon tystnade.

– Jag minns det där, sa hon plötsligt.

Hon studerade de allvarliga ansiktena igen.

– Jag var inte skolledare på den tiden. Men ämnesföreträdare.

Hon tystnade tvärt.

– Vad tänker du på?

Claessons blick brände.

– Att det som hände var diffust och förblev ouppklarat. Sådant biter sig fast. Fantasin får alldeles för mycket spelrum.

– Berätta.

– Bodén sa inte så mycket själv. Han kapslade in anklagelser och det han beskrev som lögner och blev än mer sluten och otillgänglig. Men de som kände honom bättre sa att han innerst inne kände sig ohyggligt kränkt över att han blev utpekad. Melinda Selander, eller om det nu var hennes föräldrar, anklagade honom för sexuellt utnyttjande. Du kan ju prata med George Johansson.

Claesson nickade. Det var redan gjort.

– Och sedan?

– Ord stod mot ord. Det ryktades att Melinda svärmade för sin magister. Och det har ju hänt förr, konstaterade Kerstin Malm och rättade med bestämda tag till den rökblå kavajens framstycken över den höga barmen. Skjortan var milt rosa och skar sig på ett effektfullt sätt mot det mahognyröda håret.

– Det blir ju alltid tråkigheter när sådant här uppdagas. Inte många som vill ta i det.

– Vad konstaterades? frågade Claesson.

– Inget.

– Inget alls?

– Det är mycket möjligt att Melinda Selander blev mer utsatt än vi anade. Hon tvingades byta klass, och det är ett stort ingrepp. Vet inte om det var på föräldrarnas begäran. Hur som helst måste det ha inneburit en hård press på henne. Jag tänker mig att någon som anmäler sexuellt utnyttjande, eller vad det vara månde, blir väldigt pressad. Hade jag en dotter skulle jag avråda henne från att anmäla det, sa hon och rodnade kraftigt när Claesson detaljstuderade hennes ansikte. Jag menar att allt som sker efteråt, förhör och gubbar i rätten som ifrågasätter en, är värre än själva …

Hon slog ner blicken. Claesson räknade till tio. Delvis förstod han henne, kanske till och med höll med, i alla fall med rådande rättsliga förfarande, okunniga och okänsliga poliser och konservativa domare, men det gick bara inte att ta den diskussionen just nu. Dessutom jobbade de som bäst på en förbättring, även om det gick trögt.

– Har det hänt att Bodén gjort närmanden mot andra elever? undrade han.

Hon trutade med de vinröda läpparna. Färgen var till hälften avslickad och till en del utfluten förbi läppkonturen.

– Inget som konstaterades med säkerhet. Mest rykten. Det farliga är att de kan ha varit helt tagna ur luften. Ibland uppstår rök utan eld eller hela hönshus av en fjäder. Tro mig!

Claesson trodde henne. Och fascinerades även denna gång av hennes egna fjädrar, i silver, som dinglade i öronen när hon pratade. Otvivelaktigt en praktfull kvinna.

– Pågår pratet fortfarande?

– På senare år har jag inte hört något. Bodén jobbade på som lärare relativt obemärkt och utan några större insatser på något område. Skötte lektionerna. Varken mer eller mindre.

Peter Berg granskade klassfotot. Melinda Selanders långa, taniga kropp och smått prudentliga klädsel och högtidliga allvar. Hon stod längst fram. Han kände igen typen från sin hemförsamling. La mest märke till den långa, beigea kjolen i ett tunt material som förmodligen fladdrade när hon gick. Kanske var det broderier nertill, lite indiskt. Möjligen även något genomskinlig. Förförisk men präktig på en och samma gång. Under kjolfållen stack nätta kängor fram i brunt läder. På överkroppen en mörkröd blus med långa svepande ärmar och måttlig ringning. Runt halsen bar hon ett band, eller om det nu var ett riktigt halsband, lite som Maja Gräddnos. Påminde starkt i stilen om en tjej i hemförsamlingen de försökte para ihop honom med. Och hon var sannerligen inte så mesig som hon såg ut. Hon brann. Det var knappt han kom undan.

Kanske det var på samma sätt med denna seriösa unga dam. En plugghäst. Överlägsenheten sken igenom. Fjäskade säkert för lärarna också. Avundsjukan mot de riktigt smarta satt som ingraverad i honom. Mot dem som alltid lyckades utan minsta ansträngning, tycktes det.

– Undervisade du henne? frågade han Kerstin Malm, vars ansikte ännu inte hunnit blekna.

– Nej. Men jag tror, om inte minnet sviker mig helt, att hon hade ett utmärkt läshuvud. Den tysta, begåvade sorten. Toppstudent, helt enkelt, sa hon och började leta fram hennes avgångsbetyg. Jag mindes rätt. Idel femmor och någon enstaka fyra.

De lutade sig över henne och tittade på betyget.

– Hon är läkare idag, upplyste Claesson.

Kerstin Malm nickade.

– Roligt att det har gått bra för henne. Man vet ju aldrig. Det finns många förspillda begåvningar, av olika skäl.

Att det gått bra för henne karriärmässigt sa emellertid inget om hur lycklig hon var. Kerstin Malm fingrade på en brosch som föreställde en katt i mässing med svansen mjukt lindad runt kroppen, medan tankarna flydde.

– Är det någon annan på fotot du kommer ihåg något speciellt om?

Peter Berg sköt klassfotot mot henne igen.

– Jo, det var visst en av pojkarna som var inblandad på något sätt. Och det måste i så fall ha varit innan hon bytte klass. Alltså någon på det här fotot.

*

Överläkare Regina Hertz på kvinnokliniken hade alltid fått höra att hon var en synnerligen sansad kvinna. Hon var sällan rädd. Däremot rätt ofta irriterad på andras tröghet. Inte på deras dumhet. Dumhet kunde ingen rå för. Hon hade många planer för klinikens räkning, alla vettiga. Bättre, smidigare och mindre kostnadskrävande omhändertagande av patienterna var förstås viktiga mål. Och någon var tvungen att ta på sig att driva förändringarna. Hon kunde inte låta bli. Och eftersom hon var en handlingskraftig och realitetsanpassad person, hade flera av hennes planer lämnat idéstadiet för den praktiska verkligheten, vilket var en mindre bedrift i sig. De tillbakahållande krafterna, gamla strukturer och inte minst rädsla, var outsinliga.

Men är man som bäst på gång med att vända en atlantångare, är det lätt hänt att ett och annat av mindre vikt kommer i kläm. Speciellt som Regina Hertz under hela denna omvälvande process tagit hand om cancerpatienter med samma oförtrutna energi som tidigare. Dygnet har fortfarande bara tjugofyra timmar. Detta faktum sköt hon ibland ifrån sig.

Nu satt hon emellertid i verksamhetschefens rum med ett begynnande kvällsdis utanför fönstret. Klockan var långt liden på eftermiddagen, det var fredag och chefen fortfarande kvar, vilket bara det gett henne onda aningar när han sökte henne. På fredagar slutade läkarna strax efter lunch, eftersom måndagarna var förlängda med möte till halv sju. Korridoren blev med ens tom och tyst, förutom diskreta ljud från tangentbord hanterade av en och annan utländsk forskare, med familjen på andra sidan jordklotet, som öppnat dörren på glänt.

Regina Hertz kom direkt från en lång operation. Hade stått i flera timmar och höll som bäst på att diktera operationsberättelsen – det var mycket att hålla i huvudet – då han sökte henne. Hon blev alltså avbruten, men tog upp tråden och dikterade färdigt innan hon rusade iväg.

Verksamhetschefen hällde ur sig sitt ärende så fort hon kommit innanför dörren.

– Det var som fan! sa hon med andan i halsen och började fingranska de papper han lagt framför henne.

Hon la ena foten över det andra knäet och började gunga med det gröna benet medan hon samtidigt omsorgsfullt stoppade in en portionssnus. I alla hast hade hon dragit den vita rocken över operationskläderna. Det tvärklippta håret låg trött slickat ner till örsnibbarna, och märkena från munskyddet hade ännu inte hunnit lämna kinderna. Egentligen behövde hon något att äta. Det fick bli sedan.

Sakta kände hon hur snuset stillade hungern.

Medan hon fortfarande stirrade på de fyra dokumenten redogjorde chefen med sammanpressade läppar för Christina Löfgrens besök och sitt eget *omedelbara* agerande. Han sa inget om att han först tänkt skjuta på eländet till måndag, men att kalla kårar drabbat honom i personalhissen och fått honom att återvända in på sitt rum och raskt begära fram de aktuella akterna.

Det var minsann inte lätt att genomskåda falsariet.

– Ser du, sa han med en gest mot papperen.

– Kunde man inte tro! svarade hon med eftertryck. Helt otroligt att våga bluffa så.

Möjligen hade arbetsplatsens logga klistrats dit. Det såg klumpigt ut på något vis.

– Det är så mycket man inte begriper.

Tänkte han bli filosofisk? Hon väntade på en utläggning som inte kom.

– Men *något konstigt* har det varit med honom hela tiden, sa hon. Så långt har vi alla varit överens. Utom möjligen Eskil.

Hon satt tungt i stolen. Var absolut inte chockad. Hon var inte typen som blev det. Möjligen förvånad. Som ett barn som förundras över att världen kan vara så brokig.

– Helt bisarrt. Och fascinerande! utbrast hon därför.

– Är det? Verksamhetschefen knep ihop, han var snarare arg. Och mycket trött. Men det skulle han aldrig nedlåta sig till att visa.

– Vad sa hans förra chef egentligen? undrade han istället, för att närma sig fakta.

Hon tänkte efter. Det hade varit en tuff period när anställningsintervjuerna gjordes. Hon hade haft mycket omkring sig och sprungit runt som en iller på kliniken. Exakt vad som sades satt därför inte i detalj kvar i minnet. Mer som en diffus känsla. Och den var inte klockrent positiv, det fick hon trots allt erkänna.

– Han sa nog inte så mycket, svarade hon därför sanningsenligt.

Och det var ett faktum som borde ha fått henne att dra öronen åt sig, det insåg hon nu.

– Han prisade honom inte i alla tonarter, om man säger så, förtydligade hon. Men han kom inte heller med några direkta varningar.

– Men mellan raderna då?

Luften darrade till. Chefen på andra sidan bordet var uppretad, vilket var ovanligt, men inte på Regina Hertz. Fast det visste ju inte hon. Hon funderade på om hon skulle krypa till korset.

Men nej!

Hon blev istället förbannad.

– Det är ju inget *större* fel på hans papper. Om de inte vore förfalskade, alltså. Och det är ju inget man räknar med. Inte sitter man och detaljkollar allt bara för ett halvårs vikariat!

Hans ansikte frös för ett ögonblick till is. Hon hade aldrig sett honom sådan. Heligt förbannad.

Klinikens rykte, förstås. Hon förstod det så väl. Rätt tröttsamt med alla rundor i pressen, framför allt som verksamheten flöt på bra.

Samtidigt växte en otäck känsla fram. Tänkte han skylla på henne?

– Det var ju du själv som intervjuade honom sedan, påpekade hon därför syrligt.

Han fick ett stramt drag över munnen. Det solblekt kritvita håret började glänsa av svett som pressades fram ur hårbottnen. Adamsäpplet gjorde en tydlig tur-och-retur-resa på den seniga halsen. *Hans tidigare chef sa inte så mycket.* Bara det borde fått varningsklockorna i hennes arma skalle att skrälla. Men visst, det var absolut inte bara hennes fel, han var inte mycket för att skylla ifrån sig. Men han var så hjärtligt trött på halvmesyrer.

Måste man göra allt själv?

Hon borde ha begripit bättre!

Han tog ett djupt andetag.

– Vi var *tre*, sa han.

– Okej. Ännu värre i så fall. Tre par ögon borde se mer än ett.

Hon sköt upp de nyplockade mörka ögonbrynen och log hult. Han svettades. Det var varmt med läkarrocken över skjorta och slips.

– Men även solen har sina fläckar, sa hon generöst och fyrade av ett avväpnande leende i hopp om att han skulle slappna av en smula. Vad gör vi nu?

– Personalavdelningen får titta igenom papperen. Är de, som vi misstänker, falska, blir det en polisanmälan. Och då måste Socialstyrelsen också informeras. Kanske känner de till andra ställen han arbetat på. Men så länge det inte är utrett gör vi inget. Han har ju egentligen inte skadat någon.

Nej, tänkte hon. Han har gjort vad han kunnat för att slippa göra något alls. En så pass arbetsskygg kollega var inte vad de behövde. Det räckte mer än väl med dem de redan hade som var trötta och lågenergetiska.

En opassande uppsluppenhet kvillrade till i henne. Hon skakade huvudet så att det platta håret lyfte en aning.

– Rätt otroligt, egentligen! Riktiga godsaker för Sydsvenskan. Jag ser rubriken framför mig. *Falsk läkare på kvinnokliniken*, kvittrade hon.

Han stirrade stelt på henne. Näsborrarna vidgades. Inte en tillstymmelse till leende gick att se.

Hon gick hem.

Hoppas maten står på bordet, tänkte hon.

*

Claesson satt vid det stora skrivbordets kortända, Kerstin Malm på sin plats i skrivbordsstolen och Peter Berg vid det lilla runda bordet. Lysarmaturen i taket på rektorsexpeditionen var tänd och luften tät. Delvis hade de förlorat känslan för både tid och rum.

De gick igenom betyg. Både Claesson och Kerstin Malm hade satt på glasögonen och hängt av kavajerna. Framför sig hade de varsitt papper med siffrorna 2 3 3 2 5 3. De jämförde raden med sifferbetygen för samtliga elever i de klasser Melinda Selander gått i. De hade stirrat på dessa siffror så att de vid det här laget kröp som myror på papperet. Och värre skulle det bli.

Det hela byggde på ett antagande, men det var inte helt taget ur luften. Louise Jasinski hade väckt tanken. Men idén om att siffrorna var delar av ett betyg hade även föresvävat Kerstin Malm. Två oberoende personer med samma association förstärkte hypotesen. Problemet var att man varken visste vilka skolämnen siffrorna representerade eller vilken årskurs.

– Det måste vara ett avgångsbetyg, trodde Kerstin Malm. Ingen människa håller väl reda på några andra betyg.

– Jag kommer inte ens ihåg mitt, sa Peter Berg.

– Inte jag heller, sa Claesson.

– Men det var väl så länge sedan.

Claesson gav honom en sned men road blick.

Så mycket hade Claesson lärt sig som att genvägar i ett sammanhang som detta bara rörde till det. Detta var riktigt polisarbete, tänkte han. Inga stekta sparvar flygandes rakt in i munnen. Rätt ovanligt att han själv sysslade med sådana uppgifter nu för tiden. Han visste inte om han tyckte att det var roligt, men det var i varje fall påtagligt. Att delegera hade sina fördelar, men lite markkontakt mellan varven skadade inte. Fallet kom påtagligt närmare. Det gillade han.

Den där femman stack ut från de övriga siffrorna.

– Säkert ett särintresse eller en specialbegåvning, som idrott eller musik, trodde Malm.

– Varför inte matte? undrade Claesson.

– Då brukar de andra naturvetenskapliga ämnena hänga med. Eller något av språken. Men det kan i princip se ut hur som helst. Som ni ser är ämnena uppställda alfabetiskt. Eftersom det är naturvetenskaplig linje, som det hette på den tiden, före programmens tid, är första betyget biologi, sedan engelska, filosofi och så vidare.

– Det måste vara en fullständig knäppgök som minns sitt betyg som en tipsrad, menade Peter Berg.

– Förmodligen inte helt frisk, muttrade Claesson.

– Det finns ju människor som rabblar långa diktverk, sa Kerstin Malm.

– Det är otvivelaktigt mer underhållande.

De hade delat upp klassen i hyggligt rättvisa högar. Kerstin Malm var snabbast, vilket Claesson inte kunde låta bli att lägga märke till. Han kunde inte helt trycka ner sin tävlingsinstinkt. Att få bingo eggade honom. Han ville gärna bli den som hittade raden.

Kerstin Malm lutade sig bakåt på stolen och gnuggade ögonen. Hon var klar med sitt beting.

– Ska jag hämta lite frukt? Tror vi har några äpplen i personalrummet.

– Tack, gärna!

Malm var bra, sedan hon fallit till föga och gett upp tanken på att åka hem. Maken skulle hämta henne senare. Claesson hade förstås vacklat. De kunde ha släpat iväg allt material till polishuset och suttit med det på måndag, men då hade han fått delegera det till någon annan, eftersom han själv skulle vara i Skåne. Nu fångade han tillfället, kunde lägga detta till handlingarna och dessutom på ett mer påtagligt och naturligt sätt använda den kompetens rektorn hade. Och han ville själv vara med.

Tiden rann iväg. Ingen av dem kom på tanken att sluta. Inte nu.

Malm kom med tre äpplen i händerna. Peter Berg och Claesson hade hunnit ikapp.

– Då kör vi igång med årskurs två, sa hon och bet i äpplet.

Hon hade snabbt övergått till att vara arbetsledare. Claesson lät det passera. De var på hennes domäner, satt i hennes rum, så det var inte stort lönt att protestera.

De fick tio betyg var. Drog snabbt igenom dem utan att hitta en jämförbar rad. Luften stod än mer stilla. Vädringsfönstret var öppet, men Malm satte även det stora fönstret på glänt.

– Jaha, sa hon. Nu blir det bekymmer. Melinda bytte klass sista året.

– Vi tar den klass hon gick i när hon tog studenten först, sa Claesson. Sedan tar vi den hon lämnade.

Malm hämtade pärmen, tog ur betygen och delade ut. Tjugo minuter senare var de färdiga. Inget napp.

– Betygen är verkligen olika, sa Peter Berg. Ganska hemskt att klassificera människor så här. En del måste få det besvärligt. Det vill till att lärarna är rättvisa.

– Det är inte rättvist, sa Malm. I alla fall ingen millimeterrättvisa. Det är människor som sätter betygen. Men vi har inget bättre system.

Klarsynt från en rektor, tänkte Peter Berg. Betyg gav honom dåliga vibrationer. Av att bli dömd när man hellre ville vara ifred. Han hade alltid tillhört det så kallade klabbet. Den stora och rätt anonyma mellangruppen. Och det hade varit bra på sitt sätt. Det var med åren han växt och förstått att han var bra på vissa saker. Förhör bland annat. Att han hade fallenhet, kanske mest för att han var bra på att lyssna. Det bara var så. Claesson hade berömt honom, och av det hade han utvecklats ännu mer.

– En del går långt, andra kommer ingen vart men kan få ett bra liv ändå, sa Claesson, som om han läst hans tankar.

– Och många kommer igen, förtydligade Malm för jämviktens skull. Det ska man inte glömma. Läser upp sig eller hittar sin grej i livet. Om de inte fastnar, tappar kontrollen och skiter i allt. Det handlar förstås om annat också. Livet som bara går utan styrsel.

Inte heller denna gång fick de napp. Malm flyttade ner några pärmar på golvet och lyfte upp en ny. Den innehöll studentbetygen från Melindas gamla klass.

– Jaha, sa hon och delade ut betygen med det vana handlag som en lärare efter år av stencilutdelning besitter.

Spänningen steg. Det var nu det gällde. Annars var det bara att packa sig hem med ogjort ärende. Eller gjort, fast utan resultat.

När Malm lutade sig mot ryggstödet och la händerna i knäet förstod Claesson att hon inte hade hittat sifferraden. Två minuter senare konstaterade han att han inte heller funnit den.

Peter Berg satt med ryggen mot honom. Huvudet hade försvunnit ner mellan de magra axlarna. Claesson hörde att han la undan ett papper. Vågade inte titta efter hur många han hade kvar. Satt lika orörlig som Malm och väntade. Så la Berg undan ett papper till. Claesson kunde nu inte hålla sig utan lutade sig åt sidan och såg att Berg hade mer än en betygsutskrift kvar. Stämningen var inte olidlig men påtaglig.

Plötsligt harklade sig Peter Berg.

– Jag tror jag har den, sa han lugnt.

Claesson och Malm for upp. Hävde sig över Berg som höll händerna mot papperet på bordet.

– Se här.

Han satte fingret en bit ner på betyget. På ämnet *fysik. Betyg två*, kunde de läsa.

De följande betygen stämde. Historia, tre. Idrott, tre. Kemi, två. Musik, fem. Matematik, tre.

Ögonen hos alla tre vandrade upp mot namnet.

– Det var som sjutton, sa Claesson.

De såg på varandra.

Gustav Stjärne.

Kerstin Malm vände sig om för att leta fram lärarkatalogen. Bläddrade flammig i ansiktet av upphetsning. Sänkte katalogen sakta.

– I kemi och även biologi hade Stjärne George Johansson.

Besvikelsen glimtade till i Claessons ögon.

– Men i matte och fysik hade han Jan Bodén, sa hon och smällde ihop katalogen.

*

I Lund spöregnade det. Gatorna blänkte och det blå bankkontoret tvärs över gatan gick knappt att se. Hösten hade kommit, det var bara att konstatera. Vädret svängde hit och dit. Sol ena stunden, hällregn nästa. Gillis Jensen hade alltid regnstället i cykelväskan. Väskan stod på rummet. Den gamla hederliga modellen av brun läderimitation, som var lätt att haka fast på pakethållaren. Han var inte omedveten om töntstämpeln, dottern hade förbjudit honom att bära in den i skolan på den tiden det begav sig. Men de nya i väv var inte alls lika praktiska. Papper och mappar blev förstörda.

Precis när han dragit på sig de gröna regnbyxorna och knutit åt dem i midjan ringde det. Det var teknikern i Malmö som fått ett meddelande från SKL i Linköping.

– De har hittat samma DNA på Jan Bodéns och Emmy Höglunds brottsplatser.

Jensen funderade stilla över om detta innebar att han skulle behöva klä av sig överdragsbyxorna och stanna kvar.

– Städförrådet på Blocket respektive Höglunds lägenhet, alltså, fortsatte teknikern.

– Samma gärningsman med andra ord, sa Jensen.

– Inte omöjligt, menade teknikern.

Byxorna åkte av, trots allt. Det hinner kanske regna färdigt, tänkte han och travade iväg mot spaningsledarens rum, men tvivlade på att Mårtensson var kvar. Det var han.

– Det du! bullrade Lars-Åke och dunkade honom i ryggen som om han vore en liten påg. Vad tror du om det?

– Ingenting, sa Gillis torrt.

Han var inte mycket för att tro.

– Ett genombrott, bullrade Mårtensson vidare.

Nog var det så.

Och en hel del jobb. Hitta skärningspunkter. Två fullständigt olika offer, och ett nätverk av unga människor som han var för gammal för att riktigt begripa sig på. Kamratskap och kärleksförhållanden i en salig blandning. Ibland både och. Som ett tilltrasslat garnnystan.

Vad var det egentligen frågan om?

Så fort han blev ensam slog han mobilnumret till kriminalkommissarie Claes Claesson i Oskarshamn. Då hade regnet övergått i ett stilla duggande. Väntade han ytterligare en stund kanske det slutade helt.

Signalerna gick fram. Claesson svarade inte förrän han precis hade tänkt lägga på.

Han ville prata med en samlad människa efter att ha räddat sig ur greppet på den övernitiske och lättantändlige Mårtensson som gick igång som om hela världen stod i brand. Sådant kan man bli väldigt trött av. Han skulle behövt en brandsläckare.

Nu blev det Claesson i stället.

Snart borde det vara dags att vi träffas, tänkte han medan han redogjorde för SKL:s resultat.

Pojken

HUSET ÄR TOMT. Hösten har övergått i vinter. Andra advent närmar sig. Filippa har fått fram en adventsljusstake, mirakulöst nog. Det är bra med henne, hon fixar livet. Filippa är inte hård. Hon är en ängel. Trots allt.

Stjärnor som gnistrar i fönstren, ljusslingor i trädgårdarna och tomtebolycka i varenda stuga. Jag kvävs. Men det är fint. Också.

Över julen ska vi kanske få åka till mamma. Morsan planerar det, men vi vet hur det kan bli, Filippa och jag. Farsan ändrar sig plötsligt. Kommer hem i sista minuten och kollar in oss. Sköter plötsligt företaget hemifrån. Det är länge sedan han la jobbet som doktor på hyllan. Han vill tjäna de stora pengarna. Allt är stort och han bäst. Är proffs på att dupera folk. Föreläsningsproffs. Babblar om hur sjukvården bäst ska drivas. Hur människor ska jobba bättre och hårdare och ändå bli mer harmoniska och lyckliga. Något i den stilen. Har forskat och vet hur allt i hela världen är beskaffat. Han kan prata öronen av vem som helst, det är ett som är säkert. Skiner i talarstolen som en högsommarsol. Är äckligt skicklig. Annat kan man inte säga om honom. Min pappa.

Det enda farsan inte vet mycket om är sig själv. Och inte heller så mycket om mig och Filippa. Kanske lite mer om Filippa, hon pratar på. Själv är jag som en mussla. Det gör farsan osäker.

Men hur det blir med julen beror på hur jag lyckas förhandla med farsan. Om jag verkligen *vill* resa, alltså. Filippa vill. Hon längtar nog efter mamma. Skulle vara för Filippas skull i så fall. Men själv stannar jag nog hellre hemma, även om det blir ensamt. Har ju ett och annat att hålla uppsikt över.

Om jag inte vaknade svettig av maktlöshet och ett brinnande hat varje natt, så hade jag aldrig tagit mig igenom denna tid. Helvetet håller mig på ett konstigt sätt uppe. Ilska och samtidigt upphetsning som tvingar mig att dra omkring på stan. Att spionera. Att se utan att synas. Även om det är mitt i smällkalla vintern.

Julen blev en märklig blandning av mys och jultomte hos morsan i Göteborg och samtidigt som att sitta totalt ensam på en öde ö. Morsan har ett bra jobb. Har börjat på socialkontoret i Partille, hon är ju utbildad socialarbetare. Hon var förändrad, som uppstigen till en ny skön värld. Skuggorna i ansiktet var borta. Men hon saknar oss. Hon vet att det inte är lönt att bråka om det. Därför sa hon inte så mycket om att vi skulle flytta till henne. Det var lika bra det. Det skulle bara ha gjort det hela värre.

Vart farsan tog vägen över julen vet jag inte så noga. Åkte väl till någon spa-anläggning och la sig i en bubbelpool.

Melinda bor inne i mig hela tiden.

Och gubbäcklet.

Så fort jag kom hem från Göteborg kollade jag att Melinda fanns kvar. I verkliga livet, alltså. Ibland kan man ju undra. Hon kanske bara är ett spöke som fastnat i skallen på mig!

Jag står bakom staketet, mellan lyktstolparna där skuggan faller, för att inte synas. Ser henne resa sig bakom fönstret i villan. Hjärtat skjuter iväg, och jag blir som galen där jag står och trycker. Hon finns. Det är ett som är säkert. Finns, och lever mer än de flesta. Lever inom mig.

Februarilovet blev segt. Hon försvann på någon skidsemester. Sedan kom hon tillbaka. Hon fortsätter att smyga till gubben. Och jag som en ljudlös skugga efter.

Det blev vår, märkligt nog. Det gör livet lättare på så sätt att jag slipper frysa. Driver mestadels omkring ute. Kan inte hålla mig inne. Som klipulver över hela kroppen. Jag är besatt av att veta var hon håller hus.

En dag slumpar det sig så att jag ser Melinda dröja kvar på en av bänkarna i korridoren i skolan. Det är efter sista lektionen. Jag smiter in på toaletten medan korridoren töms. Släcker och gläntar försiktigt på dörren. Ser henne på bänken med en bok i knäet. Låter en springa stå öppen. Sitter knäpptyst på toastolen och iakttar henne som förhäxad. Vågar knappt andas.

Jag fattar ju vem hon väntar på. Det behöver man inte ha hög IQ för att räkna ut. Ännu är det flera timmar tills skolan larmas. Jag kan tiderna.

Å andra sidan kommer gubbjäveln att se till att Melinda kommer iväg innan dess.

Hon sitter alltså på en av träbänkarna och låtsas läsa när gubben kommer strykande. Jag ser dem tydligt genom dörrspringan. När hon rest sig och vänt ryggen till följer jag ljudlöst efter. Ryggen smal och rak, håret silverljust och böljande mjukt. Det ilar i hela kroppen när jag tänker på att leka med fingrarna i det.

Det är knappt att våra skor nuddar golvet i den tomma korridoren. Vi svävar fram. Försiktigheten sitter inplanterad i kroppen. Som smidiga nattdjur.

Hon följer efter gubben.

Och jag steget efter henne till ett klassrum längst bort i korridorens ena ände. Jag gömmer mig bakom skåpen när de smiter in. Hör knäppet när dörren försiktigt går igen. Jag smyger fram och lägger örat tätt mot dörrspringan.

Hör låga röster. Orden går inte igenom. Gubben är kanske lite rolig, för hon fnissar till, det hör jag. Sedan kommer smackljuden och tystnad, lång som evigheten. Jag håller i mig för att inte gå sönder eller slita upp dörren. Hon kvider lågt. Det skär i mig där jag står på andra sidan dörren, för kvidandet är fullt av vällust. Hon njuter, den horan! Av den jäveln!

I huvudet på mig händer *precis allt*. Gubbens rovdrift. Taktfasta stötar, snabbare och snabbare. Och hon som ger sig åt äcklet. Hon borde veta bättre! Men det är gubben som har lurat henne. Proppat henne full med lögner, snackat hit och dit om livets mening, sjungit kärlekens lov, dragit på om religion och hur kvinnor och män är skapta för varandra och hur det visar sig. Babblat om drömmar och framtid och Gud vet vad. Och så bedyrar han att hon är jordens vackraste kvinna medan han knullar henne. Ingen är som hon. Inte en enda en på hela detta förbannade stora jävla jordklot. Absolut inte hans fru. Hon finns liksom inte längre. Hon är borttänkt.

Det sipprar genom dörren, smackandet och orden. Tränger fram till mig trots att hjärtat slår så hårt i bröstet på mig att jag är färdig att sprängas.

Full av avsky smiter jag därifrån.

En dag skickar jag ett anonymt meddelande, jag kan inte hejda mig. Sedan går jag och väntar på effekten. Gubben visar inte en min på lektionerna. Är precis som vanligt, styv i korken och beskäftig.

Tiden går, och breven blir fler.

En dag säger gubben till mig att stanna kvar. Klassrummet töms.

– Du begriper väl att det är olagligt att skicka anonyma hotelser?

Ögonen bränner. Musklerna spelar i käkarna.

– Vadå? säger jag och ser trotsigt någonstans mitt emellan Bodéns ögon, rakt in i näsroten, ett knep jag lärt mig för att förmå mig att se pappa i ögonen. Ser att ytliga, blåaktiga kärl ringlar som springmaskar över Bodéns ansikte. Väldigt många, hela ansiktet fullt. Speciellt nu när han är hotfull.

– Gör dig inte till, säger gubben. Jag vet nog.

Ögats svärta. Som stenkol. Genomborrar mig, hård och säker. Bröstet ut, nacke och rygg raka. Handen i ena kavajfickan skramlar med nycklarna.

En stenstod, lika svårmanövrerad som ett flyttblock.

Jag blir nervös, även om det är svårt att erkänna det. Hur kan han veta att det är jag? Väntar på fortsättningen, men den kommer inte. Flyttblocket tiger. Tystnaden håller på att kväva mig. Stenkolsögonen blänker till.

Plötsligt förstår jag där jag står i gången mellan bänkarna. Begriper varifrån gubben har fått alltihopa. Förnedringen bränner värre än allt annat hittills.

Melinda! Ingen annan kan ha avslöjat mig. Ingen annan vet.

– Jag kan anmäla dig, säger jag till gubben.

Åt fullständigt alla jävla håll väller hatet fram. Fruktan och vreden och svartsjukan och förnedringen. Hela världens samlade hat.

Det ser gubben och han glor lojt ner på mig.

– Det är mina brev, säger han. Jag gör vad jag vill med dem. Kanske bränner jag upp dem. Vad vet jag?

Han hånler.

– Det är förbjudet att vara ihop med … stammar jag trotsigt och känner knävecken mjukna.

– Du har inga bevis på något alls.

Jag hade en fin chans att sätta dit gubbfan. Trodde jag. Men det blir poff ingenting. Villrådigt letar jag nu efter fler angreppspunkter, men det faller inte ut. Huvudet är lika öde som en fotbollsplan utan spelare.

– Du kan gå nu.

Det är gubbens sista ord. Den gången.

Och jag går.

Efter den dagen tappar jag liksom styrfart. Inget spelar längre någon roll. Som en död som spolats överbord och inte ens kan skjuta sig upp från havsbottnen känner jag mig.

Betygen sjunker. Det är till en början en viss lättnad att släppa efter. Bara låta det gå.

Men fullt så mycket fanns det inte någon anledning att sänka mig. Jag stirrar på de där betygen som plötsligt ändrat sig. Även Johansson sänker, fast jag inte har något otalt med honom. Inser att de njuter av att vara orättvisa. Vad jag än gör, om jag så är bäst på alla prov, vilket jag tyvärr inte är, så sätter de dit mig. Bodén vill sabba mitt liv, och Johansson, den mesen, följer efter. Bodén hatar mig och vill förstöra min framtid. Lamslagen konstaterar jag det. Är fullständigt maktlös, tänker jag. Ett helvete.

Gubbens nagel skaver hela tiden i mitt öga.

Men jag är inte dum i huvudet. Jag vet att jag är skärpt. Och jag ska visa dem! Både gubben och Melinda. Inte nu. Senare. Komma igen när jag själv rår över mitt liv. Komma igen och bli något. Kunna bestämma. Få makt över liv och död. Bli läkare. Som pappa. Och som Melinda.

Vänta bara!

Kapitel nitton

Lördagen den 28 september

VERONIKA STOD I duschen. En mobil ringde. Claes stövlade in och lämnade ytterdörren halvt på glänt. Han höll på att packa in i Volvon.

– Det är din! skrek han genom badrumsdörren.

– Men svara då! Den ligger i väskan.

Ringsignalerna hade precis lagt av när han fick upp mobilen ur den bruna läderväskan. Han avskydde av flera skäl att dyka ner i hennes handväska.

– Jag hann inte, ropade han mot den stängda dörren.

Samtidigt fiskade han upp ett hopvikt papper ur väskan. Han kunde inte låta bli att veckla upp det. Klara stod på golvet och sträckte händerna mot honom. Ville upp i famnen.

– Vänta lite, svarade han frånvarande.

Ett telefonnummer.

Hans fru hade ett telefonnummer på ett papper i sin väska. Vad gör jag nu? tänkte han och stirrade på papperet. Ställer till en scen? Tvingar henne att förklara sig? Om inte det räcker, pressa henne tills hon erkänner?

Var det numret till Dan? Hon och han hade haft mycket tid där nere i Lund.

Men samtidigt som fantasin och känslorna skenat iväg, insåg han att han var korkad. Det var bara att fråga henne.

Duschen tystnade. Han öppnade badrumsdörren och ångan slog emot honom. Gud, så härlig hon är! tänkte han trots den nyväckta svartsjukan. Hon stod naken med håret i en turban och huden röd av den ångande värmen.

Hon tittade på honom.

– Vad är det med dig?

– Vad är det här?

Han höll papperet mellan tumme och pekfinger. Tonen var som vid en rättegång.

– Ett papper, ser du väl.

Blicken under turbanen var kort. Hon smorde in ansiktet med kräm. Små cirklande och ihärdiga rörelser.

– Var har du fått tag på det?

– I din väska.

Ytterligare en kort blick under turbanen till svar. Men samtidigt såg hon road ut.

– Det var inte meningen att jag skulle rota. Men papperet låg där när jag tog upp mobilen.

Hon klev ut i hallen. Smålog nu men höll honom på sträckbänken.

– Inte någon hemlig älskare, sa hon och böjde sig fram och frotterade håret med huvudet uppochner.

– Inte?

– Du kan vara helt säker.

Han skämdes.

– Vad är det då?

– Är du sotis?

Ögonen gnistrade. Hon ryckte till sig papperet.

– Äsch, det är bara numret till perukmakaren. Om Cecilia vill ha peruk i väntan på att håret växer ut skulle vi höra av oss dit. Men ännu har hon inte sagt att hon vill det.

Det sista hörde han inte. Stenen föll från bröstet med en sådan hastighet att det slog lock för öronen. Så barnslig han var! Han kramade snabbt hennes överarm, det enda han fick tag i när hon fladdrade iväg till övervåningen för att klä på sig.

Han hade sansat sig och skulle just lägga tillbaka papperet i väskan i hallen när han tittade på det igen. Det var något bekant över det. Vad var det han kände igen?

Gick ut i köket där ljuset var bättre, tog på glasögonen som han hade i skjortans bröstficka och slätade ut lappen på köksbordet. Klara hade följt med Veronika upp. Det var plötsligt tyst och lugnt omkring honom.

En sorts blankett i storlek A5. Emblemet för Region Skåne var tryckt i övre vänstra hörnet. **Meddelande** stod det i fetstil i det vänstra. Svart, tunn ram runt hela blanketten. I huvudet fanns två intilliggande rektanglar, i den ena skulle mottagarens namn stå, i den andra avsändaren. Orden *Från*, *Tjänsteställe* och *Handläggare* var förtryckta. Därunder linjerade rader att skriva själva meddelandet på samt vertikalt ställda mindre rutor att kryssa i. **Överlämnas enligt** *överenskommelse* för ***handläggning***, ***komplettering***, ***yttrande***, ***kännedom***, ***godkännande***, ***underskrift*** etcetera.

Men det var inte alla dessa detaljer han fäst sig vid. Det var linjerna och den något fetare ramen. Och att det finstilt stod vad blanketten hette och var den var tryckt. Nere i vänstra hörnet kunde han läsa *Lidbergs tryckeri i Skurup*. Han var osäker på var exakt Skurup låg men hade för sig att det var i Ystadstrakten.

Han tittade på klockan. Nio.

– Hur gammal tror du att Gillis Jensen är? ropade han mot övervåningen.

Veronika ställde sig vid trappräcket. Hon hade fått på jeans och en sandfärgad V-ringad tröja.

– Varför undrar du det?

Han orkade inte förklara.

– Nå?

– Sextio, minst. Den fårade sorten, sa hon.

Nå, då är han vaken, tänkte han och slog numret han hade i plånboken.

*

Gillis Jensen hade precis varit ute med Rose, en boxer av det stadigare slaget fast rätt näpen som valp, när Claesson ringde.

– Så du är ledig i helgen? sa Claesson.

– Jo, men jag kommer att få jobba.

– Jag har bara ett kort meddelande. Lappen med siffrorna som hittades i Bodéns jackficka kommer från en förtryckt blankett gjord för Region Skåne.

Jensen fascinerades över detta distanssamarbete.

– Är du säker?

– I stort sett. På den avrivna lappen vi sett finns något som kan tydas som en åtta utanför den svarta ramen. Det är det också, och fler siffror följer. Det är beteckningen på blanketten från tryckeriet som ligger i Skurup.

Gillis Jensen hade dörren ut mot trädgården öppen. Där prunkade höstblommorna, fortfarande fuktiga efter natten. En rad stockrosor intill det vita planket mot grannen hade fallit som furor under det senaste skyfallet. Han skulle nog inte ha stockrosor nästa år, även om de var tacksamma. Höstflox, ringblommor, dahlior i varma färger och låga buskrosor i olika kallrosa nyanser frodades närmare terrassen. Äppelträdet dignade under sin tunga börda. Han hade stöttat upp ett par grenar med plankor. Det mesta av den stora skörden hann de aldrig ta tillvara.

– Då kan vi anta att gärningsmannen kommer från sjukvården, sa han och försökte på rak arm komma på vilka av de hörda som gjorde det.

Alldeles för många, kom han fram till.

– Jag kommer ner till Skåne senare idag, som jag sa igår.

– Bra, sa Jensen. Då ses vi.

Jensen gladdes över Cecilias framsteg, även om han inte kände den unga damen. Undvek nogsamt att prata om den grova misshandeln. De hade ju inte kommit någonvart med den förundersökningen, och Claes Claesson hade den goda smaken att inte påminna honom om det.

Kände nu hur det bände i honom, ungefär som när man försöker dra ut en spik som rostat fast.

Han ville komma loss. Snart.

Det fanns alltså ett samband mellan morden på läraren och på Emmy Höglund, hur märkligt man än kunde tycka att det var. Olika härkomster, ålder, kön och mordplatser. Allt var olikt. Inget stämde, men någonstans fanns en skärningspunkt.

Nyfikenheten kittlade. Hans egen fantasi var inte tillräckligt utvecklad för att snickra ihop ett vettigt samband. Ingen annan hade heller kommit på något klokt. Intuition räckte uppenbarligen inte. Mårtensson hade inte sagt ett ljud, men han tillhörde knappast de mest kreativa. Var duktig på att fösa en skock får framför sig, en god arbetsledare, sedan tog det stopp. Men man måste inte vara bra på allt, det var därför man arbetade i team.

Kanske Claesson hade några idéer. Det skulle bli intressant att snacka med honom när han kom. Lite nya inblickar.

Han lyfte luren. Det var lika bra att ringa Mårtensson om blanketten så att han fick sätta någon annan på att gräva djupare i den saken.

*

Cecilia hade just ätit frukost. Karl stod i dörren till hennes rum på hjärnskadeavdelningen på Orup. Han var den första som varken såg plågad eller generad ut över att se henne. Och Karl var den första som hon kände igen utan alltför lång fördröjning. Han var som vanligt, brett leende utan några större reservationer. Karl såg sällan obekväm ut.

– Jag visste inte vad jag skulle ta med mig, sa han och gav henne en påse smågodis.

Hon öppnade den inte. Tog inte ens emot den. Han släppte ner den gula papperspåsen från Godisgrottan på nattygsbordet.

– Kommer du ihåg att jag var på avdelningen i Lund och hälsade på dig?

Hon tänkte så det knakade men tappade helt plötsligt tråden. Vad var det hon skulle tänka fram?

– Va?

– Jag var flera gånger hos dig på avdelningen. Minns du det?

– Kanske, sa hon klanglöst.

Men hon kom inte ihåg ett dugg. Tyckte inte om att inte ha ett riktigt minne. Obehaget blev bara större av alla människor som kom och satt i hennes rum och berättade om än det ena, än det andra, när det förblev alldeles tomt. Som ihålig. Det gjorde henne skräckslagen över sig själv.

Hade hon gjort och sagt saker hon inte kom ihåg och som hon borde skämmas över? De visste uppenbarligen saker och ting om henne som hon inte hade en aning om själv.

Vad ville Karl nu ha sagt? Hon vågade knappt titta på honom.

– Minns du festen hos Ester? frågade Karl och tittade plötsligt lite osäkert på henne.

– Ja, det minns jag. Hon hörde att han svalde och tyckte att han flackade lite med blicken.

– Minns du att vi satt i soffan? Han skrattade till men såg inte så glad ut längre.

Hon tittade tomt framför sig.

– Nej, hade vi roligt? undrade hon och såg på honom.

– Det spelar absolut ingen roll om du inte minns! sa han. Jag är bara så glad för att det gått så bra.

Det där hade hon också hört många gånger. *Det har gått så bra.* Änglavakt och tur. Och hon var så *duktig*. Men det var inte henne det kommit an på. Inget berodde på henne. Allt låg utanför henne själv. Och det var väl inte tur att bli nerslagen. Det var skit! Ett jäkla helvete, rent ut sagt. Men det sa ingen. De pratade som om hon vore en skör porslinsdocka.

– Du är enastående. Snart blir du som vanligt igen.

Leendet frejdigt. Han menade verkligen vad han sa. Men hon krympte och kände en hård klump i magen.

Att vara som vanligt, hur var det? Dög hon inte nu?

Han såg på henne.

– Blev du ledsen?

– Nej.

Men tårarna rann. Faktiskt gjorde de det. Karl reste sig och höll henne i sina armar. Hon stelnade först till, ville ha sin kropp för sig själv. Men så kände hon lukten från tröjan. Näsan i gropen vid halsen. En sorts krydda i en varm gryta. Inte lagerblad, inte kryddpeppar. Hon kunde inte säga vad det var. Men hon kände igen doften. Blev varm och mjuk och han klappade henne försiktigt över huvudet.

– Som en mule, skojade han.

Hon visste inte vad hon skulle säga. Hitta ord var det allra svåraste. Men lite lättare gick det för var dag. Det sa personalen. De tvingade henne att försöka, att inte ge upp.

Hon hade blivit som ett barn. Ville sitta kvar hos Karl. Som uppkrupen i mammas knä. Tryggt och varmt och ofarligt. Och mycket mer.

Kanske satt de så i några minuter. Det kunde hon inte heller hålla reda på.

– Vill du gå ut? mumlade han i hennes öra.

Orkade hon det? Orkade hon gå? Hon kikade på rullstolen från hans axel.

– Jag kör dig, sa han kärleksfullt och släppte henne. Vandrade med fingrarna utmed det stubbade håret, ner mot kinden, följde läpparna. Det kittlade. Hon skrattade till. Det lät konstigt. Hon hörde det själv.

– Jag kan gå, sa hon.

– Jag vet det.

– Men kanske jag vinglar eller blir trött.

– Vi tar rullstolen med oss. Det är så vackert här utanför.

De lämnade avdelningen. Han sköt henne i rullstolen längs den ljusgröna korridoren mot hissen.

– Har Trissan varit här, förresten? sa han i hissen.

Frågor nu igen! Hon hatade dem.

Hade Trissan varit där? Vem var nu hon?

Hon rörde ihop vännerna. Hur var det nu? De var två. Trissan och …

– Jo, sa hon för nu mindes hon precis. *Emmy* har varit här, sa hon stolt.

Karl såg så konstigt på henne. Sedan tog han tag i rullstolen och sköt henne ut genom dörren.

*

Claes Claesson låste ytterdörren. Veronika spände fast Klara i barnstolen och kände hur magen vände sig när hon böjde sig fram. Höll på att kasta upp. Jäkla illamående! Hon rätade på sig, och då sjönk det undan.

Ännu hade hon inget sagt. Det var taskigt, hon visste det. Skulle bara vänta några dagar så att hon var säker på att hon inte började blöda och fick missfall. Och så ville hon hitta rätt tillfälle. Lite lugn och ro så att hon kunde sjunka in i hans reaktion.

Volvon var maximalt packad. Inte ens med skohorn skulle de kunna få in mer. Hon satte sig i baksätet vid sidan om Klara, eftersom framsätet var lika fullt, liksom utrymmet bakom Klaras barnstol och vid hennes egna fötter. Hon satt som fastlåst. Men de skulle bara till Lund, tre och en halv timme, och de skulle förmodligen tvingas stanna för att rasta och byta på Klara längs vägen.

Claes backade ut. Körde sakta på deras smala gata som nyligen vaknat. De vackra trähusen. Idyllen. De var lyckligt lottade. Närmade sig parhuset, som en bunker från forna DDR. En man kom på cykel och svängde in på tomten. Veronika såg efter honom. Claes kände igen cykeln.

– Är det någon du känner?

Han hade sett i backspegeln att hon vänt sig om.

– Nej. Inte känner, men jag vet vem han är. Han vikarierar ibland som narkosläkare hos oss.

– På det viset.

Han kunde inte släppa att mannen skulle till Nina Bodén. Förmodligen var det som han misstänkt. Någon hade lurat i kulisserna, men ändå blev han förvånad när han upptäckte att han faktiskt haft rätt.

Mannen på cykel fortsatte att störa honom medan han rullade vidare i förmiddagstrafiken. Alla skulle in till stan för att handla eftersom det var lördag.

Han kunde ju ringa Louise Jasinski och be henne kolla upp honom. Hon kunde alltid skicka Peter Berg eller Erika Ljung, om hon inte hade tid själv. De var någotsånär insatta i vad han hade för sig. Janne Lundin hade rest bort, annars hade han bett honom.

– Vet du vad han heter? frågade han Veronika.

Hon stirrade framåt för att hålla den instabila magen på plats. Tänkte efter.

– Pierre Elgh, sa hon. Varför frågar du?

Han hade plockat fram mobilen, sänkt farten så att han närmast kröp längs Kolbergavägen medan han tryckte fram Louises nummer. Det var en av döttrarna som svarade. Han sänkte farten ytterligare, hade tvåan i. Dottern gastade på Louise. Veronika suckade i baksätet. Han hörde steg mot telefonen. Louise lät glad. Men hon skulle kanske snabbt ändra sig, tänkte han.

Han drog sitt ärende. Hon surnade inte till, varken stönade eller lät sträv, utan lovade att skicka dit någon och sedan höra av sig till honom.

– Vad handlar det egentligen om?

Veronikas hals sträcktes mot framsätet. Han såg hennes förvånansvärt ansträngda ansikte i backspegeln.

– Om mord.

*

Therese-Marie Dalin hade tagit trapporna ner och gått ut på den smala bilfria Bytaregatan som redan var full med flanörer. Hon smet in på Ebbas i det låga gathuset som låg inklämt mellan ett äldre och ett nyare hyreshus och beställde frukost. Svart kaffe och croissant, hon gillade det kontinentala. Sket i att det inte var nyttigt. Havregrynsgröt eller fil och müsli var inte hennes melodi.

Och nu behövde hon trösta sig. Behövde det egentligen varje dag. Hon hade sovit dåligt. Frukost klockan tio. Det var åtminstone bra att hon inte tillåtit sig att sjunka så djupt att hon sov bort halva dagen. Hon behövde plugga, men det gick inte.

Snart skulle hon, som var så ung, gå på begravning. Det var inte bestämt när, men hon oroade sig redan. Hon hade aldrig varit på begravning tidigare, bara sett det på film. Hon var rädd för alla tunga känslor. Hur man betedde sig. Kanske kunde hon hitta på en ursäkt, men förmodligen skulle hon må ännu mer pyton om hon smet undan.

Emmys mamma hade varit så glad över att få prata med henne. Uppskattade att ha kontakt med en av Emmys *underbara vänner*. Att Trissan hade åkt ut till Örnvägen den där bedrövliga dagen såg mamman som en god gärning. Att Trissan var så generös och ställde upp. Fast det var hemskt. Men det visste de ju inte då. Och kanske Emmys mamma hade lite dåligt samvete för att hon skickat dit Trissan. Att hon, unga människan, skulle behöva upptäcka något så förfärligt. Emmys mamma tänkte kanske att hon borde ha ringt polisen direkt. Hon sa inget, men Trissan fick för sig att hennes tankar gick åt det hållet. Men Trissan slog generöst ifrån sig.

– Självklart åkte jag dit, sa hon och log rart.

Hon hade blivit lite av en hjältinna. Vid närmare eftertanke var det kanske ändå inte alldeles självklart att man skickar en ung människa rakt in i tragiken. Men det tyngde henne inte nu. Inte alls så starkt som begravningen.

Det kändes ändå fint att Emmys mamma tyckte om henne. Allt blev enkelt. Mamman hade kramat henne och gråtit och allt föll sig naturligt. Hon klamrade sig fast vid henne, som om hon var en del av Emmy. Inga hårda ord. Inget konstigt. Bara ledsenhet. De var fullständigt förbi, både Emmys mamma och pappa. Men hon kunde tåla det.

Lite pö om pö hade hon de senaste dagarna släppt upp det där trassliga. Det blev så konstigt mellan henne och Emmy sedan de flyttat isär. En taggighet som hon inte visste varifrån den kom. Hade Emmy retat sig på henne utan att hon själv märkt det? Det var i så fall inget hon kunde rå för.

Men den allra sista gången de träffades var det i alla fall alldeles som vanligt. Vilken tur att det blev så!

Det var när de besökte Cecilia, den stackaren. Undrar om hon någonsin skulle bli normal igen?

Hon rös vid tanken och funderade över vilket som var värst, att bli konstig i huvudet som Cecilia eller mördad som Emmy.

Hon bläddrade igenom Sydsvenskan. Det stod inget om Emmy längre. Hennes död var inte någon nyhet. Ett tidningsbud hade blivit nerslaget, det var en stor artikel om det, och två undulater utsläppta av hemtjänsten som varit oförsiktig, läste hon i en notis.

Hon hade ägnat mycket tid åt att fundera över vem gärningsmannen kunde vara. Han fanns oftast i den närmaste kretsen, det visste hon. Helt okända gärningsmän var ovanligare.

Det var inte så lite olustigt att gå igenom alla polare och fundera över om de kunde vara mördare. Som att se på dem med helt andra ögon. Hon hade provat i stort sett alla. Försökte se hur deras ansikten ett tu tre plötsligt förvreds och draculatänder växte fram, hur de bytte skepnad och blev ondskan personifierad.

Mamma hade ringt igår. Hon tyckte att Trissan skulle komma hem till Ystad och vila upp sig några dagar. Promenera vid havet, äta god mat. Hon rådde henne att hoppa över nästa tenta. Man ska vara lite snäll mot sig ibland, sa hon, och då hade Trissan börjat lipa. Hennes mamma var minst lika snäll som Emmys. Hon hade också föreslagit att de kunde ta Öresundståget och åka till Köpenhamn och shoppa.

Men hon kunde inte bestämma sig. Det var som om hon inte vågade lämna Lund. Det hände så mycket. Hon ville vara med när de satte dit honom. Och hon hade lovat polisen att inte försvinna alltför långt bort ifall de ville henne något.

Hon gick och tog en påtår. Hade skippat sockret, det var bara nördar som hade socker i kaffet.

Den som det var svårast att bli klok på var Karl. Hon blåste på det heta kaffet. Emmy hade inte trott att Trissan fattade hur det stod till, men det var hur tydligt som helst att Emmy var kär i honom. Det syntes redan när de bodde på Gyllenkroks allé och han kom upp till lägenheten för att hälsa på Cecilia. Emmy svassade alltid runt. Cecilia verkade rätt cool, hon brydde sig visst inte så mycket om att Emmy svärmade och var så påtagligt intresserad. Kanske var hon så säker på honom. Eller så var det sant att han var ihop med en annan tjej som Cecilia kände.

Men hon tvivlade på att Karl skulle ha haft ihjäl Emmy. I så fall skulle hon bli väldigt besviken. Känna att hon aldrig mer kunde lita på sitt omdöme.

Och varför skulle han velat Emmy något ont? Han såg faktiskt ut att gilla henne, även om han kanske inte var kär i henne.

Det skulle vara om han var en sexgalning. Bakom den trevliga fasaden, som en riktig svärmorsdröm, lurade kanske en jäkla kåt sexidiot! Sådant hade man hört talas om. Hela nätet var fullt av dem. Fullständigt sjuka i huvudet. Använde kedjor, latex, piskor och Gud vet vad och höll till i svarta källarhålor. Karl kanske tvingade henne till något? Och när det inte gick kvävde han henne…

Hon satte ner muggen, såg ut genom det spröjsade fönstret. Nej, sådan var han inte. Tanken var orimlig. Men fantasieggande.

Blev de kanske ihop innan hon mördades? Emmy och Karl. Det skulle vara intressant att veta. Men hon kände honom inte tillräckligt för att fråga. Lite taskigt var det i så fall, det tyckte i alla fall hon. Cecilia som inte hade en chans att förhindra det. Hon satt ju där ute på konvalescenthemmet eller vad det nu var. Rena förvisningen. Man var tvungen att ha bil för att ta sig dit. Eller orka krångla med

Pågatåg till Höör och sedan buss till Orup. Det sa hon när hon pratade med Karl igår. Då påstod han att han skulle åka dit ut. Hon hade blivit tyst. Han hade ingen bil vad hon visste. Det behövdes inte i Lund.

Och hon kände ett stygn av svartsjuka.

Han hade vackra ögon, tänkte hon. Det sög i henne.

*

Veronika satt knäpptyst i baksätet. De hade ännu inte kommit ut ur staden. Väntade på Norra Fabriksgatan vid trafikljuset upp mot folkhögskolan.

– Mord, sa hon sedan. Vem då?

Claes blev med ens medveten om att hon inte hade följt dramatiken. Hon hade knappt varit hemma och för övrigt haft fullt upp med annat.

– Du känner honom inte, sa han när det blev grönt. Han bodde i det där tegelkomplexet längre ner på vår gata.

Hon teg. Tittade tomt framåt vägen. Rynkade så pannan och tog sats.

– Hur ser han ut? Jag menar såg ut?

Du store tid, tänkte Claes.

– Tja, rätt vanlig skulle jag vilja säga. Lärare.

Som om det skulle säga allt.

– Lite mer har du väl att komma med?

– Medelålders, medellängd, cendréfärgat tunt hår.

– Hur mördades han?

– Strypt bakifrån, tror man.

– Jaha. Otäckt att sådant sker på vår gata. Vi kanske trots allt ska skaffa larm till huset.

Det där hade varit på tapeten när stöldräder dragit genom Småland och de röda stugorna med sina vita knutar fått ovälkomna påhälsningar för något år sedan. Men de hade aldrig kommit till skott. Tyckte väl att det mer hörde storstäderna till. Inte skulle det behövas i lilla Oskarshamn?

– Det skedde inte här, sa han. Utan i Lund. På sjukhuset, faktiskt. Det där Blocket, som det visst kallas. Ja, du vet ju.

Hon satt som förstenad. Bilder rann förbi. Kände igen det hela. Mycket väl. En man hemifrån som rusar förbi. Kanske inte rusar, snarare raglar eller vinglar. En stickande rädsla i ögonen. Hon hade sett sådant förr. Kroppen i knyckiga rörelser, spänd och i uppror. Rå och avskalad rädsla. Panikångest. Kanske dödsångest.

Hon försökte få fatt i situationen igen. Återkalla den. Få sekvensen att stanna så att hon kunde se klarare.

De var på väg mot rondellen vid Folkets park och skulle precis ut på väg tjugotre, när Claes återigen konstaterade att Veronika satt stilla som en stenstod i baksätet. Vidöppna, stirrande ögon, som om hon var mycket långt bort.

Han försökte fånga hennes blick i backspegeln.

– Veronika! Är det något?

– Jag tror att jag såg honom, sa hon lugnt.

Han skulle ha tvärnitat om det bara gått, men de låg i högerfilen. Hade lasarettet på vänster sida och en rad bilar som skulle svänga av mot infarten. Han fortsatte mot Svalliden och Döderhult som låg längre fram på höger sida. Passerade och funderade över om han skulle köra av vid avtaget mot Forshult.

– Du, det där måste vi gå igenom mer noggrant.

Han lät energisk och försökte vända sig om för att se på henne.

– Titta på vägen! Jag kan berätta ändå.

Han lugnade ner sig, höll båda händerna på ratten och fortsatte rakt fram, eftersom han nu var ännu mer angelägen att komma fram till Lund så snabbt som möjligt.

– Det är ju fullkomligt otroligt, du såg honom! jublade han. Vilken dag! Du, vi pratar om det när Klara somnat.

Ljungen frodades rosa och mild i klippskrevor. Skogen stod tät, öppnade sig i gläntor vid gårdar och små sjöar. Han såg det vackra. Passerade röda hus, lador och stugor med vita verandor fulla av snickarglädje som lyste i höstsolen. For förbi sjön Smälten. De kom till Bockara, han växlade ner och körde i femtio förbi den gamla röda träkyrkan som sov sluten mellan träden. Fortsatte till T-korset, svängde vänster mot Högsby och sedan mot Växjö. Det hade blivit tyst i bilen. Klara sov äntligen.

Nu satte han igång på allvar. Ett mellanting mellan vittnesförhör och äktenskaplig dispyt tog sakta form.

– Kom igen, Veronika. Hur såg den andre ut? Han som gick bakom?

Orden föll mellan Fagerhult och Åseda. Först när de närmade sig Växjö ringde han Gillis Jensen. Då hade han något så när klart för sig att det rörde sig om en man i vita kläder, det vill säga läkarrock, och troligen även vita byxor och vit skjorta, som med största sannolikhet kunde kopplas ihop med mannen som troligen inte var någon annan än Jan Bodén. Claes stannade emellertid inte och öppnade portföljen för att visa Veronika bilder på den misstänkte. Det fick mindre familjemässigt insnärjda poliser i Lund sköta.

Gillis Jensen var till en början tyst i mobilen. Tyckte att det var lite genant, eller snarare förargligt, att det enda vettiga vittnet till mordet på Bodén i princip suttit framför honom för flera veckor sedan, fast i ett helt annat ärende. Synd att han inte tänkte så långt.

– Men hur skulle du ha kunnat göra det, menade Claesson. Ibland har man tur. Som nu.

– Mycket bra. För tusan, lysande!

Jensen hade för övrigt på Claessons uppmaning letat fram adressen till den unga dam som för knappt tio år sedan förmodades ha haft ett förhållande med Bodén. Klassfotot var redan nersänt till Lund.

Kanske hade de fortsatt att ha kontakt, tänkte Claesson. Vem vet?

– Tror du att du kan vänta med att åka hem till henne tills jag kommit ner? frågade han med ena handen på ratten och den andra om mobilen.

Han borde sätta in öronsnäckan så att han fick bägge händerna fria.

– Vill du vara med?

– Ja, om du inte har något emot det?

– Nä, sa Gillis. Inte alls.

Claes knäppte av. De var då på ringvägen runt Växjö. Passerade avfarten mot Alvesta, därefter korsningen vid Räppe. När de väl kommit ut ur staden tryckte han foten mot gaspedalen. Vägen var inte mer än normalbred. Varningsskyltarna för älg stod tätt. Den tillåtna hastigheten var nittio. Han la sig strax över.

*

Ester Wilhelmsson hade varit på stan. Hon var ledig till söndag halv tre då hon skulle gå på kvällspasset fram till nio. Hade egentligen lika gärna kunnat arbeta, gärna dygnet runt, för att skingra tankarna när det nu var som det var. Men schemat var lagt sedan lång tid tillbaka.

Det var milt ute. Massor med människor cirkulerade på stan. Lördagar i Lunds centrum strax efter terminsstarten var som en fest. Hög stämning med torghandeln på Mårtenstorget i full gång, lång kö utanför fiskbilarna, lingon och kantareller och mängder med blommor i klara och djupa färger. Dörrarna stod öppna till butiker och kaféer, inte bara ungdomar och studenter trängde ihop sig kring kaffeborden. Alla tycktes vara ute.

Hon strosade mest. Handlade bara ett par nya jeans, som hon inte behövde men inte kunde låta bli. Och så ett par böcker i Pocketbokhandeln som hon tänkte drömma sig bort med. Stötte på en jobbarkompis när hon var på väg hem, även hon singel. Eftersom Ester inte hade någon tid att passa föreslog hon en fika. Hon behövde slå ihjäl tiden. De gick till Lundagård. Uteborden stod fortfarande kvar. Där kom de att sitta i säkert en timme.

Arbetskamraten berättade att hon hade planer på att åka till Afrika. Hon var mycket modigare än Ester, kanske mer mogen också. Hon kom från Lycksele, så hon var van vid miljöbyte. Det var inte Ester. Hon hade gjort som många lundensare, sugit sig fast. Men hon kunde också åka till Afrika, nu när hon inte länge var sambo, tänkte hon. Blev inspirerad, men lovade samtidigt kamraten att inte berätta för någon på jobbet om de tänkta planerna förrän allt var klart. Arbetskamraten ville inte att det skulle nå avdelningsföreståndaren, eftersom hon bara hade ett vikariat.

Sedan trampade Ester hela den långa vägen hem till föräldrahemmet på Norra Fäladen, ett område projekterat på sextiotalet. Det låg ungefär lika långt från centrum som Djingis Khan, men känslan av att bo vid världens ände satt i sedan hon var liten. Och så var det uppförsbacke hela vägen hem. Ett segt lut utan slut.

Hon hade inte handlat mat i stan utan svängde inom Fäladstorget. Där hade hon ofta varit och bunkrat bullar och godis när hon gick på högstadiet. Skolan låg tvärs över gatan. Numera var hon sällan där. Fick en känsla av att vara turist i sin egen stad. Torget var en stor kal platta av tegelfärgad markbeläggning. Den moderna kyrkan i den östra delen hade ett kantigt klocktorn. Hon blev deprimerad. Torget var just nu dött. Några män hängde utanför pizzerian, men de flesta rörde sig i gränden där affärerna låg. Fäladen var stadens mest internationella stadsdel med representanter från jordens samtliga hörn. Lunds Rinkeby.

Hon gick in på Coop. Plockade till sig yoghurt, mjölk, bröd, en burk färdig pesto och pasta. Mamma och pappa hade vin hemma, det var hon säker på. Stötte på Fathi, en gammal klasskamrat. Hon var tydligen lika vilsen som Ester. Bodde annars i Bryssel och var bara på kort besök. Ester kände sig återigen präktig och mesig. Hon hade inga som helst perspektiv, insåg hon. Mer än på det nya livet. På själva födandet.

Utanför stötte hon på Gustav Stjärne, av alla människor. Han hade också handlat, fast på ICA.

– Så du bor här? sa han.

– Nej, bara just nu.

Hon förklarade helt kort att hon bodde tillfälligt hos sina föräldrar, att det inte var några problem eftersom föräldrarna i alla fall inte var hemma just nu utan i Australien.

– Det var långt bort, skojade han.

Men hon tyckte att han tittade konstigt på henne. Flinade men frågade inte så mycket fast ögonen var nyfikna. Och han stod kvar. Verkade inte alls ha bråttom. Snart kommer han att föreslå att vi går ut ihop, tänkte hon. Vad skulle hon svara då? Hon sa inget om Leo och allt det där. Det angick inte honom. Och förresten visste han nog, tänkte hon. Fast inte helt säkert. Leo kanske skämdes och inget sa. Det var ju hon som gjort slut.

Gustav bodde på Kulgränd. Hyrde en en och en halva i andra hand. Det fungerade bra, berättade han. Han visste inte om han skulle stanna i Lund, hade ju bara ett vikariat på kvinnokliniken, och kanske ville han utomlands när allt kom omkring. Han var van att röra på sig.

– Jaha. Var har du varit då? sa hon och tänkte att här var ytterligare en människa denna dag som dragit upp linjer mellan jordens olika världsdelar.

– Lite varstans, sa han. Norge, Dalarna, Värmland, Danmark.

Jaså, inte värre än så, tänkte hon. Varken Kina eller Afrika.

– Men var har du läst egentligen?

Hon visste inte varför hon var så nyfiken. Kanske för att han inte var typen som frivilligt bjöd på något. Han måste ha läst i Lund, utgick hon ifrån. Han kände så många. Leo, Karl och alla de andra.

– Först läste jag lite humaniora här i Lund, berättade han utan att närmare precisera sig. Då bodde jag i samma korridor som Karl Wallin på Mikael Hansens kollegium.

Hon nickade. Det var kända studentbostäder som fortfarande hade en stipendiedel. Nedsatt hyra mot att man ansökte på sina studentbetyg, som då alltid var höga. Från början var det förmodligen meningen att mindre bemedlade med läshuvud skulle få lite ekonomiskt stöd på så sätt. Nu var det alla sorter som bodde där.

– Och sedan läste jag i Danmark, sa han och såg kryptisk ut och tog tag i cykelstyret och rätade upp cykeln, som om han tänkte gå.

Och då frågade hon inget mer.

En skrikande kvinna for plötsligt mellan dem på jakt efter sin unge som rusat ut mot bilarna på parkeringen. De sa hej då. Han fick aldrig chansen att bjuda ut henne. Och det var skönt, för då slapp hon tacka nej.

Hon cyklade österut på cykelvägen med matkassen dinglande på styret. Tog det lugnt. Kom bakom Delphi med alla nyligen renoverade studenthus, passerade Fyrklöverhusen och kom slutligen till området där hon var uppväxt. En serie fristående hus i mörkt tegel i två plan, tätt liggande utmed korta gatstumpar med höga, lummiga häckar emellan. Hennes föräldrahem låg på Ritaregränd, längst in vid vändplanen. Det var fantastiska hus. De såg engelska ut, sa många. Hon blev glad över att grannen, som känt henne sedan hon var liten, vinkade till henne när hon låste upp ytterdörren.

– Roligt att se dig!

Hon vinkade tillbaka och sa att allt var bra. Sedan släppte hon ner kassen på hallgolvet och stängde om sig.

Det luktade hemma. Fortfarande kändes det så.

*

Klockan halv tre var de framme i Lund. Claesson slängde bara in packningen i den lilla lägenheten på Tullgatan, det mesta var till Cecilia. Veronika rastade Klara som hade spring i benen. Sedan körde de till polishuset på Byggmästaregatan. Det tog sin tid. Claes hade aldrig varit där tidigare, och Veronika hittade visserligen men inte närmsta bilvägen.

Veronika togs om hand av en polis som hette Swärd. Han förde henne till ett rum där diverse bilder skulle presenteras för henne.

Claes Claesson och Gillis Jensen såg generat på varandra medan de tog i hand.

– Du är yngre än jag trodde, sa Jensen.

Det var däremot inte Jensen. Inte yngre än Claesson trott, snarare äldre. Närmast pensionsmässig. Påminde om Janne Lundin som typ, fast kortare i rocken. Den helgjutna och fårade varianten. En spårhund som ännu orkade få upp vittringen.

Claesson hade stor respekt för kollegor som hängt med länge. Om de inte gett upp, blivit betongklumpar eller krånglat till livet med sprit och ett trassligt familjeliv. De flesta jobb krävde mängdträning, det gick inte att komma ifrån. De gamla behövdes för stabiliteten.

De satt i personalrummet så att Klara kunde springa runt borden. Ett noggrannare förhör med Veronika skulle skjutas på till måndagen. Nu var det bara det viktigaste som måste klaras av.

Veronika satt och plågade sig med att studera ansikten på ett gammalt skolfoto. Swärd var tyst.

– Jag kan inte, sa hon och ville ge upp.

Så la Swärd fram ytterligare bilder, förstorade passfoton på ett antal män. De var samtliga av senare datum. Fullvuxna karlar.

– Känner du igen någon av dem?

Det var fortfarande svårt. Alla var allvarliga, vilket fick dem att likna varandra. Och alla var ljusa. Det gjorde det också värre.

– Möjligen han, sa hon och pekade ut en brunögd man. Nej, förresten. Han är det! Om han är lite över medellängd, sa hon och måttade med handen över sitt eget huvud. Men nu har han i så fall längre hår än på fotot. Lite lockigt, tror jag.

Det var med blandade känslor Veronika hämtade Klara som sprang fram och tillbaka i korridoren. Tänk om hon hade pekat ut helt fel person!

Claes och Jensen följde henne till bilen. Hon skulle handla lite frukostmat och sedan bege sig tillbaka till lägenheten. Gillis Jensen bjöd hem dem på en senare middag. Hustrun väntade dem, sa han. Veronika var helt urlakad, och Klara skulle bli helt ur slag av en sen kväll borta hos människor hon inte kände, men givetvis tackade de ja till invitationen.

– Då kör vi, sa Jensen till Claesson, och de gick bort till en Saab.

Lund var inte en stad man körde bil i ostraffat. Ett maskbo av enkelriktningar och smala återvändsgränder. Medeltida städer gjorde sig sällan för modern biltrafik. Det var därför alla cyklade. Det fanns inget i Lund man inte kunde nå på cykel, påstod Jensen. Staden var så gott som rund. Växte på åkrarna åt alla väderstrecken.

Men nu skulle de till ett bostadsområde söderut. Till Klostergården. Jensen hittade förstås. De fick bara lägga ner en viss möda på att hitta rätt hus och trappuppgång i det stora området. Adressen var Virvelvindsvägen, en U-formad gata varifrån man sedan kunde nå diverse fastigheter, somliga rätt höga, runt olika gårdar. Bostadsrätter och hyresrätter var blandade, upplyste Jensen. Området projekterades i början på sextiotalet och var numera mycket populärt, lägenhetspriserna hade skjutit i höjden. Lugnt, bra planlösningar, uppvuxet och grönskande med bra skolor. Somliga hade utsikt över Sundet och Köpenhamn.

Hon väntade på dem. Lät förkyld, sa Jensen.

Och det var hon onekligen. Melinda Selanders näsa var illröd och ögonen dimmiga. Hon släppte in dem. En tvåa med utsikt mot gården på andra våningen.

Claesson kände igen henne från skolfotot. Hon hade inte ändrat sig mycket, bara fått skarpare konturer i ansiktet. Håret var detsamma men luggen borta och pannan slät. Det tunga håret var samlat med ett band på ryggen. Han hade aldrig sett så långt hår tidigare. Som ett skogsrå. Ögonen var mindre skrämda än på bilden. Inte skrämda alls, egentligen. Hon hade även nu en lång, mjuk kjol med vidd och en kort kofta över tröjan.

Lägenheten var trevligt inredd med gamla och nya möbler om vartannat. Där fanns foton av en hund, en man, förmodligen fadern eftersom modern stod i ramen intill. Hon gjorde sig enligt Claesson bättre på bild. Blev fastare, tydligare. Där fanns även en mindre bild av en blond leende yngling med armen om Melinda. Rådhuset i Köpenhamn syntes i bakgrunden.

De satte sig i köket, det blev rätt trångt runt bordet. Hon erbjöd sig inte att bjuda på något, vilket de var tacksamma över. Hon betedde sig närmast drottninglikt, även när hon snöt sig, vilket hon gjorde mer eller mindre hela intervjun igenom. Hon höll på att utbilda sig till reumatolog, berättade hon.

– Det stämmer att jag hade Jan Bodén som lärare. Det stämmer också att det blev en trasslig period för mig när jag gick andra året i gymnasiet. Gubben kladdade och förförde, sa hon så säkert och utan att bryta ihop att hon måste ha fått professionell hjälp med det, tänkte Claesson. Gått i terapi eller något ditåt.

– Att han blivit strypt eller hur det nu gick till, på Blocket, har jag faktiskt inte varit medveten om. Jag har haft rätt mycket omkring mig på jobbet och inte precis lusläst tidningarna. Han fick väl vad han förtjänade, konstaterade hon och snöt sig och torkade den pionröda, blanka näsan grundligt.

– Var det något mer som hände under den där perioden? undrade Claesson.

– Det hände hur mycket som helst. Jag var tonåring, log hon snett och öppnade en ny förpackning näsdukar.

– Någon annan man inblandad?

– Hurså?

Hon snöt sig igen, och Claesson tänkte att han fick vara glad om han inte blev smittad.

– Någon annan än Bodén som du minns var förtjust i dig?

Hon vände huvudet mot fönstret. De blå ögonen smalnade.

– Men herregud! Det där var ju ungdomssynder. Det har väl ingen betydelse nu?

– Nej, kanske inte. Men jag skulle ändå vilja veta om du hade någon …

– Det var en stackare som hängde efter mig, sa hon med tjock röst. Jag har stött på honom nu också och är glad över att det gått bra för honom. Vi har pratat med varandra. Det där är gammalt. Han hade det inte lätt, pappan var en demonisk läkare. Rätt känd för sina teser om sambandet mellan kropp och själ, på ett eller annat sätt. Eller vad det nu var. Men han var en djävul, så killen var rätt plågad.

– Vad heter han?

– Gustav Stjärne, och han är det mest osäkra och oförargliga som går i ett par skor.

Hon reste sig och vände dem ryggen för att hindra den våldsamma nysning som skakade hela hennes kropp från att duscha de båda poliserna rakt i ansiktet.

Pojken

EN NY DAG GRYR. Jag vet inte om den kommer att bli bra eller dålig.

Eller snarare mindre dålig. Mer uthärdlig.

Jag har tappat fotfästet. Så enkelt är det, och jag har inga svårigheter att erkänna det. Vet att man måste vara stark för att överleva, det lärde mig farsan redan som barn. Vet numera också att det är ganska härligt att flyta ovanpå. Men det är inte så lätt att vara den store läkaren som jag trodde. Och inte heller att få brudar som är något att ha att stanna.

Det är som om jag vore förgiftad. Som om det har kommit in ett virus i hårddisken, in i min hjärna och förstört mig.

Jag visste att jag hade samlat på mig mycket vrede, men jag trodde att jag kunde styra den, kanalisera den till ren energi. Men den har tagit över, och nu ligger den längst inne i mig och bara väntar på att komma ut. Att få mig att explodera.

Jag kan inte rå för det.

Mitt gamla liv som jag försökt radera ut ramlade plötsligt över mig igen. Bodén, det jävla äcklet! Han bad mig om hjälp. Stapplade fram i sin ynkedom. Hur hittade han just mig? Kände han igen mig? Jag är läkare nu. Det kan gubben inte ha väntat sig. Han som försökte sabba allt för mig!

Kanske var det slumpen eller en sorts högre mening, att jag skulle få tillfälle att ge igen. Att jag skulle få känna den där ilskan rusa inom mig men att jag nu skulle kunna göra mig av med den. Placera den där den hörde hemma.

För jag har inte alls glömt. Kan man begära att det ska gå att glömma en människa som förstört allt?

Jag kan inte rå för att jag var tvungen att ge honom vad han borde ha fått för länge sedan. Kunde inte sluta. Men det var dumt. Det inser jag. På så sätt har jag lagt krokben för livet. För min framtid, så att jag alltid måste akta mig väldigt noga.

Jag kunde inte rå för det som hände Emmy heller. Tappade helt kontrollen! Det var inte alls meningen att det skulle bli så där. Jag hade inte kunna sova på flera nätter, det brände så fruktansvärt inne i mig att det inte går att beskriva. Jag var tvungen att få svalka. Att göra något. Ville ha någon som var snäll. Men inte vem som helst. Någon mjuk och varm, någon som kunde lugna ner mig.

Kanske ville jag bara ha sex. Ladda ur. Jag tänkte väl inte direkt så, men det fanns i bakgrunden.

Efter Bodén var dagarna som en enda lång mardröm. Men ibland kom Emmys ansikte upp. Då blev jag lite gladare. Som om jag letat efter henne länge. Hon påminner om en annan tjej, men hon är historia nu. Det kapitlet i mitt liv är över, konstigt nog. Har faktiskt stött på Melinda flera gånger men känner ingen laddning alls längre. Det är tydligen som folk säger, att tiden läker alla sår.

Jag fattade ju att Emmy gillade Karl, alla gillar honom, men jag tänkte att det gick väl att ändra på det så att hon började gilla mig istället. För Karl har inget intresse av Emmy, mer än som kompis. Det sa han en kväll när vi hade varit på puben och hon hade blivit lite klängig. Som om han ville förklara sig. Men vem skulle inte vilja vara som Karl? Han glider in och kan få vilka brudar han vill. Men han vill ingen ha just nu, säger han. Han har fullt upp med forskningen. Men det vill jag. I alla fall ibland. Ta från den rikes bord. Försöka fixa samma brudar som faller för Karl.

Det bara blev så att jag stack hem till Emmy. Hon är så liten och söt med pigga gulliga ögon. Hela vägen dit log hon mot mig inne i mitt huvud. Mitt i natten var det, det är då det rasar som värst i mig. Det var tänt i hennes fönster. Hon satt väl och pluggade, tänkte jag. Då behövde jag inte ens väcka henne. Det kunde inte bli bättre.

Och hon verkade glad och släppte in mig. Och eftersom hon hade släppt in mig, så hade hon ju redan sagt ja. Så är det bara. Annars skulle hon inte gått ner och öppnat. Om hon inte ville ha sex, menar jag. Man kan säga att hon mer eller mindre bad om det.

Och det påpekade jag när hon började backa.

Jag kan inte säga riktigt vad som hände sedan. Hon krånglade och jag blev så heligt förbannad att det blev rött inne i huvudet. Och så fick jag tag i en kudde. Det bara blev så att jag tryckte den mot hennes ansikte. Hon skulle inte ha börjat skrika! Stod helt enkelt inte ut med att höra vrålet. Sedan lät det mer som ett gny bara. Och jag var ju tvungen att ladda ur, annars hade jag exploderat.

Men hon sparkade och for runt under mig. Så jag tryckte till med kudden ännu hårdare, pressade ner henne med kroppen medan jag försökte få av henne byxorna.

Och då lugnade hon sig plötsligt. Låg helt stilla.

Jag lyfte på kudden.

Helvetes jävla skit!

Nu kan jag göra vad jag vill.

Det spelar ändå ingen roll.

Jag är en förlorare.

Kapitel tjugo

Natten mellan lördagen de 28 och söndagen den 29 september

Hennes pappa hade hämtat henne med bil och burit upp väskan, tung som cement, utan att hon bad honom. Hon hade gått bakefter. Följt hans trygga ryggtavla. Det snörpte till i bröstet på henne, hon var ömhudad just nu.

Sedan hon flyttat ihop med Leo hade hon fått ordna det mesta själv. Han var inte mycket för att hjälpa till. Inte om hon inte bad honom uttryckligen, och det tog alltid emot. Hon ville ha en man som var som pappa. Som såg hennes behov utan att hon behövde ställa sig på torget och skrika ut dem.

Leo var lika observant som om han vore blind. Och ändå sa han alltid att han aldrig hade älskat någon så mycket som henne. Han kunde väl inte bättre.

Mamma hade tömt hennes vita byrå. Med nöd och näppe fick hon ner underkläder och tröjor. Hon hade inte så många plagg som behövde galge. Egentligen bara den röda klänningen. Ärmlös, sydd i råsiden som mamma hade köpt i Thailand. Hon skakade ut vecken och krokade upp galgen på dörren till garderoben. Det skulle förmodligen dröja länge innan hon fick användning för den igen. Leo hade gillat den. Gillade *henne* i den. Hon visste ännu inte om det skulle innebära att hon aldrig mer ville ha den på sig.

Hon manipulerade sina tankar hela tiden. Försökte tänka bort honom. Och framför allt ville hon inte närma sig det ömma. Mjukheten. Inte heller sexet. Då brast allt, tårarna flödade och han visade sig för henne som på en softad reklambild. Vacker, varm och kärleksfull. Inte stel och självupptagen. Han var bra i sängen. Konstigt nog. Det skulle hon sakna.

Huset var tyst. Det hade stått där sedan hon föddes. Hon och hennes två syskon hade fyllt alla rummen. Hon öppnade kylskåpet, lika överfulla hyllor som alltid. Mamma ägnade sig mer åt påfyllning än åt utrensning. Bostongurka, pickels, marmelader av alla de sorter, dijonsenap, rårörda lingon, inlagda rödbetor och syltlökar. Hon plockade till sig burkarna och gjorde ett par riktiga dagobertmackor, hämtade sedan en flaska rött vin i förrådet och slog sig ner framför tv:n.

Det mörknade utanför. Hon tände levande ljus på soffbordet och drog en pläd runt axlarna. Mådde rätt bra och försjönk i programmen. Borde gått och lagt sig men drog sig för det. Det var ensamt och tråkigt. Zappade och hittade en film som höll på till efter midnatt.

Plötsligt tyckte hon sig höra ljud från trädgården. Hon hoppade till, slet undan pläden och gick i strumplästen mot altandörren. Blev rädd för sin egen skugga mot vardagsrumsväggen. Hon ställde sig en bit från dörren och lyssnade. Inga konstiga ljud. Gick närmare och försökte se ut i mörkret. Becksvart. Men inga mer konstiga ljud hördes. Ett djur, kanske? Det kunde väl inte vara något annat. Hjärtslagen gick ner till normaltakt. Hon gick och satte sig igen.

Sjönk ner i lädersoffan och drog till sig den luddiga pläden och försökte koncentrera sig på filmen. Men så tyckte hon sig höra de där ljuden igen, som knäckta grenar och dova steg, fast tvärs över rummet och hallen, utanför ytterdörren istället. Var det någon som smög runt huset?

Hon tvingade sig upp igen, tassade ut i hallen och fiskade upp mobilen ur väskan och stoppade den i jeansfickan. Återvände till soffan. Men nu var det som om filmen var förstörd.

Det gick en kvart, sedan hörde hon åter det där släpande ljudet, som grenar och blad mot en kropp i rörelse. Inbrottstjuvar! slog det henne plötsligt. De hade kanske kollat upp att föräldrarna skulle resa bort. Hade kanske sett när taxibilen hämtat dem och resväskorna.

Hon måste dra för gardinerna, annars skulle hon inte ha någon behållning av filmen. Tassade fram till altandörren igen och satte händerna mot rutan, tryckte ansiktet nära glaset. Rös vid tanken på att det kanske bara var en decimeter mellan henne och en okänd som vaktade där ute i mörkret. Hon vågade knappt röra sig. Inte ens greppa gardinerna och dra för. Blev stående och såg mot hallen men vågade inte gå dit heller.

Ytterdörren. Hade hon låst den? Hon försökte minnas. Nog gjorde hon det? Bäst att kolla, men det var som om benen inte riktigt bar längre. Hon såg ut genom fönstret igen och konstaterade att de onekligen bodde insynsskyddat. Buskar och träd bäddade in huset. Grannarna fanns där visserligen, men inte ett enda fönster kunde hon se lysa.

Hon såg bara natten.

Plötsligt brakade det till och ett vitt ansikte pressades mot rutan. Hon stirrade skräckslaget och rädslan fick henne nästan att kissa på sig.

Sedan skrek hon rakt ut.

Men ansiktet log oförfärat bakom rutan. Näsan tillplattad och läpparna uttryckta. Vickade glatt på huvudet, som en nickedocka.

Han skojade med henne. Men hon hade fastnat och stirrade hjälplöst.

Så knackade han försiktigt mot rutan.

– Men släpp in mig då!

– Herregud! Är det du? sa hon när hon efter viss tvekan ändå öppnat altandörren.

Han skrattade när han klev in i vardagsrummet.

*

Gillis Jensen bodde i Vallkärra, en by strax utanför Lund, åt nordväst till. Vid den vitkalkade kyrkan högst uppe på kullen, ursprungligen från 1100-talet, stod slutstriden under det stora slaget vid Lund 1676, berättade han.

De inledde kvällen med en whisky och därefter en promenad. Veronika tog inget, hon skyllde på att hon körde. Vid kyrkan låg skolan. Den lilla byn var en sammanhållen idyll. Paret Jensen bodde i ett senare tillkommet område ner mot en vacker kyrkogård som följde naturen väl.

– Slaget vid Lund var ett ohyggligt blodbad som svenskarna till slut vann, berättade Jensen. Men danskarna, som inlett kriget för att återerövra Skåne, fortsatte. De använde den brända jordens taktik, brände ner gårdar och bebyggelse långt in i stadskärnan. Domkyrkan klarade sig med nöd och näppe. Man diskuterade att förflytta universitetet som invigts redan 1668, men det blev inte av. Den här stadsbränningen 1678 kom att bli slutpunkten för den blomstrande renässansen i Lund. Året därpå inleddes fredsförhandlingar under internationella medlare. Frågan gällde Blekinges, Hallands och Skånes nationella tillhörigheter. Landskapen förblev svenska, som ni vet! Och hade inte Lund fått behålla universitetet då, så hade staden idag varit en landsortshåla.

Jensens hade inga barnbarn. Inte ännu, sa Ingegerd och såg nervöst efter Klara. Men det första var på väg.

Till slut harklade sig Veronika.

– Du får gärna plocka undan sådant som du är rädd om. Den där vackra glaspjäsen, till exempel.

De brast i skratt.

– Lika bra att anpassa sig, sa Ingegerd och började flytta undan de mest fragila föremålen.

Trädgården var tätare och mer färgstark än de kunde åstadkomma i den kargare småländska jorden. Skåne, Sveriges kornbod, som de lärde sig i skolan.

Kvällen blev otvungen, som alltid när man möter goda och generösa människor. Louise Jasinski ringde Claesson på mobilen någonstans mitt i den ostgratinerade kasslern och berättade att Pierre Elgh mycket riktigt var narkosläkare i Lund men att han ibland tjänstgjorde i sin gamla hemstad Oskarshamn för att få se något annat. Louise hade själv åkt hem till Bodéns.

– Han kunde inte förneka relationen med Nina Bodén. Den stod skriven i ansiktet på både honom och henne, fnittrade hon förtjust. Förälskade som två tonåringar. Pierre Elgh påstod sig ha känt Jan Bodén som ung, fast de tappade kontakten senare, som man gör. Där finns motiv, Elgh ville lägga vantarna på Nina Bodén, och hon tycktes av någon svårtydd anledning inte våga skilja sig. Men ändå verkar det långsökt. Jag vet inte varför det känns så, sa hon. Han förnekade att han sett Jan Bodén i Lund. Skumt på något vis. Vi håller ögonen på honom!

Natten blev hård. Det var länge sedan Claesson fann något nöje i att kvarta på en madrass på golvet. Än mindre som han delade den med Veronika och Klara.

På söndagen skulle de till Ikea i Malmö. På måndag kom den riktiga sängen.

*

Klockan var tre på morgonen. Vargtimmen.

Hon orkade inte prata längre. Inte tänka heller. Men hon tvingade sig. Tänkte så att hjärnan brann. Tungan låg torr i munnen. Hon hade aldrig varit så rädd. Men nu hade det pågått i timmar, så det var som om hon inte längre orkade bära rädslan.

Efter två samlag, eller vad de skulle kallas för, våldtäkter – hon hade inte vågat protestera – hade hon fått ner honom på andra sidan köksbordet och hällt upp ytterligare ett glas vin, som han drack som om det vore mjölk. Hans ansikte var grått. Det var ryckigheten som skrämde henne mest. Oförutsägbarheten. De plötsliga utfallen när han kramade och kysste henne. Och hon lät det ske. Så mycket hade hon begripit. Håll dig lugn, och låt det ske!

En farlig man.

En mycket farlig man.

Hon vågade inte ställa så många frågor. Inte om detaljer. Men ändå var det som om samtalet höll honom lugn. Att han fick prata. Att hon satt där och lyssnade. Att hon inte protesterade. Aldrig sa emot.

– Du tror inte att jag klarar det, va?

Han blängde på henne.

– Du tror inte att jag kan bli lika fin som de andra doktorerna.

Hon höll tyst. Försökte sig på ett litet leende. La huvudet aningen på sned.

– Va!

– Varför skulle jag inte tro det? Du är ju väldigt omtänksam mot patienterna, pressade hon fram.

En strimma av glädje i hans ögon.

Men de mörknade strax.

– Det säger du bara för att ställa dig in. För att du egentligen är pissrädd för mig.

Hon rätade upp sig i stolen. Försökte återigen le milt. Hon tänkte på den där kompisen till Cecilia. Hon kände henne inte själv, men hon hade mördats hemma i sin lägenhet. Kunde det ha varit han?

– Jag *menar* det verkligen. Många säger att du är gullig mot patienterna, sa hon istället med läppar som trots allt inte rörde sig naturligt.

– *Menar det verkligen*, härmade han medan han drog sig upp från stolen med underarmarna kvar mot bordsskivan och tryckte sitt ansikte mot hennes, medan hon förde en hård kamp med sig själv för att inte rygga.

– Du ska veta en sak: min pappa, han var en verkligt känd läkare. Han åkte runt i hela Sverige … i hela *världen*, ändrade han sig. Men nu är han död. Jäkligt trist! Prostatacancern tog hans liv. Och jag lovade honom på hans dödsbädd att jag skulle bli läkare, precis som han. Föra kallet vidare. För han var stor, han, min pappa. Filippa kan ju inte föra familjetraditionen vidare. Hon är bra, Filippa, men speciellt smart är hon inte. Snäll men korkad.

– Jaså?

Fyllesnack, tänkte hon.

– Förståååar du hur det kändes?

– Vad menar du?

– Att veta att man har världens chans, och så kommer Bodén, den jäveln, och förstör.

Hon begrep ingenting. Vem var Bodén?

– Det var ju tråkigt, sa hon och hoppades att han skulle nöja sig med det.

– *Tråkigt*, skrek han. Det var mer än tråkigt. *Han förstörde mitt liv!* Men jag gav igen, fortsatte han, och nu var tonen mildare. Gav igen så det small om det, och gubben höll på att skita på sig av skräck.

De blodsprängda ögonen var alldeles för nära. Att en människa kan förvandlas så, tänkte hon. Från en blek mes till en vålnad.

– Det var mig ett sant nöje att se honom rädd. Han som sänkte mig så att jag inte kom in.

– Var då?

Hon kunde inte låta bli att fråga.

– Du fattar ingenting.

Det höll hon med om så hon teg.

– Jag var *given* som läkare. Förutbestämd. Men så …

Han böjde sig fram och hulkade som ett sårat småbarn.

– Men du är gullig, sa han plötsligt och la armen om hennes hals och tryckte sina blöta läppar mot hennes.

Hon höll på att kräkas, for upp från stolen och skulle rusa därifrån när han fick ett hårt grepp om hennes arm.

– Ånej du, nu ska vi kela lite mer.

Han kramade henne hårt, pressade kroppen mot hennes. Hon kände erektionen. Jag klarar inte en gång till, tänkte hon. Stod stel som en docka. Han blev förbannad.

– Visa mig att du verkligen älskar mig! sa han och släppte henne, tog ett kliv tillbaka och tittade uppfordrande på henne.

Hon vände blixtsnabbt, kastade sig ut i hallen och mot ytterdörren, men han hann ikapp henne. Hon ålade sig ur greppet igen och rusade i stället mot tvättstugan. Men han var snabbare och tog tag i hennes hår och dunkade huvudet mot väggen tills hon trodde att hon skulle svimma. Hans fingrar grep om hennes hals, tryckte på struphuvudet så att hon nästan kräktes. Hon körde upp ett knä i skrevet på honom och han vek sig dubbel men stod kvar mitt för dörren. Hon kom inte förbi. Han vacklade till och reste sig, såg hatiskt på henne och slog till henne med en knuten näve i ansiktet. Något krasade. En outhärdlig smärta. Och så kom nästa slag. Och ytterligare ett.

Sedan tappade hon räkningen.

Kapitel tjugoett

Söndagen den 29 september

Klockan var kvart i tre på eftermiddagen. Barnmorskor och undersköterskor satt i smågrupper runt det avlånga bordet och rapporterade. Rigmor hade ingen att rapportera över till, Ester hade ännu inte kommit. En kvart försenad, och hon hade inte ringt.

När ytterligare tre kvart gått började man fundera över vart Ester tagit vägen. Hon svarade inte på mobilen.

– Hon sa inget när jag träffade henne igår.

Det var en av de yngre barnmorskorna. De ringde mobilen ytterligare ett par gånger, men lika tyst. De övervägde att ringa in en annan barnmorska men valde till slut att vänta. För närvarande var det bara tre födande på förlossningen, inte fler än de klarade ändå.

– Konstigt, sa en av barnmorskorna.

– Hon bor hemma hos sina föräldrar, sa en annan.

– Jaså?

– Håller visst på att separera, upplyste Lotten.

– Det visste jag inte. Varför det?

– Strul, sa Lotten.

Timmarna gick. Inte förrän klockan tio skulle de gå hem. Dagens jourhavande läkare Annika Holt avlöstes däremot redan klockan sex av Giorgios Kapsis, klinikens stolte och inte precis tystlåtne grek. Han skulle arbeta hela natten. Med honom gick Gustav Stjärne, vilket Kapsis knappast såg som en avlastning.

– Jag trodde att du gick jourerna med Christina Löfgren? sa Kapsis.

– Nä, sa Stjärne och slog ner blicken.

Han såg ovanligt sliten ut. Askgrå, påsar under röda ögon och rivmärken på ena kinden.

– Har en katt klöst dig? retades Lotten.
– Nä, jag cyklade omkull, sa Stjärne.
– Aha! sa Kapsis. Tufft!
Greken drog på munnen. Han trodde vad han ville.

Någon timme efter det att läkarna gått på sitt pass körde det ihop sig. En ung kvinna kom in med ambulans. Blodtrycket var knappt mätbart, hon låg orörlig, buken smärtade så att hon knappt gick att undersöka. Giorgios Kapsis tog hand om henne med Stjärne i hasorna. Man tappade henne på några droppar urin, graviditetstestet var positivt så det kunde i princip bara röra sig om en enda sak: ett utomkvedshavandeskap. De kallade på narkos och körde henne direkt till operationsavdelningen. Just när de rullade båren mot hissen pep det i sökaren igen. Förlossningen ville ha hjälp.

– Gå du, sa Kapsis. Hör av dig om det är något.

Stjärne lommade lätt besviken in på förlossningsavdelningen. Han hade hellre velat assistera Kapsis. Lotten väntade på honom och föste in honom i ett av förlossningsrummen.

– Du måste avsluta det här, sa barnmorskan barskt och nickade mot den alarmerande kurvan.

Det var en order. Magen blev till is. Barnmorskan var en av de mest rutinerade, och han kunde inte gärna protestera.

– Vill du ha klocka eller tång?

Hon tittade uppfordrande på honom med svetten glänsande i ansiktet. Hon var fylld av oro. Det gjorde inte saken lättare.

Tång. Borde han använda tång? Menade hon det?

– Nå, vad tar du?

– Jag undersöker först, sa han och fick en kort frist.

Någon tång hade han aldrig lagt. Bara sett på. Det borde inte vara så svårt. Föra in tångskedarna, en i taget, stänga och sedan dra, tänkte han. Skulle vara något att täppa till truten på den där barnmorskan med.

Lotten slängde till honom förklädet.

– Vilken handstorlek, frågade hon.

– Sju.

Han knöt förklädet. Kapsis, tänkte han. Borde söka honom.

– Klocka, hörde han sig själv ändå säga.

Hade sett det flest gånger, så det kändes minst skrämmande. Blev torr i munnen. Men vad fan då, att pröva är ändå inte fel. Någon gång måste bli den första!

Lotten rev upp förpackningen. Han höll den platta, runda tingesten i handen och fick in den mot barnets huvud medan mamman ylade i högan sky.

– Nu måste det gå undan, väste barnmorskan i örat på honom. Ljuden är …

Hon himlade, och det räckte för att han skulle förstå.

Värken kom och han drog, men huvudet förflyttade sig inte en millimeter.

– Dra nedåt, väste barnmorskan till honom och bad Lotten, genant nog, att hämta förstärkning. Som om det inte dög med honom. Nu började han känna sig irriterad på de här beskäftiga kvinnorna!

Ytterligare en barnmorska kom in och ställde sig och tryckte på magen.

– Nedåt, inte rakt fram, fräste barnmorskan ilsket.

Men han fattade inte varför han skulle slita nedåt, ungen skulle ju ut, inte ner i golvet, så han fortsatte som han börjat. Hon skulle ta mig fan inte säga till honom vad han skulle göra.

Minuterna gick. Han drog och drog. Barnets huvud rörde sig inte ur fläcken. Oron i rummet steg, övergick i rädsla, närmade sig panik. Barnmorskorna började signalera sinsemellan.

Jag ska fan ta mig visa dem, tänkte Gustav Stjärne. Bara en dragning till, sedan ploppar huvudet ut.

Han kom inte så långt. Plötsligt var hela rummet fullt av folk.

– Flytta på dig.

Kapsis röst var hård. Han stod i de gröna operationskläderna intill honom.

Stjärne drog sig mot väggen. Kapsis såg allvarligt på kurvan. Den hade han själv nästan glömt av bara farten. Sedan klämde Kapsis på mamman, kände på huvudet nerifrån, gav diverse order till barnmorskorna som han knappt uppfattade, men de gjorde vad Kapsis sa. Själv var han som bedövad av sin egen ofullkomlighet.

En dryg minut senare var barnet ute. Var det så lätt? tänkte han.

– Vi ska ta och prata om det här senare, sa Kapsis skarpt i korridoren och vände tillbaka mot operationsavdelningen.

*

Hon vaknade till. Huvudet bultade. Sprängde så att hon knappt vågade röra det. Försökte svälja men det gjorde för ont. Munnen också. Käken kändes lös. Och några tänder.

Hon öppnade sina igenmurade ögon. Låg på golvet i tvättstugan med ryggen mot tvättmaskinen. Hon hade ingen aning om hur mycket klockan var, men hon såg att dagsljuset skymtade genom murgrönans bladverk som klättrade över fönstret.

Trångt som i en kappsäck. Hon kunde inte ens sträcka ut benen. Hasade sig försiktigt upp och tog tag i dörrhandtaget. Dörren var låst. Sökte med fingrarna efter nyckeln, men nyckelhålet gapade tomt. En pulsvåg drog genom kroppen. Hon var inlåst. Kände utanpå jeansen efter mobilen. I höger ficka låg den. Hon lirkade fram den och försökte se siffrorna. Som en tunn hinna över ögonen. Blinkade några gånger. Konstaterade att mobilen laddat ur.

– Jäklar!

Hon reste sig men sjönk genast ner igen. Hela världen gungade. Kände med handen i bakhuvudet. Blött och stel i håret. Såg på fingrarna. Blod. Stapplade fram till fönstret men segnade ner.

Ska bara ligga här ett tag och vila lite, tänkte hon.

Sedan sänkte sig mörkret igen.

*

Ester ryckte till. Kroppen låg tung mot kakelgolvet. Värk och smärta. Huvudet, armarna, benen. Ihållande hunger.

Hasade sig upp och satt på golvet i sitt fängelse. Såg mot fönstret. Det var mörkare mellan bladen nu. Kväll. Hon måste ha varit borta i flera timmar.

Huvudet kändes svullet och tungt, men det gick lättare att tänka nu. Fönstret, hon måste öppna fönstret och ta sig ut. Vredet satt hårt, fingrarna gled. Hon tvingade sig att ta i hårdare och fick till slut upp det. En matta av löv och slingriga stammar täckte fönsteröppningen. Hon vände sig om och letade efter något att skära bort murgrönan med. Hittade bara oanvändbara föremål, tvättmedelsförpackningar, fläckborttagningsmedel, klädnypor.

Började dra och slita med händerna och fick till slut upp ett tillräckligt stort hål för att hon skulle kunna sticka ut huvudet. Skrek allt vad hon förmådde rakt genom bladen. Stämbanden var torra, hon drack lite vatten från tvätthon. Skrek ännu högre.

Hennes skrik strömmade ut, mötte gräsmatta, rosenbuskar och syrener. Men inte en levande människa. Hon väntade i evigheter. Ingen kom.

Slet och drog i den förbannade murgrönan igen. Så hittade hon en plastspann som hon vände upp och ner. Hon ställde sig på spannen, kom högre upp och kunde hasa sig upp och pressa huvudet längre ut genom fönstret. Men gled tillbaka. Hålet i murgrönan var i alla fall större nu. Hela kroppen värkte, men hon var långt bortom det stadium där kroppen betydde något.

Prövade igen och fick den här gången ut ena axeln. Nästa gång även den andra. Nu kunde hon sträcka ut en arm och ta stöd mot ytterväggen och sakta kasa ner i rabatten.

Låg sedan stilla och darrade. Var han kvar? Hon kröp utmed husgrunden på värkande knän. Runt altanen. Altandörren var stängd. Kröp vidare runt knuten. En liten bit till. Nu anade hon fönstren som gapade svarta över henne.

Kunde han se henne?

Hon reste sig, men det gjorde så ont att hon vacklade fram, böjd som en gumma. Smög han där bakom henne? Hon förmådde inte ens vända sig om för att titta efter.

Hon klev ut på gatan. Stod stilla och svajade.

– Mamma! Titta! En häxa full med blod.

Det var ett litet barns röst som ringde i öronen på henne när hon föll ihop på gatan.

*

– En syrra jag känner ringde och sa att Ester är på akuten, sa Rigmor.

En förfärande tystnad spred sig runt bordet. Gustav Stjärne bleknade märkbart, och då var han redan tyst och vit efter sitt misslyckande.

– Misshandel, sa Rigmor, och de visste alla att detta var en läcka i sekretessen.

– Det är inte klokt, sa en av barnmorskorna som lyft blicken från dagens sudoku.

– Men hur mår hon? envisades Lotten.

– Rätt illa.

Förstämningen spred sig runt bordet.

Telefonen ringde. Gustav Stjärne reste sig ostadigt och svarade.

*

Smärtan började släppa och hon blev dåsig. Hon sov nästan när kirurgen sydde henne i bakhuvudet. Hade varit runt på röntgen och en massa andra ställen.

Men nu flyttades hon över till en vanlig säng. Mjukare. Rena lakan. Låg och väntade på att rullas iväg till en avdelning.

Nu var allt bra. Hon saknade ändå mamma. Hon borde varit där.

Slöt så ögonen. Sov länge.

Öppnade ögonen igen, de var som springor. Tjockt och svullet runtom. Hon hade tappat känslan för både tid och rum. Ett vitt tak. Vita väggar.

Nu hörde hon steg. En sköterska som skulle rulla iväg henne någonstans förmodligen. Men sköterskan verkade stanna. Ester försökte lyfta huvudet.

– Hej, sa han. Hur mår du?

Gustav!

Gustav Stjärne.

*

– Det är en man här som vill tala med Stjärne. Vet du var han är? undrade Lotten.

Giorgios Kapsis hade sjunkit ner framför tv:n i personalrummet på förlossningen.

– Nä. Kanske på avdelningen, men jag kan ta det, sa han och tänkte att det är lika bra, för det skulle ändå bli han som fick reda upp vad det än var. Efter klockförsöket förstod han vad alla pratat om. Stjärne var inte att lita på. Antingen smet han, eller tog han sig vatten över huvudet.

Han gick genom den breda ljusa korridoren. En äldre man väntade innanför dörren, och i släptåg hade han ytterligare två män. De stod på ett sådant sätt att Kapsis begrep att det knappast rörde sig om pappor på besök hos sina nyförlösta kvinnor.

– Kan du hjälpa oss att hitta Gustav Stjärne? frågade mannen och visade upp sin legitimation.

Kapsis stirrade på den. Polis. Herregud! Vad hade Stjärne nu ställt till med!

Han öppnade munnen men stängde den igen.

De befann sig vid den ena av de två ingångarna till förlossningen, den närmast utgången från kvinnokliniken.

– Jag kan söka honom på personsökaren, sa Kapsis.

– Tack, sa mannen som presenterat sig som Gillis Jensen.

Kapsis vände ner i korridoren mot expeditionen samtidigt som han knappade in Stjärnes sökarnummer. Sedan la han på luren. Nu var det bara att vänta på att bli uppringd.

Inget hände. Han knappade in numret igen. La på. Väntade. Såg poliserna som otåligt stod och trampade innanför dörren.

Inte heller nu hörde Stjärne av sig.

Kapsis gick tillbaka mot poliserna.

– Han svarar inte, sa han och kände hur stämningen blev spänd.

En liten grupp av vitklädda kvinnor hade nu samlats runt dem.

– Var tror du att han kan vara? undrade Jensen.

– Vet inte. Han får inte lämna huset, sa Kapsis. Kanske har han glömt sökaren när han bytte om. Kanske på operation?

Men Gustav hade inte varit på operationsavdelningen, och det var för övrigt inte svårt att få tag på honom när han skulle lägga den misslyckade klockan.

– Jag såg honom i kulverten när jag kom från patienthotellet, sa Lotten.

– Åt vilket håll gick han?

– Bortåt Blocket.

De tre poliserna stramade upp sig. Jensen nickade.

– Du visar vägen, sa han och pekade på Lotten.

De rusade i riktning mot trapporna till kulvertplanet. Jensen följde efter men kände rätt snabbt att han sackade. Pumpen var sliten, han var inte längre tjugo. Tog upp mobilen. Ingen täckning i den långa halvmörka kulverten med sjukhusets hela rörsystem synligt mot taket.

Förtruppen försvann med Lotten i spetsen uppför trapporna längre bort. Han kom en bit efter. I trappan upp mot entréplanet fick han täckning och ringde polishuset. Väl uppe i hisshallen kunde han inte se till de andra.

Lotten var vägvisare. Hon hittade.

Men han hittade också.

Precis som Stjärne.

*

Gillis Jensen tog trapporna från kulvertplan i stora kliv. Fortsatte genom hisshallen, rusade vidare. Akutmottagningens bakdörr var låst. Han ringde på och slet samtidigt i dörren. Sekunderna gick men ingen kom. Han bankade, men uppenbarligen för döva öron. Genom glasdörren såg han stora ytor av blänkande, mörka golv men inte en enda människa.

Plötsligt öppnades en vit dörr en bit bort. Ett manshuvud kikade försiktigt ut. En skröplig gubbe, tänkte Jensen, lite krum med bakåtslickat hår och nedsänkt huvud i säckiga grå byxor och blå jacka. Han försökte påkalla gubbens uppmärksamhet. Slog hårt mot glasdörren. Mannen vände sig sakta om.

Gustav Stjärne.

I samma ögonblick som Gillis Jensen bankade på dörren med nävarna vände Stjärne helt om och satte fart i rakt motsatt riktning. Maktlös såg Jensen honom försvinna genom den breda korridoren, ut mot akutmottagningens reception och väntrum.

Han hade inget att krossa glasdörren med, så han slet upp mobilen och ringde efter förstärkning när äntligen en undersköterska kom och öppnade.

– Du får inte komma den här vägen, sa hon tillrättavisande.

Men han var redan långt inne i lokalen. Rusade förbi gula skynken mellan sängplatser, rullbord av stål, sopsäckar, dörrar och åter dörrar. In i det allra heligaste. Såg vita ryggar vid en säng i ett av rummen. Sprang förbi och hörde undersköterskan ropa bakom sig.

– Du får inte *lov* att vara här!

Fortsatte mot receptionen, förvånade ansikten följde hans framfart, han kom till väntrummet, men där tog det stopp. Han fastnade bakom ett låst hinder som nådde honom till höften.

– Öppna, för helvete, skrek han till sekreteraren i glasburen intill som rimligtvis borde vara den som kunde låsa upp hindret.

Men hon glodde bara som förstenad på honom.

Han hade inget val, tog sats och hoppade över. Förmodligen mitt livs sista hinderhopp, hann han tänka, för han kände att knäna knakade i landningen.

Hela väntrummet, stort som en flygplansterminal, var vänt mot honom. Fullsatt en söndagskväll. Han tvärnitade vid ambulansinfarten.

Det var mörkt ute och han såg bara en taxibil komma emot honom. Annars inte en käft.

Andningen var häftig. Han ställde sig handfallen, gav upp och funderade på att gå in igen, då den första polisbilen rullade fram och ett gäng uniformspoliser hoppade ut. Jensen stod där med sin möra kropp och försökte beskriva läget. Fortfarande visste han inte vart de andra två kollegorna tagit vägen.

Så kom nästa bil. I den satt Mårtensson. Han tog över kommandot och gav omedelbart order om fullt pådrag.

– Hela sjukhusområdet ska genomsökas. Hundar och hela batteriet.

Jensen såg sig omkring, nu lugnare och mer eftertänksamt. Var sjutton kunde Stjärne hålla hus? Här fanns i och för sig en del byggnader att försvinna i. Men kunde det vara lönt? De skulle ändå få fatt i honom till slut.

Han ringde kvinnoklinikens förlossningsavdelning och fick tag i den store greken.

– Behöver ni en läkare över natten får ni skaffa fram någon annan än Stjärne, avslutade han samtalet.

– Vi klarar oss med mig. Mer än väl, svarade Giorgios Kapsis tvärsäkert.

Mer frågade han inte, vilket Jensen var tacksam för.

En läkare kom plötsligt utfarande med rocken fladdrande efter sig.

– Vad i helvete pågår här?

Han såg uppenbart stressad och smått arrogant ut.

– Vi har precis fått hyfsad kontroll över en kvinna som någon höll på att kväva med en kudde. Vad i helvete handlar det här om?

Det skulle jag också gärna vilja veta, tänkte Jensen och tittade på Mårtensson, som drog på svaret. Han visste inte mycket mer än vad kommunikationscentralen fått fram efter larmet om att man påträffat en misshandlad ung kvinna på Norra Fäladen, och vad Jensen rapporterade när han ringde efter förstärkning. Span fann inte Stjärne i hans bostad, man kontaktade Jensen eftersom han hört mannen tidigare. Jensen visste var han arbetade, så de åkte dit. Men när de kom fram var han försvunnen.

Det osar hett så det förslår, tänkte Jensen.

– Den där kvinnan ni fått in, hur mår hon?

– Hon var fullständigt mörbultad, och så smiter en galning in och försöker kväva henne, började läkaren igen.

– Men hur mår hon nu? avbröt Jensen.

Hoppas vid Gud att allt är bra, tänkte han i samma andetag. Det får vara någon ände på vad Stjärne ställer till med.

– Det ordnar sig nog med henne. Men rätt illa tilltygad är hon. Det är så att man kan bli arg för mindre. Hon tjatar om en Gustav...

Jensen släppte läkaren med blicken. Såg en mörk bil sakta krypa förbi. Alltid dessa nyfikna, tänkte han trött och skulle just gå in när han tyckte sig skymta ett vitt ansikte bakom den nervevade sidorutan. Och ett gäckande flin.

Folk är inte kloka, tänkte han.

I samma ögonblick insåg han vem det var som satt i bilen.

– Mårtensson! bröt Jensen in med hög röst.

– Vänta ett tag, sa Mårtensson och viftade avfärdande med sina enorma händer i luften, för han ville prata färdigt med läkaren.

– *Han* körde just förbi, röt Jensen.

Mårtensson stirrade ner på honom.

– Vem?

– Stjärne!

Sedan blev allt en salig röra eller ett totalt kaos, vilket man nu föredrog. Alla rusade omkring. De två förlorade kollegorna anslöt sig emellertid till gruppen utanför akutintaget. De hade inte hittat Stjärne men väl en hög vita kläder på en toalett.

Jensen kunde dessvärre inte klämma ur sig exakt vilket bilmärke Stjärne glidit förbi i. En mellanstor modell, varken Saab eller Volvo, troligen en japanare. Kanske Mazda. Men den var i alla fall mörklackad. Möjligen svart.

Mårtensson beordrade att alla vägar runt Lund skulle avspärras. Han kommer att hinna smita igenom, tänkte Jensen där han stod. Mitt i alltihop tyckte han med ens att det var tomt. Som om något fattades. Claes Claesson, tänkte han. Han borde ta och informera honom. Slog därför hans mobilnummer och blev stående en stund med luren mot örat medan de pratades vid. Det var en del intressanta synpunkter Claesson hade. Eller om det var hans fru någonstans i bakgrunden.

– Gör du som du vill, sa Jensen till sist.

Detta snappade Mårtensson upp.

– Vem är det?

– Claes Claesson.

Spaningsledare Mårtensson stirrade på honom.

– Det räcker med dem vi är, sa han. Mer än väl! Vi behöver inte röra till det med en smålänning också.

Nej, tänkte Gillis Jensen. Men smålänningar gör ändå alltid som de vill. De lär vara envisa som synden.

Claes Claesson hade just hunnit skruva ihop ännu en bokhylla vid namn Billy och till och med staplat upp en del böcker i den. Han såg fram emot att inte behöva sova ytterligare en natt på en trång madrass. De hade köpt en extrasäng när de ändå var på Ikea. Vid tiotiden nästa dag hade möbelaffären i Lund lovat leverera den mer exklusiva säng som Veronika, med rätta som det såg ut just nu, förärat sin dotter. En riktig komfortvariant. Hon hade precis lyckats få Klara att somna. Dottern bredde ut sin lilla kropp på tvären över madrassen.

När mobilen ringde hörde han att det inte var någon idé att tacka för gårdagen. Gillis Jensen var inte mottaglig för den sortens artigheter.

– Ester Wilhelmsson? upprepade Claesson. Jag vet nog inte riktigt vem det är.

Veronika stelnade till bakom hans rygg och greppade honom i armen medan Jensen förklarade.

– Vad är det? viskade hon och ställde sig nära honom, som om hon trodde att rösten i mobilen skulle nå även henne. Ester är en vän till Cecilia.

– Illa tilltygad, säger du? Men hon lever, upprepade han vänd mot Veronika som tycktes blekna.

– Cecilia, väste hon.

Han tittade på henne, kände en lätt irritation över att hon la sig i men insåg, precis innan han skulle trycka av, att detta var den trängre kretsens psykologi. Cecilia, Emmy Höglund och nu Ester Wilhelmsson. En grupp unga kvinnor med mer eller mindre lösa förbindelser med varandra. Han försökte påminna sig vad den tredje kvinnan Cecilia bott tillsammans med hette, hon som fann Emmy Höglund död, och tittade hjälpsökande på Veronika.

– Trissan, viskade Cecilia.

– Vore det inte idé att skicka hem någon till henne som kallas Trissan, ifall …

Jensen började prata om alarm.

– Men räcker det? undrade Claesson.

Det tyckte i och för sig inte Jensen heller. Han skulle se om de kunde avdela någon att åka hem till Trissan. Claesson förstod att Jensen hade den där köttklumpen Mårtensson över sig.

– Kan ni skicka någon till Orup också?

Jensen drog på det. Kanske, men det låg ju så långt bort. Dit åker han väl knappast?

Claes Claesson fann sig plötsligt sittande i bilen. Veronika hade i stort sett schasat iväg honom.

Han hittade anmärkningsvärt lätt ut ur Lund och tog motorvägen norrut. Missade nästan att svänga av på Växjövägen. Det var svart ute. Vägen var slingrig och rätt smal. Han visste att det var mycket vackert utanför bilfönstret. Han såg nu bara vägen framför sig i strålkastarljuset, och upplysta gårdsplaner och fönster i hus och byar. Flera korta partier hade hastighetsbegränsning på femtio, vilket fick dem att verka evighetslånga. Trafiken var i det närmaste obefintlig, han kunde dra på en del. Men förmodligen fanns det ingen anledning att skynda på. Han satte inte på radion, ville höra mobilen om den ringde. Försökte förbereda sitt möte med personalen, hur han på ett trovärdigt sätt skulle få dem att inte bli upprivna i onödan men ändå ta situationen på allvar.

På nervägen hade de kört förbi avfarten till Orups sjukhus, så han visste på ett ungefär var den låg. Saktade in när den långa uppförsbacken närmade sig, såg skylten och svängde in. Passerade mörka tomter med stora villor och därefter ett svart skogsparti. Sjukhuset låg där plötsligt, vitkalkat och upplyst, med ett torn i centrum. Som en kombination av en fortifikation och ett slott.

Han parkerade på den stora och i stort sett tomma parkeringen. Det fanns många ingångar och verkade stängt och låst. Men han hittade skyltar till en sorts akutentré ungefär mitt i byggnaden.

Syster Tuula stod i läkemedelsförrådet, bikten kallad, som var försett med ett rejält lås och placerad utanför avdelningen ute i trapphuset. Hon hade ställt dörren på glänt men tänkte låsa noga efter sig när hon gick. Hennes arbetskamrat från avdelningen en trappa ner hade just gått iväg med en korg kvällsmediciner. Det var här avdelningarna möttes. Arrangemanget var praktiskt, och framför allt var det en stor fördel att inte varje avdelning behövde upplåta egna utrymmen för de potenta och i vissa kretsar begärliga drogerna. Och så fick de på köpet ett ställe att helt informellt och ostört byta några ord med varandra.

Plötsligt hörde hon ett ljud nere i trapphuset. Som från någon som andades kraftigt. Hon väntade och lyssnade efter steg men uppfattade inga. Funderade på om hon borde gå ner och titta efter. Det var kanske en patient som fått ett astmaanfall? Men först måste hon rusa in med korgen med alla medicinerna. Hon låste läkemedelsförrådet, låste sedan upp in till avdelningen, gick in med läkemedlen och satte korgen på expeditionen, gick tillbaka, öppnade dörren ut mot trapphuset men hörde nu inte längre den sträva andningen. Förmodligen bara en av de ryggmärgsskadade killarna som varit ute en sväng i rullstolen och rökt, tänkte hon och gled återigen in genom dörren och tuffade snabbt ner mot expeditionen.

Hon vände sig aldrig om innan dörren helt gled igen.

Hon hörde dörren gnissla och vände sig i sängen. En smal ljusspringa från korridoren syntes, och en gestalt som drog igen dörren försiktigt efter sig gled in. Det var väl nattsköterskan, tänkte Cecilia trött. Vad ville hon?

Hon somnade om. När hon senare skulle vända sig om i sängen kände hon att någon satt på sängkanten. Hon famlade med handen i mörkret. En kropp.

– Vad är det? sa hon sömndrucket.

– Inget, hörde hon en mansröst säga.

Hon kvicknade till.

– Vem är du?

– Det är bara jag, sa rösten.

– Jag?

Hon blev osäker, även om hon tyckte att det var något bekant med rösten.

– Tänd lampan, bad hon.

– Det behövs inte. Jag bara sitter här hos dig i mörkret och håller din hand.

– Min hand?

Hon lät det ske, även om det var konstigt.

– Ja, sa han och kramade den.

Hon försökte få ihop det, få det till något som stämde. En man som kom in och satte sig på sängen och höll hennes hand mitt i natten fast hon inte bett om det. Nej, det kunde väl inte stämma? Det var väl för att hon hade blivit så konstig i huvudet. Människor gjorde vad de ville med henne. Till och med struntade i henne ibland. Men han struntade i alla fall inte i henne.

– Varför det? frågade hon ändå till slut.
– För att du är snäll, sa han.
– Snäll? upprepade hon tyst.
– Snäll mot mig, sa han.
– Mot dig?
Så underligt, tänkte hon. Vem var hon snäll mot?

En dryg halvtimme senare ringde det på dörren. Tuula hade alls inte hunnit få ut nattmedicinerna. Var Brita höll hus hade hon ingen aning om. Förmodligen stökade hon inne på något av rummen för att hjälpa en patient inför natten.

Det var sällan någon kom vid denna tidpunkt, tänkte hon och tittade på klockan. Orup låg avsides, och patienterna, alla mer eller mindre traumatiserade av sina hjärnskador, var inga nattugglor.

En man stod utanför glasdörren. Hon såg honom på långt håll och antog en bister min. Komma vid den här tiden på dygnet!

Mannen frågade artigt om han fick komma in.

– Nu? utbrast hon och tittade demonstrativt på armbandsuret.

Hon inspekterade honom kritiskt. Visserligen såg han både vänlig och ordentlig ut, men en karl som kom oanmäld på det här viset kunde de helt enkelt inte släppa in. De måste skydda patienterna.

– Kan jag få träffa Cecilia Westman, sa han. Går det för sig?

Det gjorde det sannerligen inte.

– Får man veta vad det rör sig om? kunde hon i alla fall inte låta bli att fråga, för hon började bli nyfiken.

Han såg fundersam ut.

– Jag är polis, sa han till slut.

Hon tappade inte hakan, men ögonen fixerade honom misstänksamt.

– Förhören brukar hållas under ordentliga former, och dagtid, meddelade hon ampert.

Mannen hade precis fått upp en polislegitimation, men den hann hon inte studera mer ingående. En dörr långt nere i korridoren gnisslade till. De vände båda huvudena ditåt. Förmodligen Brita, tänkte Tuula.

– Du får gärna följa med mig. Jag har bara goda avsikter, vädjade han artigt.

Men hon hörde tydligt att nästa steg skulle bli att han tog till myndighetsstämman.

– Låt gå för denna gång då, sa hon därför till slut och pekade nedåt i korridoren mot dörren till Cecilias rum. Men jag tror att hon sover.

Hon såg det som bäst att kontrollera vad han gjorde, men var samtidigt generad över sin överdrivna försiktighet och tassade därför efter ett par meter bakom.

Cecilia hörde en mansröst i korridoren. Någon som pratade, en röst hon kände igen.

– Det är någon där, viskade hon.

Hon visste inte varför hon viskade. Kanske för att han gjorde det. Det var som om de hade hemligheter ihop. Han var rar, hade inte sagt så mycket. Mest suttit tyst och lite försiktigt klappat på henne ibland. På huvudet, armen, axeln, och hållit henne i handen, men inget mer.

Men nu blev han som en spänd sträng.

– Kan du sätta dig upp, väste han och började dra i henne för att det skulle gå fortare.

Hon var rätt klumpig, men till slut satt hon på sängkanten och skulle just leta med de nakna fötterna efter tofflorna på golvet.

– Vad gör du? sa han, och hon tyckte att han verkade rädd.

– Tofflorna, kved hon.

– Skit i dem.

Hon kände hans sträva byxtyg mot låren, hon lutade sig mot honom. Han luktade rent och gott. Hon vilade huvudet mot hans axel. Hade fullständigt gett upp att ta reda på vem han var. Han var snäll, och hon var snäll, allt var frid och fröjd.

Stegen utanför närmade sig. Det blev plötsligt knäpptyst på andra sidan dörren. Cecilia och hennes vän på sängkanten vågade knappt andas.

Så for dörren upp och ljuset från korridoren föll in i rummet. Någon tände i taket samtidigt som mannen flög upp från sängen och drog henne med sig, ställde henne vinglande och vimsig framför sig på golvet.

Hon kände hans armar hålla henne i ett fast grepp bakifrån så att hon inte rasade ihop, samtidigt som hon såg att det stod en man hon kände igen och glodde på henne.

Hon blinkade till.

Mammas nye snubbe.

Vad gjorde han här?

– Du rör henne inte, hörde hon rösten bakom henne pressa fram.

Mammas nye stod still och bara glodde. Han var ovanligt arg. Eller allvarlig. Hon begrep ingenting.

– Ta ner kniven, sa mammas nye lugnt.

Vilken kniv? Hon kunde inte se någon kniv. Han höll den ena armen skönt om hennes midja, hans kropp var varm mot hennes rygg.

Men var hade han den andra handen?

Hon försökte vrida på huvudet, men då ryckte han till och pressade henne hårdare mot sig.

– Släng kniven, sa mammas nye igen.

Han lät ganska oförarglig. Kanske han också var snäll.

– Om du låter mig gå slänger jag kniven, sa rösten bakom henne.

– Släpp henne först.

Efter en viss tvekan släppte han taget om henne, och det blev så kallt och naket, och hon visste plötsligt inte vart hon skulle ta vägen. Stod liksom bara kvar.

Då såg hon något som blänkte till invid henne. Hans hand hade sjunkit, den vassa eggen befann sig precis vid hennes lår.

Mammas nye avvaktade. Tog sedan ett försiktigt steg framåt.

Då brakade det till.

Två sekunder senare var hon alldeles ensam. Hon rasade ner på sängen. Satt hopsjunken, tänkte att hon ingenting begrep, och huttrade till.

Claesson for i väggen så att det högg till i ryggen. Stjärne satte armbågen i hans bröstkorg när han kastade sig förbi honom i dörröppningen. Claesson hann inte se om han slängde kniven men rusade efter så fort han kommit på fötter.

Han såg inte åt vilket håll Stjärne försvann, men sköterskan stod i korridoren och pekade.

– Ring polisen, skrek han medan han följde efter.

Stjärne var snabb, syntes inte till, han fick gå på ljudet av hans desperata fötter. Följde efter hack i häl, så gott det gick. Jakten försvårades inte av hans kondition, den var bra, men av byggnadens labyrintliknande nätverk av korridorer, trappor och smattar. Han fick lita till sin hörsel.

Att han inte var beväpnad var han plågsamt medveten om.

Hittills hade Stjärne använt allt annat än stål. Behövde tydligen inte förstärka sitt ego med tungt artilleri. Gillade mjuka varor bättre, tänkte Claesson medan han rusade efter honom. Titlar. Händer. Kuddar.

Han tvingade sig att inte tänka på vad som kunde ha hänt Cecilia. Det fick han ta sedan.

Han hade rusat efter Stjärne nerför en smal trappa som knappast kunde beskrivas som handikappanpassad. Fortsatte genom en lång upplyst korridor och hade kommit ut till den centralare och förmodligen äldsta delen av det väldiga och påbyggda sjukhuset. Korridoren var smalare här, dörrar och fönster var högre med en äldre prägel.

Stjärne hade försvunnit ur hans synfält och Claesson sackade. Stannade, lyssnade efter fötter och flämtande andetag. Så såg han en trappa och hörde steg som försvann uppåt.

Han rusade efter och tog två trappsteg i varje kliv. Kände nästan blodsmak i munnen. Stegen ekade. Ytterligare en våning upp. Och ännu en. Det sved i bröstkorgen.

Tog det aldrig slut?

Äntligen nådde han en större avsats, som en mindre vänthall men helt tom. Han förstod att han var högst uppe i byggnaden. Trappan slutade här. Claesson insåg plötsligt att han var uppe i tornet. Där fanns två dörrar. Han tvekade ett ögonblick om vilken han skulle börja med.

Gläntade så försiktigt på den närmaste. En toalett, tom. Han drog lättad efter andan.

Dörren mitt emot måste det alltså vara. Det fanns inget annat alternativ.

Han samlade sig och smög sedan över ytterrummets golv. Tordes knappt andas. Hörde det dova knaket från sitt ena knä. En häftig smärta följde efter och han stannade upp, drog ihop ansiktet och väntade på att den skulle klinga av. Den gamla fortbollsskadan brukade bete sig så.

Fortsatte sedan mot dörren med alla sinnen på helspänn. Hjärtat hamrade. Annars inga mänskliga ljud. Inget brus från bilar. Han var långt ute på landet.

Han vred sakta handtaget nedåt. Dörren knirkade lite och gled sedan upp.

Han kikade försiktigt in genom springan.

En stjärnhimmel lyste genom en rad fönster som följde det fyrkantiga tornrummet. Hörde ljud som förstärktes av vinden som tryckte mot fönstren i den ekande tomma lokalen. Hörde den flämtande andhämtningen. Som från ett jagat djur.

Men det var en människa.

Han klev in och ställde sig tungt vilande på båda fötterna mitt på golvet. Balans. Natthimlen svävade runt honom. Månen glittrade i sjön långt nedanför.

Och tvärs över tornrummets nakna golv, i det dova mörkret i hörnet nedanför fönstret, såg han en hopkrupen gestalt. Som ett litet barn som gömmer sig, tänkte Claesson.

Vanmäktig, livrädd och helt övergiven.

Kapitel tjugoett

Måndagen den 30 september

Som ett örnnäste låg Orups före detta sanatorium högt uppe på berget. Ringsjöns vatten speglade sig nedanför. Det såg helt annorlunda ut i dagsljus och strålande solsken. Majestätiskt, med det öppna landskapet nedanför.

Det var strax före lunchtid och trafiken var gles. Claes Claesson hade just gasat efter att rekorderligt ha följt hastighetsbegränsningen i kurvan kring Bosjökloster. Golfbanor på böljande terräng på ena sidan och lummig bokskog på den andra.

Han plockade till sig solglasögonen ur handskfacket, bländad av den sena septembersolen och kanske även av den enastående vyn som stod i bjärt kontrast till de senaste dygnens svärta.

Falsk läkare. Hur vågade han?

Men Cecilia skyddade han. *Jag tyckte synd om henne*, hade han sagt. Känslan för andra sårade människor trängde plötsligt igenom all frustration och vansinnig ilska.

– Vad var han ute efter egentligen? sa Veronika.

– Vet inte. Kärlek, kanske.

– Det är inget man kan be om. Eller ta.

– Nä.

– Än mindre kräva. Det är något man får.

Men det är inte alla förunnat, tänkte han. Inte ens alla barn.

Han ställde bilen på parkeringen. En naturpark med ett litet kafé och minigolfbana som tycktes vara öppet under bokarnas milda skugga, och några inhägnader för djur. Fåglar, grisar, getter. Inget av det hade han sett igår.

De var en timme för tidiga och hade nyligen ätit. Resan från Lund hade tagit knappt tre kvart. Han köpte två glassar, Veronika ville ingen ha. De gick med Klara till djuren.

Ställde sig och såg på ett par slöa grisar som jäste i solen. Claes la armen om Veronika och drog henne till sig. Hon kände plötsligt att det var dags.

Och så sa hon som det var.

Claes trodde först att han hört fel.

– Varför har du inget sagt tidigare?

Hon svalde.

– Det har inte blivit av bara …

– Blivit av! Är du inte riktigt klok?

Hon hörde att han egentligen inte var arg.

Han hörde att han lät som en idiot.

Under en evighetslång minut mätte de varandra med blicken. Sedan, som på en given signal, brast de ut i skratt.

Tack

Jag har fått mycket hjälp av många. Icke desto mindre kan det smyga sig in fel. Dem står jag själv för. Givetvis!

Professor Måns Magnusson, öronkliniken i Lund, har med stor entusiasm delat med sig av sina kunskaper i symtomatologi samt utredning och behandling av patienter med akustikusneurinom. Denna bakgrund har varit nödvändig för historien. Likaså har docent Carl Henrik Nordström, neurokirurgiska kliniken i Lund, generöst satt mig in i det akuta omhändertagandet av traumatiska skallskador. Insikter om den långa vägen tillbaka, rehabiliteringen efter en skallskada, har jag många på Orups sjukhus att tacka för. Där blev jag varmt mottagen en strålande vårdag. Särskilt tack till överläkare Brita Edholm, arbetsterapeut Elna Tykesson-Jansson, sjukgymnast Hanna Johansson, neuropsykolog Lena Wenhov och sist men inte minst, sjuksköterska Helén Fagerlind-Nilsson, som blev min ledsagare. Och som gav mig tornrummet.

Tack rättsläkare Peter Krantz, för att du tar dig tid när jag ringer.

Jag har under tillkomsten av alla mina böcker försiktigt närmat mig polisväsendet på olika sätt. Utan kriminaltekniker Lars Henriksson, Helsingborg, hade jag emellertid stått mig slätt. Kriminalinspektör Jerker Lefévre, Lund, och jag har under många år samarbetat i andra sammanhang, men denna gång har jag även fått hjälp i mitt skrivande.

Jag är mycket glad över mina två läsare Maria Ploman och Eva Andersson, som entusiastiskt följt mitt arbete och kommit med värdefulla synpunkter.

Stor värme skänker jag min redaktör Katarina Ehnmark Lundquist och min förläggare Charlotte Aquilonius, som inte bara är duktiga yrkesmänniskor utan även bra på att peppa mig.

Till sist: tack Peter, för uppbackning och för den goda maten!

Karin Wahlberg